CHAOS WALKING

The Ask and the Answer

噪反 II

問與答

Patrick Ness

派崔克·奈斯——著　段宗忱——譯

噪反三部曲入選與得獎紀錄

《鬧與靜》

☆衛報青少年小說獎（Guardian Children's Fiction Award）
☆英國圖書信託基金會青少年小說獎（Booktrust Teen Prize）
☆詹姆斯・提普奇獎（James Tiptree Award）
☆音檔雜誌耳機獎（有聲書）（Earphones Award）
☆卡內基文學獎決選（Carnegie Medal）
☆英國讀寫學會青少年小說獎決選（UKLA Children's Book Award）
☆布蘭福・博斯獎決選（Branford Boase Award）
☆亞瑟・C・克拉克科幻小說獎初選（Arthur C Clark Award）
☆英國科幻協會獎初選（BSFA Award）
☆澳洲金墨水獎初選（Australian Inky's）
☆曼徹斯特圖書獎初選（Manchester Book Award）
☆美國青少年圖書館服務協會獎入圍（YALSA Teen Top Ten）
☆內華達州青少年讀者獎入圍（Nevada Young Readers' Award）
☆衛報最佳青少年書籍選書（The Guardian's Best Children's Books）

☆亞馬遜年度百大選書（Amazon.com’s 100 best books）
☆青少年圖書館協會選書（Junior Library Guild Selection）
☆書單雜誌編輯選書（Booklist Editors’ Choice）
☆奧德賽有聲書選書（An Odyssey Honour Book）
☆維吉尼亞州讀者選書（Virginia Reader’s Choice List）

《問與答》

☆柯斯達青少年文學獎（Costa Children’s Book of the Year）
☆卡內基文學獎決選（Carnegie Medal）
☆柯斯達文學獎年度選書（Costa Book of the Year）
☆英國圖書信託基金會青少年小說獎決選（Booktrust Teen Prize）
☆衛報最佳青少年書籍選書（The Guardian’s Best Children’s Books）
☆亞馬遜年度百大選書（Amazon.com’s 100 best books）
☆Borders書店選書（Borders’ “The Best is Yet to Come”）
☆出版人週刊最佳青少年書籍選書（Publishers’ Weekly’s Best Children’s Books）
☆青少年圖書館協會選書（Junior Library Guild Selection）
☆書單雜誌編輯選書（Booklist Editors’ Choice）
☆青少年書籍合作中心選書（Cooperative Children’s Book Centre Choices）

《獸與人》

☆卡內基文學獎（Carnegie Medal）
☆亞瑟・C・克拉克科幻小說獎決選（Arthur C Clark Award）
☆銀河青少年書籍獎決選（Galaxy Children's Book of the Year）
☆衛報最佳青少年書籍選書（The Guardian's Best Children's Books）
☆出版人週刊最佳青少年書籍選書（Publishers' Weekly's Best Children's Books）
☆書單雜誌科幻奇幻類十大好書（Booklist Top 10 SF/Fantasy）
☆文學評論雜誌夏日十大青少年好書（Literary Review Ten Best Children's Book for the Summer）
☆青少年圖書館協會選書（Junior Library Guild Selection）
☆書單雜誌編輯選書（Booklist Editors' Choice）

來自世界各國的讚譽，國際媒體佳評如潮

光憑這本書的第一句話，就知道它一定會是精采萬分的作品……果不其然，整本《鬧與靜》都像它的開場白一樣令人興奮。

——Frank Cottrell Boyce，《衛報》（*The Guardian*）

步調緊湊，令人同時感到驚駭、興奮與心碎。

——《週日電訊報》（*Sunday Telegraph*）

在目前大量作家投身的青少年小說領域裏，《鬧與靜》為其他作家設下難以超越的高標準：這是本構思縝密、節奏明快的精采小說。

——Nicholas Tucket，《獨立報》（*Independent*）

就算是成人讀者，也會想一個人躲起來、徹夜不眠一口氣讀完這本小說。

——Mary Harris Russell，《芝加哥論壇報》（*The Chicago Tribune*）

今年最出人意料的暢銷書。

——Alison Walsh，《愛爾蘭獨立報》（*Irish Independent*）

這本小說的分量有如史詩，但令人欲罷不能。這是二〇〇八年我最喜歡的小說。

——John McLay，書評雜誌《旋轉木馬》（*Carousel*）

今年夏天出版的新書中，這是我最喜愛的，它充滿原創性、引人入勝，絕對是今年最不可思議的傑作。

——Sarah Webb，《愛爾蘭獨立報》（*Irish Independent*）

充滿原創性的反烏托邦小說。

——Robert Dunbar，《愛爾蘭時報》（*Irish Times*）

奈斯對節奏的掌握緊扣人心，他為主角陶德的世界創造出難以忘懷的生動角色。

——《金融時報》（*Financial Times*）

奈斯的首部青少年小說，使他成為這個文學領域中的佼佼者。

——Madeline O'Connor，《愛爾蘭世界報》（*Irish World*）

奈斯的小說如此與眾不同而又真摯動人，理當獲得讀者與評論家的熱情擁抱。

——Becky Stradwick，《書商》（*Bookseller*）

這本令人入迷的小說從頭到尾緊抓住讀者的心，並促使讀者思考各種關於認同、道德與真實的難題。

——英國圖書信託基金會（BookTrust）

像《鬧與靜》這樣精采的小說，可說完美到幾乎不可能存在。它觸動人心，卻不多愁善感；讀者會同情角色的處境，卻又無法忽視他們的醜惡；整本小說處處都有令人捧腹大笑的情節安排，但掌握全局的是作者穩健而充滿情感的筆風。

——Inthenews.co.uk

今年最驚人的青少年小說。

——Sam North，hackwriters.com

情節緊湊、充滿驚奇，不僅充滿原創性，還有辛辣的幽默感。——Jill Murphy，thebookbag.co.uk

以原創、懸疑、狂暴的方式描述種族滅絕、刑求拷問與抵抗運動。

——Amanda Craig，《週日泰晤士報》（*Sunday Times*）

二部曲的出版，會讓首部曲的書迷樂翻天。……奈斯的文筆看似平易近人卻充滿文學技巧，他以平鋪直敘但扣人心弦的方式處理棘手的主題，包括恐怖主義、女性主義、種族滅絕與人類情感。雖然分量驚人，但一讀就讓人無法罷手。

——Nicolette Jones，《週六泰晤士報》（*Saturday Times*）

透過充滿轉折與張力的情節，《問與答》探討了忠誠、操控、道德與暴力主題，深度刻畫人類對救贖與愛的渴求。

——Sally Morris，《每日郵報》（*Daily Mail*）

讓人欲罷不能，緊湊情節宛如迷宮一般，到處都是出乎意料的轉折。

——Noga Applebaum，《終極書訊》雜誌（*The Ultimate Book Guide*）

首部曲的結局讓讀者拍案叫絕……接下來，在這個他人可以完全瞭解男性思緒的反烏托邦未來中，又會發生什麼事呢？薇拉與陶德被迫分離：薇拉被送到女性那裡成為「治療者」；陶德則成為極權政府的一員。二部曲中有許多關於刑求拷問以及將社會成員劃歸為「他者」的情節與討論，奈斯對於相關細節的含蓄描繪，使它們更具張力。所謂的革命家，是否根本就和恐怖份子一樣？當我們看到書中主角必須選邊站時，特別是來自薇拉母星球的太空船抵達「新世界」時，這已不再是理論性的問題。如同首部曲，二部曲的結局再次讓人瞠目結舌。

——Mary Harris Russell，《芝加哥論壇報》（*The Chicago Tribune*）

高潮迭起——讀來不僅心跳加速，還熱淚盈眶。

——《週日獨立報》（*Indepedent on Sunday*）

讓人冷汗直流的不可思議傑作……充滿人性而精采絕倫。

——Lucy Mangan，《衛報》（*The Guardian*）

噪反首部曲與二部曲已贏得七座最重要的青少年文學獎項，接下來必然還會再度獲獎……現在，三部曲終於問世，它精采地為這個眾人公認新世紀最傑出的文學成就劃上句點。

——Robert Dunbar，《愛爾蘭時報》（*Irish Times*）

《獸與人》充滿力道地完結了噪反三部曲這令人激賞的故事。陶德、薇拉與「歸返」不僅擁有越來越大的權力，還面對越來越複雜的道德難題；不管他們做出什麼決定，都有可能導致整個星球的毀滅。他們不但要克服自己的憤怒、怨恨與恐懼，也必須思考「為何在這個美麗而充滿無限可能之地，我們卻只是一再犯下重複的錯誤」。如同之前的作品，奈斯深刻地描繪了暴力、權力與人性；隨著《獸與人》的出版，我們可以肯定地說，噪反三部曲是近年來最重要的青少年科幻小說。——《出版人週刊》（*Publishers' Weekly*）

奈斯是個充滿說服力的作家，毫不費力地處理了許多重要主題，在噪反三部曲完結篇中，他則對準人類最大的愚行——戰爭……《獸與人》是本厚書，幾乎就像有如磚塊般的俄國小說，但讀起來完全沒有灌水嫌疑，反倒覺得奈斯用字精鍊。書中人物所做的艱困道德選擇，可讓讀者細細品味當中的哲學深意……儘管各個主題同時交織，但在《獸與人》中，最突出的還是角色之間的關係，這些關係不僅改變他們，既將他們帶上毀滅之路，也讓他們找到救贖。《獸與人》是完美的科幻小說，以獨到方式將人類特有的殘酷與理想融合為一。

——Ian Chipman，《書單》雜誌（*Booklist*）

噪反首部曲是近年的青少年文學中最具原創性與最驚人的作品……每一頁都有扣人心弦的逆轉與發展：人物一直處於持續衝突中。讀完《獸與人》時，我幾乎喘不過氣，但像噪反三部曲如此精采又而充滿挑戰性的系列，正需要這樣一個爆炸性的最終章。

——Philip Womack，《文學評論》（*Literary Review*）

致台灣讀者

我開始寫《噪反三部曲》，是因為注意到今日大量的氾濫資訊：當周旋於e-mail、簡訊、臉書、推特中，總免不了有人喜歡公布自己的所思所想。

如果你正年輕，這種情形對你來說會有多糟？

仔細想想就會發現，當代青少年可說是人類有史以來最缺乏隱私的一代。即使十年前的人也絕對無法想像，今日生活中會有這麼多部分是在網路上即時進行。而你再也不能任意做什麼蠢事，否則五分鐘後就會有人用手機拍成影片上傳到YouTube。

於是我開始想像，在這最需要隱私的年代，如果完全無法隱藏私密想法的話將會如何？由此便產生了噪音這個概念，以及為眾人公開的噪音思緒所苦的少年主角陶德。故事中，有一天，在最出乎意料的情況下，他發現了安靜是有可能存在的。

這套黑暗而緊扣人心的小說，討論的正是我認為對青少年最重要的幾件事：學習與外界接觸，學習真正認識他人，以及最重要的，學習信任他人。

我一直希望各種讀者都能享受這套小說，特別是台灣這個處在時代尖端的現代國家，任何人都可能與資訊世界產生連結，同時個人資料也成了最有價值的訊息。世界正在改變，而這對我們來說又代表什麼意義呢？

派崔克敬上

For Patrick Gale

與怪物搏鬥時，小心別讓自己也變成怪物。
當你凝視深淵，其實深淵也凝視著你。

尼采

目次

—結局—

「你的噪音暴露你的行蹤，陶德．赫維特。」

一個聲音——

從黑暗中響起——

我眨眨眼睛，睜開。四周全是影子一片模糊感覺像是整個事件都在旋轉我的血太熱我的頭太脹

我沒法思考一片漆黑——

我又眨眼。

等等——

不對，等等——

我們剛剛，剛剛還在廣場上——

她剛剛還在我懷裡——

她正在我懷裡死去——

「她在哪裡？」我朝黑暗用力大喊，嘗到嘴裡的血味，聲音沙啞，噪音像是突然颳起的颶風，強烈血紅憤怒。**「她在哪裡？」**

「在這裡只有我有資格問問題，陶德。」

那個聲音。

他的聲音。

在暗處。

在我後面，在我看不見的地方。

普倫提司鎮長。

我又眨眼，黑影變成一個巨大的房間，唯一的光線來自於一扇又遠又高的大圓窗戶，玻璃不是透明，而是彩色的，拼出新世界跟兩顆月亮的形狀，穿過窗戶的光線只落在我身上。

「你把她怎麼了？」我大聲說，想要眨掉剛流到眼睛裡的鮮血。我想要伸手把血擦掉，卻發現兩隻手都被綁在背後讓我整個人開始驚慌起來忍不住掙扎呼吸加速我又大喊一次：**「她在哪裡？」**

不知從哪裡來的拳頭重重揍了我的肚子。

我一驚之下整個人往前彎腰，發現自己被綁在木椅子上，腳被綁在椅子腿上，襯衫不知道掉在哪片土山坡，我一邊乾嘔一邊發現我腳下踩著地毯，重複著新世界跟月亮的圖樣，一遍又一遍重複，無盡延伸。

我想起來我們原本在廣場上，我衝向了廣場，抱著她，扛著她，叫她活下去，活到我們能趕到一個安全的地方，直到我們能進安城好救她一命——

可是哪裡都不安全，一點都不安全，只有他跟他的手下而他們把她從我身邊帶走，他們把她從我懷裡帶走——

「你有沒有注意到他沒問我在哪裡。他問的第一個問題是她在哪裡。他的噪音也一樣。有意思。」鎮長的聲音從某處傳來。

我的頭跟肚子一起脹痛，我愈來愈清醒，想起來我很努力地跟他們搏鬥，不讓他們把她帶走，直到槍托敲上我的太陽穴，讓我陷入黑暗——

我吞下緊繃的喉嚨，吞下驚慌跟恐懼——

因為這就是結局了，對不對？

一切的結局。

鎮長抓到我了。

鎮長抓到她了。

「如果你傷害她——」我的肚子仍然因為剛剛的一拳而發痛。柯林斯先生站在我前面，半個人被藏在影子裡，柯林斯先生專種玉米跟花椰菜，還照顧鎮長的馬，現在卻站在我面前，腰間套著一把槍，背上背著一把來福槍，舉起拳頭又要揍我。

「她似乎已經傷得夠重了，陶德。可憐的孩子。」鎮長邊阻止柯林斯先生的動作邊說。

我被綁住的手握起拳頭。我的噪音還不太連續，仍然被打得昏昏沉沉，但是仍然高漲起來，因為我一想到戴維．普倫提司的槍指著我們，她倒在我的懷裡，她流血喘氣——

我讓噪音變得更紅，因為我想到拳頭揍上戴維．普倫提司的臉，想到普倫提司從馬背上滑下，腳卡在馬蹬上，像垃圾一樣被拖走。

「原來如此。這就解釋了我兒子的神祕下落。」

如果我不知道他們的關係，我會以為他的聲音帶著一點笑意。

可是我注意到我只聽得到他的聲音，遠比他以前的普倫提司聲音要更清晰聰明，而我衝進安城時我從他身上聽到的安靜在這不知道是什麼的房間裡還是一大團空洞，跟柯林斯先生的空洞一樣。

他們沒有噪音。

他們兩個人誰都沒有噪音。

這裡唯一的噪音是我的，像是受傷的小牛一樣大吼。

我扭著脖子想去找鎮長在哪裡，但是這麼大的動作讓我痛到不行，我只知道我坐在唯一一道充滿灰塵的陽光下，房間大到我幾乎看不見盡頭的牆壁。

然後我看到在黑暗中有一張小桌，剛好離我遠到我看不清楚上面有什麼。只有一抹金屬的光澤，反射著光線，暗示我不想去想的事情。

「他還是覺得我是鎮長。」他的聲音又聽起來輕鬆而帶著笑意。

「小子，現在是普倫提司總統了。你給我記好。」柯林斯先生語氣不善地說。

「你們把她怎麼了？」我想要轉頭，不斷來回轉動，脖子痛得讓我一直皺眉。「如果你們敢動她，我，我就——」

鎮長打斷我：「你今天早上到了我的城裡，身上什麼都沒有，連件襯衫也沒有，只抱著一個在嚴重意外中受重傷的女孩——」

我的噪音湧起：「不是意外——」

鎮長繼續說，聲音終於露出我們在廣場上見面時聽到的一絲不耐煩：「的確是很嚴重的意外。嚴重到她快死了，而我們花了這麼多時間精力想要找到的男孩，給我們引來這麼多麻煩的男孩，卻自己送上門來，說如果我們能救救這女孩他什麼都願意做，但我們還正在努力救她的時候，他就——」

「她還好嗎？她安全嗎？」

鎮長沒說下去，柯林斯先生上前一步，反手揮了我一巴掌。有好長一段時間，刺痛感在我臉頰上擴散，我坐在那裡不斷喘氣。

然後鎮長走入光圈，站在我正前方。

他還是穿著他的好衣服，一貫的筆挺乾淨，像是衣服下面的根本不是人，只是一塊會走路的冰塊。就連柯林斯先生的身上都有汗漬跟泥巴，還有原本就該有的怪味，但是鎮長沒有，一點都沒有。

鎮長讓你看起來只像是一團該把自己弄乾淨的髒東西。

他面對我，彎下腰好直視我的眼睛。

然後，他給了我個問題，像是他只是好奇：「陶德，她叫什麼名字？」

我驚訝地眨眼。「什麼？」

「她叫什麼名字？」他又問了一次。

他一定知道她的名字吧。我的噪音裡一定有——

「你知道她的名字。」我說。

「我要你告訴我。」

我看看他，又看看雙手交叉在胸前的柯林斯先生，就連沉默都藏不住他一臉巴不得把我狠狠揍一頓的表情。

「陶德，我再問一次，希望你能好好回答。那個從不同世界來的女孩。她叫什麼名字？」鎮長輕鬆地問。

「如果你知道她是從不同世界來的，那你一定知道她的名字。」我說。

然後鎮長微笑了，居然微笑了。

我更害怕了。

「陶德，你弄錯了。我們現在要做的事情是我問你答。立刻答。她叫什麼名字？」

「她在哪裡？」

「她叫什麼名字？」

「告訴我她在哪裡，我就告訴你她叫什麼名字。」

他嘆口氣，像是我讓他失望了。他朝柯林斯先生一點頭，他立刻上前一步，又朝我肚子揍了一拳。

「陶德，我們的交易很簡單。」鎮長對朝地毯乾嘔的我說：「你只需要告訴我我想知道的事情，一切就會結束。這是你的選擇。我說真的，我不想要再傷害你。」

我重重地喘氣，整個人彎腰，肚子的痛讓我很難吸入足夠的空氣。我可以感覺全身的重量都在拉扯手腕上的繩索，我可以感覺到臉上的鮮血，黏黏的液體開始乾涸，我用模糊的眼睛看向困住我的光圈以外的房間中央，一個沒有出口的房間——

一個我會死在這裡的房間——

這個房間——

這個她不在的房間。

我做出了選擇。

如果這就是結束，那我做出了選擇。

決定不要說。

「你知道她的名字。你要殺就殺吧，但你已經知道她的名字了。」

鎮長只是看著我。

我這一生中最長的一分鐘就這樣過去，他看著我，讀著我，看到我是認真的。

他走到小木桌邊。

我抬頭去看，但是他的背遮住了手上的動作。我看得出來他在弄桌上的東西，一塊金屬刮著木頭。

「你要我做什麼都可以。」他說。我發現他在模仿我原先說的話。「只要你們救她，你們要我做什麼都可以。」

「我不怕你。」但是我的噪音不是這樣說的，想像各式各樣可能出現在桌上的東西。「我不怕死。」

我不知道我是不是認真的。

他轉向我，手背在身後，讓我看不出來他拿了什麼。

「因為你是男人？因為男人不怕死。」

「對，因為我是男人。」我說。

「如果我記得沒錯，你的生日還有十四天才到。」

「那只是數字而已。」我重重地喘氣，我的肚子因為這番對話而不斷翻動。「一點都不重要。如果我在舊世界上，我早就已經是——」

「小子，你不在舊世界上。」柯林斯先生說。

「我想他不是這個意思，柯林斯先生。」鎮長說，仍然看著我。「是吧，陶德？」

我來回看著他們兩人。「我殺過人。」我說：「我殺過人。」

「對，我相信你殺過人。我可以看到你全身都寫滿了羞愧，但是問題是誰？你殺了誰？」他走入光圈外的黑暗，他從桌上拿起的東西仍然被他藏在身後，走到我的後面。「或者我該問，你殺了什麼？」

「我殺了亞龍。」我說，想要轉頭去看他卻失敗了。

「是嗎？」他沒有噪音這件事很糟糕，尤其沒辦法看到他。這不像是女生的沉默，女生的沉默還是活生生的，在包圍她們的噪音中擠出自己的形狀。

（我想到她，想到她的沉默，想到沉默的痛）

（我不去想她的名字）

不論鎮長是怎麼辦到，不論他是怎麼樣讓他跟柯林斯先生都不會再發出噪音，他的沉默感覺上就像是什麼都沒有，像是沒有生命的東西，它的形狀、噪音、生命都跟世界上任何一塊石頭或牆壁一樣，一個永遠不能征服的堡壘。我猜他正在讀我的噪音，但是他就像是石頭做成的人一樣，我怎麼能確定他到底在想什麼？

不過我還是讓他看到他想看的東西。我把瀑布下的教堂放在噪音的最前面。我擺出跟亞龍真真實實打的一架，包括我們之間的打鬥跟鮮血，我擺出跟他的打鬥，揍他、把他打到地上。我擺出我抽出匕首。

我擺出我刺進亞龍的脖子。

「這是事實。但這是完整的事實嗎？」鎮長說。

「是。」我說，把噪音調得很高，擋下他可能聽到的其他噪音。「這是事實。」

他的聲音仍帶著笑意：「我覺得你在撒謊，陶德。」

「我才沒有！」我幾乎是用喊的。「我照亞龍希望的做了。我殺了他！我按照你們的法律成為男人你可以要我加入你們的軍隊你要我做什麼我都可以，只要告訴我你們把她怎麼了！」

我看到柯林斯先生注意到我身後的手勢所以他又走上前一步，舉起拳頭，然後——

（我忍不住）

我閃躲的動作大力到我把椅子往旁邊拖了幾吋——

（閉嘴）

他的拳頭沒有落下。

「很好。」鎮長說，聽起來很滿意。「很好。」他又開始在黑暗中走動。「陶德，讓我來跟你解釋幾件事。你在原本是安城大教堂的主辦公室裡，從昨天起這裡就變成了總統府。我把你帶到我家裡來是想要幫你。幫你明白你針對我、針對我們的抗爭是誤入歧途。」

他的聲音移到柯林斯先生後面——

他的聲音——

有一瞬間我感覺他沒有說出口——

像是他直接在我腦子裡說話——

然後這感覺消失了。

「我的士兵應該明天下午就會到。」他邊走邊說：「你，陶德．赫維特，首先要回答我的問題，然後你必須遵守承諾，幫助我一起創造新的社會。」

他再度走入光線裡，停在我面前，雙手仍然背在身後，他拿著的東西我還是看不見。

「陶德，我在這裡進行的種種一切都是想讓你明白，我不是你的敵人。」他說。

我驚訝到有一秒鐘甚至忘記害怕。

不是我的敵人？

我睜大眼睛。

不是我的敵人？

「沒錯，陶德，不是你的敵人。」他說。

「你是殺人狂。」我想都沒想就說。

「我是將軍。如此而已。」他說。

我盯著他。「你來這裡的路上殺人。你殺了遠支鎮的人。」

「戰爭時期總會發生令人遺憾的意外，但是戰爭結束了。」

「我看到你對他們開槍。」我說，很恨一個沒有噪音的人說話的聲音聽起來好結實，像是搬不動的石頭。

「是我親自動手的嗎，陶德？」

我壓下一陣反胃。「不是，但是是你開始的戰爭！」

「這是有必要的。我是想拯救一顆病得快死的星球。」他說。

我的呼吸愈來愈急促，腦子愈來愈模糊，頭愈來愈重，可是噪音也愈來愈紅。「你殺了希禮安。」

「非常遺憾。他會是很優秀的士兵。」他說。

「你殺了我的母親。」我說，我的聲音卡住（閉嘴），我的噪音充滿憤怒與悲傷，眼睛裝滿淚水（閉嘴，閉嘴，閉嘴）。「你殺了普倫提司鎮上的所有女人。」

「陶德，你聽到什麼都信嗎？」

一陣沉默。真正的沉默，因為就連我自己的噪音都在想這句話。「我不想殺女人。」他補上一句：「我從來不想。」

我的嘴巴大張。「才不是──」

「我們現在該上歷史課了。」

「你說謊！」

「你認為你是無所不知的嗎？」他的聲音變得很冷，離開我身邊，柯林斯先生往我頭旁邊揍來的一拳大力到我幾乎要倒在地上。

「你是**騙子，殺人犯！**」我大叫，耳朵仍然因為剛才的一拳而發出嗡嗡聲。

柯林斯先生從另一個方向又揍了我一拳，就像一塊木頭一樣堅硬。

「陶德，我不是你的敵人。」鎮長再說了一次。「請不要逼我這樣對待你。」

我的頭痛到我什麼都沒說。我什麼都不能說。我說不出他想要聽的話。不管我說什麼我都會被打昏。

這就是結束。這一定是結束。他們不會讓我活下去。他們不會讓她活下去。

這一定就是結束。

「我希望這就是結束。」鎮長說，他的聲音讓這句話聽起來居然像是真的。「我希望你能告訴我我想要知道的事情，好能停止這一切。」

然後他說——

然後他說——

他說：「拜託你。」

我抬起頭，眨掉眼睛周圍湧出的水。

他的臉上出現擔心的表情，一種幾乎是懇求的表情。

這什麼鬼？這他什麼鬼？

然後我又聽到這句話在腦子裡引起的嗡翁聲——

跟只是聽到別人的噪音不一樣——

拜託，它就像是用我的聲音說出來的一樣——

拜託，感覺像是我說的話一樣——

擠壓我——

在我的內臟——

讓我感覺我想要說那句話——

拜託——

「陶德，你以為你知道的事情，都不是真的。」鎮長說，聲音仍然縈繞在我的腦海。

然後我想起——

我想起班——

我想起班對我說過一樣的話——

我失去的班——

我的噪音當場就凝結起來——

打斷他。

鎮長的臉失去了懇求的表情。

他微微皺眉：「好吧。你只要記得，這是你的選擇。」他站直身體。「她叫什麼名字？」

「你知道她的名字。」

柯林斯先生揍了我的頭，讓我倒向一邊。

「她叫什麼名字？」

「你已經知道她的名字——。」

轟，又一拳，這次從反方向揍來。

「她叫什麼名字。」

「不說。」

轟。

「告訴我她的名字。」

「不說！」

轟。

「她的名字是什麼，陶德？」

「干你的！」

只是我說的不是干，而柯林斯先生揍我的力量大到我的頭往後仰，椅子失去重心，連人帶椅子一起往旁邊倒下，重重摔到地毯上，雙手綁在一起的我沒辦法撐住自己的身體，眼中滿滿都是小小的新世界，別的什麼都看不到。

我朝地毯喘氣。

鎮長靴子的腳尖靠近我的臉。

「我不是你的敵人，陶德．赫維特。」他又說了一次。「你告訴我她的名字，這一切就可以停下來。」

我吸了一口氣，忍不住開始咳嗽。

我又吸了一口氣，說出該說的話。

「你這個殺人狂。」

又一陣沉默。

「只好這樣了。」鎮長說。

他的腳移開，我可以感覺到柯林斯先生把椅子從地板上拖起，順道把我一起抓起，我的身體被自己的重量拖住，痛得不行，直到我又坐在彩色光圈裡。我的眼睛腫到雖然柯林斯先生就站在我面前，我幾乎已經看不見他。

我聽到鎮長走到小桌子前面。我聽到他在弄桌上的東西。我聽到金屬的摩擦聲。

我聽到他走近我身邊。

我之前想了這麼多次，現在真的發生了，終於發生了。

我的結局。

對不起，真的對不起，我心想。

鎮長一手按著我的肩膀，我想閃躲，但是他的手還是穩穩地壓著我。我看不到他拿著什麼，但是他正拿著東西朝我過來，朝我的臉過來，某個很硬的金屬物充滿了苦痛準備要讓我受盡折磨結束我的生命而我身體裡有一個洞我需要爬進去，躲避這一切，一個又深又黑的洞，我知道這就是結束，一切的結束，我永遠不可能從這裡逃開而他會殺了我還有殺了她，沒有機會，沒有生命，沒有希望，什麼都沒有。

對不起。

然後鎮長在我的臉上蓋上繃帶。

我被繃帶的清涼嚇了一跳，想要閃過他的手，但是他不斷輕輕地用繃帶壓住我額頭上的腫包，還有我臉上跟下巴的傷口，他的身體近到我可以聞到他的味道，乾淨的味道，肥皂的木香，他的鼻子擦過我臉頰的呼吸，他的手指幾乎溫柔地摸著我的割傷，處理我腫起來的眼睛，裂開的嘴唇，而我可以感覺到繃帶幾乎立刻開始生效，感覺腫包消下去，止痛藥散入身體，我那一瞬間想到的是安城的繃帶真好，好像她的繃帶，舒服的感覺來得好快，完全出乎我的意料，讓我的喉嚨突然一緊，我得重重吞了幾口口水才壓了下去。

「陶德，我不是你以為的那種人。」鎮長安靜地說，幾乎對著我的耳朵在說話，朝我的脖子壓下新的繃帶。「我沒有做你以為我做的事情。我叫我的兒子把你帶回來。我沒有叫他開槍打人。我沒有叫亞龍殺你。」

「你是個騙子。」我說，但是我的聲音很虛弱，整個人因為不想哭出來而發抖（閉嘴）。

鎮長在我胸口跟肚子上的瘀青蓋上更多繃帶，溫柔到我幾乎忍不住，溫柔到幾乎像是他其實在意我的感覺。

「我是在意的，陶德。有一天你會了解我是說真的。」他說。他走到我身後，為我被綁住的手腕貼上另一塊繃帶，握住我的雙手用拇指慢慢搓揉，直到感覺恢復。

「有一天你能信任我。也許你甚至能喜歡我。有一天甚至會把我當父親一樣的存在，陶德。」他說。

我感覺好像噪音正跟所有的藥物一起融化，跟所有的痛一起消失，跟我一起消失，像是他的確正在殺死我，但用的方法是治療而不是懲罰。

我壓不下喉嚨、眼睛、聲音中的哭泣。

「求求你。求求你。」我說。

但是我不知道自己想講什麼。

「戰爭結束了，陶德。」鎮長再次這麼說：「我們正在創造新世界。這個星球終於能夠名副其實。相信我，當你能看見時，你會想要成為其中的一分子。」

我朝黑暗呼吸。

「陶德，你能成為一位領袖。你已經證明你是很特別的人。」

我不斷呼吸，想要保持清醒，卻感覺自己漸漸抓不住了。

「我怎麼知道？我怎麼知道她還活著？」我終於開口，我的聲音沙啞，模糊，不真實。

「你沒辦法知道。你只能相信我的承諾。」鎮長說完，繼續等待。

「如果我去做，如果我照你說的話去做，你會救她？」我說。

「我們會盡一切努力。」他說。

少了痛苦，感覺幾乎像是我沒有身體，幾乎像是我是個鬼魂，坐在椅子上，盲目而永恆。

像是我已經死了。

因為如果沒有痛感，你怎麼知道自己還活著？

「我們就是我們所做的選擇，陶德。如此而已。我希望你能選擇告訴我。我非常希望。」鎮長說。

繃帶之下是更多的黑暗。

只有我，獨自在黑暗中。

只有他的聲音陪我。

我不知道該怎麼做。

我什麼都不知道。

（我該怎麼辦？）

可是如果有可能，如果有機會——

「這真的是那麼大的犧牲嗎，陶德？」鎮長聽著我在思考。「現在，過去已經結束的時候？未來正要開始的時刻？」

「我還在等，陶德。」

不行。不行。我不行。他是個騙子，是個殺人狂，不論他怎麼說——

可是她說不定可以活下去，他說不定能讓她活命——

「這已經快要是你最後一次機會了，陶德。」

我抬起頭。我的動作讓繃帶鬆開，我在光線下瞇起眼睛，抬頭看著鎮長的臉。

一如往常的空白。

是空洞，毫無生氣的牆。

感覺上就像跟個無底洞在說話一樣。

我就像是個無底洞。

我別過臉，低下頭。

「薇拉。」我對地毯說：「她的名字是薇拉。」

鎮長緩慢、滿意地吐出一口氣。「很好，陶德。我感謝你。」

他轉向柯林斯先生。

「把他關起來。」

Part 1

陶德在塔中

1 老市長

［陶德］

柯林斯先生推著我走上一道狹窄、毫無窗戶的樓梯間，不斷往上往上往上，狹窄的拐彎，但不斷直直往上。就當我以為我的腿已經撐不住的時候，我們來到一扇門前。他打開門以後把我往裡面用力一推我整個人摔到房間裡在木頭地板上倒下，手臂僵硬到我甚至沒法撐住自己，只能邊呻吟邊往一側倒去。

看到下面三十公尺外的地面。

柯林斯先生看到我急急忙忙往後退的樣子，大笑出聲。我站在一個只有五塊地板寬的平台，繞方形的房間一圈，房間中間只有一個大洞，中間垂著幾條繩子。我順著繩子抬頭往上看，是一根高高的木軸，上面是我看過最大的兩座銅鐘，掛在一根木梁下面，大得不得了，像個房間一樣大，塔的旁邊有圓拱形的窗戶，好把鐘聲往外傳。

柯林斯先生關門時我嚇了一跳，他鎖門時的咔噠聲讓我相信根本沒有逃走的可能。

我站了起來，靠在牆邊，直到能夠重新呼吸。

我閉上眼睛。

我在心裡想，我是陶德．赫維特。我是希禮安．波德跟班．摩爾的兒子。我還有十四天就要過生日，但我已經是男人了。

我是陶德．赫維特，我是男人。

（一個把她的名字告訴了鎮長的男人）

我低聲說：「對不起。真的對不起。」

一陣子後，我睜開眼睛，看看四周。這一層鐘塔上，跟眼睛同高的地方有一圈小小的長方形開口，每面牆上有三個，消失中的天光從灰塵間照進來。

我走到最近的開口邊。很顯然我正在教堂的鐘塔裡，非常高。看著前面，下面是我剛進入鎮裡看到的廣場，其實只是早上的事情，但感覺像是過了一輩子。天色開始變暗，所以我一定是昏了好一陣子才被鎮長叫醒，在這段時間中他能對她做出各種事情，甚至可以把她——

（閉嘴，給我閉嘴）

我看著廣場。還是沒有人，仍然是一種安靜城鎮的沉默，一個沒有噪音的城鎮，一個等著軍隊來占領它的城鎮。

一個甚至沒有想要抵抗的城鎮。

鎮長只是來這裡，他們就把整個鎮交給他了。有時候軍隊的傳言就跟軍隊一樣有效，他告訴我，他說得沒錯吧？

這段時間裡，我們盡了全力一直跑，沒有想我們到了以後會看到什麼樣的安城，沒有說但是不斷希望這裡會是安全的，希望這裡會是天堂。

班說，我告訴你有希望的。

可是他錯了。這裡一點都不是安城。

這裡是新普倫提司城。

我皺眉，感覺胸口一緊。我看著廣場的西邊，看著下面的樹林與更遠處的安靜屋子與街道會合在一起，通到在不遠處從山谷邊緣重重落下的瀑布，之字形的路在旁邊的山坡上彎彎折折，在那條路上我與小戴維．普倫提司打了一架，在路上薇拉——

我背向窗戶轉回房間。

我的眼睛開始適應散去的天光，但是這裡似乎只有木板跟淡淡的臭味。鐘繩離兩邊各有兩公尺的距離。我抬頭看到繩子緊緊綁在鐘上好讓它們能夠響。我瞇眼看著洞下面，但是已經黑到看不清楚下面有什麼。可能只是硬磚頭而已。

不過兩公尺其實算不了什麼。我可以很輕鬆就跳過去，抓著繩子往下爬。

可是——

「其實這設計很聰明。」一個聲音從很遠的角落傳來。

我整個人往後一彈，舉起拳頭，噪音大作。一個人從他坐著的地方站起來，又是一個沒有噪音的男人。

只是——

「如果你想從掛在那邊、看起來超級誘人的繩子爬下去，整個鎮的人都會知道。」他繼續說。

「你是誰？」我的胃掛得高高的，輕了許多，但是我沒有放開拳頭。

「沒錯，我看得出來你不是安城人。」他從角落走出來，讓光線照在臉上。我看到一邊烏青的眼睛還有似乎剛剛才結疤的嘴唇。顯然沒人幫他上繃帶。「沒想到這麼快就忘記原來是這麼吵。」他幾乎是自言自語地說。

他人不高，比我還矮，也比我還胖，比班年紀大一點但沒大太多，可是我可以看得出來他整個人都很軟，就連臉都很軟，如果必要的話我可以打倒這樣全身軟趴趴的人。

「沒錯，我想你應該可以的。」他說。

「你是誰？」我又說了一次。

「我是誰？」那個人輕聲重複一次，像是表演一樣，大聲地說：「孩子，我是康．雷傑，安城市長。」他有點迷惘地笑了。「但不是新普倫提司城的市長。」他微微搖頭，看我。「當難民剛進來的時候，我們甚至發解藥給他們。」

我看出來他的笑容不是笑容，是皺眉。

「我的老天啊，小子，你好吵啊。」他說。

「我不是小子。」我依然舉著拳頭。

「我完全不懂你在介意什麼。」

我有成千上萬想要說的話，但是最後是我的好奇心獲勝。「所以有得治？可以治噪音？」

「當然有。」他說，表情有點抽搐，像是吃到壞掉的東西。「當地的植物產出的天然化學成分混上幾樣我們可以合成出來的成分就成功了。新世界終於得到寧靜。」

「不是整個新世界。」

「沒錯。」他說，轉身去看窗戶，手背在身後。「因為很難做啊，不是嗎？一個漫長而緩慢的過程。我們去年才成功，之前我們嘗試了二十年。做出來的量剛好夠我們自己用，正開始外銷的時候……」

他沒再說下去，直直看著下方的城鎮。

「你們就投降了，一群懦夫。」我的噪音低沉的翻騰，一片紅海。

他轉頭看我，苦澀的笑容消失，完全不見。「小孩子的話我幹嘛要聽？」

「我不是小孩。」我又說了一次，我還握著拳頭嗎？沒錯。

「很顯然你是。因為男人知道當一個人面對毀滅時，必須做出必要的選擇。」他說。

我瞇起眼睛。「你根本不懂什麼叫做毀滅。」

他眨眨眼睛，從我的噪音裡看到我說的都是事實，像是一道道要打瞎他的閃電，整個人垮了下來。「原諒我。我平常不是這樣的。」他舉手搓著臉，用力揉著眼睛周圍的瘀青。「我昨天還是一個美麗城市的寬容市長。」他似乎是自嘲地笑了。「但那是昨天。」

「安城有多少人？」我問，不願意放棄。

他看我：「孩子——」

「我的名字是陶德．赫維特。你可以叫我赫維特先生。」我說。

「他承諾我們會有新開始——」

「就連我都知道他是個騙子。多少人？」

他嘆口氣。「包括難民，三千三百人。」

「軍隊還不到你們人數的三分之一。你可以抵抗的。」

「女人、小孩跟農夫。」他說。

「別處鎮上的女人跟小孩也在抵抗。女人和小孩因此而死掉。」

他上前一步：「沒錯，所以這個城裡的女人跟小孩不會死掉！因為我跟他們達成和平協議！」

「一個打黑你的眼睛、打裂你嘴唇的和平。」

他看了我一秒，有點憂傷地哼了一聲。「智者之言，村夫之口。」他說。

然後他轉身去看開口，這時候我感覺到低低的嗡嗡聲。

我的噪音裡充滿問號，但我還來不及開口問，市長，前任市長就說：「沒錯，你聽到的是我。」

「你？那藥呢？」我說。

「你會把手下敗將最喜歡的藥給他嗎？」

我舔舔上唇。「所以會回來？你的噪音？」

「沒錯。」他又轉頭看我。「如果不每天按時服藥，噪音一定會回來。」他回到自己的角落，慢慢坐下來。「你會發現這裡沒有廁所。我先為到時候的不方便跟你道個歉。」

我看著他坐下，我的噪音仍然一片紅，微微發痛，充滿問題。

「我沒猜錯的話，是你吧？今天早上？那個讓整個鎮都得清空、新總統親自騎馬迎接的人？」他說。

我沒回答，但是我的噪音回答了。

「你是誰，陶德．赫維特？你為什麼這麼特別？」他說。

我覺得，這是非常好的問題。

夜晚很快就扎扎實實地落下。雷傑市長說的話愈來愈少，不斷地動來動去，直到他終於忍不住，開始來回走步，在這段時間他的噪音愈來愈吵，直到就算我們想要聊天，都得用喊的才有可能。

我站在塔前，看著星星出來，直至夜幕降臨鎮上。

而我不停地在想，更努力不要去想，因為一想我的胃就會開始打滾想吐，或是我的喉嚨會縮起來讓我想吐，或是我的眼睛會濕掉讓我想吐。

因為她在某處。

（拜託妳一定要在某處）

（拜託妳一定要沒事）

（拜託）

「你一定要這麼吵嗎？。」雷傑市長開罵。我轉向他，準備要罵回去，但他嘆口氣。「對不起。」他舉起手來道歉。「我平常不是這樣的。」他又開始轉手指。「只是解藥突然沒了，很難適應。」

我回頭看新普倫提司城，每個人的屋子裡開始有燈亮起。我一整天都沒看到別人，所有人都待在屋子裡，大概是鎮長的命令。

「他們都是這樣？」我說。

「喔，每個人家裡自己都會有存貨。我想他們如果想要拿到得用搶的。」雷傑市長說。

「我想軍隊來了以後，那不會是問題。」我說。

月亮生起，爬上天空，好像沒什麼好急的。它們的光線亮到足夠點亮整個新普倫提司城，我可以看到河從鎮的中間穿過，但是北邊沒有什麼東西，只有農田，在月光下一片空曠，然後突然升起的一片懸崖變成山谷的北牆。往北邊，你可以看到一條來自山丘上的小路，叉進小鎮裡，那就是我和薇拉在遠支鎮之後沒走的路；那就是鎮長來這兒，且首先抵達的路線。

河流跟主要的大路繼續往東邊前進，天知道通往哪裡，繞了幾個彎，繞過遠處的山，鎮上看起來愈來愈空曠，直到消失。有另外一條沒什麼鋪的路從廣場通向南邊，經過更多建築物跟屋子，進入樹林後，爬上一座上面凹下去的小山。

新普倫提司城就這麼大了。

三千三百人的家，所有人都躲在屋子裡，安靜到跟死了一樣。

沒有一個人舉手自救，希望如果他們夠聽話，如果他們夠弱小，怪物就不會吃掉他們。

我們花了這麼久的時間，居然是想逃來這樣的地方。

我看到廣場上有動靜，一個影子閃過但只是一條狗。回家，回家，回家。我可以聽到他在這樣想。回家，回家，回家。

狗不懂人的問題。

狗隨時都可以開心。

我花了一分鐘，努力地呼吸，直到突來的緊繃感，眼睛裡的水消失，花了一分鐘才能不再去想我的狗。

當我又能張開眼睛的時候，我看到一個不是狗的人。

他的頭往前垂，慢慢地牽著馬走過廣場，馬蹄在磚頭上答答響。他走近的時候，雖然雷傑市長的嗡嗡聲已經吵到我不知道今天晚上該怎麼睡，我還是可以聽到。

噪音。

在安靜等待的城鎮中，我可以聽到那個人的噪音。

他可以聽到我的。

陶德．赫維特？他想。

我也可以聽到他的臉上泛出笑容。

我找到一樣東西，陶德。他從廣場的另一端說，噪音爬上塔，在月光下找到我。找到你的東西。

我什麼都沒有說，我什麼都沒有想。

我只是看著他朝背後伸手，朝我舉著一樣東西。

就算隔了這麼遠，就算只有月光，我仍然知道那是什麼。

我媽的書。

戴維．普倫提司拿到了我媽的書。

2 腳踩脖

［陶德］

第二天一大早，一個有麥克風的高台在一片吵鬧聲中在鐘塔邊被架起，隨著早上變成下午，新普倫提司城的人聚集在高台前面。

「為什麼？」我看著他們。

「你說呢？」雷傑市長坐在陰暗的角落裡，噪音像是發出嗡嗡聲的鋸子，激烈而刺耳。「讓大家見見新的領袖。」

他們沒說什麼，臉色蒼白嚴肅，不過沒有人聽得見他們的噪音，誰知道他們在想什麼？可是他們比我以前鎮上的人要看起來更乾淨，頭髮更短，臉上沒有鬍鬚，衣服也比較好。他們不少人跟雷傑市長一樣又圓又軟。

這裡原本一定是個舒服的地方，不需要每天為了生存而奮鬥。

也許問題就是太舒服了。

雷傑市長哼了一聲，卻沒說什麼。

普倫提司鎮長的人騎著馬站在廣場的重要位置，總共有十到十二個人，舉著來福槍，確保每個人都會乖乖的，但是軍隊的威脅似乎已經很成功，我看到塔特先生跟摩根先生跟歐哈爾先生，我從小看到大的人，我習慣把他們看成農夫的人，原本只是男人的人，直到有一天他們全都變了樣子。

我沒看到戴維．普倫提司。一想到他，我的噪音就開始沸騰。

他一定是被馬拖到不知道哪裡去之後又走了回來，下山的路上找到我的背包，裡面的東西只是一堆爛掉的衣服還有那本書。

我媽的書。

我媽對我說的話。

我生下來的時候就開始寫。一直到她死之前。

在她被殺之前。

我神奇的兒子，我發誓他會把這個世界變得更好。

薇拉讀給我聽的話，因為我不能——

現在該死的戴維．普倫提司——

雷傑市長咬著牙：「能不能請你至少盡量——」他阻止自己再說下去，抱歉地看著我。「對不起。」從柯林斯先生帶早餐來把我們叫起來之後，他已經道歉上百萬次了。

我還來不及回答，心臟就感覺一陣猛烈的拉扯，突然到我幾乎要驚叫。

我往外看。

新普倫提司城的女人來了。

*

她們從比較遠的地方出現，一群群順著小巷走來，遠離大多數被鎮長騎馬巡邏的手下困在廣場中央的男人。

我感覺不到男人的沉默，但我感覺得到她們的。感覺像是失去了什麼，像是一大團傷痛出現在世界的聲音裡，我得再擦眼睛，但是我把整個人貼到開口邊，想要看她們，想要看清楚她們每個人。

想要看她在不在。

可是她不在。

她不在。

她們看起來像男人，大多數都穿著長褲還有不同剪裁的襯衫，有些穿長裙，但大多數看起來乾淨又整齊，營養充足。她們的頭髮有許多樣式，綁起來或盤起來或放下來或短或長，而且她們之中金髮的人數沒有我老家的男人噪音裡想的那樣多。

我看到她們之中比較多人雙手抱胸，也比較多人的表情看起來充滿懷疑。臉上有生氣表情的人數也比男人多。

「有人跟你爭嗎？有人不想放棄嗎？」我一邊看，一邊問雷傑市長。

「陶德，這裡是民主制度。你知道那是什麼嗎？」他嘆口氣。

「不知道。」我繼續找，但沒找到。

「意思是我們會聽少數人的意見，但多數人統治。」

我看著他。「這些人都想投降？」

「總統給議會一個提案，答應如果我們同意，這座城裡的人不會受到傷害。」他摸著裂開的嘴唇說。

「你們信他了？」

他的眼睛對我憤怒地閃著。「你要不是忘了，否則就是不知道我們已經大戰一場，一場任何戰爭都比不上的戰爭，就在你出聲的那個時候。如果能夠避免——」

「所以你們願意把自己交給殺人犯。」

他又嘆口氣。「議會的大多數人，以我為首，決定這是能讓盡量多數人活下來的方法。」他把頭靠在磚牆上。「陶德，世界上不是所有事情都是黑或白，事實上，幾乎沒有事情是這樣的。」

「可是如果——」

咔噠。門上的鎖滑開，柯林斯先生走進房間，舉著手槍。

他直直看著雷傑市長。「站起來。」

我來回看著他們兩人。「怎麼回事？」我說。

雷傑市長從角落站起來。「陶德，似乎有人來討債了。」他說，努力想要把聲音放輕鬆，但是我聽到他的噪音充滿害怕。他對我說：「這裡曾經是個美麗的鎮。而且我曾經是個更好的人。請你記得這點。」

「你在說什麼？」我說。

柯林斯先生抓住他的手臂，把他推到門外。

「喂！」我追上去。「你要把他帶去哪裡？」

柯林斯先生舉起拳頭要揍我——

我閃開。

（閉嘴）

他大笑，把門在身後反鎖。

（咔噠。）

留下我一個人在塔裡。

隨著雷傑市長的噪音消失在樓梯裡，我聽到了。

前進前進前進，從遠方傳來。

我走到一個開口邊。

他們來了。

征服的大軍進入安城了。

他們像是一條黑河順著蜿蜒的路流下，充滿灰塵而骯髒，像是炸開的水壩。他們四、五個人排成一行，最前面的人消失在山腳下的樹林時，最後面的人才終於上了山頂。所有人看著他們，男人背對高台，女人從小巷邊往外看。

前進前進前進的噪音變得更大聲，在城市的街道裡迴盪，像是倒數的鐘聲。

所有人等著。我跟他們一起等著。

然後，從樹林間，在路拐彎的地方——

他們到了。

軍隊。

哈馬先生在最前面。住在加油站裡的哈馬先生。滿腦子小孩不應該聽到的骯髒暴力東西的哈馬先生。對逃跑的遠支鎮民開槍的哈馬先生。

哈馬先生正領軍。

我可以聽到他的聲音，喊著口號讓所有人能夠保持同樣的行軍速度。腳，他用行軍的節奏喊著。

腳。

腳。

腳踩脖。

他們進入廣場，繞過小徑，像是無可抵擋的力量一樣穿過男女中間。哈馬先生近到我可以看到他的笑容，我太熟悉的笑容，一個要揍人，要打人，要逼人求饒的笑容。

他愈來愈近，我愈來愈確定。

這是沒有噪音的笑容。

有人，也許是騎在馬上的其中一個人，已經去跟軍隊在路上會合過。有人身上帶著解藥。軍隊沒有噪音，只有聲音跟口號。

腳，腳，腳踩脖。

他們繞過了廣場，來到高台前。哈馬先生停在角落，讓手下在高台後面自己排成隊形，背對著我站好，面對轉身看著他們的群眾。

我開始從整齊的隊伍中認識一些士兵。華勒斯先生，小史密斯先生，店長費普先生。普倫提司鎮的還有很多，很多別人。

軍隊愈近，人愈多。

我看到伊凡，遠支鎮上穀倉的人，那個人偷偷告訴我有同情他們那一方的人。他盯著隊伍前面一個人的腦袋，而所有證明他說得沒錯的證據都站在他後面，手臂伸直，來福槍抓好。

最後一名士兵在最後一聲中就定位。

腳踩脖！

然後只剩下沉默，像是風一樣颳過新普倫提司城。

直到我聽見教堂的大門在下面打開。

然後普倫提司鎮長走出門外，對他的新城市講話。

他向哈馬先生敬禮，然後走上高台的台階。「現在，你們很害怕。」

城裡的男人抬頭看他，什麼都沒有說，沒有噪音也沒有交頭接耳。

女人站在小巷裡，同樣沉默。軍隊在原地立正，隨時準備處理任何狀況。

我發現我正憋著呼吸。

他繼續說：「現在，你們覺得你們被征服了。你們認為已經沒有希望了。你們認為我站在這裡是要宣告你們的死期。」

他背對著我，但透過藏在四個角落的喇叭，他的聲音響徹整個廣場，整個城市，可能還包括整個山谷跟更遠的地方。因為哪裡還有別人會聽他說話？在整個新世界，還有誰不是就站在這裡，再不然就已經躺在地下？

普倫提司鎮長正對整個星球說話。

「你們想得沒錯。」他說。我可以告訴你，我很確定我聽到他的笑容。「你們被征服了。你們被打敗了。我將宣告你們的末日。」

他安靜下來，讓所有人有時間好好去想他這段話。我的噪音一陣翻騰，我看到有幾個人抬頭看向塔頂。我很努力想壓下噪音，但是怎麼會有這種人？怎麼會有這種乾乾淨淨舒舒服服沒餓肚子，就把自己送上門去的人？

「可是征服你們的人不是我。打倒你們或打敗你們或奴役你們的人不是我。」鎮長說。

他停頓片刻，看著所有人。他穿著一身白，白色帽子、白色靴子，配上掛在高台上的白布跟下午的大太陽，他簡直讓人看了都要瞎掉眼睛。

「你們是被自己的怠惰奴役了。你們是被自己的安逸打敗了。你們的末日——」他的聲音突然揚起，末日兩個字大聲到一半人都要被嚇得跳起來。「來自你們的好意！」

他愈來愈激動，重重地朝麥克風喘氣。

「你們在面對世界帶來的挑戰時允許自己變得軟弱，無助到只不過經過一代的時間，你們就變成會對**謠言**投降的人！」

他開始在舞台上踱步，手裡抓著麥克風。人群裡每張害怕的臉，軍隊裡的每張臉都轉向他，看著他不斷來來回回。

我正看著。

「你們讓軍隊走進城裡，而不是讓他們占領。你們是自願的。」

他繼續踱步，聲音愈來愈大。

「所以你們知道我的手段。我贏了。我奪走了你們。我奪走了你們的自由。我奪走了你們的城鎮。我奪走了你們的未來。」

他大笑，像是不敢相信自己的好運。

「我以為會是一場戰鬥。」他說。

人群中有些人低頭看著自己的腳，不肯看對方的眼睛。

不知道他們是不是覺得丟臉。

我希望是。

「可是沒有戰鬥，反而得到了一場對話。對話的開始就是請不要傷害我們，結束是你要拿走什麼都請便。」

他站在高台中央。

「我以為會是一場**戰鬥！**」他再次大吼，朝他們伸出拳頭。

所有人怕得一縮。

他們的害怕明顯到極點。超過一千個男人在一個人的拳頭下怕了。

我沒看到女人是怎麼反應的。

「因為你們沒有給我一場戰鬥，你們就要面對後果。」鎮長的聲音很輕鬆。

我聽到教堂的門又打開，柯林斯先生推著雙手被綁在後面的雷傑市長走了出來，穿過軍隊。

普倫提司鎮長雙手抱胸，看他走來。男人們終於開始互相低聲交談，女人的聲音更大，馬背上的人揮著來福槍要所有人安靜。鎮長甚至沒去看發出聲音的人，像是他根本不屑。他只是看著柯林斯先生把雷傑市長推上高台後面的台階。

雷傑市長站在台階上面，看著所有人，他們看回來，有些人因為他尖銳的噪音而瞇起眼睛，我發現他原本只是嗡嗡叫的噪音現在開始變成真正的話，害怕的話，害怕的畫面，柯林斯先生打黑他眼睛跟打裂他嘴唇的畫面，他同意投降後被關在塔裡的畫面。

「跪下。」普倫提司鎮長說，聲音很小。雖然他說話時沒有對著麥克風，我卻聽得清清楚楚，像是在腦袋裡的鐘聲，從所有人都倒抽一口冷氣的情況看來，不知道他們是不是也是這樣聽到。

雷傑市長似乎還不知道自己在做什麼，就已經跪在高台上，似乎對於自己跪下來這件事很驚訝。

整個鎮上的人都看著他。

普倫提司鎮長等了一會兒。

然後走到他身邊。

拿出匕首。

那是一把很大、完全不是鬧著玩，隨時可以讓人喪命的東西，在太陽下閃閃發光。鎮長把匕首高高舉過頭，慢慢翻轉，好讓所有人看見即將發生的事。好讓所有人都能看到匕首。

我的胃往下掉，有一瞬間我以為——

但那不是我的——

不是我的——

然後有一個人大喊：「殺人犯！」聲音是從廣場另一邊傳來的。一個人的聲音，壓過所有沉默，來自女人的方向。

我的心跳了一下——

但那不可能是她——

但至少有人。

至少有人。

普倫提司鎮長冷靜地走到麥克風邊。「獲勝的敵人正在對你們說話。」他幾乎是很有禮貌地說，好像那個大喊的人只是沒搞清楚狀況。「因為你們的失敗，所以理所當然，你們的領袖將被處決。」

他轉頭去看跪在高台上的雷傑市長。他很努力想要保持表情平靜，但所有人都可以聽到他多麼不想死，他的願望聽起來有多幼稚，他沒治好的噪音多大聲地朝四周發散。

「現在，你們需要上一課。」普倫提司鎮長轉頭去看所有人。「讓你們明白，你們的新總統是什麼樣的人。還有他會要你們做什麼。」

沉默，還是沉默，只有雷傑市長的嗚嗚叫。

普倫提司鎮長走到他面前，匕首閃閃發光。所有人這時終於明白他們即將看到的一幕，又開始小聲交談起來。普倫提司鎮長站到雷傑市長後面，再度舉起匕首。他站在那裡，看著所有人看著他，看著他們的表情，看著他們看著跟聽著前市長想要控制自己的噪音卻失敗。

普倫提司鎮長大吼：「**看著！你們的未來！**」

他把匕首往下一指，像是又說了一次看著——

所有人交談的聲音變大——

普倫提司鎮長舉起手臂——

一個聲音，一個女人的聲音，也許是同一個人大喊：「不可以！」

突然我發現我很清楚接下來會發生什麼事。

在椅子上，在有一圈彩色玻璃的房間裡，他打敗我，他讓我感覺到快要死亡，他讓我知道我就要死掉——

然後他在我身上貼上繃帶。

在那之後，我給了他他想要的。

匕首揮過空氣，割斷綁住雷傑市長雙手的繩子。

有一個鎮那麼大的驚喘。有一個星球那麼大的驚喘。

普倫提司鎮長等了片刻，又說一次：「看著你們的未來。」很安靜，甚至沒有用麥克風。

可是這聲音又出現在你的腦子裡。

他把匕首收在背後的腰帶裡，轉向麥克風。

然後開始朝聚集的人身上貼繃帶。「我不是你們以為的那種人，我不是會屠殺敵人的暴君。我不是會把能拯救自己的一切也毀掉的瘋子。我不是——」他看著雷傑市長。「——你們的劊子手。」

所有人，不管是男是女，都安靜到廣場幾乎像是沒有半個人。

鎮長繼續說：「戰爭結束了。取代它的將會是新的和平。」

他指著天空。所有人抬頭，像是他會從天空中變出要砸在他們身上的東西。

「你們也許已經聽過傳言，有新的定居者要來。」他說。

我的胃又開始扭成一團。

「身為你們的總統，我可以告訴你們，傳言是真的。」他說。

他怎麼知道的？他怎麼該死的知道的？

所有人聽到這個消息又開始小聲交談，不論男女。鎮長沒制止他們，自顧自地說下去。

「我們將做好迎接他們的準備！我們將會是一個驕傲的社會，準備好歡迎他們來到新伊甸園！」他的聲音又變得響亮。「我們會讓他們看到，他們離開了舊世界，進入**天堂**！」

更多人在低聲說話，到處都是聲音。

「我要拿走你們的解藥。」鎮長說。

所有講話的人一下子都不說話了。

鎮長讓沉默不斷累積又累積，然後他說：「暫時。」

男人們看著彼此，然後又看看鎮長。

「我們要進入新紀元。你們要靠跟我一起打造新的社會來贏得我的信任。隨著新社會重新建立，我們迎向我們第一次的挑戰，慶祝我們第一次的勝利，你們將會重新得到被稱為男人的權力。你們將會得到擁有解藥的權利，在那時候，所有人才能真正成為兄弟。」

他沒有看女人。男人們也沒看女人。女人用不到解藥的獎勵，對吧？

他繼續說：「過程會很辛苦，這點我也不騙你們，但是結果是值得的。」他朝軍隊一揮手。「我的屬下已經開始把你們組織起來。你們要繼續聽從他們的指示，但我向你們保證，你們永遠不會太過操勞，你們很快將會知道，我不是你們的征服者。我不是你們的末日。我不是……」他停頓一下。「你們的敵人。」

他轉頭最後一次掃視聚集的男人們。

「我是你們的救世主。」他說。

不需要聽他們的噪音，我就可以看出來所有人都在猜想他是不是說真的，也許情況真的會好起來，也許雖然他們很害怕，但其實他們可以鬆一口氣。

你們錯了。還早得很。我心想。

鎮長的演講結束，所有人還沒來得及全部離開，我的門口就已經傳來咔噠一聲。

「晚安，陶德。」鎮長說，走入掛著吊鐘的監獄，看看四周，味道讓他的鼻子皺了起來。「你喜歡我的演講嗎？」

「你怎麼知道有新的移民要來？你跟她說過話了嗎？她還好嗎？」我問。

他這次沒有回答，但也沒有打我。他只是微笑然後說：「你之後就會知道的，陶德。」

我們聽到噪音從門外順著樓梯傳來。我活著活著活著活著活著，然後是雷傑市長被柯林斯先生推進房間。

他一看到普倫提司鎮長站在那裡就走不動了。

「明天會有新床墊。」普倫提司鎮長說，繼續看著我。「你們也可以得到上廁所的權利。」

雷傑市長的下巴動了動，好幾次以後才發出聲音：「總統先生——」

普倫提司鎮長不理他。「陶德，你的第一份工作也從明天開始？」

「工作？」我說。

「每個人都要工作，陶德。工作是通往自由的道路。我也要工作。雷傑先生也要。」他說。

「我？但是我們在監獄裡。」雷傑市長說。

他又露出微笑，裡面笑意更多，我開始猜想明天他會用什麼方法來刺激我。「睡吧。」他走到門邊，看著我的眼睛：「明天一大早我的兒子會來接你。」

3 新生活

［陶德］

結果第二天一大早我被拖到教堂門口吹冷風的時候，我擔心的不是戴維。我甚至沒看到戴維。我看到了那批馬。

小馬男孩，牠說，馬蹄一跺一跺的，低頭看我，眼睛睜大像在發馬瘋，好像覺得我該好好被踩一頓。

「我不懂馬。」我說。

「她屬於我的私人馬群。」普倫提司鎮長騎在自己的摩佩斯背上說：「她的名字是安荷洛德，她會好好對待你的，陶德。」

摩佩斯看著我的馬，他腦子裡只想著聽我的，聽我的，聽我的，讓我的馬更加緊張，我居然要去騎這有一噸重又這麼緊張的東西。

「怎麼了？你怕了？」戴維．普倫提司從第三匹馬的馬背上鄙夷地看著。

「怎麼了？爸爸沒給你解藥？」

他的噪音立刻揚起。「你這個——」

「好了好了。沒講到十個字你們就開始吵起來了。」鎮長說。

「他先開始的。」戴維說。

「我打賭也會是他結束的。」鎮長說，看著我，看出我的噪音正是一片全紅，非常緊張，充滿跟薇拉有關的緊張問題，還有更多我想從戴維・普倫提司身上找出答案的問題。「來吧，陶德。準備好帶人了嗎？」鎮長控制著自己的馬問。

「隔離的方法很簡單。」我們騎著馬在清晨中小跑，速度比我想要的快了一點。「男人要搬到山谷的西邊去住，就在教堂前面，女人搬到東邊，教堂後面。」

我們順著新普倫提司城的大街往東邊騎，大街從瀑布下之字形小路的終點開始，一路穿過鎮上的廣場，繞過教堂，最後從山谷的另一邊穿出去。很多士兵小隊在馬路旁邊來回巡邏，新普倫提司城的男人從我們反方向走來，背著布袋跟其他行李。

「我沒看到啥女人。」戴維說。

「我沒看到有女人。」鎮長糾正。「沒錯，摩根隊長跟塔特上尉昨天晚上負責女人的遷移。」

「你要把她們怎麼樣？」我說，我抓著鞍橋的手指節用力到變成白色。他轉頭來看我。「沒有要怎麼樣，陶德。她們對新世界的未來相當重要，因此會受到同等的仔細照顧跟尊重。」他別過頭。「可是現在把她們隔離開比較好。」

「你在讓那些賤人弄清楚自己的身分。」戴維洋洋得意地說。

「大衛[1]，不准在我面前這樣說話。」鎮長的聲音很平靜，清楚表示他不是開玩笑。「女人們將

1 譯註：戴維（Davy）是大衛（David）的暱稱。

隨時被尊重，得到所有的精心照顧。不過撇開你低俗的用語不談，你說得沒錯。我們都有自己的身分。新世界讓男人忘記自己的身分，所以男人將不准與女人相處，直到我們都記起自己的身分，自己該有的位置。」

他的口氣微微開朗起來。「人民將會樂見其成。我將為他們原本的混亂處境提供一盞明燈。」

「薇拉跟女人在一起嗎？她好嗎？」我問。

他又轉頭看我。「陶德．赫維特，你答應過我。需要再提醒你一次嗎？我相信你當時說的是只要救她，你要我做什麼我都願意。」

我緊張地舔舔嘴唇。「我怎麼知道你會守信？」

「你沒辦法知道。」他的眼睛看著我，像是正在看穿我能對他說的所有謊話。「我要你全心信我，陶德。必須靠證據的信仰就不是真正的信仰。」

他轉頭去看路，只剩下旁邊戴維在嘲笑我的聲音，所以我只對我的馬低低地說：「乖女孩。」她的皮膚是深咖啡色，鼻子上有一條白條紋，鬃毛被梳得非常整齊，我很努力不要去抓鬃毛，免得惹她生氣。小馬男孩，她想。

她，我想。然後我想到一個以前我從來沒想過要問的問題。因為我在農場上養的母羊也有噪音，所以如果女人沒有噪音——

「因為女人不是動物。」鎮長打量我。「別人怎麼說我不管，我相信是這樣。她們只是天生沒有噪音。」

他壓低聲音。「所以她們跟其他人都不一樣。」

這段路上大多都是店夾雜在樹中間，全部都是關的，天知道什麼時候會再開，路上左側河流跟右邊山丘中間夾著一路延伸的屋子。大多數建築物，也許是所有的建築物，都跟彼此保持距離，我想這就是在找到治療方法之前，規畫大鎮的方法。

我們經過更多五人或十人一組的士兵，更多拿著東西往西邊走的男人，還是沒有女人。我看著所有走過的男人臉，大多數都盯著馬路或腳邊，沒有人看起來做好打仗的準備。

「乖女孩。」我又低低說了一句，因為發現騎馬原來是會讓自己的零件這麼不舒服的事。

「看看陶德這樣子。現在就開始哀哀叫了。」戴維騎馬走到我身邊說。

「閉嘴，戴維。」

「你們兩個，用小普倫提司先生跟赫維特先生彼此稱呼！」鎮長朝我們兩個人喊。

「什麼？他還不是男人！」戴維的噪音愈漲愈高。「他只是個——」

鎮長瞪了一眼，讓他閉嘴。「今天早上我們在河裡發現了一具屍體。屍體的身上有非常多可怕的傷口，脖子上還插了一把大匕首，死不到兩天。」

他盯著我，又開始翻看我的噪音。我擺出他想看的畫面，讓我的想像變成真實的景象，因為噪音就是這樣，不光只是事實，而是你想到的所有事情都會出現。所以如果你一直努力去想你做過了什麼，也許那就是真的。

戴維哼了一聲：「你殺了亞龍神父？我不信。」

鎮長什麼都沒說，只讓摩佩斯跑得更快一點。戴維狠狠地瞪了我一眼以後，也踢著馬肚趕快跟上。

「跟上。」摩佩斯嘶叫。

「跟上。」戴維的馬回答。

跟上，我的馬也這樣想，跟在他們後面往前跑，把我顛得更厲害。

我們前進的一路上我都在找她，雖然我也知道這是不可能。如果她還活著，現在也一定病重到根本不能走路。如果她沒有病重到不能走路，也會跟別的女人關在一起。

可是我一直找——

（因為也許她逃了——）

（也許她在找我——）

（也許她已經——）

然後我聽到了。

我是圓圈圓圈是我。

像鐘聲一樣清楚，就在我的腦子裡，是鎮長的聲音，纏著我的聲音，像是直接在對我的噪音說話，這聲音來得很突然又很真實，讓我整個人突然坐直，差點要從馬上摔下去。戴維一臉驚訝，噪音裡在想我為什麼有這麼大的反應。

可是鎮長只是繼續往前騎馬，好像什麼都沒發生。

我們愈往東走，離教堂愈遠，這個鎮看起來就沒有那麼光鮮了，沒多久我們就走上了碎石子路，建築物的外表也愈來愈普通，變成一棟棟之間有段距離的木頭屋子，看起來就像是被丟到一片樹林的幾塊磚頭。

這些屋子都散發著女人的沉默。

「沒錯。我們正進入新的女子區。」鎮長說。

我們經過時，我的心跳加速，沉默像是想抓住什麼的手慢慢升起。

我在馬背上盡量坐挺身體，因為她就在這裡，她就在這裡慢慢好起來。

戴維又到了我旁邊，他可憐兮兮的稀疏鬍子彎成醜陋的笑容。我來告訴你你那個婊子在哪裡，他的噪音說。

普倫提司鎮長立刻轉過上半身。

突然他發出非常奇怪的聲響，像是大叫卻很安靜，而且離我很遠，一點都沒有散在世界裡，而且像是同時說了上百萬個字，快到我發誓我可以感覺到頭髮像被風往後吹一樣。

可是唯一有反應的是戴維——

他的頭像是被打到一樣往後彈，他得要拉住韁繩才沒有摔倒，馬被他扯得在原地打轉，他的眼睛睜得大大又帶著茫然，嘴巴大張，幾滴口水滴出來。

這是怎麼一回事——？

「他不知道的，陶德。他的噪音不管跟你說什麼她的事情，都是假的。」

我看著仍然一臉茫然、痛得不斷眨眼睛的戴維，然後轉過頭去看鎮長。「意思是她安全了嗎？」

「意思是他不知道。對不對，大衛？」

「對，老爸，我不知道。」戴維的噪音說，依然發抖。

普倫提司鎮長一挑眉毛。

我看到戴維一咬牙：「對，老爸，我不知道。」他大聲說。

「我知道我的兒子老是說謊。我知道他喜歡欺負人，對於我重視的事情徹底無知。可是他是我的兒子。」鎮長說，轉頭看馬路。「而且我相信人能得到救贖。」

我們繼續前進，戴維的噪音變得安靜，但裡面正悶燒著一團暗紅。

新普倫提司城消失在遠方，路邊幾乎沒有任何建築物。農地開始出現，一塊青一塊紅的夾在樹林間，一路朝山坡上去，有些作物我認得，有些認不得。女人的沉默開始漸漸變淡，山谷變得更荒蕪，山溝裡開著野花，蠟松鼠嘰嘰叫地在侮辱對方，陽光清清的，淡淡的，像是什麼都沒發生。河拐彎時，我們也繞過一座小山，我看見山上有座高高的金屬塔，朝天空伸展。

「那是什麼？」我說。

「你很想知道吧？」戴維說，不過我很清楚他也不知道。鎮長沒有回答。

過了塔之後，路又拐了一次彎，順著一道長長的石牆出現在樹林外。再往前一點，石牆就跟一座很大、頂端是圓弧形的柵門連在一起，柵門是用兩大扇巨大的木門組成的。在這道很長很長的石牆上，這是我唯一看到的出入口。接下來的路面都是泥巴，像是我們到了路的盡頭。

「新世界的第一座也是最後一座修道院。」鎮長停在柵門前說：「這是建來讓我們之中最神聖的人寧靜冥想的地方。建造的那時候我們還相信能透過自我壓制跟紀律來打敗噪音菌。」他的聲音變得冷硬。「還沒建完就被遺棄了。」

他轉身面向我們。我感覺到戴維的噪音中突然出現奇怪的快樂火花。普倫提司鎮長警告地瞥了他一眼。

他對我說：「你一定在想，我為什麼指派我兒子來管你。」

我看了一眼繼續微笑的戴維。

「陶德，你需要被好好管教。就算是現在，你還是一直在想一有機會就要逃走去找你那寶貝薇拉。」鎮長說。

「她在哪裡？」我知道我不會得到答案。

鎮長繼續說：「而且我毫不懷疑，大衛一定會好好管管你。」

戴維的表情跟噪音同時惡毒地笑了。

「在這個同時，大衛會學到真正的勇氣是怎麼一回事。」戴維的笑容消失了。「他會學到以榮譽心行事是怎麼一回事，要怎麼做才像是真正的男人。簡單來說，他要學習成為你那樣的人，陶德．赫維特。」他朝他的兒子最後瞥了一眼，然後帶著摩佩斯在馬路上掉頭。「我迫不及待想要聽到你們兩個人相處的第一天是什麼情況。」

他沒再多說，立刻轉身回新普倫提司城。我不知道他為什麼要來。他一定有更重要的事情要做。

「當然有。可是你不要低估自己，陶德。」鎮長喊，沒有轉身。

他騎馬消失了。戴維跟我等到他走遠。

我先說話。

「告訴我班怎麼樣了，否則我會把你干他的喉嚨給撕了。」

「我是你老闆，小子。」戴維又是一臉惡毒地看著我，從馬背上跳下來，把背包往地上一丟。

「你最好對我尊重點，否則老爸他不會——」

可是我已經從安荷洛德背上跳下，用所有力量瞄準他臉上那團幾乎稱不上是鬍子的鬍子，朝他揍了一拳。他被我揍了一拳，但很快就開始反擊。我不去理會疼痛，他也是，我們在一團拳打腳踢、拐肘頂膝之中摔倒在地上。他勉強比我壯一點，多的那麼一點似乎也沒差多少，但就剛剛好夠讓他最後把我壓平在地上，手臂按住我的喉嚨。

他的嘴唇跟鼻子都在流血，我的臉也一樣慘，但是我沒空去管這件事。戴維把手伸到背後，從綁在背上的皮套拿出槍來。

「你爸才不會讓你開槍打我。」我說。

「是啦，但我有槍，你沒有。」他說。

「班把你打敗了。他在路上把你擋下。我們逃走了。」我在他手臂下硬擠出聲說。

「他沒擋住我。」戴維帶著扭曲的表情說：「我不是把他抓住了？然後我把他帶給爸，爸讓我對他用刑，用到他死。」

戴維的噪音——

我——

我沒法描述戴維噪音裡的畫面（他會說謊，他會說謊），但是卻讓我有足夠把他推開的力氣。我們繼續打，戴維用槍托擋住我，直到我最後用手肘敲他的喉嚨，讓他倒在地上。

「小子，你給我記得。當我老爸說你好話的時候，是他讓我對你那個班用刑的。」戴維邊咳邊說，手上還是緊緊握著槍。

「你說謊。班打敗你了。」我說。

「是嗎？那他現在在哪裡？來救你？」戴維說。

我舉著拳頭走上前，因為他說得沒錯，不是嗎？我的噪音因為失去班而激動，就像整件事正在我眼前發生。

戴維大笑，手腳並用地往後退，直到靠在巨大的木門上。「我爸能看穿你。」他睜大了眼睛挑釁我。「你就像書一樣清清楚楚。」

我的噪音變得更大聲。「你把那本書還我！否則我發誓，我會殺了你！」

「赫維特先生，你才不會對我動手。」戴維站起來，背靠著門。「你不會希望你寶貝的小賤人受傷，對吧？」

就是這樣。

他們知道抓住了我的弱點。

因為我不會再讓她陷入危險。

我已經做好繼續對戴維・普倫提司下手的準備，就像他傷到她、開槍打她那時候一樣——

但是現在他們不會再動手——

雖然他們可以——

因為他很弱。

我們都知道這點。

戴維的笑容消失。「你以為你很特別嗎？」他啐了一口。「你以為我老爸準備了什麼好事等你？」

我握緊拳頭，鬆開。

但是我站在原處。

「爸了解你。爸看透了你。」戴維說。

「他不懂。你也不懂。」

戴維又一陣冷笑。「你真這麼想？」他握住鐵製的門把。「那你來見見你的新羊群吧，陶德・赫維特。」

他的重量推開深厚的門，他進入柵欄後讓開，讓我看得清清楚楚。

上百個稀巴人正盯著我。

4 打造新世界

[陶德]

我的第一個想法是轉身逃跑。一直跑一直跑一直跑永遠不停下來。

「我倒想看看你怎麼跑。」戴維站在門口說，笑得像是剛得了大獎。

好多稀巴人，好多張又長又白的臉在看我，眼睛太大，嘴巴太小，牙齒太多，臉上的位置太高，耳朵跟人的一點都不一樣。

但是還是有點像人臉，不是嗎？還是可以看出來臉上的表情跟害怕——

還有痛苦。

很難看出來哪些是男的哪些是女的，因為牠們身上都長著代替衣服的苔蘚跟地衣，但是這裡似乎有好幾個稀巴人家庭，大稀人保護稀人小孩，稀人丈夫保護稀人妻子，抱著彼此，頭緊緊貼在一起。所有人都很沉默——

沉默。

「對啊！你能想像他們把解藥給了這些動物嗎？」戴維說。

牠們看著戴維，一陣奇特的喀噠聲開始在牠們之間散播，一面還互相交換眼色跟點頭。戴維舉起手槍，往修道院裡面走去。「你們想動手嗎？我還怕沒理由呢！來啊！**給我個理由啊！**」

稀巴人一小堆一小堆地縮在一起，盡量遠離他身邊。

「進來，陶德。我們有工作要做。」戴維說。

我沒動。

「我叫你給我進來！牠們只是動物。牠們不會動手的。」

我還是沒動。

「他殺了你們一族的人。」戴維對稀巴人說。

「戴維！」我大喊。

「用匕首把牠的頭給切了。鋸啊鋸啊——」

「你閉嘴！」我跑向他，要他閉上干他的嘴。我不知道他怎麼知道的但是他知道了所以他現在最好給我干他的閉嘴。

最靠近門口的稀巴人一看到我跑過去就開始讓開，盡快躲開我，一張張恐懼的臉看著我，父母把小孩擋在身後。我重重地推了戴維一把，但他只是大笑，我這才發現我已經進了修道院。

我這才看見這裡有多少稀巴人。

*

修道院的石牆圍了很大一塊地但是裡面只有一小棟建築物，像是某種儲藏室，其他地方被隔成比較小的田地，只有木頭柵欄跟低矮的柵門隔開。大多數的田地都是雜草，長達一百多公尺的濃密野草跟灌木一路延伸至後牆，但是一眼看過去最多的還是稀巴人。

好幾百又好幾百個稀巴人散在各處。

也許有一千個以上。

牠們全都貼在修道院的石牆邊，縮在腐爛的柵欄旁，一群群坐著或一排排站著。

可是都在看著我，像墳墓一樣沉默，我的噪音朝外面潑灑。

「他說謊！不是那樣的！一點都不是那樣的！」我說。

可是那又是怎麼樣的？我能怎麼樣解釋？

因為那的確是我下的手，不是嗎？

不是戴維說的那樣但幾乎也差不多可怕，在我的噪音裡也一樣的大，大到藏不起來，因為牠們每個人都在看著我，大到沒辦法用謊話包圍來模糊事實，大到有這麼多稀巴人正盯著我的時候，我沒有辦法不去想。

「那是個意外。」我說，聲音逐漸小了下去，看著一張張奇怪的臉，沒有看到稀巴人噪音的畫面，我也不了解牠們發出的喀噠聲是什麼意思，所以更是加倍不知道正發生什麼事。「我不是故意的。」

可是沒有一個人回答。牠們只是盯著我看。

＊

我們後面的柵門又吱嘎一聲地打開了，我們轉頭去看。

是遠支鎮的伊凡，那個想要加入而不是抵抗軍隊的人。

現在看看，他的選擇有多正確啊。他正穿著軍官的制服，身邊有一群士兵。

「小普倫提司先生。」他朝戴維點點頭，戴維點頭回應。伊凡轉向我，他眼中的神情我讀不懂，也聽不到他的噪音。「很高興看到你一切都好，赫維特先生。」

「你們認得？」戴維尖銳地問。

「我們有過交集。」伊凡看著我回答。

可是我不會對他說半個字。

我忙著在我的噪音裡加入畫面。

遠支鎮的畫面。希蒂跟塔姆跟法蘭希雅的畫面。在那邊發生的屠殺畫面。那場沒有殺掉他的屠殺。

他臉上閃過不耐煩的表情。「哪裡強大就朝哪裡去。這才是保命的方法。」他說。

我擺出他的鎮子開始燃燒的畫面，男人跟女人跟小孩一起燃燒。

他的眉頭皺得更緊。「這些人會留在這裡當守衛。你的命令是要讓稀巴人開始整地，確保牠們有吃有喝。」

戴維翻翻白眼。「這我們早知道了——」

伊凡早就已經轉身朝門口走，留下十個有來福槍的人。

他們站在修道院的城牆上，已經在城牆邊開始攤開一捆捆有刺的鐵絲網。

「十個拿來福槍的人要擋這麼多的稀巴人。」我壓低了聲音，但放大了噪音。

「啊，沒事啦。」戴維說。他朝最近的稀巴人舉起手槍，也許那是個母的，抱著一個稀巴人嬰兒。她把孩子轉開，好用身體保護牠。「牠們反正也沒什麼骨氣。」

我看到保護嬰兒的稀巴人的表情。

那是認輸的表情，我心想。牠們都已經被打敗了。牠們也知道。

我明白牠們的感覺。

「喂，豬屎，你看看。」戴維說。他把手臂舉在空中，讓所有稀巴人都看著他。「新普倫提司的人！我宣告你們的末——日！」他邊吼邊揮著手臂。

然後他開始又笑啊笑啊。

戴維決定要派稀巴人去清掉田地上的灌木，但這只是因為我得要把草料從儲藏屋裡鏟出來餵所有人吃，還有裝滿水槽讓牠們喝。

但這是農場的工作。我很習慣。都是班跟希禮安每天叫我做的事情。所有我以前習慣抱怨的工作。

我擦擦眼睛，開始動手。

稀巴人在我工作時盡量跟我保持距離。我得說，我覺得這樣很好。

因為我沒有辦法直視牠們。我低著頭，繼續鏟。

戴維說他爸告訴他稀巴人就像僕人或廚師一樣，可是鎮長的第一個命令就是要把牠們關在屋子裡，直到昨天晚上趁我睡覺時，軍隊才把牠們帶來。

「很多人讓牠們住在自家的後花園裡。」戴維說，看著我在鏟，白天變成下午，吃著原本是給我們兩人份的午餐。「你能相信嗎？像是他們是干他的家人一樣。」

「也許就是啊。」我說。

「反正牠們現在不是了。」戴維站起來，拿出手槍，朝我露出笑容。「你回去工作吧。」

我幾乎鏟空了整間儲藏室的糧草，但看起來還是不夠。而且五個打水的幫浦中就有三個壞了，到了夕陽的時候我也才修好了一個。

「該走了。」戴維說。

「我還沒好。」我說。

「隨便你。那你自己待著。」他朝門口走去。

我回頭看稀巴人。今天工作已經結束，牠們把自己盡量擠到離士兵跟前門最遠的地方。也是離我跟戴維最遠的地方。

我來回看著牠們跟離開的戴維。牠們不夠東西吃。牠們不夠水喝。牠們沒有上廁所的地方，也沒有任何住的地方。

我朝牠們攤開空空的手，但是這樣根本沒辦法提出能解決問題的解釋。牠們只是看著我垂下手，跟著戴維一起出了門口。

「豬尿，你所謂男人的勇氣也不過就這一點？」戴維正解開他的馬，他叫這匹馬「枯木」，但似乎只聽亞龍的話。

我不理他，因為我在想著稀巴人的事。我在想我要好好對待牠們。我一定會。我會負責讓牠們有足夠的水跟食物，我會盡我的一切來保護牠們。

我會。

我向自己發誓。

因為這是她想要的。

「喔，我來告訴你她想要什麼。」戴維冷笑。

所以我們又打了一架。

我回去的時候，塔裡已經有了新的床具，包括一個床墊跟一張床單放在一邊是我的，另一組放在另一邊是給雷傑市長的。他已經坐在自己的床上，發出噪音，吃著一碗燉菜。

臭味也沒了。

「對。你猜他們要誰來清？」雷傑市長說。

原來他變成倒垃圾的。

「堂堂正正的工作。」他聳聳肩對我說，但是他灰色的噪音裡有別的聲音讓我覺得他並不認為這工作有哪裡堂堂正正了。「我想這是很有象徵意義的工作。我從人上人變成人下人。如果不是這麼露骨，我還會覺得挺有詩意的。」

我的床旁邊也有一碗燉菜，我端到窗子邊，看著忙碌的城市。

鎮上開始發出嗡嗡聲。

解藥開始從鎮上的男人身上消退，所以大家也開始聽到了，從屋子跟建築物裡面，從小巷跟樹後面開始。

噪音開始回到新普倫提司城。

我當初光是穿過老普倫提司鎮就覺得很辛苦了，那裡還只有一百多個人。新普倫提司城至少有十倍以上的男人，更不要提年紀小點的男孩子。

我不知道自己有沒有辦法撐住。

「你會習慣的。」雷傑市長吃完了燉肉後說：「在找到治療方法之前我可在這裡住了二十多年。」

我閉上眼睛，但眼前只出現一群稀巴人，正轉頭看我。

審判我。

雷傑市長敲敲我的肩膀，指著我面前的燉肉。「你要吃嗎？」

那天晚上我做夢——

夢到她——

太陽從她身後照過來，我看不見她的臉，我們站在山坡上，她在說話，可是後面的瀑布太大聲所以我說：「什麼？」等我朝她伸手的時候，我沒有摸到她，抽回來的手卻滿是鮮血——

「薇拉！」我說，在黑夜裡從床墊上坐起，重重喘氣。

我轉頭去看躺在自己床墊上的雷傑市長，他背對著我但他的噪音不是睡覺的噪音，而是他醒著時候的灰色噪音。

「我知道你醒了。」我說。

「你的夢很大聲。」他沒有回頭看我。「她是你很重要的人？」

「不關你的事。」

「陶德，我們只要撐過去就好。每個人都一樣。只要活著，撐過去。」他說。

我轉身面向牆壁。我沒有別的辦法。因為她在他們手中。

因為我不知道。

因為他們可以傷害她。

活著，撐過去，我想。

然後我想著要帶走她。

所以我偷偷說，偷偷對她說，無論她在哪裡。「活著，撐下去。」

活著。

Part 2

治癒之屋

5 薇拉醒了

〔薇拉〕

「冷靜下來，孩子。」

一個聲音——

出現在光線裡——

我睜開眼睛。

四周一片純白，亮到幾乎發出聲音，裡面有個人在說話，我的頭好昏好沉，腰好痛，太亮，我沒辦法思考——

等等——

等等——

他正抱著我下山——

他剛剛正抱著我下山要進安城，因為我被——

「陶德？」我的聲音沙啞，充滿棉花跟口水，但是我盡量逼著自己，強迫聲音進入讓我睜不開眼睛的強光裡。

「陶德？」

「我說了，現在，冷靜下來。」

我不認得這個聲音，這個女人的聲音——

女人。

「妳是誰？」我想要坐起來，用手往外推去感覺周圍有什麼，我感覺到涼涼的空氣，軟軟的——床？

我感覺到一陣驚慌。

「他在哪裡？**陶德？**」我大喊。

「孩子，我不認得什麼陶德。」那個聲音說。我眼前的光開始分開成一團團比較不亮的光，變成不同的形狀。「可是我知道妳現在的情況不允許妳要求任何答案。」

「妳受到槍傷。」另一個聲音，另一個女人，比第一個說話的要年輕，在我的右邊。

「妳閉嘴，瑪德蓮・波爾。」第一個女人說。

「是的，柯爾夫人。」

我一直眨眼，終於開始看清楚眼前的景象。我在一間窄窄的白房間裡，躺在一張窄窄的白床上，穿著一件薄薄的白色長袍，綁帶在後面。一個又高又胖的女人站在我前面，穿著白色的外套，肩膀上繡著一雙往外伸的藍色雙手，嘴巴抿成一條線，表情很嚴肅。柯爾夫人。一名比我大不了多少的女孩站在她後面的門邊，捧著一碗蒸氣騰騰的熱水。

「我是瑪蒂。」女孩偷偷對我微笑。

柯爾夫人說：「出去。」她甚至沒轉頭。瑪蒂離開時偷偷看我，又朝我送來一個微笑。

「我在哪裡？」我問柯爾夫人，呼吸依然急促。

「孩子，妳是說這房間？還是城鎮？」她直視著我的眼睛。「還是星球？」

「拜託妳。」我的眼睛突然滿是淚水，我對這樣的自己很生氣，但是我仍然繼續往下說：「我原本跟一個男孩在一起。」

她嘆口氣，別過頭一秒鐘，抿起嘴唇，往床邊的椅子坐下。她的表情很嚴肅，頭髮梳成一條好緊的辮子，緊到大概可以當梯子爬，她的身材很結實，一看就不好惹。

「對不起。」她幾乎溫柔地說。幾乎。「我不知道什麼男孩的事。」她皺眉。「我恐怕什麼事情都不知道，只知道妳昨天早上被帶到這間治癒之屋的時候，我完全不確定我們有辦法把妳救回來，我只知道我們被告知妳如果出事，我們其他人也不用活了。」

她等著看我的反應。

我不知道我該有什麼反應。

他在哪裡？他們把他怎麼了？

我背向她，想要清楚地思考，但是我腰上的繃帶緊到我沒辦法好好坐起來。

柯爾夫人的兩隻手指抹過額頭。「現在妳回來了，我不確定妳會感謝我們把妳帶回到這樣的世界來。」

她告訴我普倫提司鎮長如何到了安城，身後跟著軍隊的傳言，一支很大的軍隊，大到輕輕鬆鬆就可以毀掉整個城，大到可以燒了整個世界。她跟我說了一個叫雷傑市長的人是如何投降，如何強迫幾個想對抗的人不准再提，大多數人又是如何同意讓他「捧著整個城，打了蝴蝶結獻上」。

「然後治癒之屋突然就變成囚禁城裡女人的監牢。」她的聲音這時開始認真生氣起來。

「所以妳是醫生？」我問，但是我只能感覺到我的胸口整個縮起來，像是被極大的重量拖得沉下去，沉下去，因為我們失敗了，因為顯然跑在軍隊前面一點用都沒有。

她的嘴唇彎成一抹小小的微笑，祕密的微笑，像我剛放走了什麼，但是那笑容並不殘忍，我發現自己不太怕她，不怕這個房間的意義，不為自己害怕，只為他怕。

「不是的，孩子。」她偏過頭。「我想妳也知道，新世界上沒有女醫生。我是醫婦。」

「有什麼差別？」

她又抹過額頭。「沒錯，有什麼差別？」她的手落在腿上，她低頭看著手。「雖然我們被關起來，我們還是聽到傳言。傳言整個鎮上的男女都被分開，傳言軍隊也許今天就會到，傳言不管我們多麼乖乖地投降，仍然會有一次屠殺將從山的另一邊來消滅我們。」

她用力地盯著我。「現在還有妳。」

我別過頭。「我不是什麼特別的人。」

「不是嗎？」她看起來不相信。「難道不是為了妳，整個城都必須被清空好等妳來？難道不是為了妳，我必須押上自己的性命來救妳？難道不是為了妳……」她向前傾身，好確定我在聽她說話：「因為妳是剛從遠方的黑色天空來的？」

我呼吸停了一秒，希望她沒發現。「妳怎麼會這樣想？」

她又笑了，笑容並不殘忍。「我是醫婦。我看的第一件事就是皮膚，所以我很熟悉。皮膚描述一個人的故事，他們去了哪裡，吃了什麼，他們是誰。妳受了些皮肉傷，孩子，但是妳其他部位的皮膚是我做事二十年來看過最軟最白的。對於一個都是農夫的星球來說，太軟太白了。」

我還是沒看她。

「當然還有難民帶來的傳言，說有新的移民要來。有好幾千人。」

「拜託妳。」我低聲說，眼睛裡又裝滿了淚水。我想要強迫它們消失。

「而且新世界上不會有女孩問女人她是不是醫生。」她說完。

我吞了一口口水，手摀著嘴巴。他在哪裡？我才不管這是怎麼一回事因為他在哪？

「我知道妳害怕。但是我們這個城已經害怕過剩了，我也沒有辦法處理。」她伸出一隻粗糙的手來摸我的手臂。「但也許妳能幫我們。」

我吞了一口口水，但什麼都沒說。

我只能相信一個人。

而他不在這裡。

柯爾夫人靠回椅子。「畢竟我們救了妳一命。就算妳只能給我們一點消息都能讓人安心一點。」

我深吸一口氣，看著房間四周，看著從窗戶透進來的陽光，外面是樹跟河，就是那條我們一路跟著走來，原本應該帶我們到達安全地方的河。天氣這麼好，讓人想不到怎麼可能會發生什麼壞事，家門口怎麼可能會有危險，怎麼會有軍隊逼近。

可是軍隊正在逼近。

這是事實。

而那軍隊絕對不會是柯爾夫人的朋友，不論他發生了什麼——

我感覺到胸口一陣微微發痛。

可是我還是深吸一口氣，開始說話。

「我的名字是薇拉．伊德。」

「還有新的移民要來啊？」瑪蒂笑著說。我側躺著，等她解開纏在我腰上的長長繃帶，繃帶的內層是一片鮮血，髒兮兮的皮膚上乾涸的血變成了鐵鏽色。我的肚子上有個小洞，用細細的繩子收了起來。

「為什麼不會痛？」

「繃帶上有賈弗根。天然鴉片。妳不會痛，但也有一個月不能上廁所。而且妳大概再五分鐘就會睡死。」

我又輕輕地摸摸槍傷旁邊的皮膚。我的背上還有一個洞，是子彈的入口。「我為什麼沒死？」「妳寧可死嗎？」她微笑，然後變成我看過最笑意盎然的皺眉。「我不應該開玩笑的。柯爾夫人老說我沒有醫婦該有的嚴肅態度。」她把布用臉盆裡的熱水打溼，開始清洗傷口。「妳沒死是因為柯爾夫人是整個安城裡最好的醫婦，比那些城裡所謂的醫生還要好。就連壞人都知道。否則他們為什麼會把妳帶來這裡而不是去診所？」

她穿著跟柯爾夫人同一款的長白外套，但是她也戴著一頂小白帽，上面繡著同樣的藍色雙手，她告訴我這是學徒戴的。照這裡算年紀的方式，她大概最多比我大一、兩歲，但是她的手很穩，很輕也很堅定地處理我的傷口。

她故作輕鬆地問：「那些壞人到底有多壞啊？」

門打開。另一個戴學徒帽的矮女孩探頭進房間，跟瑪蒂一樣年紀小，但皮膚是深褐色，頭上頂著烏雲。「柯爾夫人說妳事情該要做完了。」

瑪蒂沒有抬頭，手繼續在我的身上捆新繃帶。「柯爾夫人知道我只有時間完成一半的工作。」

「我們被召集了。」女孩說。

「妳說得好像我們沒事就被召集一樣，柯琳。」這捆繃帶幾乎跟我從太空船上帶下來的一樣好，繃帶上的藥劑已經讓我的胸口皮膚涼了下來，眼瞼沉重。瑪蒂處理好了前面，準備要剪另一團來處理後面。「我正在忙。」

「一個拿槍的人來了。」柯琳說。

瑪蒂停下纏繃帶的動作。

「所有人都被叫去城裡的廣場。」柯琳繼續說：「所以也包括你，瑪蒂．波爾，不管妳在醫什麼。」她用力摟著自己。「我敢打賭是軍隊來了。」

瑪蒂與我直視。我別過頭。

「我們終於可以看到對付我們的東西到底長什麼樣。」柯琳說。

瑪蒂翻翻白眼。「妳向來都是這麼開朗啊。」她說：「去跟柯爾太太說我大概一會兒就出來。」

柯琳不太愉快地瞪了她一眼，但離開了。瑪蒂處理完我背上的繃帶，我那時幾乎已經醒不過來了。

「妳睡吧。妳等著瞧好了，會沒事的。他們真要怎麼樣，也不會救妳了……」她沒說下去，只是噘起嘴唇，然後微笑。「我總說柯琳已經比我們所有人加起來都嚴肅了。」

我睡著前看到的最後一個景象就是她的笑容。

「陶德！」我猛然驚醒，惡夢也跑得遠遠的，陶德離開了我——

我聽到撞擊聲，看到一本書從瑪蒂的懷裡掉下，她坐在床邊的椅子上，正眨眼想讓自己清醒起來。已經入夜了，房間一片漆黑，只有一盞原本瑪蒂用來看書的小油燈還亮著。

「陶德是誰？」她一面伸懶腰一面問。「妳的男朋友嗎？」我臉上的表情讓她立刻不再逗我。

「是個重要的人嗎？」

我點點頭，仍然因為惡夢而重重喘氣，頭髮因為汗水黏在額頭上。「是重要的人。」

她從床頭櫃上的玻璃瓶倒出一杯水給我。「發生什麼事了？」我喝了一口。「你們被召集去了。」

「啊，沒錯。」瑪蒂靠回原位。「很有意思。」

她告訴我城裡的所有人都聚集在一起看軍隊進城，看新市長處決老市長。這裡已經不叫安城了，現在改名叫新普倫提司城，一聽這個名字就讓我的心重重往下沉。

「可是他沒有。他放了他一命，說他也會放過我們所有人。說他要拿走噪音的治療藥劑，男人當然對這件事不太高興，而且過去六個月終於不用聽他們嘮嘮叨叨的感覺真不錯，可是他說我們該要弄清楚自己的地位，記得我們是誰，還有我們將一起建造新家園，準備迎接要來的移民。」

她睜大眼睛，等我說什麼。

「我只聽懂了一半。噪音可以治好了？」

她搖搖頭，卻不是要說不是。「天啊，妳真的不是這裡的人吧？」

我把水杯放下，往前靠，壓低了聲音。「瑪蒂，這附近有通訊中心嗎？」

她看著我的表情就好像我剛問她要不要一起搬到月球去住一樣。「這樣我才能聯絡船艦。那東西的形狀也許像是個大大的圓盤子？或是一座塔？」

她看起來像是在用心想。「山裡有一座老鐵塔，可是我不確定那是通訊塔。已經很久沒人用了，況且妳也過不去。小薇，外面有一大支軍隊呢。」她也壓低了聲音回我。

「多大？」

「很大。」

我們兩個人的聲音都很低。「外面的人說他們今天晚上要把最後一批女人隔離出來。」
「要做什麼？」
瑪蒂聳聳肩。「柯琳說人群裡的一個女人告訴她，他們也把稀巴人聚集起來了。」
我坐起身，壓到身上的繃帶。「稀巴人？」
「牠們是這裡的原生種。」
「我知道牠們是什麼。」我坐得更直，想要掙脫繃帶的束縛。「陶德跟我說過一些事，跟我說了以前發生什麼事。瑪蒂，如果他要把女人跟稀巴人隔離出來，那我們就有危險了。天大的危險。」
我推開床單，但是一道閃電撕裂我的肚子。
我大喊一聲，又倒了回去。
「妳扯到縫線了。」瑪蒂嘖嘖兩聲，站了起來。
「拜託妳。我們得離開。我們得逃走。」我咬牙忍著痛說。
「妳根本逃不動。」她朝我的繃帶伸手。
就在這時候，鎮長走進房間。

6 兩面說法

〔薇拉〕

柯爾夫人帶他走了進來。她的表情更嚴肅了，額頭也皺了起來，下巴繃得緊緊的。雖然我只見過她一面，我也看得出來她不高興。

他站在她後面。又高又瘦但肩膀很寬，一身白衣服，戴著一頂進門也不脫的帽子。我從來沒真正見過他。當時在廣場上他朝我們走來的時候，我正在一直流血，快死了。可是這是他。

只可能是他。

「薇拉，晚安。我想見妳已經很久了。」他說。

柯爾夫人看到我正在床單裡掙扎，看瑪蒂朝我伸手。「瑪德蓮，出問題了嗎？」

「做惡夢了。」瑪蒂朝我使個眼色。「我想她扯到縫線了。」

「我們等一下再處理。」柯爾夫人說。她平靜認真的語氣讓瑪蒂整個人警覺起來。「妳先去幫她取四百單位的賈弗根。」

「四百？」瑪蒂聽起來很驚訝，但一看到柯爾夫人的表情，她只回了一句：「是的，夫人。」最後捏了一下我的手之後，她就出了房間。

他們看了我一陣後，鎮長說：「妳先退下吧，夫人。」

柯爾夫人邊離開邊沉默地看了我一眼，也許是要我安心，也許是要問我什麼或告訴我什麼，但是我怕得沒心思去想，她就已經退出房間，把門在身後帶上。

留下我跟他獨處。

他讓沉默堆積到我很清楚他在等我先開口。我一直用拳頭緊緊地把床單拉到胸口前，只要一動就能感覺到腰上像被閃電打到的燒痛。

「你是普倫提司鎮長。」我說。我的聲音在發抖，可是我說出來了。

「普倫提司總統。可是妳見到我的時候我還是鎮長，所以，對。」他說。

「陶德呢？」我跟他四目對望。我沒有眨眼。「你把他怎麼了？」

他又露出微笑。「第一句話很聰明，第二句話很勇敢。我們說不定還能成為朋友。」

「他受傷了嗎？」我吞下去在胸口焚燒起來的熱燙。「他還活著嗎？」

有那麼一秒鐘，他像是不打算回答我，甚至裝作沒聽到我的問題，但他還是說了：「陶德沒事。陶德活著而且沒事，他一有機會就問妳的消息。」

我發現自己一直憋著氣等他回答。「真的嗎？」

「當然是真的。」

「我想見他。」

「他也想見妳。可是做事要按部就班。」普倫提司鎮長依然微笑，幾乎可以稱之為友善。這就是我們躲了好幾個禮拜的人，他現在卻站在我的房間裡，而我痛得幾乎動彈不得。

而且他還在微笑。

這笑容還幾乎可以稱之為友善。如果他傷害陶德，如果他動了陶德一根寒毛——

「普倫提司鎮長。」

「普倫提司總統。」他又說了一遍，然後語氣突然變得輕快：「可是妳可以叫我大衛。」

我什麼都沒說，傷口痛得讓我更用力地壓著繃帶。

他有哪裡不對勁，可是我說不上來是什麼——

「如果妳讓我叫妳薇拉。」他說。

敲門聲。

瑪蒂打開門，手中拿著一個小瓶子。「賈弗根。給她止痛的。」她眼睛牢牢地盯著地上。

「當然。」鎮長離開我床邊，雙手背在身後。「開始吧。」

瑪蒂幫我倒了一杯水，看著我吞下四顆膠囊，比我之前吃的要多兩顆。她拿走我手上的杯子，然後背著鎮長堅定地看了我一下，眼神很沉穩，沒有微笑但絕對的勇敢，這一眼讓我感覺好一些，堅強一點。

「她很快就會累了。」瑪蒂對鎮長說，還是不看他。

「我明白。」鎮長說。

瑪蒂離開，在身後把門帶上。我的胃立刻開始發熱，但是還要等一下才會讓疼痛開始消失，或止住我全身不斷的輕顫。

「所以，可以嗎？」鎮長說。

「可以什麼？」

「叫妳薇拉。」

「我阻止不了你。你想叫就叫吧。」我說。

「很好。」他說，沒有坐下也沒有走動，臉上繼續掛著笑容。「薇拉，等妳舒服一點，我很希望能與妳談談。」

「談什麼？」

「當然是談妳的船艦啊？他們愈來愈近了。」他說。

我吞了口口水。「什麼船艦？」

「不行不行不行。」他搖頭，卻依然微笑。「妳一開始表現得很聰明勇敢，雖然害怕但還是平靜清楚地與我對話。這些都非常令人欽佩。」他低下頭。「可是在此同時，我們還必須要誠實。我們必須從一開始就對對方誠實，薇拉，否則要怎麼繼續下去？」

繼續下去，是要去到哪裡？我心想。

「我告訴了妳陶德活著而且沒事，而且我跟妳說的是真的。」他按著床腳的護欄。「他會繼續安全無恙。」他頓了頓。「妳則會誠實對我。」

他不用說我就懂這兩件事情是息息相關的。

胃的暖意開始往外擴散，讓一切變慢。我腰邊的閃電開始褪去，但清醒也一併消失。為什麼要雙倍劑量，我這樣一下子就會睡著啊？快到我沒法說話就會睡著啊——

喔。

喔。

「我要看到他才能相信你。」我說。

「快了。新普倫提司城有很多要做的事情。很多還沒處理的事情。」他說。

「不論他們願不願意。」我的眼皮愈來愈重，我強迫自己睜開眼睛，這時才發現我把心裡想的話說出來了。

他又微笑。「薇拉，我發現自己經常在講這句話。戰爭結束了。我不是妳的敵人。」

我驚訝地抬眼望向他。

我怕他。真的怕。

可是——

「你原本是普倫提司鎮上的敵人。你原本是遠支鎮上所有人的敵人。」我說。

他身體僵了一下，雖然他很努力不讓我看到。「今天早上在河裡找到了一具屍體。那具屍體的脖子上插了一把匕首。」他說。

雖然有賈弗根的幫忙，我還是努力不讓自己的眼睛睜大。他現在正很仔細地觀察我的反應。

「也許那個人死有餘辜。也許那個人有敵人。」

我看到我自己動手——

我看到我自己刺進匕首——

我閉上眼睛。

「至於我，戰爭結束了。我的軍事生涯也到了終點。現在是領導生涯的開始，目標是讓所有人團結起來。」

從分化他們開始，我心想，但是我的呼吸開始慢了下來。房間的白光愈來愈亮，但柔和到讓我想要埋到一片白裡，睡著睡著睡著不醒。我往枕頭埋得更深。

「我先走了。我們晚點見。」他說。

我開始用嘴吸氣。睡眠已是無可避免。

他看到我開始睡著。

然後他做了一件令我非常驚訝的事。

他上前一步，幫我把床單拉起，幾乎像是在幫我塞被角。

「我走之前，有個要求。」他說。

「什麼？」我閉著眼睛問。

「我希望妳叫我大衛。」

「什麼？」我的聲音很沉。

「我想聽妳說『晚安，大衛』。」

賈弗根讓我的意識脫節到我還沒反應過來就已經開口在說：「晚安，大衛。」

在藥效的朦朧作用下，我看到他臉上露出微微驚訝的表情，甚至帶著一點失望。可是他很快就恢復過來。「妳也是，薇拉。」

他朝我點點頭，然後走向門口要離開。

這時候，我才發現他到底哪裡不對勁。「我聽不到你。」

我在床上低低地說。

他停下腳步回頭。「我說，妳——」

「不是。」我的舌頭幾乎動不了了。「我是說我聽不到你。我聽不到你在想什麼。」

他挑起眉毛。「這樣才對。」

我想他還沒離開我就已經睡著了。

我過了很久，很久都醒不過來，最後終於在陽光中眨眨眼睛，不知道什麼是真的，什麼是夢。

（……我的父親，伸出手扶我爬上通往艙門的梯子，他微笑地說：「船長，歡迎上船……」）

「妳會打呼。」一個聲音說。

柯琳坐在椅子上，手指在一塊布料上穿針拉線，速度快得幾乎不像是她的手，而是別人一雙憤怒的手占據了她的身體。

「我才不會。」我說。

「像頭牛一樣。」

我掀開床單。有人來換過我的綁帶，像閃電一樣的痛消失了，所以我扯斷的縫線應該也補了回去。「我睡著多久了？」

「一天多了。」她聽起來很不滿意。「總統已經兩次派人來看妳的狀況。」

我摸著腰，小心翼翼地壓著傷口。幾乎完全不痛了。

「妳沒什麼要說的嗎，孩子？」柯琳說，針囟狠地戳著。

我皺起眉頭。「要說什麼？我從前沒見過他。」

「可是他很急著想要認識妳，不是嗎？痛！」她倒抽一口冷氣，把手指往嘴巴一塞。「而且還把我們都困在這裡。」她含著手指說：「我們甚至不能離開這裡。」

「這哪裡是我的錯。」

「不是妳的錯，孩子。」柯爾夫人走入房間，嚴厲地看了柯琳一眼。「這裡也沒有人這麼想。」

柯琳站起來，微微朝柯爾夫人鞠躬，一語不發地走了。

「妳覺得怎麼樣？」柯爾夫人問。

「頭昏。」我又坐挺了一些，發現這次輕鬆多了。我還發現膀胱脹得難受。我跟柯爾夫人說了。

「好，那來看看妳能不能靠自己的力量站起來處理這件事。」她說。

我吸了一口氣，翻身要往地下踩。我的腿不想彎得太快，但是終於它們也慢慢地踩到地面，最後我站了起來，甚至可以走到門邊。

「瑪蒂說妳是鎮上最好的醫婦。瑪蒂真沒騙我。」我讚嘆地說。

她陪著我走過一條長長的白色走廊，來到一間廁所。當我處理完，洗過手，把門打開時，柯爾夫人已經拿著一件厚一點的白袍來讓我穿，比我現在身上那件反綁的袍子要好得多也更長。我把袍子從頭往下套上，我們一起走回去，腳步還有點晃，但已經可以走了。

「總統一直在問妳的情況。」她扶住我。

「柯琳跟我說了。」我從眼角瞥她。「只是因為移民船而已。我不認得他。我不是他那邊的人。」

「嗯。」柯爾夫人說，扶我進了房間，躺上床。「所以妳知道有不同的立場。」

我往後躺，舌頭抵著牙齒。「妳給了我雙倍的賈弗根是為了讓我不需要跟他說太久的話？還是不讓我告訴他太多事情？」我問。

她點頭像是稱讚我聰明。「如果答案是兩者都有的話，會很糟糕嗎？」

「妳可以直接跟我說的。」

「來不及。」她在床邊的椅子上坐下。「孩子，我們對他的了解只限於他的過去，而他的過去真是壞到不能再壞。不管他怎麼說這是個新社會，在開始跟他對話前多做些準備總是沒錯的。」

「我不認得他。我什麼都不知道。」我又說了一次。

「可是如果妳用對方法，妳可能可以從想知道事情的人身上找出點什麼。」她臉上有一抹微笑。

我想要讀懂她，讀懂她想要告訴我什麼，但是這裡的女人當然也是沒有噪音，不是嗎？

「妳在說什麼？」我問。

「我在說妳該吃點東西了。」她站起身，拍掉白袍上隱形的白線。「我叫瑪蒂拿點早餐來給妳。」

她走到門口，握住門把但沒動手。「可是妳要知道一件事。」她沒有轉身。「如果有不同的立場，而我們的總統站在一邊……」她向後瞥了我一眼。「那我絕對是站在他對面的。」

7 柯爾夫人

〔薇拉〕

「總共有六艘船。」我從床上說，這麼多天來這句話我已經說了第三遍，這麼多天來陶德還不知道在哪裡，這麼多天來我不知道他或者外面其他人到底變成怎麼樣。

我從房間的窗戶隨時可以看到外面行軍的士兵，但是他們也只有在行軍。所有治癒之屋的人都覺得他們隨時會闖進門來，準備要做很可怕的事，炫耀他們的勝利。

可是他們沒有。他們只是經過。其他男人會運食物到後門，然後就讓醫婦做自己該做的事。

我們還是不能離開，但是外面的世界似乎也沒有要結束，大家都沒想到會是這樣，至少柯爾夫人是這樣想，但她堅信這只意味著會有更糟糕的事情要發生。

我不由得覺得她想得沒錯。

她對著筆記皺眉。「只有六艘？」

「每艘船上都有八百名睡著的移民跟三個管理的家庭。」我說。我開始餓了，但是現在我已經知道除非她說問診完畢，否則不會有吃的。「柯爾夫人——」

「妳確定管理家庭共有八十一個人？」

「我當然確定。我跟他們的小孩一起上學的。」

她抬起頭。「我知道這很煩，薇拉，可是資訊就是力量，包括我們給他的資訊，還有從他身上得到的資訊。」

我不耐煩地嘆口氣。「情報間諜這種事我不懂。」

「這不是當間諜。」她繼續看筆記。「這只是想要知道事情。」她在筆記本上寫了些什麼。「四千八百八十一人。」她幾乎自言自語地說。

我明白她的意思。這比整個星球上的所有人加起來還要多。多到足夠改變一切。

但是要怎麼改變？

「他下次跟你說話時，你不能跟他說船的事情，要讓他一直猜，不能讓他確定人數。」她說。

「同時還要盡量從他身上套話。」我說。

她闔上筆記本，問診結束。「資訊就是力量。」她又說了一次。

我在床上坐起，對於還要當病人已經煩到死。「我能問個問題嗎？」

她站起來，拿起披風。「當然可以。」

「妳為什麼信任我？」

「因為他走入房間時妳的表情。」她毫不遲疑地回答。「妳看起來像是見到最大的敵人。」

她扣上下巴下的披風扣子。我仔細觀察她。「如果我能找到陶德或去那個通訊塔……」

「然後被軍隊抓走？」她沒有皺眉，但眼神很明亮。「失去我們唯一的優勢？」她打開門。「不行的，孩子。總統會來找妳，等他來的時候，妳從他身上挖出的資訊都可以幫助我們。」

她邊走我大聲問：「妳說我們是誰？」

可是她走了。

「……我記得的最後一件事就是他把我抱起來，帶著我跑下一片很長很長的山坡，告訴我我不會死，他會救我。」

「哇。」瑪蒂輕輕吐氣，細碎的髮絲從帽子下溜了出來。我們正慢慢地在走廊上來回走動，好讓我增強體力。「他真的救了妳。」

「但是他不能殺人，就算是為了救自己一命也不行。這是他特殊的地方，所以他們才那麼想抓他。他跟他們不一樣。他曾經殺過一個稀巴人，他那時候簡直痛苦到不行。現在他被他們抓到了——」

我得停下腳步，不斷眨眼，看著地板。

「我必須離開這裡。我不是間諜。我得要找到他，去那個塔，警告他們。也許他們可以派人來幫忙。他們還有偵察艦可以來這裡。他們有武器……」我咬著牙說。

瑪蒂的表情很緊繃。我每次說這些話她就是這個表情。「我們還不能出去。」

「瑪蒂，妳不能別人說什麼妳就聽什麼。如果他們說的是錯的，妳不能照做。」

「妳也不能靠自己的力量抵抗軍隊。」她輕輕地帶著我回頭，朝我微笑。「就算是勇敢偉大的薇拉·伊德也不行。」

「我以前這麼做過。我跟他在一起時就這樣做過。」

她壓低了聲音：「小薇——」

「我失去了我的父母。」我的聲音變得沙啞。「我沒有辦法把他們找回來。現在我又失去了他。如果有機會，如果有半點機會——」

「柯爾夫人不會讓妳去的。」她說，可是她的口氣讓我抬起頭。

「可是？」我說。

瑪蒂沒再說話，只是帶著我們走到看向大路的走廊窗戶。一群士兵在明亮的陽光下經過，另一邊是一車暗紫色的穀草反方向經過，鎮上的噪音像是軍隊一樣順著大路朝我們這裡傳來。一開始這聽起來不像任何我聽過的噪音，是一種奇怪的嗡嗡聲，像是金屬互相摩擦的聲音，然後噪音變得更大聲，像是上千個男人同時在喊叫，我想事實上就是這樣，又亂又吵到根本分辨不出來其中一個人的聲音。

吵到聽不出一個男孩的噪音。

「也許情況沒我們想像得糟糕，」瑪蒂的聲音很慢，一字一字說得很仔細，像是自己正邊說邊想。「妳看，城裡看起來很平靜。很吵，但是送食物來的男人說店快要重新開張了。我打賭妳的陶德正在某處工作，活得很安全，等著要見妳。」

我不知道她這樣說是因為她真的信還是想讓我信。我用袖子擦擦鼻子。「也許吧。」

她看了我很久，顯然在想著什麼，卻沒說出口。然後她轉身繼續看窗外。

「聽聽他們的噪音。」她說。

這裡除了柯爾夫人外，還有三名醫婦。身材又矮又圓，像個球，臉上有皺紋跟鬍子的華葛諾夫人，負責治療癌症的納達利夫人，我唯一看到她的那次她正在帶上身後的門，還有勞森夫人，她在另一棟治癒之屋照顧孩子，但投降發生的時候她正在這裡跟柯爾夫人會診，從那時起就一直在擔心那些病童。

這裡還有不少學徒，除了瑪蒂跟柯琳之外還有十二個人，但瑪蒂跟柯琳似乎因為跟在柯爾夫人身邊，所以是整間治癒之屋、甚至可能是整個安城的大學徒。我很少看到別的學徒，只會看到她們跟在其中一位醫婦後面，聽診器甩來甩去，白袍在身後飄動，忙著找事情做。

實情的確如此，隨著日子一天天過去，我們門外的城鎮繼續發生該發生的變化，大多數的病人已經開始漸漸痊癒，卻沒有新的病人被送來。瑪蒂跟我說，第一天晚上的時候，所有男性病人已經都被帶走，不管他們能不能被移動，而雖然進攻跟投降改變不了人會生病的事實，卻也沒有別的女人被送來這裡。

柯爾夫人對此很擔心。

「如果她不能照顧病人，她還能做什麼？」柯琳把我手臂上的橡皮筋綁得太緊了一點。「她以前負責管理所有的治癒之屋，不只是這一間。每個人都認得她，每個人都尊敬她，有一段時間她甚至是市議會的主席。」

我眨眨眼。「她原來是管這裡的？」

「很久以前的事。後來她不想到處跑了。」她往我手臂戳針的力氣大得有點過分。「她老說當領袖就是讓妳愛的人每天都多恨妳一點。」她看了我一眼。「我也是這樣想。」

「後來發生了什麼事？為什麼後來又不是她管這裡？」我問。

「她犯了錯。不喜歡她的人乘機利用。」她含蓄地說。

「什麼樣的錯？」

她從來沒鬆開過的額頭皺得更緊。「她救了一條命。」說完她鬆開橡皮筋，力氣大到在我手臂上留下一道痕跡。

一天過了又一天，什麼都沒有改變。我們還是不可以出去，我們的食物還是繼續被送來，鎮長還是沒派人來叫我去，他的人還是繼續來問我的情況，但是之前說的聊聊卻從來沒發生。到目前為止，他只是讓我住在這裡。

天知道為什麼？

不過他是所有人唯一的話題。「你們知道他做了什麼嗎？」柯爾夫人在晚餐的時候說。這是我來到這裡後第一次被允許下床，到食堂裡來吃飯。「教堂不只是他的指揮中心。他還把教堂變成他家了。」

她周圍的女人都發出厭惡的聲音。華葛諾夫人甚至還把盤子推開。「他覺得自己是神了。」她說。「不過他還沒燒了這個城。」我從桌子的另一頭開口說。瑪蒂跟柯琳都睜大了眼睛抬起頭來，可是我還是繼續往下說：「我們都以為他會燒城，但他還沒動手。」

華葛諾跟勞森夫人意味深長地看了柯爾夫人一眼。

「妳還年輕，薇拉。而且長輩說話妳不應該頂嘴。」柯爾夫人說。

我驚訝地眨眼。「我沒有這個意思，我只是說這跟我們預想的不同。」

柯爾夫人吃了一口食物，同時打量我。「他把自己鎮上的所有女人殺了，只因為他聽不見她們在想什麼，因為他不能在治療方法出來之前像了解男人一樣了解女人。」

其他夫人們都點點頭，我張開口但她直接打斷我。

「孩子，同時還有一件事是，我們自從降落到這個星球以來，發生在我們身上的所有事，包括噪音這個意外，接下來的混亂，一切都是妳上面的那些朋友不知道的。」她仔細地觀察我的反應。「發生在我們身上的所有事正等著在他們身上重演。」

我沒有回答，只是看著她。

「妳想要誰來負責這個過程呢?他嗎?」她問。

她不再對我說話，繼續跟其他夫人們低聲交談。柯琳又開始吃飯，一臉幸災樂禍。瑪蒂仍然睜大了眼睛看我，但是我唯一能想到的是沒說出口的話。

當她說他嗎?的時候，她是不是還想接下去說，還是她?

在我們被關起來的第九天時，我已經不是病人了。柯爾夫人把我召入她的辦公室。

「妳的衣服。」她從書桌後面遞給我一個包裹。「妳要的話現在可以穿回去了，這樣妳會比較覺得像個人。」

「謝謝。」我真心地說，朝她指的屏風後面走去。我脫下病人的袍子，看了看我前後的傷口。

「妳真的是很驚人的醫婦。」我說。

「我很努力。」她從書桌後面說。

我解開包裹，發現裡面是我所有的衣服，洗得乾乾淨淨，聞起來乾淨又清爽到我覺得臉上一陣奇特的緊繃，這才發現我露出了大大的笑容。

「薇拉，妳真的是個很勇敢的女孩。」我邊穿衣服，柯爾夫人在外面說:「雖然妳不知道什麼時候該閉嘴。」

「謝謝。」我有點生氣地說。

「妳的船艦墜毀，父母身亡，一路上的驚險，全都靠妳的智慧跟靈活應變應付過來。」

「我有人幫我。」我坐下來，穿上乾淨的襪子。

我注意到柯爾夫人的筆記本放在旁邊的小茶几上，我們每次「問診」時她做的筆記都在裡面。

我抬頭去看她還站在屏風的對面，然後伸手翻開封面。

「孩子，我感覺到妳有很大的潛力，領導者的潛力。」她說。

筆記本是反著的，我不想因為挪動筆記本而發出聲音，所以我試著扭過頭去看上面寫什麼。

「我在妳身上看到我自己。」

第一頁在她的筆記開始之前，只有一個字母用藍色的墨水寫著：A。

沒有別的了。

「我們就是我們所做的選擇，薇拉。」柯爾夫人還在說話。「如果妳願意，妳對我們而言會是非常寶貴的存在。」

我抬起頭。「誰是我們？」

門猛然被推開，聲音大又突然到我整個人一驚，從屏風後探出頭去。是瑪蒂。

「有信差來。」她氣喘吁吁地說：「女人可以離開屋子裡了。」

「這裡好吵。」我被新普倫提司城上所有交纏的噪音咆哮逼得皺著臉。

「妳會習慣的。」瑪蒂說。我們坐在一間店鋪外面的長椅上，柯琳跟另一名叫做媞雅的學徒正在為治癒之屋購買補給品，以便應付預期而來的新一波病患。

我看著街道。店都開了，很多人來來往往，大多數都是用走的，但是也有核融腳踏車跟馬。如果不仔細去看，幾乎看起來像是一切沒事。

可是只要仔細觀察就會發現路上的男人都沒有互相交談，女人以四個人為單位集體行動，也只能在白天行動，每次可以出來一個小時。而且每一群女人都沒有互相交談。就連安城的男人都沒有來找我們。

而且每個路口都有士兵，手中握著來福槍。

店門打開時，一個小鈴響起。柯琳衝了出來，抱著滿懷的袋子，一臉怒氣，媞雅緊跟在後面。

「店家說自從稀巴人被抓走以後就沒有人聽說過牠們的事情了。」柯琳說，幾乎是把所有袋子朝我懷裡用丟的。

「柯琳跟她的稀巴人。」媞雅翻著白眼，又拿了一個袋子給我。

「不准妳這樣說牠們。如果連我們都不能好好對待牠們，妳覺得他會怎麼做？」柯琳說。

我還沒來得及問柯琳這句話是什麼意思，瑪蒂已經開口：「對不起，柯琳，但是妳不覺得現在應該多擔心我們自己才對嗎？」她的眼睛正看著一些注意到柯琳大聲說話的士兵。他們沒有動，甚至沒有從一間飼料店的遮棚下走出來。

可是他們已經在看了。

「他們的行為簡直沒有人性。」柯琳說。

「對，但牠們也不是人。」媞雅偷偷說，也在看士兵。

「媞雅．瑞斯！」柯琳額頭上的青筋在彈跳。「妳怎麼能自稱醫婦，卻說——」

「對對，沒錯。」瑪蒂努力想要勸她平靜下來。「我同意，真的很糟糕，妳知道我們都同意，但是我們又能怎麼辦？」

「妳們在說什麼？對牠們做了什麼？」我說。

「噪音的治療方法。」柯琳的口氣像是在罵髒話。

瑪蒂煩躁地嘆口氣，轉向我。「他們發現治療方法在稀巴人身上也有用。」

「因為他們用稀巴人來做實驗。」柯琳說。

「但是不只這樣。因為稀巴人不會說話，牠們的嘴巴可以發出一點喀喀的聲音，但是這就跟我們彈指差不多。」瑪蒂說。

「噪音是牠們唯一溝通的方式。」媞雅說。

「而且我們其實不需要牠們跟我們說話，我們就可以命令牠們。」柯琳的聲音愈來愈大。「所以誰管牠們需不需要交談？」

我開始明白了。「那治療的方法……」

媞雅點點頭。「這會讓牠們乖乖聽話。」

「更好的奴隸。」柯琳恨恨地說。

我的嘴巴大張。

「牠們是奴隸？」

「噓。」瑪蒂用力地噓我們，朝看著我們的士兵偏頭，在所有其他男人發出的咆哮中，他們的安靜顯得空白得可怕。

「就像是我們把他們的舌頭割掉一樣。」柯琳說，壓低了聲音但語氣依然憤怒。

瑪蒂這時候已經趕著我們前進，回頭去看士兵。

士兵看著我們離開。

＊

我們走回治癒之屋的短短一段路上沒有人說話，進了畫著藍色攤開雙手的大門。柯琳跟媞雅進去之後，瑪蒂輕輕拉著我的手臂停下。

她檢查了周圍一會兒，眉毛中間凹出一個酒渦。「那些士兵看我們的方式。」她說。

「怎麼樣？」

她抱著自己，微微發抖。「我不太喜歡這種和平。」

「我知道。」我輕輕說。

她頓了頓，然後直直看著我。「妳的人能幫我們嗎？他們能阻止這件事嗎？」

「我不知道。可是想辦法知道總比坐在這裡，等最糟的結果發生要好。」我說。

她環顧四周看有沒有人在偷聽。「柯爾夫人極為聰明，可是有時候她只願意聽自己的聲音。」

她停下來，咬著上唇。

「瑪蒂？」

「我們多留心。」

「做什麼？」

「如果有適合的時機，一定要是適合的時機。」她又看了四周一眼。「我們來想辦法要怎麼樣聯絡妳的船艦。」

8　最新的學徒

〔薇拉〕

「可是蓄奴是錯的。」我捲起另一卷繃帶。

「醫婦向來反對。就算是在稀巴人戰爭結束後，我們還是覺得這種行為不人道。」柯爾夫人在她的清單上又打了個勾。

「那妳為什麼不阻止？」

她頭都沒抬。「如果妳親眼見過戰爭，妳就明白戰爭只會帶來破壞，沒有人能逃離戰爭的影響。誰都不行。就連倖存者也一樣。在戰爭的時候，妳會接受在平時完全無法忍受的事情，只因為生命暫時失去了所有意義。」

「戰爭讓人成為怪物。」我引述班那天晚上在新世界人會埋死者的怪地方說的話。

「男女都是。」柯爾夫人說。她輕敲一盒盒針筒來點數。

「可是稀巴人戰爭很久以前就結束了不是嗎？」

「十三年了。」

「十三年的時間已經夠改正這個錯誤。」

她終於看我。「孩子，只有年輕的時候妳才會覺得人生有這麼簡單。」

「可是妳是領導者。妳可以有辦法的。」我說。

「誰告訴妳的？」

「柯琳說──」

「啊，柯琳啊。」她低下頭去看文件板。「不論事實如何，她都一心愛戴我。」

我又打開一袋補給品。「可是如果妳是這個議會的主席，妳一定會有辦法改變稀巴人的情況的。」我堅持追問。

她不滿地看了我一眼。「孩子，人有時候是可以被帶到他們不想去的地方，但大多時候是不行的。稀巴人不可能獲得自由，尤其我們才剛在一場血腥凶狠的戰爭中打敗牠們，正需要許多勞力來進行重建工作。但是牠們至少可以得到比較好的對待吧？牠們可以得到足夠的食物，合理的工時，還有跟家人住在一起。這些都是我為他們爭取來的勝利，薇拉。」

她在夾板上寫字的動作突然變得很用力。我看著她一會兒。「柯琳說妳是因為救人才被趕出議會。」

她沒有回答，只是把夾板放下，開始去檢查一個比較高的架子，伸出手拿下一頂學徒帽，還有一件折起來的學徒披風，轉身就把兩樣東西拋向我。

「給誰的？」我接下來之後問。

「妳想要知道當領袖的滋味？那我就帶妳上路。」她說。

我看著她的臉，低頭看看披風跟帽子。

從那時候開始，我幾乎連吃飯的時間都沒有。

在女人又被允許可以出門的那天，來了十八名新病患，全部是女性，有各種病症：盲腸炎、心臟疾病、拖延的癌症治療、骨折，全部都是因為她們之前一直被困在自己的屋子內，與丈夫跟兒子隔絕。第二天又來了十一名。勞森夫人第一時間就回到病童的治癒之屋，柯爾、華葛諾、納達利夫人們突然在房間之間衝來衝去，不斷高聲下令跟挽救性命。我想從那時候開始，沒有人真的能睡一覺。

瑪蒂跟我當然也沒有時間去尋找我們的時機，甚至沒有時間去注意到鎮長還是沒有來看我。我忙著到處跑，一直擋路，盡量幫忙，同時抓緊時間塞下學徒的知識。

我天生就沒有當醫婦的細胞。

「我覺得我一輩子都不用想學會。」我又失敗了，沒辦法看出福斯太太，一名脾氣很好的年長病人的血壓。

「很有可能。」柯琳抬頭看了一眼時鐘。

「有點耐心，小美女。」福斯太太的臉皺成一朵微笑。「任何值得學的東西都得下苦工。」

「妳說得沒錯，福斯太太。」柯琳回頭看我。「再試試看。」

我把手臂上的束帶充氣，透過聽診器去尋找應該有的呼聲，是福斯太太血液的呼聲，與小指針的顯示相合。「60/20？」我小聲地說。

「問問就知道了。福斯太太，妳今早死了嗎？」柯琳說。

「哎呀，當然沒有啊。」福斯太太說。

「那大概就不是60/20了。」柯琳說。

「我才學了三天而已。」我說。

「我學了六年了，從我比妳年紀還小開始，妳連量血壓都不會，卻突然跟我一樣成了學徒。人生真有趣，對吧？」柯琳說。

「寶貝，妳學得很好。」福斯太太對我說。

「才不好，福斯太太。我很抱歉必須反駁妳，但是我們有些人將醫療視為神聖的工作。」柯琳說。

「我把它視為神聖的工作啊！」我幾乎是反射性地回答。

這句話說錯了。

「醫療不只是個職業而已，孩子。」柯琳把「孩子」兩個字說得像是最惡毒的侮辱。「生命中沒有比維持生命的延續更重要的事。我們是神在世界上的雙手。我們是妳那暴君朋友的敵人。」

「他不是我的——」

「允許別人，無論是誰受苦，是最大的罪。」

「柯琳——」

「妳什麼都不懂。」她的聲音低而激動。「不要裝了。」

福斯太太縮得幾乎跟我一樣小。

柯琳瞥了她一眼，然後看看我，扶正了帽子跟扯直披風上的領子，左右轉轉脖子。她閉上眼睛，吐了長長、長長的一口氣。

她沒看我就說：「再試試看。」

「診所跟治癒之屋的差別？」柯爾夫人問，在一張表單上打勾。

「主要的差別是診所是由男醫生管理，治癒之屋是由醫婦管理。」我邊為病人量出每天需要的藥量邊背。

「為什麼要這樣做？」

「這樣病人無論男女都可以選擇是否要知道自己醫生的想法。」

她挑起眉毛。「真正的原因呢？」

「政治角力。」我按照她說的回答。

「沒錯。」她完成表格後遞給我。

「請把這些東西跟藥品送給瑪德蓮。」

她離開屋子，我繼續用藥瓶填滿盤子。我出來的時候，我看到柯爾夫人站在走廊盡頭，納達利夫人從她身邊經過。我敢發誓我看到她將一張紙條塞給納達利夫人，兩人腳步甚至沒有慢下來。

我們還是一次只能出去一小時，還是必須四個人集體行動，但這樣就夠讓我們看得出來，新普倫提司城正在慢慢恢復中。我身為學徒的第一個禮拜結束時，我們聽說甚至有女人被送去農田，加入只有女人的勞動隊裡工作。

我們聽說稀巴人被當成一大群人關在城裡邊緣某處，準備被「處理」，不知道那是什麼意思。

我們聽說老市長變成了收垃圾的。

我們沒聽說過任何關於男孩的事情。

「我錯過他的生日了。」我告訴瑪蒂，一邊練習在一條橡膠腿上綁繃帶。這腿簡直跟真人的腿沒兩樣，所以每個人都叫它「紅寶」。

「那是四天前的事。我忘記我睡了多久，然後——」

我沒法再說下去，只能把繃帶拉緊。

然後想到他替我綁繃帶的時候，還有我在他身上綁繃帶的情況，不只一次。

「我確定他沒事的，小薇。」瑪蒂說。

「妳才不確定。」

「對，我是不確定。」她轉頭看窗戶外的大路。「可是雖然很難相信，但是這裡到現在還沒打起來。雖然很難相信，可是我們還活著，還在工作。所以雖然很難相信，陶德可能還活著而且好好的。」

我更用力拉緊繃帶。「妳知道藍色的A是什麼嗎？」

她轉頭看我。「什麼A？」

我聳聳肩。「我在柯爾夫人的筆記本裡看到的東西。」

「我不知道。」她又去看窗戶。

「妳在看什麼？」

「我在算有多少士兵。」她說。她又轉過頭來看我跟紅寶。「繃帶綁得不錯。」她的笑容幾乎讓我相信她說的是真的。

*

我走向主走廊，紅寶被我抓在手裡甩。我得要練習朝紅寶的大腿打針。我已經開始很同情第一個要被我真的朝大腿打一針的女人。

我順著走廊前進，直直走到拐了一個九十度的彎，與主樓連接的地方，差點跟一群夫人撞成一團，幸好她們一看到我就停下腳步。

柯爾夫人跟四、五、六名走在她身後的醫婦。我認得納達利夫人跟華葛諾夫人，勞森夫人也在，但是另外三人我從來沒見過，甚至沒看過她們來治癒之屋。

「孩子，妳沒事要做嗎？」柯爾夫人的口氣不太好。

「紅寶。」我結結巴巴地回答，展示手中的大腿。

「是她嗎？」一名我不認得的醫婦問。

柯爾夫人沒有介紹我，只說：「對，就是這女孩。」

我等了一整天才又見到瑪蒂，但是我還來不及問，她就說：「我弄清楚了。」

「有沒有一個人，她上唇有個疤？」瑪蒂在黑暗中悄悄說。現在已經過了午夜，早就過了熄燈時間，早就過了她應該回房的時間。

「我想有。她們很快就走了。」我同樣悄悄地回答。

我們又看著兩名士兵順著大路前進。根據瑪蒂的計算，我們有三分鐘。

「那應該是巴克夫人。意思是其他幾個應該是布萊維特跟費斯夫人。」她看向窗外。「妳知道我們簡直是瘋了嗎？如果被她抓到，我們就慘了。」

「我想按照這個情況看來，她應該不會把妳辭掉。」

她的表情陷入沉思。「妳聽到夫人們之前在說什麼嗎？」

「沒有。她們一看到我就閉嘴了。」

「可是妳就是那女孩？」

「對。而且今天柯爾夫人都在避著我。」我說。

「巴克夫人……」瑪蒂繼續在想。「可是這有什麼用？」

「什麼有什麼用？」

「另外三個是當初跟柯爾夫人一起在議會裡的人。巴克還在議會。至少發生這些事情以前是。但是她們為什麼——」她沒再說話，而是朝窗戶靠近一點。「這是最後一組四個人了。」

我往外看，看到四個士兵往路上走。

如果瑪蒂看出來的規律是對的，時間就是現在。

如果規律是對的。

「妳準備好了嗎？」我偷偷說。

「當然沒好。」瑪蒂害怕地微笑。「但是我要去。」

我看到她不斷握緊放鬆拳頭好阻止自己的手開始發抖。「我們只是去看看而已。看一下就好，立刻就回來。」我說。

瑪蒂看起來還是很害怕，但是點點頭。「我這輩子從來沒做過這種事。」

「不要擔心。我是專家。」我把窗戶整個往上推開。

整個城已經睡著，但睡夢的咆哮依然幾乎完全掩蓋了我們溜過前庭黑暗草地的腳步聲。唯一的光線來自於照在我們身上的兩個月亮，空中的兩個半圓。

「現在怎麼樣？」瑪蒂悄悄說。

「妳說兩分鐘後，又有一組人。」

瑪蒂在影子裡點頭。

「然後有七分鐘的空檔。」

在那段空檔中，瑪蒂跟我會走上大路，盡量貼著樹走，不暴露自己的行蹤，看我們有沒有辦法能夠走到通訊塔，假設真的是通訊塔。

到了以後再看那裡有什麼。

「妳還好嗎？」我悄悄問。

「沒事。很害怕但也很興奮。」她回答。

我懂她的意思。我們蹲在水溝裡，在夜色的遮蔽下，明知這簡直是瘋子的行為，又很危險，但是我終於感覺我有所行動，終於感覺自從被塞到床上之後，第一次掌握住自己的人生。

終於感覺我在為陶德做點事。

我們聽到路上的小石頭被踩過的聲音，蹲低了一些，等那兩名我們預期中會出現的士兵走過。

「走吧。」我說。

我們盡可能在不被發現的情況下站直身體，快速順著水溝前進，離開市鎮。

「妳在船上還有家人嗎？除了妳父母以外的人？」瑪蒂悄悄說。

她發出的聲音讓我微微皺眉，但是我知道她說話只是為了不讓自己太緊張。「沒有了，但是我認得所有人。布列德利・坦奇，他是貝塔艦上的管理長，加瑪艦的席夢・華金非常聰明。」

水溝順著路拐彎，前面是我們要繞過去的十字路口。

瑪蒂又開始說話。「所以席夢是妳想要——」

「噓。」我說，因為我覺得我聽到聲音。

瑪蒂走上前來，近得幾乎是貼上我，她整個身體都在發抖，呼吸急促。她這次必須跟我來，因為她知道塔在哪裡，但是我不能再要她來一次。下次再來的話，我會自己來。

因為如果出事——

「我想應該沒事的。」我說。

我們慢慢地從水溝出來，要過十字路口，不斷環顧四周，輕輕地踩在碎石頭上。

「要去哪裡啊？」一個聲音說。

瑪蒂在我身後猛然抽氣。有個士兵靠在樹邊，雙腿交叉，像是無比輕鬆的樣子。就算只有月光，我也看到他手中懶懶握著的來福槍。

「現在出來有點晚了吧？」

「我們迷路了。」我結結巴巴地說：「我們走散——」

「當然囉。」他打斷我的話，順著制服外套的拉鍊劃起一根火柴。在火光下，我看到他的口袋上寫著哈馬士官。他用火柴點亮嘴裡的香菸。

鎮長禁止人抽菸。

可是我想如果是軍官的話又不一樣。

沒有噪音，能躲在黑夜裡的軍官。

他走上前一步，我們看到他的臉。他叼著香菸的嘴露出微笑，醜陋的微笑，我看過最醜陋的微笑。

「是妳啊？」他走近後說，聲音表示他認出我來了。同時舉起來福槍。「妳是那個女孩。」他看著我。

「薇拉？」瑪蒂悄悄說，站在我右後方一步遠。

「普倫提司鎮長認得我。你不能傷我。」我說。

他抽了一口菸，火光一亮，在我的視線中劃出一條線。「普倫提司總統認得妳。」

然後他看向瑪蒂，用來福槍指著她。「不過我想他應該不認得妳。」

我還來不及說什麼——

沒有任何警告——

自然得就像呼吸一樣——

哈馬士官扣下扳機。

9 戰爭結束了

［陶德］

「輪到你弄糞坑了。」戴維把一罐石灰丟給我。

我們從來沒有看過稀巴人使用牠們在角落挖的糞坑，但每天早上糞坑都會大一點，臭一點，需要灑更多石灰粉來處理臭味跟感染的危險。

我希望石灰粉處理感染比處理臭味有效。

「為什麼都輪不到你？」我說。

「因為老爸認為你比較行，但管事的還是我，你這泡豬尿。」戴維說。

然後他朝我笑了。

我走向糞坑。

一天又一天過去，直到過了兩個多禮拜。我活了下來，撐了過來。

（她呢？）

（她呢？）

戴維跟我每天早上騎馬去修道院，然後他負責「管理」稀巴人拆籬笆跟拔藤蔓，我則花整天鏟根本不夠牠們吃的草料，修每天都修不好的最後兩個打水幫浦，還有挖每次都輪到我的糞坑。

稀巴人一直沒說話，也沒動手自救。我們終於有空數的時候，算出來牠們有一千五百個，塞在一塊我連養兩百隻羊都嫌小的地方。更多守衛來了，站在石牆上面，來福槍從一排排有刺的鐵絲伸進來，但是稀巴人連勉強看起來像是有威脅性的動作都沒有。

牠們活著。牠們撐過來。

新普倫提司城也是。

每天，雷傑市長都會跟我說他在收垃圾時看到的景象。男女還是被分開，有更多的稅，更多關於穿著的規定，一張要交出來燒掉的書本清單，還有強迫所有人都要做禮拜，但當然不是去大教堂。

可是這裡終於又開始有點真正城鎮的樣子。店重新開了，板車跟核融腳踏車，甚至核融車都重新出現在馬路上。男人重新回去工作。修理工人繼續修理，麵包師傅繼續烤麵包，農夫繼續農耕，伐木工人繼續伐木，有些人甚至申請加入軍隊，但是一看就看得出來誰是新加入的士兵，因為他們還沒得到解藥。

雷傑市長有一天開口說了：「其實這情況沒我想得糟。我以為會有一場屠殺。我自然是覺得自己難逃一劫，也許整座城市都會被燒成白地，投降也只是孤注一擲，但也許他沒說謊。」其實他還沒說我就在他的噪音裡看到他那樣想，看到想法逐漸成形，我沒有這樣想，因為我不允許自己去想。

他站起來看著底下的新普倫提司城。「也許，戰爭真的結束了。」他說。

我朝糞坑走到一半，就聽到戴維大喊：「喂！」

我轉過身。一個稀巴人走向他。

牠正舉著白白的長手臂，擺出一個和平的姿勢，然後開始彈舌頭，指著一群稀巴人拆掉一片籬笆的地方，一直彈一直彈，指著一個空水槽，但是根本沒辦法聽懂牠在講什麼，因為聽不到牠的噪音。

戴維走向牠，眼睛睜大，同情地點頭，笑容帶著危險的意味。「對，對，你們工作很辛苦所以口渴了。當然，當然，謝謝你告訴我，非常謝謝。那我的回答就是這樣。」

他用手槍砸向稀巴人的臉。你可以聽到骨頭碎掉的聲音，稀巴人抱著下巴倒在地上，長長的腿在空中扭曲。

我們周圍響起一片彈舌聲，戴維又舉起手槍，槍口指著牠們。柵欄上的來福槍也上了膛，士兵用武器指著牠們。稀巴人全部往後縮，下巴碎掉的那個還在草地上不停扭啊扭。

「你知道嗎，陶德？」戴維說。

「知道什麼？」我仍然盯著地上的稀巴人，噪音跟將要從樹枝上飄落的樹葉一樣，不斷顫抖。

他舉著槍轉向我。「當老大的感覺真好。」

我每一分鐘都覺得這就是結局。

可是每一分鐘都在繼續下去。

每天我都在找她，可是我只能看到軍隊行軍，男人工作，從來沒有看到我認得的臉，從來沒有碰到我認得是屬於她的安靜。

戴維跟我在來往修道院的路上，我在找她，在女人區的窗戶中找她，但從來沒有看到她的臉往外看。

我甚至偶爾開始在稀巴人群中找她，猜想她會不會躲在稀巴人後面，準備衝出來對戴維吼一頓，罵他居然敢打牠們，然後像是一切都沒事一樣對我說：「嘿，我在這裡，是我。」

可是她不在。

她不在。

我每次見到普倫提司鎮長都會問她的事，他只說我需要信任他，說他不是我的敵人，說如果我全心全意相信他，一切都會沒事。

但我找了。

她不在。

＊

「嘿，乖女孩。」我在一天結束時，邊幫安荷洛德安上馬鞍邊對她低聲說。我騎她的技術進步很多，跟她說話的方式好很多，更能分辨她的情緒。我開始對於在她背上沒有那麼緊張，她也開始對於在我身下沒有那麼緊張。今天早上我給了她一顆蘋果吃，她用牙齒咬了一下我的頭髮，好像我也是馬。

小馬男孩，她說，感覺到我爬上她的背，跟戴維一起回鎮上。

「安荷洛德。」我說，朝她耳朵間向前傾，因為馬似乎喜歡這樣，隨時被提醒大家都在，隨時被提醒他們還在馬群中。

馬最討厭的事情就是獨處。

小馬男孩，安荷洛德又說。

「安荷洛德。」我說。

戴維大聲抱怨：「你這泡豬尿，幹嘛不娶了干他的——」他突然沒說下去。「我老天啊，你看看？」他的聲音突然壓得很低。

我抬起頭。

有女人從商店走出來。

四個一組。我們知道她們開始被放出來，但是一直都是在白天，那時戴維跟我都在修道院工作，所以我們回來時只有一整鎮的男人，像女人只是傳說跟鬼影而已。

我已經很久沒有看到窗戶後面或塔下面以外的女人了。

她們的袖子跟裙子比以前都要長，每個人把頭髮用同樣的方法綁在腦後，緊張地看著站在路邊的士兵，還有我跟戴維，所有人看著她們從商店正門的台階走下。

還是一樣的沉默，還是一樣拉扯著我的胸口，我得趁戴維沒看到時趕快擦一下眼睛。

因為不是她。

「他們晚了。」戴維的噪音小聲到我猜他也好幾個禮拜沒有看到女人了。「她們應該在太陽下山很久以前就進屋子了。」

我們轉過頭去看她們走過我們身邊，包裹緊緊抱在身前，走回通往女人區的路，我的胸口一緊，喉嚨一縮。

因為沒有她。

而我發現——

我終於又再一次發現——

我的噪音變成一片混亂。

普倫提司鎮長在用她來控制我。

我笨死了。

任何干他的白痴都猜得出來。如果我不照他們說的去做，他們會殺她。如果我想逃，他們會殺她。如果我對戴維動任何一點手，他們會殺她。

如果她還沒死。我的噪音變得更黑暗。

不會，不會，我想。

因為她可能還沒死。

她可能就在這裡，就在這條街上，另外一組四個人。

活下去，我心想。拜託拜託拜託妳活下去。

（拜託妳活下去。）

我站在一扇窗戶前。我跟雷傑市長正在吃晚餐，我又在找她，努力不去聽外面的咆哮。

因為雷傑市長說得沒錯。男人的數量多到當藥劑從體內排出之後，就沒辦法聽到單一個人的噪

音了。那就像是在河裡想要聽一滴水珠的聲音一樣。他們的噪音變成一大堵牆，全部擠在一起，什麼都沒說，只有咆哮

咆哮

人分心。

但其實是可以習慣的。我幾乎覺得雷傑市長自成一小團的灰色噪音裡的說話想法感覺反而更讓

「沒錯。」他拍拍肚子。「一個人可以思考，一群人就不行了。」

「軍隊也是。」

「必須有將軍做腦子。」

他這麼說的時候正從我旁邊的開口往外看。普倫提司鎮長正騎馬穿越廣場。哈馬先生、塔特先生、摩根先生、歐哈爾先生騎馬跟在他身後，聽著他下命令。

「內圈。」雷傑市長說。

有一瞬間我在想他的噪音是不是包含嫉妒。我們看著鎮長下馬，把韁繩交給塔特先生，消失在大教堂裡。

不到兩分鐘，喀噠一聲，柯林斯先生打開我們的門。「總統要見你。」他對我說。

「等一下，陶德。」鎮長說，打開一個木箱，往裡面探頭。

我們站在大教堂的地窖裡，柯林斯先生推著我走下一樓大廳後面的樓梯。我站在那裡等著，心想不知道我回去之前，雷傑市長會吃掉多少我的晚餐。

我看著普倫提司鎮長翻另一個木箱。

「普倫提司總統。請你努力記得。」他頭也沒抬地說，然後站直身體。「這裡以前有存酒的。就算是做禮拜也根本用不了那麼多。」

我什麼都沒說。他好奇地看著我。「你不打算問，是吧？」

「問什麼？」我說。

「藥劑啊，陶德。」他搥了一下木箱。「我的人從新普倫提司城裡的每間屋子取得最後一管藥劑，全部都在這裡了。」

他伸手，拿出一管藥片，打開蓋子，食指拇指夾出一小枚白色藥片。「你有沒有想過我為什麼沒把藥劑給你或戴維？」

我的重心在兩腳間來回挪動。「懲罰？」

他搖搖頭。「雷傑先生還在鬧嗎？」

我聳聳肩。「有時候。一點點。」

「他們製造了藥劑，然後讓自己需要它。」鎮長說，然後朝一排又一排的木箱跟盒子揮手。「如果他們需要的東西都是我的……」

他把藥片放回管子，整個人轉身面向我，露出大大的微笑。

「你有什麼事？」我模糊不清地說。

「你真的不知道，對不對？」他問。

「知道什麼？」

他停頓了一下，然後說：「生日快樂，陶德。」

我張開嘴，然後嘴張得更大。

「那是四天前了。我很驚訝你沒提。」他說。

我不相信。我完全忘光了。

「不需要慶祝，因為我們當然都知道你已經是男人了，對不對？」鎮長說。

我又擺出亞龍的畫面。

「你過去兩個禮拜的表現令人刮目相看。」他沒理會我的畫面。「我知道你掙扎得很辛苦，不知道薇拉的情況到底如何，不知道你應該怎麼表現才能讓她安全。」我可以感覺到他的聲音在我的腦子裡嗡嗡作響，到處找來找去。「可是你還是很努力地工作。你甚至為大衛帶來正面影響。」

我忍不住開始想該用什麼方法把戴維・普倫提司揍成一團肉泥，但普倫提司鎮長只是說：「作為獎賞，我為你帶來兩件遲來的生日禮物。」

我的噪音升起。「我能見她嗎？」

他的笑容像是在說他早想到我會這麼說：「不行。但是我可以向你承諾一件事。當你能信任我的那一天，真真正正了解我做的一切都是為了這個城好，跟為了你好的那一天，你會看到我真的是值得信任的。」

我可以聽到我自己呼吸。他第一次這麼正面地回答我她好不好。

「你的第一個生日禮物是你努力得來的。你明天會有新的工作。還是跟我們的稀巴人朋友一起工作，但你會有更多的責任，也負責我們新過程中的一個重要部分。」他再次極為認真地看著我的眼睛。「這個工作可以讓你前途無量，陶德．赫維特。」

「一路成為人類領袖？」我這麼諷刺的語調大概會讓他聽得很不高興。

「沒錯。」他說。

「第二個禮物呢？」我說，心裡還是希望是能看到她。

「陶德，我給你的第二個禮物是，身邊有這麼多的藥劑。」他又朝木箱堆揮手。「可是一點都不給你。」

我歪著嘴：「啊？」

可是他已經朝我走來，好像我們已經說完話。

他經過我的時候——

我是圓圈圓圈是我。

在我腦子裡響起，但只有一次，從我最根本的地方，代表我這個人的地方響起。

我嚇了一跳。

「如果你在用藥劑，為什麼我可以聽得到？」我說。

可是他只是神祕兮兮地朝我笑了笑，然後消失在樓梯間，留下我一個人。祝我生日快樂。

我躺在床上，看著上面的黑暗，心想著，我是陶德．赫維特。我是陶德．赫維特，四天前，我成為男人。

可是我一點沒覺得哪裡不一樣。

想了這麼久，把這個日期看成這樣重要，結果我還是一樣干他的笨陶德．赫維特，根本什麼都沒辦法做，救不了自己也救不了她。

陶德．干他．赫維特。

躺在黑暗裡，雷傑市長在他的床墊上一直打呼，我聽到外面有小小的一聲槍響從遠處傳來，哪個笨士兵在朝天知道是什麼東西（或天知道是誰）開槍，而這時候我開始想了。

這時候我開始想，光是撐過去是不夠的。

如果只是勉強活著，光活著是不夠的。

只要我陪他們玩，他們就會一直玩弄我，而她可能就在那裡。她今天可能就在那裡。

我要找她——

我一有機會就要把握住去找她——

找到她以後——

然後我注意到雷傑市長沒打呼了。我朝黑暗開口：「你有什麼要說的嗎？」

可是他又開始打呼，噪音又灰又糊，讓我開始想也許剛剛是我的想像。

10 在神之屋裡

〔薇拉〕

「我沒有辦法形容我有多遺憾。」

我沒有接下他遞給我的一杯根咖啡。

「薇拉，請喝一點。」他繼續把杯子伸向我。

我接過來，手還在抖。

從昨天晚上開始，我的手就一直在抖。

從我看她倒下起。

先是跪下，然後是側著身體倒在碎石路上，眼睛依然大睜，睜得大大的，卻什麼也看不到了。

我看著她倒地。

「哈馬士官會受到懲罰。」鎮長坐在我對面。「他的行為在任何情況下都不是根據我的命令。」

「他殺了她。」我說，聲音幾乎沒有任何音量。哈馬士官把我拖回治癒之屋，用來福槍的槍托敲門，把所有人叫醒，叫她們去收回瑪蒂的屍體。

我沒法說話。我甚至幾乎連哭都哭不出來。

夫人們，學徒們，通通都不願意看我。就連柯爾夫人都拒絕直視我。

妳以為自己在做什麼？妳以為妳要把她帶去哪裡？

然後普倫提司鎮長召我今天早上去他的教堂，他的家，神之屋。

她們真的不肯看我了。

「我很遺憾，薇拉。普倫提司鎮，就是老普倫提司鎮的一些男人還是因為很多年前發生的事情對女人有成見。」

他看到我一臉驚恐的表情。「妳以為妳知道的故事，並不是事實。」

我盯著他看，說不出話來。他嘆口氣。「薇拉，稀巴人戰爭也蔓延到了普倫提司鎮，的確是可怕的事情，但是男女並肩作戰好拯救自己。」他的手指搭成一個三角形，聲音依然平靜，依然溫柔。「雖然我們勝利了，我們這個邊陲小鎮仍然有分歧。男人與女人間的分歧。」

「我相信是有的。」

「薇拉，她們組成了自己的軍隊，她們自己分裂出去，不相信她們讀到的男人心思。我們想要跟她們講道理，但是最後她們決定要跟我們開戰。很可惜，最後真的開打了。」

他坐直身體。「女人的軍隊仍然是有槍的軍隊，仍然是能打敗我們的軍隊。」

我可以聽到自己的呼吸。「你們殺死了每個女人。」

「我沒有。她們大多數死在戰爭中，可是當她們看到戰爭失敗之後，她們把消息傳出去，說她們是被我們殺害的，然後自殺好讓剩下的男人必死無疑。」

「我不相信你的話。」我說，記得班告訴我們的不同版本。「事情不是這樣。」

「我人在那裡，薇拉。我不想記得，但還是記得太多，太清楚。」他直視我。「我也是最不希望歷史重演的人。妳懂我說的嗎？」

我覺得我懂他的意思，感覺整個胃往下掉，然後我忍不住了——我開始哭，想到他們把瑪蒂的屍體抱回去的樣子，想到柯爾夫人堅持要我幫她準備入殮的過程，要我仔仔細細看清楚想去找通訊塔的後果。

「柯爾夫人。」我努力想要控制自己。「柯爾夫人要我問我們能不能今天下午把她葬了。」

「我已經派人去告訴她可以了。柯爾夫人需要的一切現在都正在送往她那邊的路上。」

我把咖啡放在椅子邊的一張小桌子上。

我們在一個很大的房間，比我到過的任何室內房間都大，除了太空船的船塢。這麼大的地方只擺了兩張舒適的椅子跟一張木桌子，實在太大。唯一的光線從一扇有彩色玻璃的圓窗透進來，圓窗上的圖樣是這個世界跟兩個衛星。

其他都籠罩在影子裡。

「妳覺得她怎麼樣？我是說柯爾夫人。」鎮長說。

我肩上的壓力很重，有瑪蒂不在了的壓力，陶德生死不明的壓力，重到有一分鐘我甚至忘記他還在對面。「什麼意思？」

他微微聳肩。「跟她一起工作怎麼樣？她是個好老師嗎？」

我吞口口水。「她是安城裡最好的醫婦。」

「現在是新普倫提司城裡最好的醫婦。」他糾正我。「其他人跟我說她以前在這裡很有勢力，不容小覷。」

我咬著嘴唇，低頭看地毯。「她救不了瑪蒂。」

「這件事我們就原諒她了好不好？」他的聲音很低，很柔，幾乎很慈祥。「沒有人是完美的。」

他放下杯子。「我很遺憾妳的朋友出了意外。」他重複一次。「我也很遺憾我們過了這麼久才有機會重新交談。之前有很多事情在忙。我想要停止這星球上的苦難，所以妳朋友的喪命讓我十分痛心。我的使命就是要改變這一切。薇拉，戰爭結束了，真的結束了。現在是癒合的時候了。」

我沒有回答。

「可是妳家夫人不這麼想，對不對？她把我當敵人。」他問。

今天清晨，當我們為瑪蒂換上白色的入殮裝時，她說，如果他想開戰，那就開戰。我們甚至還沒開始打呢。

可是當我被召到這裡來的時候，她說不必跟他這樣說，只要問祭禮的事情。然後盡量套話。

「妳也把我們當敵人。我真的希望不是如此。我很遺憾這件極為不幸的事件讓妳對我更有疑心。」他說。

我感覺瑪蒂在我胸口漲起，陶德也漲起。一時間，我只能張口呼吸。

「我知道分邊站的想法有多吸引人，而妳自然是站在她那邊。我不怪妳。我甚至沒問妳船艦的事情，因為我知道妳會對我說謊。我知道她會要妳對我說謊。如果我是柯爾夫人，我也會。逼妳幫我。利用落在手上的優勢。」

「她沒有利用我。」我靜靜說。我想起來她說，如果妳願意，妳對我們而言會是非常寶貴。

他向前傾身。「薇拉，我能跟妳說一件事嗎？」

「什麼事？」我問。

他歪著頭。「我真的很希望妳能叫我大衛。」

我低頭看地毯。「什麼事，大衛。」

「謝謝妳，薇拉。這對我來說很重要。」他等到我重新抬起頭。「我見過原本管理安城的議會。

我見過前任安城市長。我見過前任警察總長還有醫療總長還有教育總長。我見過這城裡每個重要的人。有些人現在為我工作。有些不適合新的組織，這也沒關係，城市重建有很多工作要進行，好讓這裡能夠迎接妳的同胞，薇拉，讓這裡成為他們需要跟期待的天堂。」

他繼續直視我。我注意到他的眼睛是很深的藍色，像是流過石板的水。

「我在新普倫提司城裡見過的所有人中，只有妳的柯爾夫人是唯一一個真正明白領導真諦的人。領導權不是靠它自己長出來的，薇拉。領導權是靠奪取來的，而她可能是這個星球上除了我以外，唯一一個有足夠的力量、足夠意志力奪取的人。」

我一直看著他的眼睛，突然閃過一個想法。

他的噪音依然黑不見底，表情跟眼睛也什麼都沒有洩漏，但是我開始想——

就在心底深處——

他是不是怕她？

「妳覺得我為什麼讓她去治療妳的槍傷？」他問。

「她是最好的醫婦。你自己說的。」

「是的，但是她不是唯一一個。大多數的功效都是來自於繃帶跟藥。柯爾夫人只是特別擅長使用繃帶跟藥。」

我的手不由自主地摸到身前的疤。「不只是這樣。」

「妳說得沒錯，不只是這樣。」他靠得更近。「薇拉，我希望她站到我這邊。如果要讓這個新社會有一絲成功的機會，我需要她站在我這邊。如果柯爾夫人跟我聯手，那我們能創造出什麼樣的世界啊。」他往後一靠。

「你把她關起來了。」

「可是我不會一直關著她。男人與女人之間的界線之前變得模糊，重新創造出這條界線的過程是緩慢痛苦的。要形成雙方的互信需要時間，但要記得的只有一件事，薇拉，就是我說的，戰爭結束了。真的結束了。我不想再看到戰鬥，再有流血。」

為了有事可做，我拿起開始變涼的咖啡，端到嘴邊，卻沒有喝。

「陶德好嗎？」我問，沒有看他。

「在太陽下快樂健康地工作。」鎮長說。

「我能見他嗎？」

他沉默，像是在考慮。「妳願意為我做一件事嗎？」他問。

「什麼事？」

又一陣沉默。我腦中又出現一個念頭。「你要我當你的間諜。」

「不是。不是間諜，完全不是。我只是要妳幫忙說服她我不是她以為的暴君，歷史的真相跟她以為的完全不一樣，如果我們能合作，我們可以讓這個地方成為當初大家很多年前離開舊世界時想要創造的家園。我不是她的敵人。也不是妳的。」

他看起來好認真。真的。「我是請妳幫忙。」他說。

「一切都在你的掌控之中。你並不需要我的幫助。」我說。

「我需要的。妳跟她的親近程度是我永遠不能及的。」他堅持。

我心想，真的嗎？

我想起來，就是這個女孩。

「我也知道第一天晚上她對妳下藥，讓妳什麼都來不及跟我說就會睡著。」

我喝了口冷掉的咖啡。「你不也會做同樣的事嗎？」

他微笑。「所以妳同意我跟她其實沒那麼不同？」

「我怎麼才能信任你？」

「她對妳下藥，妳怎麼能信任她？」

「她救了我一命。」

「是因為我把妳交給她。」

「她沒有把我關在治癒之屋裡。」

「妳不是一個人來的嗎？外出的限制今天開始就會放鬆。」

「她在訓練我成為醫婦。」

「那跟她會面的其他醫婦們又是誰？」他的手指重新疊成三角形。「妳覺得她們想做什麼？」

我低頭看著咖啡杯，吞了一口口水，心想他是怎麼知道的。

「她們又想要怎麼利用妳？」他問。

我還是沒看他。他站起來。「請跟我來。」

他帶我走出大房間，走過教堂前面的小前廳。大門朝廣場打開，軍隊在廣場上操練，他們踏踏踏的腳步聲傳進來，失去藥劑後的男人咆哮緊跟在後衝進來。

我微微皺眉。

「妳看那邊。」鎮長說。

軍隊後面，在廣場中央，有些人正在用普通木頭搭建一個小台子，上面一根彎曲的柱子。

「那是什麼？」

「明天哈馬士官會因為他太嚴重太嚴重的罪行而吊死。」

瑪蒂，她毫無生氣的眼睛，又在我胸口漲起。我得摀住嘴巴才壓得下去。

「我放過了這個城的前任市長，但是我不會放過我最忠誠、跟了我最久的士官。」他看著我。

「妳真的認為我做這些，只為了讓一個擁有我可以利用的情報的小女孩滿意嗎？妳真的以為我會這麼麻煩，尤其照妳所說的，一切都在我的掌控之中？」

「那你為什麼要這樣做？」我問。

「因為他犯法了。這是個文明的世界，野蠻的行徑不可被允許。戰爭結束了。」他轉向我。「我很希望妳能說服柯爾夫人這點。」他走近我。「妳願意嗎？妳是否願意至少告訴她我做了什麼才能彌補這個不幸的情況？」

我低頭看著自己的腳。我的腦子在轉，轉，像個流星一樣。

他說的話有可能是真的。

可是瑪蒂死了。

而且這是我的錯。

而且陶德還是不在。

我該怎麼辦？（我該怎麼辦？）

「妳願意嗎，薇拉？」

我心想，至少這是可以交給柯爾夫人的情報。「我盡量？」

他又微笑。「太好了。」他輕輕碰我的手臂。「去吧。葬禮需要妳。」

我點頭，踏上台階，離開他身邊，走向廣場幾步，咆哮聲跟太陽一樣重重落在我身上。我停下腳步，想要喘回從我胸口逃走的一絲空氣。

「薇拉。」他還在看我，從他家，從大教堂門口看我。「妳明天晚上跟我一起吃晚餐怎麼樣？」

他咧嘴笑了，看到我很努力想要掩飾我有多不想去。

「當然陶德會去。」他說。

我睜大眼睛。另一波浪濤在我胸口漲起，又帶來了眼淚，讓我驚訝到我開始打嗝。「真的？」

「真的。」他說。

「你是認真的？」

「我是認真的。」他說。

然後他朝我張開雙手，等我去擁抱他。

11 救了你的命

［陶德］

「我們得替他們編號。」戴維說，拿出一個留在修道院儲物間的厚帆布袋，重重地往地上一丟。「這是我們的新工作。」

今天是鎮長補祝我生日快樂的隔天早上，在我發誓我會找到她的隔天早上。

可是什麼都沒改變。

「編號？」我問，看著外面的稀巴人，牠們繼續以我不懂的沉默盯著我們。這藥劑應該已經失效了啊？「為什麼？」

「你從來都不聽我老爸說什麼是不是？」戴維拿出一些工具。「每個人都需要認清自己的地位。況且，我們總得有辦法分辨這些牲畜。」

「戴維，牠們不是牲畜。牠們只是外星人。」我沒有太生氣，因為這件事我們已經吵過幾次了。

「隨便你，豬屎。」他從袋子裡拿出一把鐵絲剪，放在草地上，然後又朝袋子伸手。「你拿著。」他拿出一把薄片鐵條，跟一條長一點的薄片鐵條捆在一起。我接過來。

我認出我手上的東西。「不會吧。」我說。

「沒錯，就會。」他又拿起另一個工具，我也認得。

這是我們在普倫提司鎮為羊打上標記的工具。首先拿戴維手上的工具，然後在羊腿上裹鐵條，用這工具把鐵條繫緊，緊到會卡進皮膚，緊到會造成感染，但是這金屬上有藥，能夠抵抗感染，結果是感染的皮膚就開始在鐵條外癒合，用鐵條來取代那一區的皮膚。

我又抬頭看稀巴人，牠們也在看著我們。

問題是，如果把鐵條拿掉，傷口也不會癒合。如果把鐵條拿掉，羊會流血到死。在羊身上打鐵條，這羊到死都是你的。沒有退路。

「你只要把牠們當成羊就好了。」戴維拿著工具站起來，看著稀巴人。「排隊！」

「我們一次處理一片田。」他大叫，朝稀巴人一手揮舞工具，一手揮舞手槍。石牆上的士兵繼續用來福槍指著稀巴人群。「拿到號碼以後，你就待在那片田裡，不准走，懂嗎？」

牠們似乎懂了。

這就是問題。

牠們懂的比羊要多太多。

我看著手中握著的一把鐵條。「戴維，這——」

「你快點就對了，豬尿。」他不耐煩地說：「我們今天要處理到兩百號。」

我吞了口口水。隊伍中的第一個稀巴人也在看著鐵條。牠比較矮，我想應該是個母的，因為有時候從牠們身上長出來當衣服用的苔蘚顏色可以分出來。她比一般稀巴人要矮。大概是我的身高。

然後我在想，如果我不做，如果做的不是我，他們只會去找另一個不管會不會痛的人。最好他們讓我來，因為我至少會好好待他們。總比只讓戴維做要好。

對吧？

（對吧？）

「你趕快把干他的鐵條繞在牠的手臂上，否則我們干他的一早上都要耗在這裡了。」戴維說。

我示意要她伸出手臂。她伸了，盯著我的眼睛，沒有眨眼。我又吞口口水。我攤開鐵條，撕下寫著0001的那條。她還是盯著我，沒有眨眼。

我握住她伸出來的手。

她的皮膚很熱，比我想的要熱。看起來總顯得又白又冷。

我把鐵條繞在她的手腕上。

我可以感覺到她的脈搏在我的手指下跳動。

她還在看我的眼睛。

「對不起。」我低聲說。

戴維走上前來，用工具把鐵條兩端夾住，一扭，手勁又快又狠，讓稀巴人痛得倒抽一口氣，然後他用力把工具一夾，將鐵條卡入她的手腕，將她永遠標記為0001號。

她的血從鐵條下流出來。0001流的血是紅色的（這我已經知道）。

她用另一隻手握住手腕，從我們身邊走開，還是盯著我們，還是沒有眨眼，像是詛咒一樣沉默。

牠們沒有抗拒。只是排成一排，看著，看著，看著，看著。偶爾牠們會向彼此發出彈舌的聲音，但是沒有噪音，沒有掙扎，沒有反抗。

這讓戴維愈來愈生氣。

「該死的東西。」他說，把鐵條多扭了一秒才剪斷，只為了看他能讓牠們痛得憋氣多久。然後加了一秒又一秒。

「爽嗎，啊？」他朝握著手腕、盯著我們看的稀巴人大吼。

接下來是0038。牠長得很高，應該是個公的，瘦到不行，而且愈來愈瘦，因為就連笨蛋都看得出來我們每天早上餵的飼料根本不夠一千五百個稀巴人吃。

「把鐵條繞在牠的脖子上。」戴維說。

「什麼？」我睜大眼睛。「不行！」

「繞在干他的脖子上！」

「我才不要——」

他突然往前衝，用工具敲我的頭，把鐵條從我手裡搶走。我單膝跪倒，抱著頭，一時痛到好幾秒沒法抬頭。

等我抬頭時，已經太晚了。

戴維讓稀巴人跪在他面前，0038號的鐵條緊繞在牠的脖子上，正用工具把它扭得更緊。牆上的士兵都在大笑，看著稀巴人掙扎著要呼吸，用手指抓著鐵條，血從脖子上流出。

「住手！」我大喊，掙扎著要站起。

可是戴維把工具一夾，稀巴人倒在草地上，發出大聲的反胃聲，頭開始變成殘忍的粉紅色。戴維站在牠面前，動也不動，只是看著牠窒息。

我看到戴維把工具放在旁邊的草地上，於是歪歪倒倒地跑過去，一把抓起就跑回0038號旁邊。戴維想要阻止我，但我朝他一揮工具，他整個人往後跳，然後我跪在0038旁邊，想要剪斷鐵條，但是戴維扭得太緊，稀巴人因為快要窒息而拚命掙扎，所以最後我只能一拳把牠打倒。

我剪斷鐵條，鐵條帶著一片鮮血皮肉飛走。稀巴人吸氣的聲音大到我的耳朵聽了都痛。我整個人往後倒，躲過牠，手中還是拿著工具。

我看著稀巴人努力想要吸氣，看起來似乎快不行的樣子，戴維則站在我後面，手裡還拿著工具，這時才發現我聽到稀巴人群正很密集地彈舌，而是現在，就是此時，此刻，就因為這樣的原因——

牠們現在決定要攻擊了。

*

第一拳輕輕從我頭頂擦過。牠們很瘦又很輕，所以拳頭沒什麼力氣。

可是牠們有一千五百人。

而且牠們是整群撲上，像是被捲到水下一樣撲過來——

更多拳頭揍來，刮過我的臉，我的頸後，我被打倒在地，牠們的重量壓在我身上，抓著我的手臂跟腿，抓著我的衣服跟頭髮，我大喊大叫，其中一個搶走我手裡的工具，用力朝我手肘一揮，痛到我受不了——

我唯一的想法，我唯一笨到家的想法是——

他們為什麼要攻擊我？我想要救0038。

（可是牠知道，牠們知道——）

（牠們知道我是兇手——）

戴維大喊出聲時，我聽到從石牆上傳來的第一聲槍響。更多拳頭，更多抓傷，但也更多槍響，然後稀巴人開始散開，我是靠聽而不是靠看的猜出來，因為我的手肘痛到不行。

而且還有一個壓在我身上，從後面抓我，我整個人面朝下趴在草地上，而我好不容易翻過身，槍繼續在響，火石的味道散在空中，稀巴人拚命跑，但這一個一直壓在我身上，不斷抓跟打我。

在同一秒我發現這是0001，隊伍中的第一個，我碰到的第一個。砰的一聲她就一轉身，倒在我身邊的草地上。死了。

戴維用手槍站在我面前，煙還從槍管冒出。他的鼻子跟嘴唇都在流血，身上的抓傷跟我一樣多，而且重重地歪向一邊。

可是他在微笑。

「救了你一命，是吧？」

來福槍的槍聲繼續。稀巴人繼續在逃，卻沒有地方可以逃。牠們只能不斷倒下倒下倒下倒下。

我低頭看著手肘。「我覺得我的手斷了。」

「我想我的腿斷了。你回去找我老爸。告訴他發生了什麼事。告訴他我救了你一命。」戴維說。

戴維沒看我，他繼續舉著手槍，開槍，用很怪的姿勢撐著自己的腿。

「戴維——」

「去啊！」他說，整個人散發一種陰冷的開心。「我這裡有工作要解決掉。」他又開槍。又有稀巴人倒下。牠們在四處倒下。

我朝柵門走了一步。又一步。又一步。

然後我開始用跑的。

每跑一下我的手臂就痛一次，但是我跑到她身邊時安荷洛德說小馬男孩，然後用濕濕的鼻子蹭蹭我。她跪了下來好讓我能翻上她的馬鞍。當她順著馬路往前衝時，她等我坐直了才用我看過她跑的最快速度前進。我一手抓著她的鬃毛，受傷的手臂縮在身下，努力不要痛得吐出來。

我偶爾抬頭，看到女人從窗子後面看我騎馬經過，安靜而遙遠。我看到男人看著馬跑過，看著我滿是傷痕跟流血的臉。

我在想，他們以為他們看到了誰。

他們看到的是他們的一分子嗎？

還是他們看到了他們的敵人？

他們認為我是哪一個？

我閉上眼睛，結果差點失去重心，所以我又睜開眼睛。

安荷洛德帶著我跑上從教堂旁邊經過的路，轉彎跑向門口時，馬蹄激起火花。軍隊在廣場裡練習行軍，大多數還是沒有噪音，但是他們重重的腳步聲已經大聲到讓空氣都要折起。

我皺著臉忍下來，抬頭看我們要去哪裡，看向教堂的大門——

我的噪音突然大吃一驚，驚到安荷洛德突然停下來，蹄子在石板上一陣打滑，身上因為這麼快把我帶來而起了白沫。

我幾乎沒注意到——

我的心臟停止跳動——

我停止呼吸——

因為她在那裡。

在我的眼前，走上教堂台階——

她在那裡。

然後我的心臟又開始跳動，我的噪音準備好要尖叫她的名字，我的痛正在消失——

因為她活著——

因為她活著——

可是我看到更多——

我看到她走上台階——
走向普倫提司鎮長——
走入他大開的雙臂——
他正在擁抱她——
她允許他——
而我只能想——
只能說——
只有——
「薇拉？」

Part 3

戰爭結束了

12 背叛

〔薇拉〕

普倫提司鎮長站在那裡。

這個鎮，這個世界的領導者。

張大雙手。

彷彿在說，這就是代價。

我該付嗎？

只是一個擁抱而已，我想。

（不是嗎？）

我走上前一步——

（只是一個擁抱）——

然後他抱住我。

我試著不要因為被他碰到而全身僵硬。

他朝我的耳朵說：「我沒有告訴妳。我們來這裡的路上在沼澤裡找到妳的船。我們找到妳的父母。」

我倒抽一口氣，眼淚立刻湧了上來，我拚命想要把眼淚吞回去。

「我們替他們舉行了一場葬禮。我很遺憾，薇拉。我知道妳有多寂寞。我最想要看到的是也許，有一天，妳能把我視為妳的——」

突然有一個聲音從咆哮中飛出——

一點噪音飛得比其他噪音都要高，像箭一樣清晰——

一支直直朝我飛來的箭——

薇拉！它尖叫，硬是把鎮長的話從他嘴裡撞飛——

我退開他的擁抱，他的手臂落下——

我轉身——

就在午後的陽光，騎在不到十公尺外的馬上——

是他。

是他。

是他。

「陶德！」我大叫，已經開始朝他狂奔。

他從馬背上滑下，站在原處，手臂用奇怪的姿勢端著，我聽到他的噪音響著薇拉！可是我也可以聽到他手臂的痛，還有無所不在的不解，但是我自己的腦子轉得太快，心跳如雷，大聲到什麼都聽不清楚。

「陶德！」我又大叫一聲，衝到他面前，他的噪音打得更開，像是棉被一樣把我捲了進去，我用力把他抱向我，抱向我，像是我再也不會放開他，他痛得大叫，但是另一隻手也正在回抱我，正在回抱我，正在回抱我——

「我以為妳死了。我以為妳死了。」他的氣息噴在我脖子上。

「陶德。」我邊說邊哭，唯一說得出口的就是他的名字。「陶德。」

他又大聲地倒抽一口氣，噪音裡閃過極大聲的痛，讓我幾乎瞎掉。「你的手臂。」我往後移開。

「斷了。被——」他喘氣。

「陶德？」鎮長站在我們後面，直直地盯著他。「你提早回來了。」

「我的手臂。稀巴人——」陶德說。

「稀巴人？」我說。

「陶德，你的傷看起來很嚴重。」鎮長打斷我們。「我們得立刻幫你治療。」

「他可以去找柯爾夫人！」

「薇拉。」鎮長說，我聽到陶德在想：「薇拉？」在想為什麼鎮長會這樣跟我說話。「妳的治癒之屋太遠，陶德的傷很嚴重，不能走那麼遠。」

「我跟你們一起去！我正在接受學徒的訓練！」我說。

「妳在什麼？」陶德的痛像海妖的歌聲一樣高亢，但是他仍然在我跟鎮長之間來回轉頭。「到底是什麼事？妳怎麼知道——」

「我會解釋一切。」鎮長握住陶德完好的手臂。「但你得先療傷。」他轉向我。「明天的邀約還是有效。妳現在得去參加祭禮。」

「祭禮？什麼祭禮？」陶德。

「明天。」鎮長又堅定地對我說了一次，然後把陶德拉走。

「等等——」我說。

「薇拉！」陶德大喊，想要扯離鎮長的手，但是這動作晃到他斷掉的手臂，令他痛得跪倒在地，銳利的痛，大聲清晰到軍隊的士兵都停下來聽。我立刻上前想要扶他，但鎮長伸出手來阻止我。

「妳走。」他的語氣不允許討價還價。「我來幫陶德。妳去參加喪禮，為妳的朋友哀悼。明天晚上妳就能看到一個完整如新的陶德。」

薇拉？陶德的噪音又說了一次，痛得要哭出來，卻被他硬是壓下，可是我覺得他應該已經痛到說不出話來了。

「明天，陶德。」我大聲地說，希望他能聽得到。「我們明天見。」

薇拉！他又大喊一聲，但是鎮長已經開始把他帶走。

「你答應了！記得你答應了！」我朝他們喊。

鎮長給我一抹笑容。「記得，妳也答應了。」

我心想，有嗎？

然後我看著他們離開，速度快到像是根本沒發生過。

可是陶德——

陶德還活著。我不得不彎下腰靠近地面，維持這個姿勢足足有一分鐘，好讓自己能理解這個事實。

*

「帶著沉重的心，我們將妳交給大地。」

女神父說完之後，柯爾夫人對我說：「給妳。」然後握住我的手，給我一些泥土。「把泥土灑在棺木上。」

我盯著手中的泥土。「為什麼？」

「好讓所有人都能一起埋葬她。」她示意我跟她一起站在墳墓邊的醫婦行列之中。我們一個一個走過地上的大洞，每個人都把手中的一捧乾土拋向瑪蒂躺著的木箱子。每個人都盡可能得離我很遠。

只有柯爾夫人願意跟我說話。

她們都怪我。

我也怪自己。

在場有五十多個女人，包括醫婦、學徒、病人。士兵們包圍我們，只是祭禮而已，不知道為什麼需要這麼多人。男人，包括瑪蒂的父親，被隔在墳墓的另外一邊。

在整個過程中，我只能感覺愈來愈有罪惡感，因為我大多數心神都在想陶德。

現在回頭去想，我可以比較清楚地讀懂陶德噪音中的不解，了解從他的角度看來，看到我被鎮長抱住會是什麼樣的情況，我們一定看起來感情很好。

雖然我可以解釋為什麼會這樣，但我還是很羞愧。

而且，他又不見了。

我把我手中的土灑在瑪蒂的棺材上，然後柯爾夫人握住我的手臂。「我們需要談談。」

＊

「他想要跟我合作？」柯爾夫人在我的小房間裡邊喝茶邊說。

「他說他欣賞妳。」

她的眉毛抬起：「是嗎？」

「我知道。我知道這聽起來是怎麼樣。但是也許如果妳聽到他本人的口氣——」

「我覺得我們總統的聲音我已經聽夠了，很久都不想再聽了。」

我倒回床上。「可是他其實可以，不知道，像是強迫我告訴他船艦的事情。而且他沒有強迫我做任何事。」我別過頭。「他明天甚至讓我見我的朋友。」

「妳的陶德？」

我點點頭。

她的表情跟石頭一樣硬實。「所以妳很感激他？」

「沒有。」我揉揉臉。「我看到他的軍隊一路上的行為，我親眼看到的。」

很長的一陣沉默。

「可是？」柯爾夫人終於說。

我沒有看他。「可是他要吊死殺瑪蒂的那個人。他明天要吊死他。」

她發出鄙夷的一聲。「對他這種人來說，多殺一個人有什麼差別？多奪走一條人命有什麼要緊？他當然會覺得這樣就解決問題了。」

「他似乎真的很遺憾。」

她斜瞥著我。「我確定是。我確定他一定看起來是那樣。」她壓低了聲音。「他是謊言的總統，孩子。他的謊說得好到妳會覺得是真話。惡魔最擅長說故事。妳媽媽沒跟妳說過嗎？」

「他不認為他是惡魔。他認為他只是贏得戰爭的士兵而已。」我說。

她仔細地打量我。「安撫。這種手段叫安撫。一旦踏上，妳就很難再走回頭路。」

「什麼意思？」

「意思是妳想要跟敵人合作。意思是妳寧可加入他們而不是打敗他們，而且這是一個只輸不贏的絕對辦法。」

「我才不想要這樣！我只是想要一切結束！我想要這裡成為所有要來的人的家，我們都期待的家。我想要有和平跟快樂。」我大喊，聲音開始變得沙啞。「我不想再有人死了。」

她放下茶杯，雙手放在膝蓋上，直直看著我。「妳確定這是妳想要的嗎？還是妳會為了妳的男孩做出一切？」

我有一瞬間在想她是不是能讀我的思緒。

（因為，沒錯，我想要見陶德——）

（我想要向他解釋——）

「妳的忠誠顯然不是在我們這邊。」柯爾夫人說：「在妳跟瑪蒂鬧了這一齣後，我們有些人覺得妳對我們而言危險的可能性大於優勢。」

優勢，我心想。

她很長很沉重地嘆了口氣。「我可以告訴妳，我個人並不把瑪蒂的死怪在妳頭上。她已經年紀夠大，可以自己做決定，而如果她選擇要幫妳，那就是這樣。」她拂過額頭。「薇拉，我覺得妳跟我好像。雖然我寧可妳沒那麼像。」她站起來準備離開。「所以，請妳知道，不論發生什麼事，我都不怪妳。」

「妳說無論發生什麼事是什麼意思？」

可是她沒再說話。

那天晚上，她們舉行了一個稱之為守靈的儀式，在治癒之屋裡的每個人都喝了很多的淡啤酒，唱瑪蒂喜歡的歌，說著她的事情。有淚水，包括我的，雖然不是快樂的淚水，但也不是絕對的難過。

而且我明天又可以見到陶德了。

現在也只有這件事讓我覺得還算是順利的。

我在治癒之屋裡亂走，經過其他在一起聊天的醫婦、學徒、病人。沒有人願意跟我說話。我看到柯琳自己坐在窗戶旁邊的一張椅子上，臉色看起來特別差。自從瑪蒂死後，她就拒絕跟任何人說話，甚至婉拒在祭禮上說兩句話。只有坐在她身邊的人才看得出來她臉上有多少條淚痕。

一定是因為啤酒的作用，但她看起來心情太差，讓我忍不住去坐到她身邊。

「對不起——」我才剛開口，可是我還來不及說完她就已經站起來走開，留下我一個人。

柯爾夫人走了過來，手中拿著兩杯啤酒。她遞了一杯啤酒給我，我們一起看著柯琳離開房間。

「妳不要太介意她的事。」柯爾夫人說，坐了下來。

「她一直很恨我。」

「沒有。她只是以前有過很慘的遭遇。」

「多慘？」

「這要她自己告訴妳，不是我該說的。喝吧。」

我喝了一口。甜甜的，帶有麥香，泡泡刺激著我的上顎，卻不會不舒服。我們一起光喝酒不說話了一、兩分鐘。

「薇拉，妳看過海嗎？」柯爾夫人問。

我被啤酒小小嗆到。「海？」

「新世界上有海。大得不得了。」她說。

「我是在移民船上出生的。我們繞行星球時有看到。」我說。

「好吧，那妳從來沒有站在海灘上，看著海浪打上來，放眼望去都是水，直到看不見的盡頭，不斷變化，各種各樣的藍色，活生生的景象，似乎比黑夜感覺更大，因為海把自己裡面的東西都藏著。」她開心地搖搖頭。「如果妳想知道自己在神的計畫中有多渺小，妳只要站在海邊就可以了。」

「我只去過河邊。」

她嘟起下唇，看著我。「這條河通往大海，其實不遠，頂多騎馬兩天，坐核融車只要一整個早上，不過，路況不好。」

「有馬路？」

「已經沒剩多少了。」

「那裡有東西嗎？」

「以前是我家。」她說，在椅子上動了動。「我們剛降落時建的，離現在也快有二十三年了吧。原本是要作為漁村的聚落，有船啊什麼的，一百年後說不定可以發展成港口。」

「發生了什麼事？」

「星球發生了這樣的大事，我們所有偉大的計畫在面臨這些困難的頭一、兩年都被擱置在一旁。要開始一個新文明比我們原來想得要難很多。得先會爬才能學走。」她喝了一口啤酒。「然後有時候又得從爬開始。」她自顧自地笑了。「也許這樣也好。我們後來發現新世界的海不適合漁業。」

「為什麼？」

「因為魚跟船一樣大，跟著船一起游，然後邊看人邊說牠們打算怎麼把人給吃掉。」她小聲笑了。「然後就把人吃了。」

我也小小聲笑了。然後我才知道，這些事情都真的發生過。

她又看我，跟我四目對望。「可是海很美。是妳從來沒有看過的景象。」

「妳很想念那裡。」我喝掉最後一口啤酒。

「只要看過一次海，就是思念的開始。」她拿走我的杯子。「我再幫妳倒一杯。」

那天晚上，我做夢了。

我夢到大海還有會吃掉我的魚。我夢到游泳經過的軍隊，還有柯爾夫人在領軍。我夢到瑪蒂握住我的手，扶著我漂在海上。

我夢到雷聲猛然轟隆一響，幾乎要把天空分成兩半。

我嚇一跳的時候，瑪蒂微笑。「我要看到他了。」我告訴她。

她看向我身後說：「他就在那裡。」

我轉頭去看。

我醒來的時候，太陽的角度很不對勁。我在床上坐起，頭感覺像是塊大石頭，我得閉上眼睛才能讓不停旋轉的房間停下來。

「這就是宿醉的感覺嗎？」我大聲說。

「那個啤酒沒有酒精。」柯琳說。

我猛然睜開眼睛，沒想到這是一個極大的錯誤，我的視線範圍內到處都是黑點。「妳在這裡做什麼？」

「等妳醒來好讓妳被總統的人帶走。」

「什麼？」我邊說她邊站起來。「發生什麼事了？」

「她對妳下藥。賈弗根在妳的啤酒裡，然後用班迪根來掩蓋味道。她把這個留給妳。」她遞給我一張小紙片。「妳讀完之後就要把它銷毀。」

我接過紙片。是柯爾夫人的筆跡。

原諒我，孩子，可是總統是錯的。戰爭沒有結束。妳要堅持站在對的那方，堅持蒐集情報，堅持誤導他。我們會再聯絡妳。

「她們把一間店炸了之後，趁亂逃走了。」柯琳說。

「她們什麼？」我的聲音開始變得尖銳。「柯琳，到底發生什麼事？」

可是她甚至不看我。「我跟她們說了，她們這是在背棄自己神聖的信念，沒有什麼比拯救生命更重要的事。」

「還有誰在這裡？」

「只有妳跟我。還有在外面等著把妳帶去見妳那總統的士兵。」她低頭看著自己的鞋子，我第一次注意到她有多生氣，整個人散發著怒火。「我想審訊我的人應該沒那麼帥。」

「柯琳——」

「妳現在開始應該叫我懷特夫人。」她轉身面向門口。「因為，我們兩個都能活著回到這裡的機會很小。」

「她們走了？」我仍然無法相信。

柯琳只是瞪著我，等我站起來。

她們走了。

她把我一個人丟給柯琳。

她丟下我，為了去開戰。

13 分裂

［陶德］

「長官，是核融燃料，跟陶土粉混合變成泥——」

「我知道要怎麼做土製炸彈，帕克中校。」鎮長從馬背上環顧周圍的破壞。「我不知道的是一群手無寸鐵的婦女是如何在你統領的士兵眼下安置這樣一枚炸彈。」

我們看到帕克下士吞了一口口水，喉頭很清楚地動了一下。他不是舊普倫提司鎮的人，一定是中途加入的。伊凡說，哪裡有權就該往哪裡去，可是當有權的那個人想要聽你說出你沒有的答案時又怎麼辦？「可能不只是婦女，長官。很多人都在說有一個叫做——」

「看看這個，豬尿。」戴維對我說。他騎著枯木／橡果走到一棵離我們不遠的樹邊，就在炸掉的店舖對面的馬路邊。

我對安荷洛德彈彈舌，用我沒事的手甩了一下韁繩。她輕輕地避開地上到處都是的碎木頭，碎水泥，碎玻璃，還有爛掉的食物，像是這家店忍了很久，終於忍不住，大大地打了一個噴涕。我們走到戴維旁邊，他正指著插在樹幹上的一堆淺色碎木屑。

「這爆炸的力量大到這些東西居然刺進這棵樹。那些賤人。」他說。

「炸的時間很晚啊，沒傷到人。」我一邊說一邊調整手在吊帶裡的位置。

「賤人。」戴維又說了一次，搖搖頭。

「下士，把你的治療藥劑全數交還。」我們聽到鎮長這麼說，聲音大到帕克下士的士兵也可以聽到他的懲罰。「你們其他人也一樣。隱私是屬於有貢獻的人的特權。」

鎮長不理會帕克下士低低的一聲：「是的，長官。」他轉過身去跟歐哈爾先生和摩根先生低聲說了兩句，他們就朝不同的方向離開。接下來鎮長走向我們，什麼都沒說，表情像是被人打了一巴掌一樣難看。摩佩斯也很凶狠地瞪著我們的馬。他的噪音說，聽話。聽話。聽話。枯木跟安荷洛德都低下頭，往後退了一步。

所有的馬都有點腦筋不正常。

「爸，要我去追那些幹了這事的賤人她們嗎？」戴維說。

「注意你的言詞。你們兩個都有自己該做的事情。」鎮長說。

戴維斜瞥了我一眼，伸出左腿。他下半腿被裹在石膏裡。「爸？你有沒有看到，我幾乎根本不能走路，豬尿身上還有吊帶——」

他還來不及說完話就傳來呼的一聲，比腦筋一轉還快的速度從鎮長那裡飛出來，像是噪音做成的子彈。坐在馬鞍上的戴維往後一閃之後又回到原位，重重地喘氣，眼睛失焦。

那是什麼鬼東西啊？

「今天看起來像是能放假的日子嗎？」鎮長朝爆炸後在我們周圍留下的亂七八糟一揮手，被炸得只剩下外殼的建築物還冒著煙。

爆炸。

（我一直把這件事藏在我的噪音裡，盡量押著——）

（可是就在那裡，被我藏了起來，在表面下冒著泡——）

（想到之前被炸掉的橋——）

我回頭看到鎮長很專注地盯著我，我還沒回過神就已經在說：「不是她。我相信不是。」

他繼續盯著我。「我從來沒想過是她，陶德。」

昨天被他拖過廣場，到了一間有許多穿白袍男人的診所之後，沒多久我的手臂就好了，他們給我打了兩針骨頭修復劑，痛得比折斷那時候還要厲害，可是打針時他已經走了，答應我隔天晚上就會見到薇拉（今天晚上，今天晚上），我根本來不及問我的一千零一個問題——他為什麼會抱著她，而且直接叫她的名字，還有她是在當醫生還是什麼的，還有她為什麼要去參加葬禮，還有——

（還有我一看到她，整個心臟就像要從胸口炸出來——）

（還有她離開時我又痛了起來——）

然後她去了不知道在哪裡、也沒有我的人生，只有我跟我的手臂一起回到教堂，止痛藥讓我想睡到幾乎來不及倒在床墊上就整個人昏了過去。

雷傑市長帶著他收了一整天垃圾後的灰色抱怨噪音回來時我沒醒。晚飯被送來，兩份都被雷傑市長吃掉的時候我沒醒。我們晚上被鎖在房間裡時沒醒。

但是當**轟！**的一聲撼動整個夜晚時我立刻醒了。

我在黑夜裡突然驚醒坐起來，肚子裡的止痛藥讓我有點想吐，雖然我不知道轟的一聲是什麼，或是從哪裡來的，或是代表什麼意義，我只知道事情又有了變化，世界突然變得不一樣了。

果然，我們就跟鎮長還有他的手下天一亮就出門到這裡，不管我們身上都還帶著傷，直接就來了爆炸的地方。我看著騎在摩佩斯身上的他。剛升起的太陽從他後面照過來，他的影子籠罩著一切。

「我今天晚上能看到她嗎？」我問。

很久，很安靜的一段時間，他只是盯著我。

「總統先生？」帕克下士喊道。他的手下正搬走一塊被炸飛到另一棵樹邊的木板。

樹幹上有個圖。雖然我不認識——

嗯，雖然我知道的事情不多，但我還知道那是什麼。一個字母，用藍漆畫在樹幹上。**A**。只有一個字母，**A**。

「我不敢相信，我們昨天才好不容易擋下一波攻擊，他居然干他的逼我們又要回去。」戴維一邊抱怨，一邊跟我繼續朝很遠的修道院前進。說實在的，我也不敢相信。戴維幾乎沒辦法走路，而雖然骨頭修復劑在我的手臂上生效，還是要等個兩天才會恢復正常。我今天已經可以開始彎曲手臂，但要擋下一支稀巴人軍隊是不可能的。

「你有跟他說我救了你一命嗎？」戴維又生氣又害羞地問。

「你沒跟他說嗎？」我說。

戴維一抿嘴，原本就已經很稀疏的小鬍子毛又更稀疏。「我跟他說這種事的時候，他從來不信我。」

我嘆口氣。「我跟他說了。反正他也從我噪音裡看到了。」

我們安靜地騎了好一陣子後，戴維終於開口：「他有說什麼嗎？」

我遲疑了一下。「他說，做得好。」

「就這樣？」

「他說我也做得好。」

戴維咬著嘴唇。「就這樣？」

「就這樣？」

「這樣啊。」他沒再說話，只是讓枯木加快速度。

雖然晚上只炸了一棟建築物，我們騎馬穿過鎮上時，也可以看得出來整個城都變了。巡邏的士兵隊伍突然變大也變多，在大路跟小巷中來回行軍，速度快到像是用跑的。屋頂上現在也有士兵站在不同的位置，握著來福槍，看著看著看著看著。

路上唯一不是士兵的一些男人急急忙忙地從一個地方趕到另一個地方，避開其他人，沒有抬頭。

我今天早上還沒看到女人。一個都沒有。

（沒有她）

（她跟他在一起做什麼？）

（她在騙他嗎？）

（他信她嗎？）

（她跟爆炸有關嗎？）

「誰跟爆炸有關？」戴維問。

「閉嘴。」

「你來啊。」他說，可是他只是隨口這麼一說而已。

我們騎馬經過一群士兵，他們押著一個看起來被打得很慘的男人，他的雙手被綁在一起。我把掛在吊帶上的手臂更往胸口貼了貼，繼續前進。我們經過有鐵塔的山丘，繞過最後一個拐彎來到修道院前時，早晨的太陽已經高高掛在天上。

沒辦法再拖了。

「我離開以後發生什麼事？」我說。

「我們打敗牠們了。」戴維說，腿愈來愈痛，讓他微微喘氣，我從他的噪音裡都可以看出來有多痛。「我們扎扎實實地打敗牠們了。」

有東西掉在安荷洛德的馬鬃上。我把它拍掉，又有東西掉在我的手臂上。我抬起頭。

「什麼鬼？」戴維說。

下雪了。

我這輩子只看過一次下雪，那時候我年紀還太小，根本不知道我以後不會再看到雪。

一片片雪花從樹枝間落下，掉到路面上，黏在我們的衣服跟頭髮上。過程非常安靜，而且很奇怪的是，好像也讓周圍的一切變得安靜，像是想跟你說個祕密，一個很可怕，很可怕的祕密。

可是太陽掛在天上。

這不是雪。

「灰。」一片掉在戴維嘴巴附近，他吐掉以後說。「牠們在燒屍體。」

牠們在燒屍體。握著來福槍的男人繼續站在石牆上，逼活著的稀巴人把死去的稀巴人屍體堆成一堆。燒著的屍體堆得很多，比最高的活稀巴人還高，而且還不斷有頭垂得低低的，嘴巴閉得緊緊的稀巴人送更多屍體來。

我看著一具屍體被丟到最上面，掉下來的時候歪歪地往旁邊滾下，滾過其他屍體，穿過火焰，直到停在泥巴地上，最後面朝上地躺著，胸口有幾個洞，傷口的血已經乾了——

（一個眼神死寂的稀巴人，面朝上地躺在營地中——）

（一個胸口插著匕首的稀巴人——）

我重重喘了一口氣，轉過頭。

除了偶爾的幾聲彈舌之外，活著的稀巴人還是沒有噪音。沒有哀傷或憤怒的聲音，對於牠們要處理的這一團混亂，什麼反應都沒有。

像是舌頭被人割掉一樣。

伊凡在那裡等著我們，手臂環抱著來福槍。他今天早上顯得比較安靜，臉色看起來也不是太開心。

「你們要繼續打號碼。」他朝裝著鐵片跟工具的袋子踢了一腳。「不過現在少很多了。」

「我們打死了幾個？」戴維笑著說。

伊凡不耐煩地聳聳肩。「三百三十五個左右。」

我一聽肚子就不舒服地一抽，但戴維的笑容更明亮了。「那東西有夠讚。」

「上頭說把這個給你。」伊凡把來福槍交給我。

「你要讓他有武器？」戴維的噪音升高。

「總統的命令。」伊凡沒好氣地回答，繼續把來福槍遞給我。「你走的時候要把槍交給晚上守夜的人。這只是給你在這裡時自衛用的。」他皺著眉頭看我。「總統說要告訴你，他知道你會做對的事情。」

我只是低頭看著來福槍。

「我干他的簡直不敢相信。」戴維低低地說了一句，一面搖著頭。

我知道怎麼用來福槍。班跟希禮安為了免得我把自己的頭轟掉，都教過我要怎麼樣小心地用它打獵，還有只有在必要時才能用。

對的事。

我抬起頭。大多數的稀巴人都在最遠的田那裡，離大門愈遠愈好。其他的正在把破碎殘缺的屍體拖到在隔壁田地中央燃燒的火堆邊。

可是可以看到我的稀巴人正看著我。

而且牠們正看著我看著來福槍。

而且牠們的想法我都聽不到。

所以誰知道牠們在計畫些什麼？

我接下來福槍。

我沒想什麼。我不會用。我只是接下來而已。

伊凡轉頭走回門口，而他離開時，我注意到了有一陣很低的嗡嗡聲，低得幾乎聽不到，但絕對存在，而且愈來愈大聲。

難怪他看起來這麼不高興。鎮長也把他的藥劑拿走了。

接下來的早上我們都忙著把草料鏟出來，把水槽裝滿水，朝糞坑灑石灰，我只剩一隻手，戴維只剩一條腿，但就算是這樣我們還是花了遠遠超過合理的時間，因為雖然戴維滿口大話，我不認為他真的想重新開始編號。也許我們現在兩個人都有槍，但是要碰一個差點把你殺掉的敵人，嗯，還是得需要點時間墊墊底氣的。

早上變成午後。第一次，戴維沒把我們兩個人的午餐都吃掉，而是朝我砸了一個三明治，直直打中我的胸口。

所以我們吃著午餐，看著稀巴人看著我們，看著那堆屍體燃燒，看著因為失敗得不能再失敗的攻擊而剩下的一千一百五十個稀巴人。牠們聚在我們開放的田野還有修道院的圍牆邊，離燃燒的火堆能避多遠就避多遠。

「那些屍體應該被丟到沼澤裡。」我用很累的一隻手拿著三明治在吃。「稀巴人的屍體應該要這樣。先放到水裡然後——」

「有火給牠們就夠好了。」戴維靠著裝編號工具的袋子說。

「是啦，可是——」

「沒什麼可是的，豬尿。」他皺眉。「而且你在幫牠們哼什麼哼？你再好心眼也沒讓牠們不扯掉你一條手臂，不是嗎？」

他說得沒錯，但我沒回答，只是繼續看著牠們，感覺背後的來福槍。

我可以拿起它。我可以朝戴維開槍。我可以從這裡逃跑。

「你還沒跑到大門就死了。」戴維看著三明治嘟囔。「你那寶貝女生也是。」

我還是沒說什麼，只是把午餐吃完。每堆食物都擺好了，每個水槽都裝滿了，每個糞坑都灑好石灰。除了不得不做的事情之外，已經沒別的事可做。

戴維靠著袋子的背直了起來。「我們弄到幾號了？」他打開袋子。

「0038。」我回答，繼續看著稀巴人。

他從鐵條上看到我說得沒錯。「你怎麼會記得？」他很驚訝。

「我就是記得。」

牠們現在開始看我們，每個稀巴人都在看我們。牠們的臉頰凹下去，一圈圈黑青，一片空洞。牠們知道我們在做什麼。牠們知道要發生什麼事。牠們知道袋子裡有什麼，牠們知道牠們沒有別的選擇，而且如果抵抗我們只能死。

因為我背後有一把來福槍可以用。

（什麼是對的事？）

「戴維——」我剛開口，但才說了兩個字就——

轟！

——從遠處傳來，幾乎不是聲音，比較像是很遠的雷雨的雷聲，你一聽就知道這雷雨就快要來到這裡想把你家屋子給颳倒。

我們轉頭，好像可以看穿石牆，好像煙霧已經在大門後的樹頂升起。

我們看不穿，煙也還沒升起。

「那些賤人。」戴維低聲說。

但我在想的是——

（是她嗎？）

（是她嗎？）

（她在做什麼？）

14 第二個炸彈

〔薇拉〕

士兵等到中午才把我跟柯琳帶走。他們幾乎要用拖的才讓她停下手邊治療的工作，押著我們一路離開，整整八個士兵來看著兩個小女孩。他們甚至不肯看我們一眼，站在我身邊的士兵年紀小到不比陶德大多少，年紀小到他脖子上有一塊很大的紅腫，我不知道為什麼卻忍不住一直盯著那裡看。

然後，我聽到柯琳驚呼一聲。他們正押著我們走過爆炸的店面。建築物的前面崩塌下來，士兵守著殘破的建築物。押送我們的士兵放慢腳步好多看兩眼。

就在這時。

轟！

聲音大到讓空氣變得像拳頭一樣扎實，像是一波倒塌的磚塊，像是腳下的地面突然下陷，同時上下左右地摔倒，像是太空的失重空間。

我的記憶空白了一段之後，我睜開眼睛，發現自己躺在地上，身邊的煙霧繞著我打轉像飄動的緞帶，一點點火花從空中飄下，有一瞬間這景象幾乎顯得平靜，幾乎顯得美麗，這時候我才發現我什麼都聽不到，只有一陣高亢的哀鳴，壓下身邊所有人歪歪倒倒地想要站起時發出的聲音，或是張開口發出的喊叫聲。我慢慢坐起，世界仍然淹沒在尖銳的沉默，脖子上有大紅點的士兵就躺在我身邊的地上，身上都是木頭碎屑，他一定是用身體幫我擋掉了爆炸，因為我幾乎沒事，但是他動也不動。

他動也不動。

聽覺此時開始恢復，我聽到不斷的尖叫。

「這正是我不想看到重演的歷史。」鎮長說，若有所思地抬頭看著從彩繪玻璃射入的一束光。

「我完全不知道炸彈的事。」我又說了一次，雙手還在顫抖，耳鳴大聲到幾乎聽不太見他說的話。「兩次我都不知道。」

「我相信妳。妳都差點沒命了。」

「一名士兵幫我擋下了大部分的爆炸。」我結結巴巴地說，想起他的身體，想起他流出的血，幾乎刺在他身上每個地方的木屑——

「她又對妳下藥了是不是？」他問，重新抬頭看著彩繪玻璃，彷彿答案就在那裡。「她對妳下藥，然後拋下妳。」

這句話像是拳頭一樣重重揍上我的胃。

她的確拋下我了。

然後釋放一枚殺死一個年輕士兵的炸彈。「對。」我終於開口。「她走了。她們都走了。」

「沒有全走。」他走到我後面，變成房間裡飄來的聲音，刻意說得響亮又清楚好讓我能聽見。「這個城市裡有五間治療所。其中一間全員都在，另外三間少了一些醫婦跟學徒。只有妳的那間才發生全員消失的情況。」

「柯琳留下了。」我低聲說，突然開始為她求情。「她照顧了在第二次爆炸中受傷的士兵。她沒有遲疑。她立刻去幫助受傷最重的士兵，開始幫他們綁止血帶，疏通氣管，還有——」

「我知道了。」他打斷我的話，雖然這都是真的，雖然她叫我去幫她，而我們盡力幫助了其他人，直到那些笨得看不懂或是不願懂的人把我們抓住，拖走。柯琳想要掙脫他們，但是他們打了她的臉，所以她停止掙扎。

「請不要傷害她。」我又說了一次。「她跟這件事無關。她是自願留下來的。她有去幫助那些——」

「我不會傷害她！」他突然大吼，我整個人嚇得往後縮。「妳不要再這樣可憐兮兮的！只要我當總統一天，就不會有女人受傷！為什麼妳怎麼都聽不懂？」

我想起打傷柯琳的士兵。我想起倒地的瑪蒂。

「請不要傷害她。」我再次低語。

他嘆口氣，放低聲音。「我們只是需要她給我們一些答案而已。跟需要妳給我們的答案一樣。」

「我不知道她們去哪裡了。她什麼都沒告訴我。她什麼都沒提。」

然後我突然停下來，他也發現了。因為她是有提到什麼，不是嗎？

她跟我說了一個故事，在講——

「薇拉，有什麼妳想要告訴我的嗎？」鎮長問，走到我面前，突然一臉專注。

我連忙說：「沒什麼。沒什麼。只是……」

「只是什麼？」他的眼睛盯著我，掃過我的臉，想要讀懂我的表情，雖然我沒有噪音，而我瞬間明白過來他一定對我沒有噪音這件事討厭透了。

「只是她剛到新世界的前幾年是住在山裡。」我吞著口水，撒謊。「就在出了鎮，過了瀑布之後的西邊。我以為她只是在閒聊。」

他繼續盯著我，他一直看一直看，沉默很久之後，才重新開始踱步。

他說：「最重要的問題，第二個炸彈是否是個意外，原本應該在第一次爆炸時就被引爆？」他又繞到我面前來，盯著我的臉。「還是這是故意的？這次引爆時間是否被刻意拖延，好讓我的人能夠包圍犯罪現場，達到最大程度的傷亡？」

「不會的。」我搖頭說：「她不會的。她是醫婦。她不會殺——」

「將軍為了贏得戰爭會不擇手段。所以才稱為戰爭。」他說。

「不會的。」我不斷說：「不會的。我不相信——」

「我知道妳不信。」他又離開我身邊，背向我。「所以她們拋下妳。」

他走到自己椅子邊的小桌旁，拿起一張紙，舉到我面前好讓我看。

上面有一個藍色的Ａ。

「薇拉，妳知道這是什麼意思嗎？」

我努力不讓臉上出現任何表情。

「沒看過這個。」我吞口口水，真厭惡自己所做的。「這是什麼？」

他又很專注很深長地注視著我，然後把紙放回桌上。「她會聯絡妳。」他看著我的臉。我努力不透露任何訊息。「沒錯。」他幾乎是自言自語地說：「她會聯絡妳，然後她聯絡妳時，請妳務必傳達一個訊息。」

「我不——」

「告訴她，我們可以立刻停止這些流血事件，我們可以在開始之前就把它結束掉，在更多人死去，和平變成永不可能之前停止。妳就這樣告訴她，薇拉。」

他看著我的眼神好專注，我只能說：「好。」

他沒有眨眼，眼睛是我移不開眼光的黑洞。「可是妳也要告訴她，如果她想開戰，我奉陪。」

「拜託——」我開口。

「就這樣。」他示意要我站起，走向門。「回到妳的治癒之屋去。盡量去照顧病人。」

「可是。」

他為我推開門。「今天下午不會有吊刑。因為最近的恐怖分子活動，某些政治活動必須被中止。」

「恐怖分子——？」

「而且我恐怕會因為要處理妳家夫人留下來的爛攤子而忙到沒有辦法主持今晚原定的晚宴。」

我張開口，卻什麼都說不出來。

他在我面前關上門。

我的頭一陣暈，軟著腳走回大路。陶德在這裡的某處，而我唯一的念頭是我沒辦法見他了，我沒辦法告訴他發生了什麼事，或為自己辯解，什麼都不行了。

都是她的錯。

就是這樣。我很不願意這樣說，但真的是她的錯。通通都是。即使是為了她認為是對的理由，還是她的錯。我今天晚上見不到陶德是她的錯。戰爭要發生是她的錯。她的錯——

我又來到爆炸現場。

地上躺著四具屍體，蓋著他們的白布遮不了身下的血泊。最靠近我，但隔著一排守衛士兵的地上躺著意外救了我的士兵，蓋在白布下。

我甚至不知道他的名字。

然後突然他就死了。

如果她肯等等，如果她肯聽聽鎮長想要她做的事——

可是我又想到，安撫，孩子，這是一條下坡路——

可是路上的屍體——

可是瑪蒂的死——

可是救了我的少年士兵——

可是柯琳被打，好阻止她救人——

（喔，陶德，你在哪裡？）

（我該怎麼辦？該怎麼做才對？）

「走開走開。」一名士兵對我喊，讓我嚇了一跳。

我順著大路往前走，還沒來得及反應，就發現我已經在用跑的。

我氣喘吁吁地回到幾乎全空的治癒之屋，重重把門甩上。路上士兵更多，巡邏隊也更多，更多站在屋頂上的人抱著來福槍，緊盯著我，其中一個甚至在我跑過去的時候很無禮地吹了聲口哨。

現在我不可能有機會去通訊塔了。

又是一件被她搞砸的事情。

我一面喘氣，一面終於發現，現在這裡勉強算得上醫婦的人只剩下我。大多數的病人已經康復到跟著柯爾夫人去了她去的某個地方，說不定正是安置炸彈的人，但是這裡床上至少還躺著二十幾個病患，每天繼續增加。

然後我是新普倫提司城上有史以來最差勁的醫婦。

「拜託啊。」我低聲自言自語。

＊

我一打開福斯太太的房門，她就在問：「大家去哪裡了？一直沒吃的，沒藥——」

「對不起。」我連忙開始收拾她的便盆。「我盡快幫妳弄吃的。」

「天啊，親愛的！」我一轉身就聽到她這麼喊，眼睛睜得大大的。我順著她的目光看向我的白袍背後。上面有一團髒污，是那年輕士兵的血，一路滲到下襬。

「妳還好嗎？」福斯太太問。

我看著血，只能回答：「我幫妳弄吃的。」

接下來的幾個小時是一團混亂。所有的工作人員也不在了，我盡量幫剩下的病人煮飯，餵飯，同時問他們在吃哪些藥，吃多少，什麼時候吃，而雖然他們都在猜想是發生了什麼事，他們也看得出來我的狀況不好，所以盡量幫忙。

入夜好一陣子後，我端著一個髒晚餐盤繞過拐角，突然就看到柯琳站在門口，一手撐著牆，免得讓自己倒下。

我把盤子往地上一拋，立刻跑向她，還來不及到她跟前，就被她舉起的手擋住。我靠近時，她皺起臉。

這時我才看到她腫起的眼睛，還有腫起的下唇。還有她硬挺著身體，像是全身在痛，真的在痛。

「柯琳，天啊！」我說。

「先。」她深吸一口氣。「先扶我去房間。」

我扶著她的手，帶她前進，感覺到她掌心裡藏著一樣東西，塞到我手裡。她舉起手指到嘴唇前，壓下我開口想問的問題。

「一個女孩。藏在路邊的樹叢裡。」她低聲說，憤怒地搖搖頭。「還只是個小女孩而已。」

我沒去看那東西，先是把柯琳送回她房間，然後去拿她臉上的傷要用的繃帶，還有肋骨的藥包。我一直等到只剩我一個人站在儲藏間裡時才攤開手掌。

那是一張紙條，外面寫著V。裡面只有幾行字，幾乎什麼都沒說。

上面寫著，孩子，現在是妳必須選擇的時候了。

然後是個問題。

我們能依靠妳嗎？

我抬起頭。

吞口口水。

我們能依靠妳嗎？

我折起紙條，收進口袋，拿起繃帶跟藥包去幫柯琳。

她被鎮長的手下打了一頓。

可是如果她不需要回答關於柯爾夫人的問題，她就不會被打了。

可是鎮長都說了不會傷害她，她還是被打了。

我們能靠妳嗎？

上面沒有署名。

只有寫著，答案（Answer）。

答案的開頭是一個鮮豔的藍色A字。

15 鎖上

［陶德］

轟！

天空在我們身後撕裂開，一陣風順著馬路往前颳，安荷洛德嚇得人立，我從她背上摔到地上，

到處都是飛砂跟尖叫跟耳朵裡的鼓脹，我只能躺在那裡等著知道我死了

又一枚炸彈。從一開始的兩枚之後，這已經是這禮拜的第三枚了。這次離我們不到兩百公尺。

「賤人。」我聽到戴維啐了一口，站了起來，看著馬路的另一邊。

我的耳鳴停不下來，全身發抖，一面站起。炸彈爆發的時間不分白天晚上，在城市的不同地方發生。有一次是城西的輸水道，一次是通往河流北邊農地的兩座主要大橋。今天是——

「是食堂。」戴維正努力拉著枯木／橡果，不讓牠逃走。「士兵都在那裡吃飯。」

他終於拉停了枯木，爬回馬鞍上。「快點！去看看他們需不需要我們幫忙。」他大喊。

我摸著還在害怕的安荷洛德，她一直在說小馬男孩小馬男孩。我連叫她名字好幾次後才好不容易又爬上她的背。

「你別動什麼歪主意。」戴維拿出手槍指著我。「你不可以離開我的視線範圍。」

從第一次爆炸發生之後就是這樣。

戴維每天每分鐘都拿槍指著我，好讓我永遠不能去找她。

「那些女人這樣做對自己也沒什麼好處。」雷傑市長滿口塞滿晚飯說。

我什麼都沒說，只是吃著我自己的晚餐，擋下他噪音裡的問號。食堂爆炸時是關門的時間，每次「答案」放炸彈的時候都是這樣，可是應該沒有人跟真的沒有人是不一樣的。戴維跟我到的時候找到兩名死去的士兵，還有一個應該是在拖地什麼的人也被炸死了。另外幾次爆炸也總共炸死了三個士兵。

普倫提司鎮長開始真的動怒了。

從我手折斷的那天起，從我勉強算是看到薇拉的那天起，我幾乎沒再看到他。雷傑市長說他忙著抓人還有把人塞到城西的監獄裡，可是卻沒問出半點他想要問出的消息。摩根先生、歐哈爾先生、塔特先生都帶領著軍隊進入城西的山丘去找炸彈攻擊分子的營地，她們都是在第一次爆炸時就消失的女人。

可是軍隊什麼都沒找到，鎮長愈來愈生氣，頒布愈來愈嚴厲的宵禁，從士兵那裡拿走愈來愈多的解藥。

新普倫提司城每天愈來愈吵了。「鎮長否認『答案』的存在。」我說。

「總統愛說什麼都行。」雷傑市長用叉子戳著晚餐。「可是嘴巴長在別人身上。」他又咬了一口。「他哪管得住。」

除了塞在塔牆邊的床墊外，他們還給了我們一個臉盆，每天早上都會加清水，還有放在角落裡的一個小小化學馬桶。我們吃的食物也開始變好，都是柯林斯先生端來的，之後又把我們鎖在裡面。

喀噠。

我就在這裡，除了跟戴維在一起的時間以外，每分鐘都被關在這個地方。不管鎮長之前怎麼強調信任，他顯然還不希望我出去找薇拉。

「我們不確定是不是只有女人參與。根本說不準。」我努力不讓她出現在我的噪音裡。

「陶德，之前在稀巴人戰爭時，有一群自稱『答案』的團體就有參與，專門進行祕密爆炸、夜間行動這類的攻擊。」

「那又怎麼樣？」

「成員全是女人。這樣深入敵方時才不會有噪音外洩。」他搖搖頭。「可是她們最後完全不受控制，完全我行我素。在恢復和平之後，她們甚至攻擊我們自己的城市，最後我們被逼得要處決她們其中一些人。不是什麼光彩的事情。」

「可是如果她們被處決了，怎麼可能還是她們？」

「因為思想可以在人死後繼續延續。」他輕輕打嗝。「可是我不知道她們最終希望達成什麼目的。總統遲早會找到她們。」

「也有男人消失。」這是真的，但是我在想的是——

（她跟她們一起走了嗎？）

我舔舔嘴唇。「女人工作的那些治癒之屋，外面有標記嗎？從外面看得出來嗎？」我說。

他喝了一口水，從杯沿上方看我。「你為什麼想知道這種事？」

我特意稍稍挑起一波噪音好隱藏任何會洩漏我真正想法的波動。「隨便問問而已。沒關係。」

我把晚餐放在他們給我們的小桌上，根據我們之前的協議，這代表他可以把我剩下的晚餐吃掉。

「我要去睡了。」

我躺回自己床上，面對牆壁。最後一絲落日的光芒透過塔的空隙射入。空隙沒有玻璃，冬天要來了。我不知道我們要怎麼樣挨過冷天。我把手臂埋在枕頭下，腿縮近身體，努力不要想得太大聲。我聽得到雷傑市長吃著我剩下的晚餐。

可是一個畫面從他的噪音那裡飄來，飄到我這邊，是一隻伸出的手，漆成藍色。

我轉頭去看他。我在騎去修道院的路上至少在兩棟不同的建築物上曾看到這隻手的圖樣。

他低低地說：「總共有五間。你要的話，我可以告訴你它們在哪裡。」

我探入他的噪音。他探入我的。我們都在掩飾，在其他思緒下藏著什麼。我們都被關在一起這麼多天了，卻還在想是不是能信任對方。

「告訴我。」我說。

「1017。」我唸給戴維聽，他則把手上工具一扭，把鐵條套在立刻變成1017的稀巴人身上。

「今天就到這裡。」戴維把工具丟回袋子裡。

「我們還有——」

「我說今天就到這裡。」他一拐一拐地走到我們的水瓶邊，喝了一口。他的腿現在應該好了。我的手臂已經好了，但他還在一拐一拐。

「我們應該一個禮拜就要完成這項工作。現在已經要用到兩個禮拜了。」我說。

「我沒看到誰來催我們。不是嗎？」他從嘴邊濺出一點水。

「是沒錯，但是——」

「這樣就沒有新的指令，也沒有新工作……」他沒再說下去，又喝了一口水，濺了一些。他瞪著我的左邊。「你在看什麼？」

1017還站在那裡，一手摸著鐵環，盯著我們看。我想牠是個公的，應該年紀還小，還沒成年。牠朝我們彈一下舌，然後又一下，雖然牠沒噪音，這彈舌聲聽起來就像是髒話。戴維也這麼覺得。

「是嗎？」他朝掛在背後的來福槍伸手，噪音裡朝逃走的稀巴人一遍又一遍開槍。

1017站在原處。牠直視我的眼睛，又彈舌。

沒錯，絕對是罵髒話。

牠往後退開，但繼續瞪著我們，一手摸著鐵環。我轉身面向抄起來福槍，指著1017的戴維。

「別開槍。」我說。

「為什麼？誰來阻止我們？」戴維說。

我沒有答案，因為似乎是沒有人。

炸彈每三、四天就爆炸一次。沒有人知道下一次爆炸會在哪裡，或是炸彈如何安置，但是**轟！轟！**在第六枚炸彈的晚上，這次炸的是一個小核融反應爐，雷傑市長回來時帶著黑眼圈跟腫鼻子。

「發生什麼事了？」我問。

「士兵。」他啐了一口，拿起晚餐盤，今天又是燉菜，吃第一口時就忍不住痛得皺起臉。

「你做什麼了？」

他的噪音出現點聲音，生氣地看著我。「我什麼也沒做。」

「你知道我指的是什麼。」

他嘟囔兩句，又吃了點燉菜才說：「他們有人突然腦子一轉，認為我就是『答案』。居然說是我。」

「你？」我的口氣也許顯得太吃驚了點。

他站起來，放下他幾乎沒吃幾口的燉菜，看到這樣我就確定他真的挺痛的。「他們找不到負責的女人，那些士兵就想找出氣筒。」他看著開口，看著夜晚降臨曾經是他家的城鎮。「我們的總統有阻止他們揍我嗎？」他幾乎是自言自語。「一點也沒有。」

我繼續吃飯，努力不讓我的噪音中出現我不想去思考的事情。

「大家都在說，有一個新的醫婦，沒有人見過她，年紀很小，前一陣子就在教堂進進出出，現在在柯爾夫人以前負責的治癒之屋。」

我還來不及掩飾，就已經清晰大聲地想著，薇拉。

雷傑市長轉向我。「你沒看過那間。它不在大路上，大概在通往修道院的半途，在通往河的小山坡上。在要轉彎的路口，有兩間貼在一起的穀倉。」他又看著開口。「很明顯，你不可能找不到。」

「我沒法甩掉戴維。」我說。

「我完全不知道你在說什麼。」雷傑市長說，躺回床上。「我只是在隨口跟你閒聊我們這個美麗城市的瑣事而已。」

我的呼吸變得粗重，腦子跟噪音快速轉動，猜想我該要怎麼樣才能去那裡，要怎麼樣甩開戴維去找那間治癒之屋。

（去找她。）

我過了一陣子後才想到要問：「柯爾夫人是誰？」

雖然已經天黑，我還是可以感覺到雷傑市長的噪音變得有點紅。「這個嘛……」他朝黑夜說：「她可不就是你說的『答案』嗎？」

「這是最後一個。」我看著稀巴人1182溜走，揉著她的手腕。

「干他的也該是了。」戴維倒在草地上。空氣帶著一點寒意，但太陽出來了，天空幾乎完全晴朗。

「我們現在該做什麼？」我說。

「干他的不知道。」

我站在那裡看著稀巴人。要不是我對牠們有點了解，還真會覺得牠們不比羊聰明多少。

「是沒聰明多少。」戴維面朝太陽，閉上眼睛。

「閉嘴。」我說。

可是，看看牠們。

牠們只會坐在草地上，還是沒有噪音，什麼都沒說，一半盯著我們看，另一半盯著彼此看，偶爾彈彈舌，但幾乎完全沒有動作，手不動，時間也不動。一張張白臉，看起來被抽乾所有生命，只是坐在牆邊，等著，等著牠們等的東西，也不知道在等什麼。

「現在該是做點事的時候了，陶德。」一個聲音突然從我們身後響起。戴維急急忙忙站起來。鎮長從門口走進來，馬拴在外面，可是他看著我，只有我。「準備好開始新工作了嗎？」

*

「他幾乎好幾個禮拜沒跟我說什麼話了。」戴維在我們騎馬回家的路上氣呼呼地說。他跟他老爸處得不太好。「不是說看著陶德，就是快點弄好稀巴人的事。」他把韁繩握得很緊。「他有說過一聲謝嗎？有說過一聲幹得好，大衛嗎？」

「我們原本應該一個禮拜內就把稀巴人上好環的。」我重複鎮長告訴他的話。「我們花了一倍的時間。」

他轉身看我，這次噪音真的漲成紅色。「我們被攻擊了！這為什麼會是我的錯？」

「我沒說是。」我回答，但是我的噪音正想起0038脖子上的環。

「所以你也怪我？」他把馬拉停，正瞪著我，在馬鞍上彎下腰，隨時準備跳下去。

我開口要回答，但是我的視線被他身後的馬路吸引。大路的岔路旁有兩棟穀倉，岔路通往河邊。

我連忙把視線移回戴維身上。他臉上有著邪惡的笑容。

「那裡有什麼？」

「沒什麼。」

「是你的妞，對吧？」他鄙夷地說。

「干你的，戴維。」

「你搞錯了，豬尿。」他從馬鞍上滑下，噪音變得更紅。「是干你的。」

事到如今，我們只能打一架。

「士兵打的？」雷傑市長看到我回塔吃晚餐時，臉上的瘀青跟鮮血就這麼問了一句。

「不關你的事。」我低吼。這麼久以來，這是我跟戴維打得最凶的一次。我痛得幾乎走不到床邊。

「你要吃那個嗎？」雷傑市長問。

我噪音裡的某個字讓他知道不要，我不要吃那個。他拿起盤子，沒說句謝就開始大嚼起來。

「你是打算吃出自由是吧？」我說。

「只有從小就有人餵到大的小孩才會這樣說。」

「我才不是小孩。」

「我們帶來的糧食只夠吃一年。」他邊吞邊說：「那時候我們打獵跟農田的進度都很不好。」他又吃了一口。「只有餓過才知道有熱飯吃的寶貴啊，陶德。」

「為什麼男人總喜歡把什麼都拿來變成說教的主題啊？」我用手臂遮住臉，然後又移開，因為我的黑眼圈被壓得好痛。

又是入夜。空氣變得更冷，我鑽到棉被下的時候幾乎沒脫衣服。雷傑市長開始打呼，夢見走在一間有數不盡房間的屋子裡，找不到出口。

現在是想她最安全的時候。

因為她真的在那裡嗎？

她是「答案」的一部分嗎？

還有其他的事。

像是如果她看到我，她會說什麼？

如果她看到我每天做的事，她會怎麼說？

還有我每天看到的人？

我吞了一口冰涼的空氣，眨眼趕走眼睛的濕潤。

（妳還跟我在一起嗎，薇拉？）

（妳還在嗎？）

一個小時以後，我還是沒睡著。想事情一直讓我心神不寧，我在被單下翻來翻去，想要把那不知名的東西從我噪音裡趕走，想要盡量放鬆心情，好能進行明天鎮長為我們安排的新工作。說實話，聽起來還不太差。

可是我總覺得我漏掉什麼，漏掉一件很明顯，就在我眼前的事情。

某件——

我坐起來，聽著雷傑市長打呼的噪音，外面新普倫提司城睡著的呼嘯，夜晚小鳥的啼叫，甚至是在遠處流過的河水。

今天柯林斯先生放我進房間之後，沒有喀噠的聲音。

我仔細回想。

絕對沒有。

在黑夜，我望向門口。

他忘記鎖門了。

此時，此刻，門是沒有鎖上的。

16 你這樣的人

〔薇拉〕

「我聽到外面有噪音。」我替福斯太太睡覺前裝滿水壺時她說。

「妳沒聽到噪音才奇怪，福斯太太。」

「就在窗戶邊——」

「士兵抽菸。」

「不對。我確定是——」

「福斯太太，我真的很忙，請見諒。」

我幫她換了枕頭，倒了尿盆。她沒有再說話，直到我快要離開。

「現在跟以前不一樣了。」她靜靜地說。

「可不是嗎。」

「安城以前比較好。不完美，但比這樣好。」她說。

然後，她望著窗外。

我巡過最後一輪病床之後，累得快死了，但還是在床上坐下，拿出從來沒有離開我口袋的紙條。我讀了第一百遍，一千遍。

孩子，現在是妳必須選擇的時候了。我們能依靠妳嗎？答案

沒有署名，連她的名字都沒有。

我拿到這張紙條已經過了幾乎三個禮拜。三個禮拜卻什麼都沒發生，所以也許他們覺得也就只能靠我這麼多。沒有別的紙條，沒有別的記號，只跟柯琳一起困在這屋子裡——現在該叫她懷特夫人了——還有就是病人。有一些是正常生病的婦人，但也有一些是跟鎮長的手下「面談」關於「答案」的問題之後回來的女人，身上都是瘀青跟被劃破的傷口，斷了肋骨、手指、手臂，還有燙傷。

這些還算是運氣好的，因為她們沒有被關進監獄。

每三到四天，轟！轟！轟！於是愈來愈多人被逮捕，愈來愈多人被送到這裡。

柯爾夫人沒有新消息。

鎮長也沒有新消息。

沒有為什麼我被留下的新消息。真奇怪，不應該是先來抓我，一遍又一遍與我面談，被丟在牢房裡等死。

「可是什麼都沒有。完全沒有。」我低聲說。

而且也沒有陶德的消息。

我閉上眼睛。我累到麻木。每天我都在找能夠去通訊塔的方式，但是現在到處都有士兵，多到根本看不出他們的巡邏路線，每次炸彈爆炸之後，人數就變得更多。

「我必須做些什麼。」我大聲告訴自己。「否則我會發瘋。」我笑了。「我會發瘋，開始自言自語。」

我又笑了兩聲，雖然根本沒那麼好笑。突然，有人敲了敲窗戶。

我從床上坐起，心跳如雷。

「柯爾夫人？」我說。

開始了嗎？是現在嗎？

我必須做出選擇了嗎？

她們可以靠我嗎？

（可是我是不是聽到噪音……？）

我跪在床上，小心翼翼地拉開窗簾，露出一絲縫隙往外看，以為會看到她的皺眉，她的手指按上額頭——

但那不是她。

絕對不是。

「陶德！」

我用力扳開卡榫抬起窗戶他探入半個身體噪音唸著我的名字而我一把抱住他把他往裡面拖，居然真的把他從地上舉了起來從窗戶拖進房間他也一起幫忙往上爬我們兩個人一起倒上床我整個人仰天倒下他壓在我上面我的臉跟他的臉貼得很近讓我想起來當時亞龍緊追著我們逼我們往瀑布裡跳的時候我們也是這樣落地當時我就這樣看著他的眼睛。

知道我們一定會安然無恙。

「陶德。」

在房間的光線下，我看到他眼睛周圍的一圈烏青，鼻子上也有血，我立刻說：「發生了什麼事？你受傷了嗎？我可以——」

但他只說：「是妳。」

我不知道我們在那裡躺了多久，純粹只是感覺對方真的存在，真的真的活著，感覺他給我的安全感，他壓在我身上的重量，他摸著我的粗糙手指，他的體溫跟氣味跟滿是塵土的衣服，我們幾乎沒有說話，他的噪音翻騰，滿是情緒、複雜的念頭，我被槍殺的記憶，還有他以為我要死的時候的感覺，以及現在他指尖碰到我的觸感，但比這些都更清楚的是他不斷唸著薇拉，薇拉，薇拉。

這是陶德。

該死的，是陶德。

沒事了。走廊出現腳步聲。

腳步聲停在我的房間前。

我們一起看門。門下射入影子，某個站在外面的人的兩隻腳。

我等著敲門聲。

我等著把他抓走的命令。

我等著我即將展開的抵抗。

可是那雙腳走了。

「那是誰？」陶德問。

「懷特夫人。」我可以聽到自己聲音中的驚訝。

「然後開始發生炸彈事件，他只有一開始時把我找去兩次，問我知不知道什麼，但我什麼都不知道，我真的什麼都不知道。就這樣。接下來沒有發生別的事了。我發誓，我對他的事也就只知道這麼多。」我說完。

「開始有炸彈以後他也幾乎沒跟我說話。」陶德低頭看自己的腳。「我擔心是妳在動手。」

我從他的噪音裡看到被我炸掉的橋。我看到是我動的手。「不。不是我。」我想著口袋裡的紙條。

陶德吞口口水，然後簡單、清楚地說：「我們要逃嗎？」

「要。」我說。我背叛柯琳的速度快到馬上感覺到臉上泛起羞愧的紅暈，可是我們應該要逃，要逃得遠遠遠的。

「逃到哪？我們能去哪裡？」他問。

我開口要回答——

可是我遲疑了。

「『答案』藏在哪裡？我們能去那裡嗎？」他問。

我留意到他噪音裡的緊繃，有著不贊同跟不情願。

炸彈。他也不喜歡那些炸彈行動。

我看到一幅死去士兵躺在被炸毀的咖啡店的畫面。

可是不只這樣，不是嗎？

我又遲疑了一下。

我在想，有那麼一瞬間，像是我只是隨手趕走一隻蒼蠅，我在想——

我在想我能不能告訴他。

「我不知道。我真的不知道。她們沒有告訴我，應該是擔心也許不能信任我。」

陶德抬頭看我。

有一秒鐘，我看到他臉上也出現懷疑。

「你不信任我。」我來不及阻止自己。

「妳也不信任我。妳在想我現在是不是在為鎮長做事。妳也在想我為什麼花了這麼久才找到妳。」他難過地看著地板。「我還是可以讀妳的心思，幾乎就像對我自己一樣清楚。」

我看著他，深入他的噪音。「你在想不知道我是不是『答案』的人。你在想這是我會做的事情。」

他沒看我，但點點頭。「我只是想活著，想辦法要找到妳，希望妳沒丟下我。」

「絕對不會。永遠不會。」我說。

他終於又抬頭看我。「我也永遠不會離開妳。」

「你保證？」

「我以性命擔保。」他害羞地笑了。

「我也保證。」我說完後也對他笑。「陶德．赫維特，窩不會離開你，再也不會了。」

當我說偶的時候，他笑得更厲害，但是笑容消失，我看到他收緊自己噪音要告訴我一件事，一件很難開口的事，一件他因此羞愧的事，但在他還沒開口之前，我想要讓他知道，我想要讓他確定知道。

「我認為她們在海邊。柯爾夫人在離開前跟我說了這麼一段往事。我認為她是想告訴我她們要去哪裡。」

他抬頭看我。

「你現在該不會再認為我不信你了吧，陶德．赫維特。」我說。

然後，我發現自己的錯誤。

「什麼？」他看到我臉上的表情後說。

「它現在在你的噪音裡了。」我站起來。「陶德，你的噪音裡面都是這件事。一遍又一遍地在說海。」

「我不是故意的。」他說，但是他的眼睛正睜大，我看到他牢房的門沒被鎖上，我看到跟他在同一個牢房裡的人告訴他我在哪裡，我看到問號升起——

「我真笨。」陶德也站起來。「干他的笨！我們得走。現在走！」

「陶德——」

「離海有多遠？」

「騎馬兩天——」

「所以是走路四天。」他開始踱起步。他的噪音又說了海，如炸彈一樣清晰。他看到我看著他，看到我看到它。「我不是他派來的間諜。我真的不是，但他一定故意沒鎖門好讓我——」他氣得一直扯頭髮。「我會藏好。我藏住了亞龍的那件事，我也可以藏住這件事。」

我的胃一陣翻攪，想起來鎮長跟我說了亞龍的事。

「可是我們得走。妳有我們可以帶走的食物嗎？」陶德正在說。

「我可以弄到一些。快點。」我說。

我轉身離開時，我在他的噪音裡聽到我的名字。薇拉，他說，裡面充滿了擔心，擔心我們落入陷阱，擔心我認為他是故意被派來，擔心我認為他在說謊，我唯一能做的是看著他，想著他的名字。

陶德。

希望他知道我的意思。

我衝入食堂，跑到櫃子邊。我幾乎沒開燈，盡量不要發出聲音，盡快收集速食包跟麵包。

「這麼快啊？」柯琳說。

她坐在黑暗深處的桌子邊，面前擺著一杯咖啡。「妳的朋友一出現妳就要走了。」她站起來，走到我身邊。

「我得走。對不起。」我說。

「妳對不起？」她挑著眉毛。「這裡怎麼辦？那些需要妳的病人怎麼辦？」

「柯琳，我是個很糟糕的醫婦，我只會餵她們跟幫她們擦澡——」

「所以我才有時間進行我能力有限的治療工作。」

「柯琳——」

她的目光一閃。「懷特夫人。」

我嘆口氣。「懷特夫人。」我腦中才閃過一個念頭便立刻說了出來。「跟我們走！」

她似乎被嚇到，甚至像是被威脅了一樣。「什麼？」

「妳看不出來這件事會怎麼發展嗎？女人被關起來，女人受傷。妳看不出來情況不會變得更好嗎？」

「每天都有炸彈爆炸，當然好不了。」

「敵人是總統。」我說。

她雙手抱胸。「妳覺得敵人只能有一個嗎？」

「柯琳——」

「醫者不會奪人性命。醫者永遠不會奪人性命。我們發的第一個誓言就是永不為害。」她說。

「炸彈的目標都是空屋。」

「但不是每次都是空的，不是嗎？」她搖搖頭，突然一臉難過，我從來沒有看過她這麼難過。

「薇拉，我知道我是誰。我打從靈魂深處明白。我治療病人，我治療傷患，這就是我。」

「如果我們待在這裡，他們早晚會來抓我們。」

「如果我們離開，病人會死。」她甚至聽起來不生氣了，這比之前還令人害怕。

「如果妳被抓走了呢？誰來治療他們？」我的語調充滿挑釁。

「我原本希望是妳。」

我吸了一口氣。「沒這麼簡單。」

「我覺得就是這樣。」

「柯琳，如果我能離開，如果我能聯絡我的人——」

「那又怎麼樣？妳說了，他們還要五個月才能到。五個月是很長的時間。」

我轉回身面對櫃子，把食物裝滿袋子。「我得試試看。我得做點什麼。」我握著滿滿的袋子轉身看她。「這就是我。」

我想到陶德在等我，我的心跳得更快。「至少這是現在的我。」

她靜靜地看著我，然後引述了柯爾夫人曾經對我說過的話：「我們就是我們所做的選擇。」

我花了一秒才明白，她這是在跟我道別。

「怎麼花了這麼久？」陶德焦急地看著窗外。

「沒事。晚點跟你說。」

「妳拿到食物了？」

我舉起袋子。

「我猜我們繼續順著河走？」他說。

「大概是吧。」

他花了一秒鐘尷尬地看著我，努力不要笑。「又來了。」

我感覺到一陣奇怪的激動情緒，頓時明白無論我們處在多麼危險的境地，這股激動的情緒其實是開心，而且他也感覺得到。我們緊緊握著彼此的手一秒，然後他站在床上，一腳踏上窗台，往外跳。

我把一袋食物遞給他，跟著爬出來，鞋子在堅硬的泥土上答答響。

「陶德。」我低低地說。

「什麼事？」

「有人跟我說城外有通訊塔。它周圍應該都是士兵，但我在想如果我們能找到——」我說。

「大大的金屬塔？比樹高？」他打斷我。

我眨眨眼。「有可能。」說完以後，我眼睛大睜。「你知道在哪裡？」

他點點頭。「我每天都會經過。」

「真的？」

「沒錯，真的。」他說，我在他的噪音裡看到，我看到那條路——

「我想這樣夠了。」黑夜裡傳出一個聲音。

一個我們都認得的聲音。

鎮長從黑夜走出，後面跟著一排士兵。

「兩位晚安。」他說。

我聽到一道噪音從鎮長身上閃出。

陶德軟倒在地。

17 苦工

［陶德］

是聲音又不是聲音比任何聲音都大聲如果真用耳朵而不是用腦子聽到一定會把人的耳膜給震破突然眼前全都變成一片白光卻不像是瞎掉但又是聾了啞了僵了，帶來的痛從最深的地方長出來所以沒有一點自己可以用來抵抗，只有刺痛灼燙的巴掌重重打中你的一切。

每次戴維被鎮長的噪音打就是這種感覺。

而且，都是說話的聲音——

全部都是說話的聲音——

但是是同時把每個字塞入你的腦子裡，像是整個世界都在對你吼，說你什麼都不是你什麼都不是你什麼都不是，撕掉所有屬於你的語言，像是連頭髮帶頭皮一起被扯掉——

一波聲音後我已經什麼都不是——

我什麼都不是——

你什麼都不是——

然後我倒在地上，隨便鎮長要把我怎麼樣都行。

我不想談後來發生的事。

鎮長留了一些士兵來守著治癒之屋，其他人把我拖回教堂，一路上他什麼都沒說，我求他不要傷害她時他也沒回答，我不斷保證尖叫哭喊（閉嘴）說他要我做什麼都可以，只要不要傷害她。

（閉嘴，閉嘴）

我們回去之後，他又把我綁在椅子上。

然後讓柯林斯先生放手教訓我。然後——

然後我不想說了。

因為我又哭又吐又求又喊她的名字然後繼續求，我覺得自己丟臉到我說不出口。

在整個過程中，鎮長什麼都沒說。他只是在我周圍繞圈，一圈又一圈，聽我喊，聽我求。聽我的噪音。

我告訴自己我這樣喊這樣求都是為了要在噪音裡藏住她告訴我的事情，好讓她能繼續安全，好讓他不會知道。我告訴自己我必須盡量大聲的哭，大聲的求，好不讓他聽到。

（閉嘴）

我是這樣告訴自己的。我不想說了。

（干他的閉嘴）

當我又回到塔裡時，已經快到早上，雷傑市長正在等我，雖然我整個人已經沒有半點力氣，我還是忍不住去猜想他在整件事中是不是扮演了什麼角色，但是他一看到我就表現出擔心的樣子，他看到我的樣子後發出的驚恐在他的噪音裡顯得極為真實，真實到我只能慢慢躺在床墊上，不知道該怎麼想。

「他們甚至沒有進來。」他站在我的後面說：「柯林斯只是打開門，看了一眼，就又把我關起來了，好像他們早知道一樣。」

我把頭埋在枕頭裡說：「嗯，的確像是他們早知道一樣。」

「陶德，我跟這件事沒有關係。」他讀透了我。「我向你發誓，我絕對不會幫那個人。」

「你不用管我。」

他照做了。

我沒有睡。

我整個人在燒。

我燒是因為自己笨到他們這麼簡單就騙到我，這麼簡單就利用她逮到我。我燒是因為覺得自己被打的時候哭成那樣很丟臉（閉嘴）。我燒是因為又被帶離她身邊的痛，她對我做出承諾的痛，不知道她現在會變得怎麼樣的痛。

我不在乎他們怎麼對我。

終於，太陽升起，我知道對我的懲罰會是什麼。

「你給我多用點力，豬尿。」

「戴維你閉嘴。」

我們的新工作是要稀巴人分組在修道院的空地上挖新地基，新的建築物要用來讓稀巴人冬天時住。

我的懲罰是要跟牠們一起工作。

我的懲罰是戴維可以隨便管我。

我的懲罰是他有一根新鞭子。

「快點。」他一鞭抽上我的肩膀。「工作！」

我立刻轉身，全身都在痠痛。「你再拿那個打我一次看看，我會撕了你干他的喉嚨。」

他笑得只看得見牙齒，噪音興奮地勝利大吼。

「赫維特先生，我倒想看你試試看。」

然後他笑了。

我回過身去拿鏟子。我這組裡的稀巴人都在盯著我看。我整晚沒睡，手指在冰冷的清晨陽光照射下還是很冷，所以我忍不住對牠們大吼：「通通給我繼續工作！」

牠們對彼此發出彈舌聲，重新繼續用手挖地。

只有一個多看了我一會兒。

我氣呼呼地盯著牠，噪音對牠咆哮發怒。牠沉默地承受著，呼吸從嘴巴散成白煙，眼神朝我挑釁。牠舉起手腕，像是要表明自己的身分，像是我不知道牠是誰一樣，然後牠以最緩慢的速度轉身繼續在冰冷的泥土地上工作。

1017是唯一不怕我們的稀巴人。

我拿起鏟子，用力戳向地面。

「愉快嗎？」戴維喊。

我在噪音裡塞入我想得到最狠的髒話。

「喔，我媽早死了。跟你的一樣。」他說。

然後他笑了。「不知道她活著的時候是不是像在寫那本小書時一樣多話。」

我挺起腰，噪音開始泛紅。「戴維——」

「因為我的老天啊，她一直寫一直寫個不停呢。」

「戴維，總有一天。」我滿腔怒火地說，噪音猛烈到我幾乎可以看到它像熱浪一樣折彎空氣。

「總有一天我會——」

「孩子，你會怎麼樣？」鎮長騎著摩佩斯從門口進來。「我從馬路上就可以聽到你們兩個人在吵架。」他轉頭去看戴維。「吵架不是工作。」

「喔，我已經讓他們去工作了，老爸。」戴維朝空地點點頭。

他說得沒錯。我跟稀巴人們被分成十或二十人一組，分散在整個修道院範圍內的空地上，把內側的矮石牆拆掉，拔掉空地上的矮樹。其他人把挖起來的土堆在別的空地上，我這一組比較靠門口，已經開始在挖第一棟建築物的地基壕溝。我有鏟子。稀巴人得用手。

「不錯。很不錯。」鎮長說。

戴維的噪音開心到簡直讓人覺得丟臉。沒有人看他。

「你呢，陶德？」鎮長轉向我。「你今天早上做了什麼？」

「請不要傷害她。」我說。

「請不要傷害她。」戴維嘲笑地學我。

「陶德，我說最後一次。我不會傷害她。我只是要跟她談談。事實上，我現在正要去跟她談。」鎮長說。

我的心猛然一跳，噪音升起。

「老爸，他很不想你去喔。」戴維說。

「噓。」鎮長說：「陶德，你有沒有什麼要告訴我，好讓我去拜訪她的過程對所有人而言都能更順暢、更愉快？」

我吞口口水。

鎮長只是盯著我，盯著我的噪音，我的腦子裡開始形成文字，**請不要傷害她**在我的腦子裡有我的聲音跟他的聲音揪成一團，擠壓著我想的事情，我知道的事情，跟噪音的一巴掌不一樣，這個聲音戳著我不想他去查的地方，想要打開我鎖起來的門，翻開石頭朝永遠不應該見光的地方照射，同時不斷說著**請不要傷害她**，我可以感覺自己開始想要跟他說（海），開始想要打開那些門（海），開始想要照他說的去做，因為他說的是對的，他說的都是對的我憑什麼去反抗——

「她什麼都不知道。」我的聲音軟弱顫抖，幾乎像是喘不過氣。

他挑起一邊眉毛。「你看起來很不安，陶德。」他讓摩佩斯靠近我。服從，摩佩斯說。戴維看著鎮長的注意力集中在我身上，即使從這麼遠我都聽得到他開始嫉妒。「當我需要平撫我的激動時，我喜歡做一件事。」

他看著我的眼睛。

我是圓圈，圓圈是我。

就在我的腦子中央孵化，像是蘋果裡的蟲子。

「這提醒我自己是誰。提醒我其實我能控制住自己。」鎮長說。

「什麼？」戴維說。我這才發現他聽不到。

我是圓圈，圓圈是我，又在我的內心深處響起。

「這是什麼意思？」我幾乎是用喘的在問，因為它壓得我的腦子很重，我幾乎要說不出話來。

這時，我們突然聽到。

空氣中響起一聲尖鳴，一個不是噪音的嗡嗡聲，比較像是胖胖的紫蜜蜂要來刺人的時候發出的嗡嗡聲。

「這是——」戴維說。

我們突然同時轉身，全部看著修道院的另外一邊，看向牆上士兵的頭上方。

嗡嗡嗡嗡——

天上有一個東西正在很高的地方畫出弧線，穿過修道院後面的樹木，後面拖著一道煙，可是嗡嗡聲愈來愈響，煙開始變濃變黑。

然後鎮長從襯衫口袋掏出薇拉的望遠鏡好仔細去看。

我盯著他，噪音翻騰，不斷冒出他不理會的問號。

戴維一定是把望遠鏡從山上一起帶了下來。

我握緊拳頭。

「不管那是什麼東西，它正朝這裡來。」戴維說。

我轉回頭去看。那東西已經飛到弧線的最高點，開始朝地面下降。直直朝我們站的位置飛來。

嗡嗡嗡嗡——

「如果我是你，我會避開。那是炸彈。」鎮長說。

戴維跑回大門的速度快到他把鞭子都丟在一旁。牆上的士兵開始往外跳。鎮長讓馬開始動起來卻沒往外跑，等著看炸彈落在哪裡。

「追蹤彈。」他興致高昂地說：「古董，幾乎算得上是沒用了。我們在稀巴戰爭時用過。」

嗡嗡聲愈來愈響。炸彈還在往下落，但是速度愈來愈快。

「普倫提司鎮長？」

「總統。」他糾正我，但仍然舉著望遠鏡在看，幾乎像是被催眠一樣。「聲音跟煙讓它太明顯，不適合隱蔽性攻擊。」

「普倫提司鎮長！」我的噪音因為緊張而愈來愈響亮。

「城裡的都是土製炸藥，現在為什麼——」

「快跑！」我大喊。

摩佩斯一驚，鎮長看我，但我不是在跟他說話。

「快跑！」我一面大叫，一面朝最靠近我的稀巴人，站在我這塊空地上的稀巴人揮著手跟鏟子。

飛彈正朝著這塊空地來。

嗡嗡嗡嗡——

牠們不懂。大多數只是站在那裡，看著炸彈朝牠們直直飛來。「快跑！」我一直喊，不斷用噪音播放爆炸的畫面，讓牠們看到飛彈降落時會發生什麼事，想像到處都是鮮血腸子還有爆炸的景象。「該死的，跑啊！」

牠們終於聽懂了，有些開始往周圍跑，也許只是想要離開我的尖叫聲跟揮動鏟子的動作，但是牠們開始跑了起來，我追著牠們往更遠的地方去。一回頭，我看到鎮長站到修道院的門口，隨時準備往更遠的地方去。

可是他正看著我。

「快跑！」我一直大喊，把稀巴人往更遠的地方趕，逃離空地的中心。最後幾個跳過最近的內圍牆，我跟牠們一起跳了過去，喘著氣轉頭去看飛彈降落——

然後我看到1017還站在空地中央，只是抬頭看著天空。

看著會把牠在原地炸死的炸彈。

我還來不及回神就已經跳過了內圍牆——

我的腳步重重落在草地上——

跳過我們挖出的壕溝——

盡力跑到我的噪音裡再沒有別的聲音——

就在飛彈的嗡嗡聲——

愈來愈響，愈來愈低——

然後1017舉起手遮太陽——

牠為什麼不跑？我的腳步咚咚咚的響——

我一直不停地說「你該死，你該死」——

嗡嗡嗡嗡嗡嗡嗡——

1017沒看到我跑過去——

我重重撞上他，力道大得讓他整個人飛了起來，感覺到我們飛過草地時牠被撞得沒法呼吸，在草地上滾成一團，在泥土上不停打滾，最後摔入一條淺溝，這時一波巨大的——

轟

一口吃掉整個星球炸掉所有想法跟噪音把人的腦子抓了起來摔成碎片所有的空氣也都被抽乾又刮過我們身邊泥土跟草一團團地重重打在我們身上肺裡都是煙——

最後只剩下沉默。

很大聲的沉默。

*

「你受傷了嗎？」我聽到鎮長在喊，好像他在好遠好遠的地方外，深深潛在水底——

我背靠著淺溝坐起，看到空地中央有一個極大的窟窿正在冒煙，不過因為沒什麼東西可以燒所以煙已經開始變得稀薄，一排又一排稀巴人縮成一團，從遠處的空地看著。

我還在呼吸，卻聽不到自己的聲音。

我轉頭去看1017，大半身體還被我壓在淺溝底，正掙扎著想要站起，我開口要問牠還好嗎，雖然牠也沒辦法回答我——

然後牠重重朝我甩了一巴掌，力氣大到在我臉上留下一排抓痕。

「喂！」我大喊，雖然我聽不太到自己的聲音——

牠正從我身體下扭出來，我伸出手把牠按住——

牠用一排排尖銳的小牙齒咬我——

我把手收回來的時候已經開始流血——

我已經準備好要揍牠，準備好要打牠一頓——

然後牠從我身體下鑽了出來，朝窟窿的反方向跑，跑向其他稀巴人——

「喂！」我又大喊一聲，噪音泛著紅色升起。牠只是一直跑，一直回頭看，一排排的稀巴人也都在看我，牠們又蠢又沉默的臉比我家農場上最笨的羊都還沒表情，我的手在流血耳朵在嗚叫臉上的抓痕不斷刺痛我救了牠的蠢命結果這就是牠謝我的方式？

動物。又笨又沒有用千他的動物，我心想。

*

「陶德？」鎮長騎馬過來又問了一次。「你受傷了嗎？」

我的臉轉向他，不確定自己已經平靜到可以回答他的話，可是當我開口時——

地面開始翻滾起來。

我的聽覺還沒恢復，所以我是感覺到而不是聽到，感覺到地面的晃動，感覺到空氣隨著三下劇烈的震動而波盪，一下又一下。我看到鎮長突然轉頭去看鎮上，看戴維跟所有的稀巴人也同樣轉頭。

更多的炸彈。

在遠處，城裡的方向，這個世界史上最大的炸彈爆炸了。

18 活著就是反抗

〔薇拉〕

鎮長跟士兵抓走陶德之後，我整個人沒有用得完全崩潰，柯琳最後只能對我用藥，只是我對針頭沒什麼感覺，就像我對她按在我背上的手一樣。她的手沒有動，沒有拍，沒有做任何想讓我感覺到安慰的動作，只是把我定在那裡，讓我還留在這個世界上。

我很抱歉，但我必須說，我一點都不感激。

我終於在自己的床上醒來之後，時間只是清晨，太陽低到還沒有爬上天空，一切都籠罩在清晨的影子下。

柯琳坐在我身邊的椅子上。

「雖然多睡點覺對妳比較好，但妳恐怕不能再睡了。」她說。

我坐在床上往前彎腰，直到整個人幾乎要折成兩半。我胸口的重量沉重到幾乎像是我要被拉倒在地上。「我知道。我知道。」我低聲說。

我甚至不知道他為什麼倒在地上。他整個人似乎呆掉，幾乎昏過去，口吐白沫，然後士兵把他拉起來，拖走。

「他們會來抓我。」我說，用力吞了一口口水，壓下喉頭的緊繃。「先是陶德，接下來就是我。」

「我想是的。」柯琳沒有多說，低頭看著手，看著指尖乳白色的繭，看著因為太頻繁浸泡在熱水裡所以從手背上剝落的灰色皮屑。

白天冷得出奇，冷得嚴酷。我的窗戶是關著的，但我還是可以感覺到身上泛起一波顫抖。我用手臂抱住自己的肚子。

他不在了。

他不在了。

現在我也不知道會發生什麼事。

「我在一個叫做肯特門的聚落長大。」柯琳突然說，眼睛不看我。「那是在一個很大的森林邊緣。」

我抬起頭。「柯琳？」

「我的父親在稀巴人戰爭裡去世了。」她繼續說：「可是我的母親很堅強。從我能站開始，我就跟她一起在我們的果園裡工作，摘蘋果跟尖松果還有羅心果。」

我盯著她看，不知道為什麼她選擇現在，為什麼要說這個故事？

她繼續說：「我這麼努力工作的獎賞就是每年在最後一次收成之後可以去露營，就我跟我母親兩個人，深入到我們敢進入森林的極限。」她看著陰暗的清晨。「薇拉，這裡的生命好豐富。每個森林小溪河流高山的每個角落都有好多生命。這個星球的生命力源源不絕。」

她的指尖撫過自己的老繭。「我們最後一次去的時候，我八歲。我們往南走了整整三天，這個禮物代表我有多像大人了。天知道我們走了多少哩，但是只有我們兩個人，只要有我跟她兩個人，其他都不重要。」

她沉默了很久。我沒有打破她的沉默。

「她在溪裡泡腳時被紅帶蛇咬了腳跟。」她又開始搓手。「這種紅蛇的毒是致命的，但是發作得很慢。」

「柯琳……」我的聲音低得不能再低。

她突然站起來，好像我的同情是一種無禮。她走到我的窗戶旁邊。「她花了十七個小時才死。」她還是不看我。「那十七個小時很慘，很痛，最後她瞎掉的時候，她抓住我，求我救她，一遍又一遍求我救她的命。」

我沒有說話。

「我們現在知道，我們醫婦後來發現，我只要煮一些參瑟根就可以救她的命。」她抱著自己。「當時我們身邊就有。長得到處都是。」

新普倫提司城的咆哮剛開始跟太陽同時升起。光線從遠遠的地平線射過來，但是我們繼續保持沉默一陣子。

「我很遺憾，柯琳。」我終於說：「可是為什麼——？」

「這裡的每個人都是某個人的女人。外面的每個士兵都是某個人的兒子。唯一的罪，唯一的罪就是奪人性命。其他都不是。」她靜靜地說。

「所以妳不反抗。」我說。

她猛然轉身看我。「活著就是反抗。救人性命就是反抗那個人代表的一切。」她憤怒地吐了一口氣。「除了他以外，還有她，因為她的那些炸彈。我每次包紮一個女人的黑眼圈，每次拔掉爆炸傷患身上的一根碎片時就是在反抗他們。」

說著說著，她的聲音揚起，但是她很快又壓低聲音。「這是我的戰爭。這是我的反抗戰爭。」

她走到她的椅子邊，拿起旁邊的一包衣服。「為了達到這個目的，我需要妳穿上這些。」她說。

她沒有給我時間爭論或者去問她細節。她拿了我的學徒袍跟我原本幾件洗過許多次的衣服，要我穿上比較破舊的衣服，有一件長袖襯衫，一條長裙，還有一條完全遮住我頭髮的頭巾。

「柯琳。」我邊說邊綁起頭巾。

「閉嘴，動作快點。」

我穿好衣服以後，她帶我走進一條走廊，盡頭通往治癒之屋旁的河邊。門邊有一袋裝滿藥物跟繃帶的帆布袋。她把袋子給我。「等著聽聲音。妳聽到就知道了。」

「柯琳——」

「妳必須明白，妳活下來的機會並不大。」她直視我的眼睛。「可是如果妳到了她們藏身的地方，妳要用醫婦的身分好好使用這些物資，妳聽到了嗎？不管妳知不知道，妳都是有這個天分的。」

我的呼吸很沉重且緊張，可是我看著她然後說：「是的，夫人。」

「夫人是對的。」她說，然後看向門邊的窗戶。我們可以看到建築物拐角只有一個很無聊的士兵，正在挖著鼻孔。柯琳轉身面向我：「現在，請妳打我。」

我眨著眼：「什麼？」

「打我。」她又說了一次。「我至少需要流鼻血或嘴唇裂掉。」

「柯琳——」

「妳快點動手，否則路上的士兵會多起來。」

「我才不要打妳！」

她抓住我的手臂，動作凶狠到我往後一縮。「如果總統把妳抓走了，妳真覺得妳回得來嗎？他用問的方式想從妳這裡套出『答案』，之後又設下陷阱抓住妳的朋友。妳真覺得這樣的人有永遠的耐心嗎？」

「柯琳——」

「他早晚會對妳動手。如果妳拒絕幫他，他會殺妳。」她說。

「可是我不知道——」

「他才不管妳知不知道！」她咬著牙關狠狠地說：「就算是妳這樣討人厭的人，如果能救下一條命，我也絕對會救。」

「妳弄痛我了。」我低聲說，她的手指正深深掐入我的手臂。

「很好。這樣妳才會氣到要打我。」她說。

「可是為什麼——」

「妳照做就是了！」她大吼。

我吸了一口氣，又吸一口氣，然後我使出全力打了她的臉。

*

我蹲在門旁的窗戶下等著，看著士兵。柯琳的腳步聲消失在走廊中。她正跑向會客廳。我繼續等。這個士兵跟其他的士兵一樣都被奪走藥劑，因此在頗為安靜的清晨中，我可以聽到他在想什麼。他正想著自己有多無聊，想著軍隊入侵前他住的村莊，想著他被強迫加入的軍隊。想著一個他認識但去世的女孩。

然後我聽到柯琳的叫聲隱約從前面傳來。她尖叫著「答案」趁夜溜了進來，把她打昏，然後從他們眼皮底下把我偷走，但她看到我們從我要逃的反方向跑走了。

這故事編得很差，絕對不可能成功，這裡到處都是守衛，怎麼可能有人溜進來？可是我知道她為什麼這麼有把握。因為愈傳愈烈的傳說，關於「答案」的傳說。

怎麼可能在沒人看到的情況下安置炸彈？

而且從來沒有人被抓到？

如果「答案」可以這麼做，她們能不能溜過武裝的警衛？她們是隱形人嗎？我一看到士兵聽見吵鬧聲，立刻抬起頭來看時，就聽到這類想法從他的噪音裡傳出來，他跑向拐角，消失在我的視線中，類似的想法愈發激烈。

突然，時間到了。

我把那袋藥品往肩上一甩。

打開門。

往外跑。

我跑向一排樹木，繼續朝河邊跑。河岸旁有條小路，可是我緊貼著河邊的樹林，袋子裡沉重的瓶瓶罐罐不斷用力撞著我的肩膀跟背，我不由自主地想起我跟陶德順著同一條河，同一邊河岸，不斷往前跑，逃離軍隊，逃逃逃。

我雖然想救陶德，但我唯一的機會是先找到她。

然後我會回來找他。一定會。

（陶德．赫維特，窩永遠不會離開你。）

我想起來自己的話，心猛然痛了起來。

我違背了自己的承諾。

（陶德，你撐著）

（你活下去）

我繼續跑。

我順著河往下游跑，避開巡邏隊，穿過別人的後花園，在後院籬笆邊跑，盡量避開屋子跟社區。

河谷又開始變窄。山丘與路的距離縮短，屋子變得稀少。有一次我聽到行軍的腳步聲，只好整個人藏在灌木裡，等士兵經過，憋住呼吸，盡量貼近地面。我等到只有一聲鳥叫（我的安全在哪裡？）還有已在遠方的城鎮的咆哮，再等了一、兩下呼吸的時間過後，抬起頭看看路上的狀況。

河在遠處拐彎，路消失在更遠的平緩山丘與森林間。這裡離城鎮已經很遠，馬路對面大多數都是農場跟農莊，順著山坡一路往上開闊，背向更大片的森林。我的正對面有一條小小的車道，通往一間農莊，農莊的前花園裡有一小叢樹木，右邊是農田，但是從農莊後面開始，又是更濃密的森林。如果我能從車道溜過去，森林對我來說會是最安全的地方。如果有必要，我可以躲到入夜，然後趁天黑進去。

我再次抬頭看看路上兩邊的情況，支著耳朵聽是否有行軍的腳步聲，零散的噪音，板車的輪軸聲。

我深吸一口氣，然後衝過馬路，眼睛直盯著農莊，包包撞著我的背，手臂在空氣中用力揮舞，肺掙扎著要吸入空氣，我愈跑愈快愈快愈快——

跑上車道——

快到樹林了——

快到了——

結果一個農夫從樹林後走了出來。

我猛然停下腳步，在泥地上滑行了一小段，差點跌倒。他往後跳，顯然也很驚訝看到我突然出現在他面前。

我們盯著對方。

他的噪音很安靜，很有秩序，幾乎算得上很紳士，所以我從對面才沒有聽到。他一手抱著籃子，另一手握著一個紅梨子。

他上下打量我，看到我背後的袋子，看到我違法獨自站在路上，看到我沉重的呼吸，很明顯我剛剛一路用跑的。

然後他的噪音突然跟清晨一樣清楚地出現答案，他心想。

「不對，我不是——」我正要說。

可是他舉起手指比在嘴唇間。

他朝馬路的方向略略偏頭。我聽到遠處士兵行軍的聲音。

「那邊。」農夫低聲說，指著一條狹窄的小徑，通往上面森林的小路口，如果沒有人指出來，很容易漏看。「快點。」

我又看著他，想要看出這是不是個陷阱，想要猜出真相，但沒有時間。沒有時間。

「謝謝。」我說，然後拔腿就跑。

這條小路幾乎立刻就帶我進入更濃密的森林，一路往上。路很窄，我得推開藤蔓跟樹枝才能前進。樹林吞沒我，我只能一直前進前進，希望我不是被引入陷阱。我走到山丘頂，卻發現一小段下坡之後又是另一座要爬的小山。我繼續往上跑。我正在一路往東前進，但是視線完全被遮住，看不出來路在哪或河在哪或我在——

我差點闖入一塊空地。

不到十公尺外的地方就有一名士兵。

他背對我（感謝上帝，感謝上帝），直到我的心跳出胸口，控制住自己的速度，立刻退回樹林以後，我才看到他在看守什麼。

就在那裡。在山丘頂上的空地中央，由三支金屬腿支撐，朝天空伸展至將近五十公尺高。周圍的樹木都被砍倒，在塔下方的空地中，我可以看到一個小小的建築物，還有一條路順著山的另外一邊，往河的方向走。

我找到通訊塔了。

在這裡。

而且周圍沒那麼多士兵。我算出五個，不對，六個。

只有六個。中間還有很大的間隔。

我的心跳加速。加速。

我找到了。

然後離塔很遠的地方迴盪著一聲**轟**！

我跟士兵們同時縮成一團。又一枚炸彈。又一個「答案」的宣言。又一個——

士兵要離開了。

他們正在跑，朝爆炸的聲音跑，朝我的反方向跑下山坡的另一邊，跑向我已經可以看到有一柱白煙升起的方向。

塔立在我的面前。

突然，完全沒人守衛。

我甚至沒想我的行為有多蠢——

我只是在跑——

跑向塔——

如果這是我拯救我們的機會，那——

我不知道——

我只是在跑——

跑過空地——

跑向塔——

跑向下面的建築物——

我可以救大家——

我突然可以救大家——

然後從眼角，我看到另一個人從我左邊的樹叢中衝出來——

有人正直直朝我跑來——

有人——

有人在喊我的名字——

我聽到：「薇拉！退後！」

「薇拉，**不要！**」柯爾夫人正朝我尖叫。

我沒有停下——

她也沒有——

「**退後！**」她正大吼——

然後她擋在我面前——

跑又跑又跑——

然後我發現——

像是肚子被人揍了一拳——

她為什麼在大喊——

不要——

就在我煞車停下的同時——

我想著，不要——

不，妳不可以——

柯爾夫人抓住我——

妳不可以——

我倆倒向地面——

然後——

不！

塔的支腳在三道眩目的光中爆炸了。

Part 4

夜幕降臨

19 入夜

〔薇拉〕

「放開我！」

她一手摀住我的嘴不放，用全身力量壓住我，灰塵泥土像雲朵一樣從包圍我們的通訊塔殘骸間升起。「不要叫。」她低聲警告。

我咬上她的手。

她露出又痛又怒的表情，卻沒放手，只是硬忍下我的攻擊，沒有別的動作。

「孩子，妳之後要怎麼叫怎麼喊都可以，可是兩秒鐘以後，這個地方會充滿士兵，妳真以為他們會相信妳只是路過？」

她等著看我的反應。我瞪著她，最後卻點點頭。她拿開手。

「妳不准再叫我孩子。」我說，讓我的聲音像她一樣堅定。「再也不准那樣叫我。」

*

我跟著她走下陡峭的斜坡回到大路的方向，落葉跟露水讓我們一直打滑，但我們仍然不停地往下又往下。我跳過樹幹和樹根，帆布袋像石頭一樣掛在我肩上。

我沒有選擇，只能跟她走。

如果我回到城裡，除了被抓起來之外，天知道還會發生什麼事。

她奪走我其他所有選擇。

她走到一段很陡的山坡下面的一堆灌木邊，利落地彎腰鑽了進去，招手要我跟上。我跟著她往下滑，幾乎喘不過氣來，聽到她說：「不論發生什麼事，妳不准尖叫。」

我還來不及開口，她就已經從樹叢裡跳出去。樹叢在她身後又密合起來，我得從葉子跟樹枝間硬闖出去。我還正忙著撥樹枝時就幾乎滾出灌木叢的另一邊。

滾到馬路上。

兩個士兵站在一個推著馬車的男人旁邊，三個人直直看著我跟柯爾夫人。

士兵看起來震驚多過生氣，但他們沒有噪音，所以也很難判斷。

可是他們都握著來福槍。

而且正舉槍對著我們。

「這見鬼的是誰？」一名頭髮剃得短短，下巴有條疤的中年男子大聲喝斥。

「別開槍！」柯爾夫人說，舉起手站了起來。

「我們聽到爆炸聲。」另一個士兵說，他年紀比較小，不比我大多少，一頭及肩的金髮。

年長的士兵又說了一句話，完全出乎我意料之外。

「妳遲到了。」

「夠了，馬格思。」柯爾夫人放下手，走向馬車。「放下你們的來福槍。她跟我是一起的。」

「什麼？」我僵在原地。

「那枚追蹤飛彈完全故障。我們甚至不確定它的落點。」年輕的士兵對她說。

「我就跟妳說它們太老舊了。」馬格思說。

「不管它落在哪裡，它還是達成任務了。」柯爾夫人在馬車邊忙著動手。

「喂！到底是怎麼回事？」我說。

然後我聽到一聲：「希蒂？」

柯爾夫人的腳步停下，另外兩名士兵也停下來，一起盯著駕馬車的人。

「似你嘛，對不？那夠又叫薇拉的希蒂。」他說。

我的腦子之前在全速運轉，所有注意力都放在士兵身上，所以幾乎沒注意到駕馬車的人，那張幾乎沒有表情的臉，那身衣服、帽子、聲音，如遠方天際線一樣平坦冷靜的噪音。

那個曾經開車帶我與陶德的人。

「維夫。」我驚喘一聲說。

現在所有人轉頭看我。柯爾夫人的眉毛挑得高到像是想要爬到髮線裡一樣。

「嗨。」維夫對我打招呼。

「嗨。」我回應，驚訝到說不出更多話來。

他用兩根指頭碰碰帽沿。「窩粉高興妳倰了下來。」

柯爾夫人的嘴巴在動，但有一、兩秒鐘沒發出聲音。「晚點有時間再聊。我們現在得離開。」她終於說。

「有位置坐兩個人嗎？」年輕點的士兵問。

「一定得要有。」她鑽到馬車下，從下面抽出一塊板子，朝我揮揮手。「進去。」

「進哪裡？」我彎腰，看到下面有一塊空間，很巧妙地因為視覺空間被藏了起來，跟馬車一樣寬，跟後輪軸上面的木板一樣窄。

「包包塞不下。窩拿。」維夫指著我背上的包說。

我把包包脫下，遞給他。「謝謝你，維夫。」

「快點，薇拉。」柯爾夫人說。

我最後一次朝維夫點頭，彎腰鑽到馬車下面爬了進去，硬擠到空間裡面，直到我的頭幾乎要貼著另一邊的牆。柯爾夫人沒等我鑽好就也跟著鑽了進來。那個年輕士兵說得沒錯。裡面空間不夠。她被擠得跟我臉對臉貼在一起，膝蓋抵著我的大腿，兩個人的鼻子間不到一公分的距離。她剛剛才把腳收起來，木板就被堵了回來，讓我們幾乎完全陷入黑暗中。

「我們在哪——」我開口要問，但她凶狠地噓了我一下。

外面我聽到士兵快速行軍的聲音，旁邊是馬蹄聲。

*

「回報！」其中一人停在馬車邊時大喊。

他的聲音——

從很高的地方傳來，我聽到下面馬的嘶鳴聲——

可是他的聲音——

「聽到爆炸聲，長官。這個人說他大概一小時前看到有女人經過他，朝河邊的路走。」年長的士兵回答。

我們聽到真的士兵啐了一口。「賤人。」

是哈馬士官長。

「你們兩個是誰的小隊？」

「第一小隊，長官。」年輕的士兵說，非常簡短的停頓後又說：「歐哈爾上校。」

「那個娘娘腔？」哈馬士官長啐了一口。「你想要真的當兵，就調到第四小隊來。我會讓你們看看什麼才是真正的士兵。」

「是的，長官。」年長的士兵說，我覺得他的口氣聽起來有點太緊張了。

我可以聽到哈馬士官長小隊的士兵噪音。他們在想馬車的事，在想爆炸的事，在想朝女人開槍的事。

可是哈馬士官長沒有噪音。

「逮捕這個人。」哈馬士官長最後終於說，指的是維夫。

「我們正在這麼做，長官。」

「賤人。」哈馬士官長又說了一次，我們聽到他調轉馬頭（服從，馬想），然後他跟他的手下全速行軍離開了。

我吐出一口沒發現自己憋著的氣。「他甚至沒受懲罰。」我低聲說，說給自己聽的成分大於說給柯爾夫人聽。

「晚點再說。」她低聲回答。

我聽到維夫一甩轠繩，我們便隨著馬車緩慢的速度搖晃著前進。

所以鎮長是個騙子。一直都是。

他當然是，妳這個白痴。

而殺瑪蒂的凶手又可隨意橫行殺人，他服的藥劑依舊有效。

而我正一晃一撞地被關在這個女人身邊。她毀掉了我們聯絡那些也許能拯救我們的船艦的唯一希望。

而陶德人不知道在哪裡。在某個地方。被我拋下。

我這輩子從來不會覺得這麼孤單。

空間小得可怕。我們要共享太多彼此的空氣，手肘跟肩膀隨著車子的搖晃被撞得滿是瘀青，熱氣滲透了我們的衣服。

我們沒說話。

時間過去。更多時間過去。又更多時間過去。我開始昏昏欲睡，緊貼的溫暖吸走了我的精神。馬車的搖晃終於壓下我所有的擔心，我只能閉上眼睛。

我被那名年長士兵敲木板的聲音叫醒。我以為我們終於可以出去了，但是他只說：「我們走到難走的那段了。抓緊了。」

「抓什麼？」我說，但我沒再說下去，因為我可以感覺到馬車像是從懸崖邊掉下去一樣。

柯爾夫人的額頭撞上我的鼻子，我幾乎立刻聞到血的味道。我聽到她驚叫一聲，開始呼吸困難，因為我一隻手被甩向她的脖子，馬車仍然繼續又顛又撞，我只能等著全車翻覆的時刻。

這時，柯爾夫人很努力地要用兩隻手臂抱住我，把我拉近到她身邊，一手把我們撐在原處，一手一腳抵著另一邊的木板，我抗拒她，抗拒她這動作中所要表達的安慰，但是這麼做的確很睿智，因為我們幾乎立刻不再撞上對方，不管馬車繼續怎麼顛簸。

所以我最後一段旅程是在柯爾夫人的懷抱中度過的。而我也是在柯爾夫人的懷抱中進入「答案」的營地。

終於，馬車停下來，木板幾乎立刻被拆掉。

「我們到了。」年輕的金髮士兵說：「大家都還好嗎？」

「怎麼會不好？」柯爾夫人沒好氣地說。她放開我，挪出空間，伸出一隻手來扶我。我不理她的手，靠自己的力量爬出來，看著周圍。

我們踏上一條幾乎沒有馬車寬的陡峭崎嶇小路，進入似乎是一片森林中的石地。四面八方都是樹，我們前面的平地上也有一排。

海一定就在樹後面。我要不然就是睡了比我以為得久，再不然就是她說謊，這裡其實比她說得近。

如果是後者，我完全不意外。

金髮士兵看到我們的臉時吹了聲口哨，我可以感覺到鮮血在我鼻子下方結塊。「我可以拿點東西給妳，幫忙處理。」他說。

「她是醫婦。她自己就可以處理。」柯爾夫人說。

「我是阿李。」他笑著對我說。

有一秒鐘，我很清楚地感覺得到自己帶血的鼻子跟可笑的衣服看起來有多糟糕。

「我是薇拉。」我對著地面說。

「妳滴包。」維夫突然出現在我身邊，遞出裝滿藥品跟繃帶的帆布袋。我看了他一秒，然後幾乎撲向他般地緊緊抱著他，把他拉近身邊，感覺他又壯又令人感到安全的身體。「窩粉高興看到妳，希蒂。」他說。

「我也是，維夫。」我的聲音沙啞。我放開他，接下包包。

「柯琳收拾的？」柯爾夫人問。

我掏出一捆繃帶，開始清理鼻子流出的血。「關妳什麼事？」

「我的確有很多地方可以被指責，但是漠不關心不是其中一項，孩子。」她說。

「我跟妳說過了。」我看著她的眼睛。「永遠別再那樣叫我。」

柯爾夫人舔舔牙齒。她很快瞥了阿李跟另一個叫馬格思的士兵一眼，他們立刻離開，消失在我們前面的樹叢裡。「維夫，你也是。」

維夫看著我。「妳口以嗎？」

「我想可以，維夫。」我吞口口水。「但你別走遠了。」

他點頭，又碰了碰帽沿，然後跟著士兵離開。我們看著他走。

「好吧。妳說吧。」柯爾夫人轉向我，雙手抱胸。「我們聽聽。」

我看著她，看著她滿臉的執拗，可以感覺到自己呼吸加快，憤怒再次升起，快到簡單到我覺得自己會裂成兩半。「妳竟敢——」

可是她已經在打斷我的話。「先聯絡到妳的船艦的人就有優勢。如果是他，那他可以告訴他們，他正面對一個麻煩的小型恐怖組織，他會問能不能利用他們的導航設備來追蹤我們然後把我們從新世界表面炸飛。」

「對，但如果我們——」

「如果我們先聯絡到他們，當然沒錯，我們可以告訴他們這個暴君的事，但這是不可能發生的。」

「我們可以試試——」

「妳知道自己跑到河邊要做什麼嗎？」

我握緊拳頭。「不知道，但至少我可以——」

「可以幹嘛？」她的眼神挑戰我。「發送訊息到總統正在找的那個座標？妳不覺得他就在等妳試嗎？妳覺得妳為什麼還沒被抓起來？」

我的指甲陷入掌心，強迫自己不去聽她說的話。

「我們時間不夠了。如果我們不能利用剩下的時間來聯絡幫手，至少我們可以確保他也沒辦法。」她說。

「但他們降落以後呢？妳又有什麼精采的計畫？」

「這個嘛……」她鬆開雙手，朝我走了一步。「如果那時候我們還沒推翻他，那就是要比誰先跑到他們那裡了，不是嗎？至少，這是堂堂正正的一戰。」

我搖搖頭。「妳沒有這個權利。」

「這是戰爭。」

「是妳挑起的。」

「是他開始的，孩子。」

「妳讓戰況變得激烈。」

「總會有些困難的選擇。」

「是誰讓妳負責選擇了？」

「又是誰讓他負責把星球上一半的人關起來的？」

「妳把人炸死了！」

「這是意外。非常遺憾。」她說。

現在輪到我朝她走近一步。「這聽起來就跟他會說的話一模一樣。」

她的肩膀聳起，如果她有噪音，噪音一定會把我的頭頂炸飛。「孩子，妳看過女人的牢房嗎？妳不知道的事情多得可以填滿一個空洞——」

「柯爾夫人！」一個聲音從樹頂喊道。阿李又回到碎石地上。「剛有報告進來。」

「說什麼？」柯爾夫人說。

他看著我。我又看著地。

「三個小隊的士兵順著河邊道路前進，朝大海方向行軍。」他說。

*

我猛然抬起頭。「他們要來這裡？」

柯爾夫人跟阿李看著我。

「不是。他們是要去海邊。」阿李說。

我來回看著他們，眨著眼。「可是我們不是在——？」

「當然不是。」柯爾夫人的聲音除了嘲諷之外，沒有多餘的感情。「妳怎麼會覺得我們在那裡？

而且我真不知道總統怎麼會覺得我們在那裡？」

我感覺到一陣憤怒的寒意，無視於太陽的溫暖，而且我注意到在這蠢不拉嘰的寬袖子下，我正發抖。

她是在測試我。

好像我會告訴鎮長他們在——

「妳竟敢——」我又開口。

可是怒氣隨著記憶的返回突然消散。

「陶德。」我低語。

海滿滿地出現在他的噪音裡。

他答應要瞞住的。

我知道他會履行承諾——

如果他可以。

（陶德，你是不是——？）

（你還——？）

糟了。

「我得回去。我得去救他。」我說。

她已經在搖頭。「我們現在沒辦法幫他——」

「他會殺了他。」

她看著我，臉上不無憐憫。「孩子，他可能已經死了。」

我感覺到喉嚨一陣緊縮，但是我硬是壓下。「妳並不知道。」

「如果他沒死，那他一定是自願告訴總統的。」她偏過頭。「妳難道寧願那是真的？」

「不會。」我搖頭說：「不會——」

「我很遺憾，孩子。」她的聲音比先前平靜一點，柔和一點，但仍然堅定。「我真的很遺憾，但是我們要救的是數千條人命。不論妳是不是自願，妳已經選邊站了。」她轉頭去看阿李的位置。「所以妳何不讓我帶妳見見妳這邊的軍隊？」

20 廢墟

［陶德］

「賤人。」哈馬先生從馬背上說。

「現在不需要你的分析，士官長。」鎮長騎著摩佩斯從煙霧跟變形的金屬碎塊間走來。

「可是她們留下了標記。」哈馬先生說，指著空地旁邊一棵大樹的樹幹。

「答案」的藍色大A寫在上面。

「你的確很關心我的視力是否良好。」鎮長的口氣不善到連哈馬先生都不敢再多說一句。

我們直接從修道院騎馬離開，跟哈馬先生爬上山坡的小隊會合，他們看起來一臉準備要開戰的樣子。爬到山頂時，發現伊凡還有那些應該守著通訊塔的士兵。我猜在所有稀巴人都被抓起來以後，伊凡就被晉升派到這裡，但他現在看起來一臉恨不得自己從來沒聽過有通訊塔的樣子。

因為塔不在了。現在只是一堆冒煙的金屬，多半還躺在原來倒下的位置，像是喝醉的人面朝下摔趴在地上後決定直接睡死。

（我盡我見鬼的一切不要去想她問我要怎麼去那裡）

（她說我們應該先來這裡）

（薇拉啊，妳該不會——）

「如果她們有足夠的炸藥把這麼大的東西炸掉……」我右邊的戴維看著空地對面說著。他沒說完，因為他要說的事情我們也都想到，每個人的噪音裡都是同一件事。

至少是每個有噪音的人，因為哈馬先生似乎是幸運兒之一。「喂，小子，你是男人了嗎？」他鄙夷地問我。

「士官，你不是有應該要去的地方嗎？」鎮長看都沒看他就問。

「立刻動身，長官。」哈馬先生，朝我詭異地眨眨眼，然後一踢馬肚，大喊要他的人跟上。他們以我看過最快的行軍速度衝下山坡，這裡只剩下我們還有伊凡跟他的士兵，他們所有的噪音同時都在後悔聽到追蹤飛彈落地時為什麼跑去了修道院。

現在回頭想想，一切很清楚。在一個地方先放小的炸彈好讓大家跑離你要放大炸彈的地方。可是她們炸修道院是見鬼的幹嘛？

為什麼要攻擊稀巴人？

為什麼要攻擊我？

「法洛士兵。」鎮長對伊凡說。

「其實我是法洛下士——」伊凡說。

鎮長慢慢轉頭，伊凡終於回過神來，不再說話。「法洛士兵，你負責撿拾所有金屬殘骸，然後向你的直屬長官報到，上繳你的解——」

他沒說下去。伊凡的噪音我們每個人聽得一清二楚。鎮長環顧四周。這個小隊裡的每個士兵都有噪音。他們每個人已經因為不同的事情受過懲罰了。

「你要向直屬長官報到，領取相應處罰。」

伊凡沒有回答，但是他的噪音在抱怨。

「有什麼不清楚的嗎，士兵？」鎮長說，聲音開朗得令人害怕。他看著伊凡的眼睛，不准他移開視線。「你要向直屬長官報到，領許相應處罰。」他又說了一次，但是他的聲音變得有點不太一樣，像是有某種奇怪的震動。

我看著伊凡。他的眼睛開始迷茫，失去焦點，嘴巴微微打開。「我會去向直屬長官報到，領取相應處罰。」他說。

「很好。」鎮長說，轉過頭去看殘骸。

鎮長移開視線後，伊凡整個人略略軟倒，一邊眨眼像是他剛醒來，皺著眉頭。

「可是長官，」他朝鎮長的背後說。

鎮長再次轉身，像是非常訝異他還有話要說。

伊凡不放棄。「那時候我們是要去幫你的忙——」

鎮長的目光閃動。「結果『答案』就看著你們照它的希望跑走，然後把我的塔給炸了。」

「可是長官——」

鎮長表情沒變，直接掏出手槍射中伊凡的腿。

伊凡慘叫一聲倒地。鎮長看著其他士兵。

「還有人在工作前有什麼想法想提出來的嗎？」

剩下的士兵不理會伊凡的尖叫聲，開始動手清理現場。鎮長騎著摩佩斯站到A面前，看著清清楚楚的大字，像是確實是在宣告什麼。「答案。」他像是自言自語一樣低低地說：「答案。」

「老爸，讓我們去追。」戴維說。

「嗯？」鎮長緩緩轉頭，像是已經忘記我們還在那裡。

「我們懂得戰鬥。我們已經證明過我們會，可是你卻派我們去照顧那些已經被打敗的動物。」

鎮長端詳我們一分鐘，但是我不知道戴維為什麼或什麼時候把他跟我變成了我們了。「大衛，如果你以為他們已經被打敗，那你對稀巴人的了解就太少了。」他終於說。

戴維的噪音有點不服氣。「我覺得我現在已經學到一、兩件事了。」

雖然我很不願意，我必須同意他的說法。

「嗯，我想你是有的。你們都有。」鎮長看著我的眼睛，我不由得想到我把1017從飛彈下救了出來，冒著自己的生命危險好把他拉開。

還有他感謝我的方式就是對我又抓又咬。

「那換個新工作怎麼樣？」鎮長問，駕著摩佩斯朝我們走來。「讓你可以施展所有的能力。」

戴維的噪音對此感覺不太確定。在驕傲的同時也有對自己的懷疑。

我則只有擔心害怕。

「陶德，你準備好帶領其他人了嗎？」鎮長問話的聲音很輕鬆。

「我準備好了，老爸。」戴維說。

鎮長還是只看著我。他知道我在想她的事，卻不理會我的問題。

「『答案』。」他邊說邊轉過身去看那個A。「如果那是她們想要的身分，隨她們去。」他又轉頭來看我們。「但如果有『答案』，那就要有人先……」

他沒說完，臉上露出淡淡的微笑，像是因為只有他懂的笑話而發笑。

戴維在草地上攤開一個大大的白色捲軸，不在乎捲軸被早晨的露水泡濕。捲軸上面寫著字，下面有圖表跟方塊還有其他東西。

「大多數尺寸。」戴維讀了讀以後說：「干他的太多了。你看看。」

他舉起捲軸，想要我同意。

而我，這個——

嗯，對，我——

隨便啦。

「干他的太多了。」我點頭，感覺腋下出汗。

這是塔被炸垮的第二天，我們回到修道院，繼續要派一隊隊稀巴人工作。我的脫逃似乎被忘記了，像是上輩子的事情，而我們現在有新的事情要想。鎮長不肯跟我說薇拉的事，我又繼續回去替戴維工作，他不太高興。

一切照舊。

「有仗要打的時候他卻叫我們去幫他建個干他的皇宮。」戴維看著圖皺眉。

這不是皇宮，但他說得有道理。以前只是個隨便的木屋讓稀巴人冬天的時候有地方住，但這看起來像是要給人住的新建築物，占據幾乎整個修道院裡面。

上面甚至有寫一個名字。

一個看得我眼花撩亂，想要——

戴維轉向我，眼睛睜大。我把噪音弄得吵到不行。

「我們應該開始了。」我站起來說。

可是戴維還在看我。「你認為這上面寫的是什麼？」他指著一排字。「你不覺得很驚人嗎？」

「是吧。」我聳聳肩。

他的眼睛開心地睜大。「那是一排材料，豬屎！」他的聲音簡直是在慶祝。「你不識字，對吧？」

「閉嘴。」我別過頭。

「你居然不識字！」戴維朝冰冷的陽光跟周圍看著我們的所有稀巴人微笑。「什麼樣的蠢蛋能長這麼大——」

「我說，閉嘴！」

戴維突然想通一件事，嘴巴張得老大。

「你媽的書。她是寫給你看的，但你甚至不——」

我除了朝他那張大笨嘴揍一拳以外還能怎麼辦？

我長得愈來愈高，愈來愈壯，他被我打得很慘，但似乎不太在乎。就算我們重新開始工作，他還是偷偷笑，而且刻意很誇張的在我面前讀圖。

「這些指示很複雜啊。」他滿是鮮血的嘴唇上有大大的笑容。

「你干他的說就是了！」

「好，好。首先是我們已經在做的事。把內側的圍牆都拆掉。」他抬起頭。「我可以抄給你一份。」

我的噪音朝他的方向漲成紅色，但是噪音當不了武器。

除非你是鎮長。

我沒想到人生會變得更爛，但每次不都這樣？炸彈跟垮掉的塔還有得跟戴維工作還得看鎮長特別關注我而且——

（而且我不知道她在哪）

（而且我不知道鎮長會對她做什麼）

（而且炸彈不是她放的）

（是她嗎？）

我轉身回去工作。

一千一百五十雙稀巴人的眼睛在看著我們，看著我，像牠們只是一群干他的牲口，只因為聽到比較大的聲音，所以就停止吃草，抬頭來看看。

「**給我工作！**」我大吼。

干他的笨綿羊。

「你看起來糟糕透了。」雷傑市長對往床上一倒的我說。

「閉嘴。」我說。

「他把你操得很凶，對吧？」他端來已經等著我們的晚餐。看起來我到之前他甚至沒把我的那份吃掉太多。

「他難道沒把你操得很凶嗎？」我大口吃了起來。

「說實話，我覺得他忘記我了。」他坐回自己的床上。「我已經不知道多久沒跟他說話了。」

我抬頭看他。他的噪音是灰色的，像是在藏著什麼，但這也不罕見。

「我只是一直做我的垃圾工作。」他看著我吃東西。「聽別人說話。」

「他們說什麼？」我問，因為他聽起來很想說。

「這個嘛，」他說，噪音不安地騷動。

「這個什麼？」

然後我看到他噪音會這麼平板的原因，是他有一件不想告訴我，卻又覺得該跟我說的事，所以現在他要說了。

「那個治癒之屋。特別就是那一間。」他說。

「怎麼樣？」我很努力不要問得像是很看重這件事，卻失敗了。

「現在關了。空了。」他說。

我停止吃飯。「你說空了是什麼意思？」

「就是空了。」他很溫和地說，因為他知道這是壞消息。「那裡沒人，連病人都沒有。每個人都走了。」

「走了？」我低聲說。

走了。

我站起來卻沒有地方可去，我的手還端著那蠢盤子上的晚餐。

「走去哪裡了？他把她怎麼了？」

「他什麼都沒做。你朋友跑了。我是這樣聽說的。在塔塌掉之前跟其他女人一起跑了。」雷傑市長搓搓下巴。「其他人都被抓了起來，關進牢房，可是你的朋友……跑了。」

他說跑了的語氣像是不相信這個詞，像是他覺得她一直以來就策畫要離開。

「你不可能知道這些。你不可能知道任何關於她的事情。」我說。

他聳聳肩。「也許不行。但我是從一個守著治癒之屋的侍衛那裡聽來的。」

「不對。」但我不知道我這樣講是什麼意思。「不對。」

「你到底有多了解她？」雷傑市長說。

「你閉嘴。」

我重重喘著氣，胸口起伏。

她跑是好事，對不對？

對不對？

她原本有危險，現在——

（可是）

（可是她炸了塔嗎？）

（她為什麼不告訴我她要走？）

（她為什麼騙我？）

而且我不應該想，我不應該想，但我忍不住想——

她保證過。

然後離開了。

她離開我。

（薇拉？）

（妳離開了嗎？）

21 礦坑

〔薇拉〕

我睜開眼睛時聽到的就是門外面有拍翅聲，我到這裡幾天以來這聲音已經相當熟悉，意味著蝙蝠結束了一整晚的狩獵，回到洞穴裡，也意味著太陽就要升起，幾乎是起床的時候。

有些女人開始在床上翻轉或伸展身體。其他的對外界仍然一無所覺，打呼的打呼，放屁的放屁，陷在夢鄉的繼續陷在夢鄉之中。

有那麼一秒，我很羨慕她們。

寢室區基本上只是一間長屋，地上是掃得乾乾淨淨的泥土地，木頭牆，木頭門，幾乎沒有窗戶，只有房間中間有一座鐵爐，但根本不夠熱。除此之外，屋裡就是一排從屋前到屋後的硬床，滿滿都是睡著覺的女人。

身為最新的一員，我睡在這邊的盡頭。

我正看著另一邊盡頭的人直直坐起來，身體完全在掌控之中，像是其實根本沒睡過，只是把自己設定在暫停狀態，直到能繼續工作。

柯爾夫人在床上翻個身，腳踩到地上，越過其他睡覺的人，直接看向我。

先檢查我在不在。

絕對是為了確定我沒有半夜跑走去找陶德。

我不相信他死了。我也不相信他會向鎮長告密。

一定有不一樣的答案。

我轉頭看著柯爾夫人，不為所動。

我還在。還沒走。我心想。

只是因為我甚至不知道我們人在哪裡。

我們不在海邊。就我所知，甚至不在海的附近，但是我知道的事情也不多，因為整個營地裡每個人都以保守祕密為最優先事項。除非絕對必要，否則沒有任何人會提供任何資訊。這是為了萬一有人在設炸彈時被抓住，或是打劫補給品時被逮到。因為「答案」的麵粉跟藥品之類的物品已經快用完了。

柯爾夫人把資訊當作最寶貴的資產一樣看守。

我只知道營地在一個舊礦坑裡，這裡跟星球上許多東西一樣，是以極樂觀的心情開始，卻在幾年後就被遺棄。通往兩個較深洞穴的開口附近有些木屋，有些新有些舊，現在都被用來當做寢室。洞穴深處就是礦坑，原本開挖是為了取得廢煤炭或鹽巴，後來兩者都沒找到時變成找鑽石跟黃金，但仍然沒找到，不過在這裡就算找到那兩樣東西應該也沒用吧。現在礦坑被用來藏武器跟爆裂物。我不知道武器等等是怎麼運過來，甚至不知是從哪來的，不過如果有人發現這個營地，這些爆裂物都會被點燃，大概會把我們所有人都從地圖上抹去。

可是現在這裡只是個接近一口天然井的營地，被周圍的森林藏了起來。唯一的入口是從柯爾夫人跟我晃下來的那條小徑穿過樹林，而且小徑又極陡極難走，從很遠的地方就能聽到入侵者來襲。

「他們會來的。我們要做的只是做好迎接他們的準備。」我來的第一天，柯爾夫人就這麼跟我說。

「那他們為什麼還沒來？其他人一定知道這裡有礦坑。」我問。

她只對我眨眨眼睛，摸摸鼻子。

「那是什麼意思？」我問。

但她只願說這麼多，因為資訊是最寶貴的資源，不是嗎？

早餐的時候，我一如往常被媞雅還有其他認得的學徒排擠，她們沒人願意跟我說一個字，仍然把瑪蒂的死怪在我頭上，怪我是個叛徒，說不定還把這莫名其妙的戰爭都怪在我頭上。

我其實不是太在乎。

因為我真的不在乎。

我把食堂留給她們，端著自己的一盤灰粥走入冰冷的早晨，來到其中一個洞口附近的岩石邊。我邊吃邊看著營地逐漸清醒，開始過起恐怖分子的一天。

最大的意外是這裡的人居然這麼少。大概只有一百個，不會更多。這就是靠搞爆破在新普倫提斯城引起這麼大騷動的偉大「答案」。一百個人，醫婦夫人與學徒，前任患者跟其他人，夜晚消失，白天回來，或者替那些來來去去的人維持營地運作，照料「答案」的幾匹馬，還有拉車的牛，生蛋的雞，還有上百萬件需要人動手的事情。

可是只有一百人。如果鎮長真正的軍隊朝我們開拔，我們根本沒有一丁點反抗的能力或希望。

「希蒂，好咩？」

「維夫好。」我朝走向我的他打招呼，他手裡也端著一盤粥。我挪挪位置好讓他能坐在我旁邊。他什麼都沒說，只吃著他的粥，讓我也能吃我的。

「維夫？」我們同時聽到友人喊他。維夫的太太珍正走向我們，手裡拿著兩個冒煙的杯子。她繞過地上的岩石朝我們走來，被絆倒一次，灑了點咖啡出來，也讓維夫半站起來，但她很快就恢復平衡。「給你們的！」她幾乎對我們吼著，同時把杯子塞給我們。

「謝謝。」我接下杯子。

她把手埋在腋下好抵擋寒風，對我們微笑，眼睛睜得很大，看來看去，像是能用眼睛吃東西似的。「天氣這麼冷還在外面吃東西啊。」她說，像是用過分友善的方式逼我們解釋自己的行為。

「對。」維夫繼續吃。

「還好啦。」我也繼續吃。

「有沒聽說昨晚他們炸了一間糧店？」她壓低聲音，卻不知道為什麼聽起來反而更大聲。「我們又有麵包了！」

「對。」維夫又說。

「妳喜歡麵包嗎？」她問我。

「喜歡。」

「一定要有麵包。」她對地，對天空，對石頭說：「一定要有麵包。」

然後她回到食堂，沒再說一個字，但維夫似乎不太在乎，甚至沒太注意。可是我知道，我絕對知道維夫的腦子很清楚，就連他的噪音跟他的少話還有他表現出的呆板都不能形容他這個人的全部，遠遠不足。

維夫跟珍都是難民，因為軍隊的追趕逃入安城，那時陶德在卡伯奈丘發燒陷入昏迷，所以他們超過了我們。珍在路上生了病，維夫問路之後就直接帶她到費斯夫人的治癒之屋，軍隊進攻的時候，珍還沒完全康復。維夫的噪音可說是這星球上最沒半點隱瞞的，所以士兵認為他是白痴，甚至別的男人都不能探訪他們的妻子，但他卻可以。

當女人逃走時，維夫幫了她們。我問他為什麼，他只是聳聳肩說：「她們帶珍走。」他把不太能走路的女人藏在車上帶走，在車下加了個密格好讓其他人能夠回城進行任務，好幾個禮拜以來一直冒著生命危險載她們進進出出，因為士兵總認為一個這麼透明的人不可能藏住任何東西。

這一切對於「答案」的領袖而言都是意外驚喜。

但我毫不意外。

當初他在沒有必要的情況下救過我跟陶德一命。之後情況更危險時他又救了陶德一次。我到這裡的第一天晚上他甚至已經準備好要掉頭回去幫我找他，但是哈馬中士現在認得維夫的臉，知道他應該要被逮捕，所以再回去等於是死刑。

我舀起最後一口粥塞進嘴裡，一邊重重地嘆口氣。我可以因為天氣冷而嘆氣，因為沒什麼味道的粥而嘆氣，因為在營地裡沒事可做而嘆氣。

可是維夫就是知道。維夫總是知道。

「窩確信他沒事的，希蒂。」他吃完了自己的粥。「我們的陶德命很硬的。」

我抬頭看著白天冷冷的陽光，又用力一吞，只是喉嚨裡早就沒有粥了。

「妳要堅強。為了會發生的事情堅強。」維夫站起來說。

我眨眼。「什麼會發生的事？」我問他，他則喝著咖啡走回食堂。

他沒有停下來。

我喝完咖啡，搓搓手臂好取暖，心想我今天再去問她，不對，我要告訴她，下一次行動我要跟著去，我需要找到——

「妳自己坐在這裡？」

我抬起頭。金髮士兵阿李站在一旁，笑得露出一整口牙。

我立刻感覺臉頰發熱。

「不是，不是。」我立刻站起來，背向他端起盤子。

「妳不用走——」他正在說。

「沒有，我吃完——」

「薇拉——」

「你儘管坐——」

「我不是這個意思——」

可是我已經大步走回食堂，暗罵自己居然會臉紅。

阿李不是唯一的男人。他其實還算不上男人，但他還有馬格思跟維夫一樣都不能再裝成士兵回去城裡，因為他們的臉已經被看見了。

可是這裡還有別人可以。因為那是「答案」最大的祕密。

這裡至少有三分之一的人是男人，他們裝成士兵運送女人進出城裡，幫助柯爾夫人計畫跟選擇目標，還有提供使用爆破物的經驗，因為他們有著同樣的信念，想要反抗鎮長以及他代表的一切。那些男人曾經失去妻子女兒跟母親，正為了拯救她們或為她們報仇而反抗。

大多數都是因為報仇。

我想如果每個人都以為「答案」只有女人，那一定很方便，因為這樣男人就可以來去自如，雖然鎮長一定知道實際情況，這大概就是為什麼他一直拒絕讓自己的軍隊使用解藥，為什麼「答案」的解藥存量愈來愈變成負擔而不是幸運。

我很快朝身後的阿李瞥了一眼，然後又往前看。

我不確定他為什麼會在這裡。

我沒有——

我還沒機會問他。

我走到食堂門口時沒注意，甚至沒發現我還來不及握上門把，門就自動開了。

我一抬頭就看到柯爾夫人的臉。

我甚至沒跟她打招呼。

「下次有行動時帶我去。」我說。

她的表情沒變。「妳知道妳為什麼不能去。」

「陶德會立刻加入我們。」我說。

「孩子，其他人不這麼確定。」我開口要回答，但她打斷我。「如果他還活著。這不重要，因為我們不能冒著妳被抓走的風險。妳是最寶貴的戰利品。妳是當太空船降落時能幫助總統的女孩。」

「我——」

她舉起手。「我不要再跟妳爭這件事。有太多重要的事情要做。」

營地現在感覺很安靜。我們盯著彼此的同時，她後面的人也停下腳步，沒人願意請她離開，就連費斯夫人跟納達利都不願意，只是耐心地站在原地等待。她們跟媞雅一樣，我到了之後就幾乎沒跟我說過話。柯爾夫人的那些學徒，還有一堆人根本做夢都不敢像我現在這樣對她說話。

他們對待我的方式像是覺得我有點危險。

我有點意外地發現我還滿喜歡的。

我看著她的眼睛，看著她的拒絕動搖，壓低聲音，像是對著她一個人說：「我不會原諒妳。不會。無論現在或以後。」

「我不要妳的原諒。但是有一天，妳會明白。」她同樣安靜地說。

然後，她的目光一閃，嘴角揚起笑容，揚起聲音：「嗯，我想妳該有份工作了。」

22

1017

［陶德］

「你們這些干他的東西不能動作快一點嗎？」

最靠近我的四、五個稀巴人立刻嚇得閃開，雖然我說話的聲音其實沒那麼大聲。

「快點！」

跟平常一樣，沒有想法，沒有噪音，什麼都沒有。

牠們只可能是從我還是要鏟給牠們的飼料中得到藥劑，但是為什麼？為什麼牠們可以得到但別人都不可以？看著修道院的空地，牠們是一片沉默彈舌與在冷天中彎著白背和散發出白煙的白嘴和挖起一把把泥土的白手臂海洋。這麼多白色的身體在一起工作，看起來跟一群羊沒什麼差別，不是嗎？

只是如果仔細看，可以看到不同的家族，有丈夫與妻子與父親與兒子。可以看到年紀比較大的挖比較少土，動作也比較慢。可以看到年輕的幫助他們，努力不讓我們看到年紀大的沒辦法太辛苦。可以看到嬰兒用一塊破布綁在母親的胸口。可以看到一個特別高的指揮其他人形成一條比較快的工作鏈。可以看到一個比較小的女性在一個大的女性發炎的號碼條周圍敷泥巴。可以看到他們一起工作，頭壓得低低的，努力不要被我或戴維或鐵絲刺網後的守衛特別注意。

如果仔細去看，可以看到這一切。

可是不去看比較容易些。

我們當然不能給牠們鏟子，因為牠們可以把鏟子當成武器攻擊我們，而牆上的守衛連看到稀巴人的手臂舉得高一些都會開始警戒，所以牠們全都彎腰貼著地面，挖土，搬石，跟雲一樣安靜，受著苦卻不求改變。

不過我有武器了。他們把來福槍還給我。

因為我還能去哪裡？

現在她不在了。

「快點！」我朝稀巴人大吼，一想到她，噪音就漲成紅色。

我知道戴維在看我，臉上有訝異的笑容。我別過頭，走到空地另一邊的稀巴人旁邊。我走了一半時聽到比較響亮的一聲彈舌。

我四處找著，直到發現來源。

可是向來只有同一個人。

1017又在盯著我看，臉上的表情不是原諒。牠的目光移向我的手，那時我才發現我兩手都緊緊握著來福槍。

我甚至不記得我把槍從肩上拿下來。

＊

雖然有這麼多稀巴人在工作，還是要花一、兩個月才能勉強接近完工，也不知道那到底是個什麼東西，那時候冬天也過了一半，稀巴人也不會有牠們應該要搭給自己的屋子，我知道牠們比人類更常住在戶外，但我想就連牠們也沒辦法在冬天的冰雪中曝露在外，而且我也沒聽說牠們會被移到別的地方。

不過我們還是在七天內就把內部圍牆給拆了，比預期進度超前兩天，也沒有稀巴人死掉，不過有幾個手臂斷掉的。那些稀巴人被士兵帶走了。

我們再也沒見到牠們。

塔被炸掉之後的第二個禮拜，我們幾乎挖好所有灌地基用的壕溝跟洞。戴維跟我應該要負責監督灌地基，雖然知道怎麼做的其實是稀巴人。

「老爸說在稀巴人戰爭之後，牠們是重建城市的工人。不過光看這群人的樣子根本不像。」戴維說。

他正在吃著某種東西的種子，吐出一口殼。「答案」除了炸彈攻擊外，還開始搶劫，讓食物變得有點不夠，但是戴維還是每次都能弄到點東西。我們坐在一堆石頭上，看著大大的空地，現在地上有方形的洞和壕溝，石頭多到幾乎沒地方讓稀巴人走。

可是牠們還是擠了進去，塞在邊緣，縮在一起抵擋冷天。而且牠們什麼都沒說。

戴維又吐了一口殼。「你打算哪天還會再說話嗎？」

「我會說話。」我說。

「才怪。你對你的工人吼，對我哼。那不叫說話。」他又吐了一片殼，飛得又高又遠，打中最近一個稀巴人的頭。牠只是舉手把殼撥掉，繼續把最後一段溝挖完。

「她離開你了。你就接受事實吧。」他說。

我的噪音升起。「閉嘴。」

「我沒把這當成壞事來說。」

我轉頭看他，眼睛睜得大大的。

「幹嘛？我只是說，嗯，她就是離開了，又不是她死了什麼的。」吐。「我記得那小悍馬很能照顧自己的。」

他的噪音裡浮現在河邊的路上被電攻擊的畫面。我應該要微笑的，但我沒有笑，因為她站在他的噪音裡，站在那裡把他打倒。

站在那裡而不是站在這裡。

（她去哪裡了？）

（她干他的去哪裡了？）

雷傑市長告訴我，就在塔炸掉不久後，軍隊就直接朝海邊出發，因為他們得到消息，「答案」藏在那裡——

（是我嗎？他是從我那裡聽到的嗎？這個可能讓我全身像被火燒一樣——）

可是當哈馬先生跟他的人趕到那裡時，他們什麼都沒找到，只有早就廢棄的建築物跟半沉的船。

因為那消息是假的。我也因此覺得整個人像被火燒一樣。

（她對我說謊嗎？）

（她是故意的嗎？）

「上帝啊，豬屎。」戴維又吐了一口。「又不是我們其他人有女朋友。她們都被關在鬼監獄或每個禮拜忙著炸東西或跟著一大群人走，多到根本沒辦法跟她們說話。」

「她不是我女朋友。」我說。

「那不是重點。我只是說你跟我們其他人一樣孤獨，所以你就接受吧。」

他的噪音裡突然有一陣強烈醜陋的情緒，但他一看到我在看他，就立刻把情緒抹掉。

「你在看什麼？」

「沒什麼。」我說。

「一點沒錯。」他站起來，拿起來福槍，重重踏回空地。

也不知道為什麼，1017居然每次都待在我這邊的工地裡。我主要負責後面區域，完成挖壕溝的工作。戴維在前面，讓稀巴人把壁板先拼起來，等水泥地基灌漿一結束後就可以拿來用。1017應該要在那邊，但是我每次抬頭，牠人就在這裡，不論我多常把牠趕回去，牠還是會在最靠近我的位置出現。

牠是在工作，挖起一把把泥巴或是把廢土堆成整齊的一排排，但隨時也在找我，想要與我四目對望。

對我彈舌。

我走向牠，手握著來福槍的槍管，灰色雲朵開始在空中堆積。「我叫你去戴維那裡。你在這裡做什麼？」我喝斥著。

戴維聽到自己的名字，從另一邊喊道：「幹嘛？」

我回答：「你為什麼一直讓這個跑過來？」

「你見鬼的在說什麼啊？牠們長得都一樣！」戴維大喊。

「是1017！」

戴維誇張地聳一下肩。「那又怎樣？」

我聽到一下彈舌，聲音侮辱又嘲諷，從我身後傳來。

我轉身，我敢發誓1017正在對我微笑。

「你這小——」我開口要說，把來福槍拉到身前。

這時候我看到一閃噪音，從1017身上發出。

快得不得了卻很清楚，是我站在牠面前，朝我的來福槍伸手，就像牠現在眼前看到的景象一樣——

只是牠突然從我手中把來福槍奪走——

畫面消失了。來福槍還在我手裡，1017仍然站在及膝深的壕溝裡。

一點噪音都沒有。

我上下打量牠。牠比原來更瘦了，但牠們每個都是這樣，發給每個人的飼料向來不夠牠們吃上一天，而且我在猜1017是不是根本沒在吃飯，好避免吃下藥劑。

「你想幹什麼？」我問牠

可是牠這時已經重新開始工作，雙手忙著挖更多泥土，白之又白的皮膚下露出肋骨痕跡。什麼也沒說。

「如果你爸一直拿走別人的藥劑，為什麼還要一直餵藥劑給牠們？」

第二天我們在吃午飯。天上的雲很厚重，恐怕不久就要下雨，將是好久以來的第一場雨，而且這雨也會是冰冰冷冷的，但我們得到的命令是不管天氣如何，要繼續照常工作，所以我們今天是要看著稀巴人把第一批水泥攪拌機裡的水泥灌入地基。

水泥攪拌機是伊凡一大早帶來的，他已經痊癒，但走路還是一拐一拐，噪音充滿憤怒。不知道他現在覺得哪裡有他的靠山。

「這樣牠們就沒辦法搞陰謀了，不是嗎？不讓牠們討論。」戴維說。

「可是牠們可以用彈舌的方法啊。」我想了想。「應該可以吧？」

戴維聳肩表示管他的，「豬尿，還有三明治嗎？」

我把我的遞給他，一邊注意稀巴人的情況。「我們不需要知道牠們在想什麼嗎？這不是對我們來說會有用嗎？」

我在工地上找1017，果然牠正在看我。

啪啦。第一滴雨水打中我的睫毛。

「靠。」戴維抬頭。

＊

雨不停地下了三天。工地愈來愈泥濘，但是鎮長還是要我們繼續工作，所以這三天我們不斷在泥巴裡摔跤跌倒，忙著在框架上蓋上大片油布替空地遮雨。

戴維負責裡面，指揮稀巴人把油布框架好。我大多數時間在雨中，盡量用大石頭把油布壓在地上。

真是蠢到家的工作。

「快點！」我對正在幫我把最後一塊油布邊緣壓好的稀巴人喊。我的手指已經要凍僵了，因為沒人發手套給我們，鎮長又不在，不能跟他要。「好痛！」我不知道第幾次又刮破手上的皮，只好自己舔舔流著血的指關節。

稀巴人不斷搬著石頭，似乎對下雨毫無感覺，幸好是這樣，因為油布沒有大到夠讓牠們每個都進來躲雨。

我大喊：「喂！小心旁邊！小心——」

一陣風把我們剛壓好的整張油布吹掉。一個稀巴人一直抓著油布，直到油布被吹得飛起，連牠也一起颮了起來，讓牠重重摔倒在地。我跳過牠，一路追著油布跑，在泥巴地又繞又滾地爬上一小片山坡，我就快要抓到時——

重重滑了一跤，一屁股滑到山坡另一邊——

這時我才發現我跑到哪裡，在哪裡滑倒——

我正朝茅坑滑下去。我抓著泥巴想要煞車，但什麼都抓不住，嘩啦一聲滑了進去。

「啊！」我大吼一聲，想要站起來。上面浮著一層石灰的稀巴人大便淹到我的大腿，灑在我全身前後，臭味讓我狂吐——

這時我又看到一閃噪音。

是我站在茅坑裡。

一個稀巴人站在我上面。

我抬頭。

一排稀巴人站成人牆在那裡看著我。

站在最前面的是1017。

在我上面。

手上握著一大塊石頭。

牠什麼都沒說，只是舉著一個大得足以傷人的石頭站在那裡。

「你想怎樣？」我對他說。「這是你想要的吧，不是嗎？」

牠只是瞪著我。

我又聽不見噪音了。

我的手慢慢伸向來福槍。

「你到底想要怎麼樣？」我問，牠可以從我的噪音裡看到我完全準備好，完完全全準備好要跟牠開打。我完全準備好要——

我握著來福槍。

可是牠只是盯著我看。

然後牠把石頭丟在地上，轉身走向油布。我看著牠走出五步，十步，身體開始微微放鬆。

我正掙扎著爬出糞坑時，我聽到了。牠的彈舌聲。那個罵髒話的彈舌聲。

我整個人失去控制。

我跑向牠一面大吼大叫但我不知道我在說什麼而戴維驚訝地轉身看到我追著1017跑到油布下來福槍舉在頭頂像個瘋子一樣1017正轉向我但我沒給牠機會動手直接用力拿來福槍的槍托往牠臉上一揍牠倒在地上我又舉起來福槍往下搥牠舉起雙手要保護自己可是我一遍又一遍又一遍地揍牠——

揍牠的手——

揍牠的臉——

揍牠瘦巴巴的肋骨——

我的噪音一面在怒吼——

揍牠——

揍牠——

大叫——

大叫——

「妳為什麼要走？」

「妳為什麼要丟下我？」

我聽到牠手臂折斷的清脆冰冷聲音。

＊

聲音響徹空中，比雨或風聲都要大，讓我的胃整個翻過來，重重堵住我的喉嚨。

我揮到一半的手卡住。

戴維張大嘴呆呆地看著我。

所有稀巴人嚇得半死，一直往後退。

躺在地上的1017抬頭看我，鮮紅的血從牠奇怪的鼻子跟長得太高的眼角源源不絕地流出，但牠沒有發出任何聲音，沒有思緒，沒有彈舌，什麼都沒有——

（我們那時在營地裡地上有一個死掉的稀巴人她看起來好害怕她一直從我身邊退開到處都有血我又動手了我又動手了妳為什麼要走該死的老天薇拉妳為什麼要丟下——）

1017只是看著我。

我向上帝發誓，牠的臉上寫著勝利的表情。

23　有東西要來了

〔薇拉〕

「打水器又好了，希蒂。」

「謝謝你，維夫。」我遞給他一盤熱氣騰騰的麵包。「你能不能把這些端給珍？她正在擺早餐。」

他接下盤子，噪音傳來一段沒腔沒調的音樂。

他離開燒飯棚時，我聽到他大喊：「老婆！」

「他為什麼叫妳希蒂？」阿李出現在後門，拿著一籃剛磨好的麵粉。他穿著一件無袖上衣，手肘以下的皮膚一片粉白。

我看了他赤裸的手臂一秒後，急忙移開視線。

柯爾夫人安排我們一起工作，因為他也沒辦法回新普倫提斯城了。

我絕對不會原諒她。

「希蒂是個幫了我們的人的名字。一個值得以她命名的人。」我說。

「妳說我們是指——」

「我跟陶德，沒錯。」我接過他手裡的麵粉籃，重重地擺在桌上。

一陣沉默。每次提到陶德的名字就會這樣。

「沒有人看到他，薇拉。」阿李溫和地開口。「可是他們主要是晚上行動，所以這不代表——」

「就算她知道她也不會告訴我。」我開始把麵粉分裝在碗裡。「她認為他死了。」

阿李不安地來回挪動腳步。「可是妳不是這樣說的。」

我看著他。他微笑。我忍不住，只能回應。「你信我是吧？」

他聳聳肩。「維夫相信妳。維夫的話在這裡應該是出乎妳意外地有分量。」

「我一點都不意外。」我看著窗外維夫消失的方向。

這一天沒有意外地過去了，我們繼續煮飯。這是阿李跟我的新工作，負責煮飯，煮給整個營地的人吃。我們學會怎樣從麥子開始做麵包，是麥子而不是麵粉。我們學會怎樣剝松鼠皮，去烏龜殼，清魚內臟。我們學會要餵一百個人的湯需要多少湯底。我們學會比這蠢星球上的任何人都快的削馬鈴薯跟梨子皮。

柯爾夫人發誓戰爭就是靠這些贏來的。

「我加入『答案』不是為了做這些啊。」阿李從今天下午他處理的第十六隻鳥身上拔下一把羽毛。

「至少你是自願參加。」我也拔著手下的鳥毛。羽毛像一群黏兮兮的蒼蠅浮在空中，碰到什麼都抓著不放。我的指甲下，手肘彎，眼角邊都有一小坨一小坨綠毛。

我知道自己是這個樣子，因為阿李的臉上也都是羽毛，從他長長的金髮到手臂上同樣金色的汗毛都是。

我覺得自己臉又一次脹紅，於是猛力拔出一把羽毛。

一天變成兩天，變成三天，變成一個禮拜，變成一個又一個禮拜，跟阿李一起煮飯，跟阿李一起洗菜，跟阿李一起在這木屋裡待上整整三天避雨。

可是。可是。

有事情要發生了，所有人都在為了一件事而準備，卻什麼都不告訴我。

我還是被困在這裡。

阿李把拔完毛的鳥丟回桌上，拿起另一隻。「如果不小心，我們會害這種鳥絕種。」

「馬格思只打得到這種。其他的太快了。」我說。

「整整一種動物絕種，只因為『答案』裡沒有眼科醫生。」阿李說。

我笑的聲音太大。我對自己翻翻白眼。

我弄好自己手上的鳥，又拿起一隻。「你弄兩隻的時間我可以處理好三隻。今天早上我也烤了比較多條麵包——」

「但烤焦了一半。」

「因為你把烤爐燒得太熱了！」

「我天生不是煮飯的料。我天生是當軍人的料。」他說。

我倒抽一口氣。「你認為我天生是煮飯的——」

可是他在笑，還笑個不停，就算我朝他丟了一把濕羽毛砸中他的眼睛也一樣。「痛啊。」他把羽毛擦掉。「薇拉妳準頭不錯啊。真該給妳一把槍。」

我立刻把臉轉向腿上的第一百萬隻鳥。

「還是不要吧。」他聲音低低地說。

「你有沒有——」我沒說完。

「我有沒有什麼？」

我舔舔嘴唇，真是天大的錯誤，因為害我得吐掉一口羽毛所以當我終於說出口時，口氣遠比我原本預期的氣急敗壞：「你曾開槍打死過人嗎？」

「沒有。」他坐直了些。「妳有嗎？」

我搖搖頭，看到他整個人放鬆下來，讓我立刻開口說：「可是我被人開槍打中過。」

他的背重新挺起。「不可能吧！」

我其實原本不打算說出口，說出口之前甚至不知道自己會這麼說，在說的當下我發現自己從來沒這麼說過，這麼明白地說出來，就算對自己都沒有，從發生到現在以來，從來沒有，但是卻在一間飄滿羽毛的房間裡說出來了。

「而且我用刀刺過人。」我停下手邊拔毛的動作。「直到那個人死掉。」

在接下來的沉默中，我的身體感覺是平常的兩倍重。

當我開始哭時，阿李只是遞了條抹布給我，讓我哭，沒有靠過來也沒說什麼蠢話甚至沒多問，但他一定好奇得不得了。他只是讓我哭。

這麼做是對的。

「對，但是我們正在贏得其他人的同情。」阿李在晚餐快結束時跟旁邊的維夫跟珍說。我一直拖著不吃完，因為一旦吃完飯，我們就得回廚房為了明天早上的麵包開始準備酵母。你不會相信這該死的一百人要吃多少食物。

我咬了最後一口的一半。「我只是說你們人不多。」

「是我們。」阿李認真地看著我說：「而且我們整個城裡都有間諜，很多人有機會就會加入我們。城裡的情況越來越糟，他們現在開始限制食物供應，沒有人可以得到藥劑。他們一定會開始叛變。」

「而且很多人都在監牢裡。」珍補充。「好幾百個女人都被關起來，鎖在一起關在地下室，每天都要餓死凍死幾十個。」

「老婆！」維夫怒罵。

「窩只是縮窩聽到的似啊！」

「妳才沒聽過。」

珍看起來一臉氣呼呼的。「不一定是假的。」

阿李說：「可是監牢裡也有很多人在支持我們。所以那說不定——」

他沒說下去。

我抬起頭：「怎麼了？說不定怎麼樣？」

他沒回答我，只是看著另一桌，旁邊是柯爾夫人跟布萊斯懷特夫人、費斯夫人、華格納夫人、巴克夫人，還有媞雅，一如往常地在討論事情，低聲竊竊私語，發布祕密命令好讓其他人去執行。

「沒什麼。」阿李說，看到柯爾夫人站起來，朝我們走來。

「維夫，我需要你今天晚上幫我們把車子準備好。」她靠近我們桌邊時說。

「是的，夫人。」他已經開始站起來。

「再多吃點。」她阻止他。「我不是要強迫你工作。」

「窩很樂意。」維夫把褲子拍拍乾淨，離開餐桌。

「妳今天晚上要炸誰？」我問。

柯爾夫人抿起嘴唇。「薇拉，夠了。」

「我想要去。如果妳們今晚要回城裡，我想跟妳們一起去。」

「孩子，有點耐心。有一天會輪到妳。」她說。

「哪天？什麼時候？」我對著她離開的身影說。

「要有耐心。」她又說。

可是語氣卻很沒耐心。

每天天黑的時間愈來愈早。天黑時我坐在外面的一堆石頭上，看著今天晚上出任務的人坐車離開，包包裡塞滿神祕的東西。現在有些人有噪音，於是少量服用我們藏在洞穴裡日漸減少的藥劑，使用的量讓他們可以混入城裡，卻不會暴露身分。這是很微妙的平衡，而且我們這邊的男人要出現在馬路上是愈來愈危險，但他們還是去了。

今天晚上新普倫提斯城的人睡著時，會有人偷竊跟炸掉屬於他們的地方，一切都是以為善之名。

「嗨。」阿李在我身邊坐下，暮色中只是淡淡的一道影子。

「嗨。」我回答。

「妳還好嗎？」

「有什麼不好？」

「嗯。」他拿起一塊石頭，丟進黑夜中。「有什麼不好？」

天空中開始出現星星。我的船在那裡的某處。那些人原本能幫我們，不對，如果我能聯絡到的話，他們一定會幫助我們。席夢・華金跟布萊德利・坦奇，好人，聰明的人，他們會阻止這一切愚蠢的行為跟爆炸事件還有——

我又覺得喉嚨一緊。

「妳真的殺過人。」阿李又丟了一塊石頭。

「對。」我把膝蓋縮到胸口。

阿李頓了頓。「跟陶德？」

「為了陶德。救他。救我們。」

太陽下山後，天氣真的冷了起來。我把膝蓋縮得更緊。

「妳知道嗎，她其實怕妳。柯爾夫人。她認為妳很強大。」他說。

我看著他，想在黑夜中看到他的身影。「這也太扯了。」

「我聽到她這樣跟布萊斯懷特夫人說。她說如果妳下定決心，妳可以領導軍隊。」

我搖搖頭，但他當然看不見我的動作。「她根本不瞭解我。」

「是沒錯，但她也很聰明。」

「而且這裡的每個人都像小綿羊一樣跟著她。」

「除了妳。」他友善地用肩膀撞撞我。「也許她就是這個意思。」

我們可以聽到洞穴裡傳來低沉的轟隆聲，這代表蝙蝠正在準備。

「你為什麼在這裡？你為什麼要跟隨她？」我問。

我曾經問過這個問題，但他每次都轉移話題。

但也許今晚不一樣。我感覺很不一樣。

「我父親死在稀巴人戰爭中。」他說。

「很多人的父親都是。」我想到柯琳，想她在哪裡，想她是不是——

阿李正在說：「我其實不太記得他了。成長過程中只有我跟我媽跟我姊。我姊呢——」他笑了。「妳會喜歡她的。嘴巴不饒人，脾氣很火爆，我們吵得凶到妳一定不敢相信。」

他又笑了，但這次聲音變得低沉。「當軍隊來的時候，席玟想要反抗，但我媽不想。我也想要打仗，但是席玟跟媽真的吵了起來，席玟已經準備好要拿起武器，媽得把門擋住才能不讓她在軍隊進城時跑出去。」

轟隆聲變得更大，蝙蝠的噪音開始在洞穴開口迴盪。牠們在說，飛。飛。飛走。飛走。

「然後就已經不再是我們能決定的，不是嗎？軍隊來了，那天晚上他們把所有女人帶去城東的屋子。媽說要合作，『先看看，說不定沒那麼糟糕』這類的。」

我沒有回答，慶幸現在是天黑，他看不到我的表情。

「可是席玟不肯不反抗就離開，是吧？她對士兵又吼又叫，拒絕配合，媽一直求她不要再說了，不要激怒他們，可是席玟——」他暫時打住，舌頭一彈。「席玟揍了第一個想用蠻力把她拖走的士兵的臉。」

他深吸一口氣。「接下來一團混亂。我想跟他們打，結果接下來我只知道自己趴在地上，一直耳鳴，有個士兵的膝蓋抵著我的背，我媽在尖叫，可是席玟沒有聲音，我整個人就這樣昏過去，醒來時家裡只有我一個人。」

我們聽到從洞口不遠的內側傳來飛，飛。飛走，飛走，飛走。

「禁令放鬆之後，我開始找她們。可是從來沒找到。我去每間屋子，每間通鋪，每間治癒之屋找。最後，在最後一間，是柯爾夫人應門。」

他停頓下來，抬起頭：「來了。」

蝙蝠從洞穴裡一湧而出，像是整個世界被翻倒在旁，牠們被淋在我們身上，一大片黑色的波動映著夜空。牠們發出的呼嘯聲大到至少有一分鐘根本沒法說話，所以我們只是坐在原處，看著。

每隻蝙蝠至少都有兩公尺寬，有毛茸茸的翅膀跟短短小小的耳朵，每邊伸出的翅膀尖端有綠色的螢火點，被牠們用來欺騙跟麻痺牠們吃的蛾還有蟲子。小點在黑夜發亮，形成我們頭上一片暫時的閃動星海。我們坐在原地，周圍都是拍動的翅膀，還有吱吱叫的噪音，飛，飛，飛走飛走飛走。

五分鐘後，牠們消失在周圍的森林裡，要到清晨才會回來。

「有事情要發生了。」阿李在接下來的沉默中說：「妳也知道。我不能說那是什麼，但是我會去，因為那是另一個可以尋找她們的地方。」

「那我也去。」我說。

「她不會讓妳去的。」他轉身面對我。「可是我向妳保證，我會找陶德，用我找席玟跟我媽的同樣眼睛，我會找他。」

營地上響起鐘聲，昭示所有劫掠小隊已經進城，剩下的人要上床睡覺。阿李跟我繼續在黑暗裡坐了一段時間，他的肩膀靠著我的，我的肩膀靠著他的。

24 監獄

［陶德］

鎮長坐在摩佩斯的背上說：「以沒什麼經驗的工作隊來說，做得不錯。」

「我們原本還做了更多，但後來開始下雨，到處變成泥巴。」戴維說。

「不用不用。」鎮長看著工地。「你們兩個表現得很出色，一個月的時間就做了這麼多事。」

我們都花了一段時間來看這所謂很出色的表現。我們完成一間長型建築物的水泥地基，把模板牆通通架好，甚至有些已經開始填入從修道院的內牆拆下的石頭，搭在上面的油布也看起來像個屋頂。整體看起來很有建築物的樣子。

他說得沒錯。我們是做得很出色。

我們和一千一百五十個稀巴人。

「很好，真不錯。」鎮長說。

戴維的噪音染上看了讓人很尷尬的粉紅色。

「所以到底是什麼？」我問。

鎮長看向我。「什麼是什麼？」

「這個。」我朝建築物揮手。「這是幹嘛用的？」

「陶德，你把它建好之後，我保證一定邀你參加啟用儀式。」

「這不是給稀巴人用的吧？」

鎮長微微皺眉。「不是的，陶德。」

我一手揉揉脖子，可以聽到戴維噪音裡面出現的一些雜音，如果他認為我會破壞掉他被稱讚的這一刻，這雜音會變得更大聲。「我只是在想，過去三天晚上都有結霜，天氣會越來越冷。」

鎮長調轉摩佩斯來面向我。牠在想，小馬男孩。小馬男孩退後。

我想都沒想就退後。

鎮長的眉毛挑起：「你想幫你的工人要暖爐？」

「這個嘛……」我看看地面，看看建築物，看看盡量往遠處擠，在這麼狹窄的地方，有這麼多人的情況下，還是盡量遠離我們三人的稀巴人。「可能會下雪。我不知道牠們能不能活下來。」

「牠們比你想的要耐多了，陶德。」鎮長的聲音很低，充滿我說不出是什麼的情緒。「耐多了。」

我又低下頭。「這樣啊，好吧。」

「如果你還是覺得不妥，我讓法洛士兵拿幾個小核融暖爐來吧。」

我眨眨眼。「真的？」

「真的？」戴維問。

「在你的指揮下，牠們做得不錯，而且陶德，你最近這幾個禮拜真的很用心。很有領導風範。」

他的微笑幾乎可以算得上溫暖。

「我知道你是那種不忍心看別人受苦的人。」他繼續與我四目對望，幾乎在對我挑釁，看我敢不敢先移開視線。「你的溫柔是好事。」

「溫柔。」戴維取笑。

「我以你們為榮。」鎮長一拉韁繩。「你們的努力會獲得獎勵。」

鎮長騎馬出了修道院的大門，戴維的噪音又開心起來。「你聽到沒有？」他抽動眉毛。「獎勵啊，我溫柔的豬尿。」

「閉嘴，戴維。」我已經沿著模板牆走向建築物後面，那裡有最後一塊空地，所有稀巴人都擠在那裡。我走過牠們之間時，牠們忙著為我讓路。「會有人送暖爐來。情況會變好的。」我邊說邊在噪音裡放入畫面。

可是牠們仍然在盡其所能的不要碰到我。

「我說情況會變好的！」

愚蠢不知感恩的——

我打住自己。深吸一口氣，繼續往前走。

我走到建築物最後面，把幾面沒用到的模板牆靠在主屋旁，變成一個小房間。「你可以出來了。」我說。

有一分鐘時間，沒有半點動靜，之後傳來一點唏唏嗦嗦的聲音，1017走了出來，手臂掛在用我的一件襯衫做成的吊帶裡。牠更瘦了，折斷的地方仍然泛紅，蔓延到部分手臂，但終於看起來像是要消掉了。「我弄了點止痛藥來。」我把藥從口袋裡拿出來。

牠用力把藥從我掌中搶走，刮痛我的掌心。

「你給我小心點。」我咬著牙說：「你想被帶走，跟那些其他殘廢的稀巴人一樣下場嗎？」

牠傳出一段噪音，我早就知道牠會這樣，內容也跟平常差不多，就是牠拿著來福槍在我面前，一遍又一遍打我，我在求牠停下來，直到牠把我手臂打斷。

「隨便你。」我說。

「你又在跟寵物玩？」戴維也繞過來，雙手抱胸地靠在牆邊。「你知道馬的腿折斷時，都會被射死的。」

「牠不是馬。」

「對啊，牠是羊。」戴維說。

我抿起嘴唇。「謝謝你不告訴你老爸。」

戴維聳聳肩。「隨便啦，豬尿，只要不影響我們的獎勵就行。」

1017朝我們發出牠的髒話彈舌聲，但主要是對我。

「牠似乎不太感激。」戴維說。

「嗯，我是救了牠兩次。」我看著1017的眼睛，牠的眼睛從來沒有離開我身上。「我不會再救了。」

「你說歸說，但大家都知道你還是會。」他朝1017點點頭。「就連牠都知道。」戴維睜大眼睛嘲諷我。「因為你很溫柔啊。」

「閉嘴。」

可是他已經邊大笑邊走開，1017只是一直一直盯著我。

我瞪回去。

我救了牠。

（我為她救了牠）

（如果她在這裡，她可以看到，看到我是怎麼救了牠）

（如果她在這裡）

（可是她不在）

我握緊拳頭，又強迫自己鬆開。

過去一個月以來，新普倫提斯城變了。我每天騎馬回家時都可以看到這個改變。

一部分是因為冬天要來了。路上樹木的葉子變成紫色紅色，掉在路上，留下高高的冬季骷髏。長青樹的針葉還在，但是毬果都落了，而高大的樹把樹枝緊收回樹幹裡，留下光禿禿的一根棍子站在寒風中。這景象加上不斷變得更黑的天空讓整個城看起來都在挨餓。

這也是事實。軍隊在收割期的最後進攻，所以雖然有存糧，但是外圍的聚落已經沒有人能把食物運進來交易，「答案」也不斷轟炸跟劫掠食物。有天晚上一整個倉庫的小麥都被偷走，乾淨成功到很顯然城鎮跟軍隊中都有人幫他們忙。

這對城鎮跟軍隊而言都是壞消息。

兩個禮拜以前，宵禁的時間提早，上禮拜又被提早，直到現在天黑後誰都不准出門，只有幾個巡邏小隊例外。教堂前的廣場變成焚燒的火堆，燒書，燒那些被發現幫助「答案」的人的財物，一堆在鎮長把最後一間治癒之屋關閉後找出的醫婦制服。而且現在幾乎沒有人使用藥劑，只有一些和鎮長最親近的人，摩根先生、歐哈爾先生、塔特先生、哈馬先生，都是跟了他很多年，一起從舊普倫提斯鎮出來的人。應該是看上他們的忠誠吧。

我跟戴維從一開始就沒有得到過，所以也根本沒有被他拿走的機會。

「也許那就是我們的獎勵。」戴維邊騎馬邊說：「也許他會從地窖弄點出來給我們，讓我們終於知道是怎麼回事。」

我心想，我們的獎勵。*我們。*

我摸過安荷洛德的脖子，感覺到她皮膚的寒冷。「快到家了，乖乖。暖暖的馬房喔。」我在她的耳朵之間低聲說。

*暖暖。小馬男孩。*她想著。

「安荷洛德。」我回答。

馬不是寵物，而且一半時間都有點瘋瘋的，但是我學會如果好好對待牠們，牠們會認得你。

小馬男孩，她又想，感覺像是把我當成她馬群中的一員。

「也許獎勵是女人！」戴維突然說：「對啊！也許他會給我們幾個女人，讓你真正變成男人。」

「閉嘴。」我說，但沒真的吵起來。說實在的，我們好久沒吵架了。

我想我們只是習慣彼此了。

我們也幾乎完全見不到女人。通訊塔倒了以後，所有女人又被限制在自己的屋子裡，只有組成隊伍去農田工作，準備明年播種時才會放出來，隨時都有拿著武器的士兵守衛。現在丈夫、兒子、父親的探望時間也最多是一週一次。

我們聽說關於士兵跟女人的傳言，關於士兵晚上潛入寢室，關於晚上發生了很慘的事情卻沒人受到懲罰。

這還不包括被關在監獄裡的女人，那些監獄我只有從教堂的塔頂上才看得到，在城的最西邊，靠近瀑布，是一群改變用途的建築物。誰知道裡面發生了什麼事？它們很遠，除了看守的人以外，誰都看不到。

有點像稀巴人。

「老天啊，陶德，你一直想個不停，吵死人了。」戴維說。

我學會忽略戴維類似的話。只是這次，他竟然叫我陶德。

我們把馬留在離教堂不遠的馬房裡。戴維陪我一起回教堂，但我其實不需要人看守我。

因為我還能去哪？

我推開前門，聽到：「陶德？」

鎮長正在等我。

「什麼事，先生？」我問。

「你總是這麼有禮貌。」他微笑，走向我，馬靴在大理石地上敲出回音。「你最近似乎好些了，冷靜些了。」他停在一公尺外。「你有在用工具嗎？」

啊？

「什麼工具？」我問。

他微微嘆口氣，然後——

我是圓圈，圓圈是我。

我扶著頭。「你怎麼辦到的？」

「噪音是可以使用的，陶德。如果你有足夠的訓練。第一步就是使用工具。」他說。

「我是圓圈，圓圈是我？」

「這是讓你集中精神的方法。」他點點頭。「調整你的噪音，約束它，控制它，而一個能控制噪音的人就是有優勢的人。」

我記得他在舊普倫提斯鎮上的屋子就在這樣唸，那時他的噪音跟其他人的比起來顯得多銳利且恐怖得多，感覺多像——

武器。

「圓圈是什麼？」我問。

「你的命運，陶德．赫維特。圓圈是個封閉系統，不可能逃脫，所以如果你不抗拒的話會比較容易。」

我是圓圈，圓圈是我。

但這一次我的聲音也加了進去。

「我有好多東西都想教給你。」說完，他沒有道別便離開了。

＊

我沿著鐘塔的牆邊繞，看著西邊的瀑布，南邊有凹陷的小山，東邊通往修道院的丘陵，只是從這邊看不到修道院，只能看到新普倫提斯城，隨著冰冷夜晚的來臨，每個人都躲在屋子裡縮成一團。

她在那裡的某處。

一個月了但她還沒來。

一個月了但——

（閉嘴）

（你干他的閉上老是抱怨的干他的大嘴）

我又開始繞圈圈。

我們現在有玻璃可以鑲在窗戶開口，也有暖爐能讓我們在秋夜裡取暖。我們也得到更多棉被，有一盞燈，還有一些獲得許可的書籍讓雷傑市長讀。

「不過還是監牢啊。」他的嘴塞得滿滿的，從我身後問道。「我以為他們早該想到更好的地方給我們待著。」

「我真的很希望不是每個人都覺得沒事都可以來讀讀我的噪音。」我沒轉身。

「他可能想要你離開城裡」他吃完自己的飯，這比我們以前的分量要少掉將近一半。「讓你遠離那些傳言。」

「什麼傳言？」我說，雖然我幾乎沒興趣聽。

「喔，關於我們鎮長有偉大的意識控制能力的傳言。把噪音變成武器的傳言。他會飛的傳言什麼的。」

我沒轉頭看他，克制著自己的噪音。

我是圓圈，我心想。

然後沒把句子說完。

*

第一枚炸彈爆炸的時間是剛過午夜。

轟！

我在床墊上略驚了一下，沒有別的反應。

「你覺得會是哪裡？」雷傑市長問，同樣沒有起床。

「聽起來靠東邊。」我抬頭看著黑黑的銅鐘。「也許是食品店？」

我們等著第二枚炸彈。現在一定有第二枚。隨著士兵先衝到第一枚所的地方，「答案」就會把握機會安排第二枚——

轟！

「那裡。」雷傑市長說著，從床上坐起，看出窗外。我也站起來。

「該死的。」他說。

「怎麼了？」我來到他身邊。

「我認為那是河邊的儲水廠。」

「意思是什麼？」

「意思是現在我們該死的喝每杯水都得要煮過——」

轟！

巨大的閃光讓我跟雷傑市長都從窗邊往後躲。窗框中閃電一閃。

新普倫提斯城的所有燈光同時消失。

「發電廠。」雷傑市長不敢相信地說：「可是那裡時時刻刻都有人在看守。他們怎麼可能得手？」

「我不知道。」我的胃一陣下沉。「但這要付出很大代價的。」

雷傑市長疲累地抹著臉，我們一起聽到警報器還有士兵在城裡大喊的聲音。他搖著頭：「我不知道他們覺得這樣會有什麼——」

轟！

轟！

轟！

轟！

五次巨大的爆炸聲，連綿不絕地響起，讓整座樓晃到我跟雷傑市長都被摔倒在地，好幾扇窗戶碎掉後往內炸開，灑了我們一身玻璃碎片跟粉末。

我們看到天空亮起。

西邊的天空。

一朵火焰與黑煙的雲朵在監獄上方飛得好高，像是被巨人丟出去。

我身邊的雷傑市長正重重喘氣。

「他們動手了。」他驚喘著說：「他們真的動手了。」

他們動手了，我心想。

他們開戰了。

而我忍不住——

我忍不住去想——

她要來找我了嗎？

25 發生的那一夜

〔薇拉〕

「我需要妳的協助。」勞森夫人站在廚房門口說。

我舉起滿是麵粉的雙手。「我現在有點——」

「柯爾夫人特別要我把妳帶去。」

我皺起眉頭。我不喜歡「帶」這個字。

「那明天誰烤麵包？阿李在搬柴火——」

「柯爾夫人說妳有處理醫療補給品的經驗。」勞森夫人打斷我。「我們運來更多藥品，我現在用的那個女孩根本看不懂，沒辦法整理。」

我嘆口氣。這至少比煮飯好。我跟著她走入已陷入暮色的夜晚，走到一個山洞裡，穿過一連串的隧道後來到一個大洞穴，裡面放著我們最寶貴的補給品。

「這可能要花上一段時間。」勞森夫人說。

我們花了大半個晚上，只是在計算有多少藥品、繃帶、藥膏、床單、乙醚、止血帶、檢驗環、血壓帶、聽診器、病人袍、淨水藥片、接骨支架、棉花棒、夾子、賈弗根藥片、繃帶，還有其他各式各樣的東西，分成一小堆一小堆散布在補給品洞穴裡，一直排到主要通道口。

我擦掉額頭上冷冷的汗水。「我們是不是該開始收這些東西了？」

「還沒。」勞森夫人說。她看看我們整整齊齊堆好的東西，搓著雙手，額頭擔心地皺了起來。

「希望這些夠用。」

「什麼夠用？」我的眼光跟隨她檢視一堆堆物品的動作。「勞森夫人，夠用什麼？」

她抬頭看我，咬著嘴唇。「妳記得多少治療技巧？」

我盯著她看了一秒，懷疑的感覺愈來愈強，然後我跑出洞穴。「等等！」她在我後面喊道，但我已經進到主要通道，跑出山洞的大洞口，衝入營地。

裡面空空如也。

「不要生氣。」在我搜過每一間木屋後，勞森夫人說。

我傻傻地插腰站在那裡，看著空空如也的營地。柯爾夫人在找到引開我注意力的方法之後就離開了，除了勞森夫人以外，帶走了所有其他醫婦，媞雅跟其他學徒也一起離開了。

所有其他人，每台車、馬、牛也走了。

阿李也走了。

維夫也走了，但珍還在，唯一另一個留下來的人。

就是今晚。

一切將在今晚發生。

「妳知道她為什麼不能帶妳去。」勞森夫人說。

「她不相信我。妳們沒人信我。」我說。

「這不是重點。」她的聲音帶上我最討厭的嚴肅醫婦口吻。「重要的是，他們回來之後，我們需要所有懂得治療的人。」

我想跟她爭，但是我看見她還在很用力地扭著手，表情無比擔心，不知有多少表面下正在發生的事情是我不知道的。

然後她說了：「如果他們有人還回得來的話。」

我們除了等以外也沒有別的事能做。珍為我們泡了咖啡，我們坐在愈來愈冷的夜裡，看著通往森林外面的小徑，看著有誰回來。

「結霜了。」珍用腳趾戳戳在腳邊一塊石頭上結的冰。

「我們應該早點動手的。」勞森夫人對著杯子說，熱騰騰的蒸氣薰著她的臉。「我們應該在天氣變冷前就動手的。」

「動手什麼？」我問。

「救人。維夫走的時候跟窩縮的。」珍說。

「救誰？」我問，但當然只有可能是——

我們聽到小徑傳來石頭掉落的聲音。馬格斯衝下山坡時，我們已經站起來了。「快點！快來！」他大吼。

勞森夫人抓起一些急救用的醫療用品，開始跟著他往山坡上跑。珍和我緊跟在後。

我們衝上半途時，他們開始從山坡出來。

車上，別人的肩上，擔架上，馬背上，後面跟著愈來愈多人一起走下山坡，還有更多人出現在山坡頂。

都是需要救治的人。

被鎮長跟他的軍隊關起來的囚犯。

他們的狀況——

「窩老貪啊。」珍站在我旁邊低聲說，我們兩個都驚呆了。

我的天啊。

接下來幾個小時是一片模糊，我們忙著把傷患帶入營地，但有些人的傷嚴重到我們只能就地治療。一個又一個又一個醫婦指揮我的動作，我從一個傷口衝向另一個傷口，跑回去拿更多補給品，速度快到好一陣子後才開始發現大多數治療中的傷都不是因為打鬥造成的。

「她們被打了。」我說。

「還有挨餓。」勞森夫人憤怒地說，在一名我們抱入洞穴的女子手臂上插入點滴管。「還有受到酷刑。」

這女人只是看起來永不止歇人流中的一個。大多數還呆得說不出話來，以極可怕的安靜看著妳，或是對妳哀鳴，手臂臉上都是燙傷，沒有治療的舊傷，好多好多好多天沒吃飯的餓臉。

「這是他做的。這是他做的。」我告訴自己。

「孩子，撐著。」勞森夫人說。我們衝回外面，抱滿根本不夠用的繃帶。布萊德懷特夫人急急忙忙揮手要我過去。她一把抓走我懷裡的繃帶，飛快包紮一名慘叫不斷的女人的腿。「賈弗根！」布萊德懷特夫人喝道。

「我沒拿。」我說。

「那還不快去！」

我衝回洞穴，繞過醫婦學徒跟蹲在到處都是的病人面前的假士兵，有些在山坡上，在車上，到處都是。受傷的不只是女人。我也看到同樣挨餓，被毒打的男性囚犯。我看到營地的人因為打鬥而受傷，包括維夫，一邊臉上有燒傷繃帶，但他還是繼續幫著抬滿病患的擔架進入營區。

我跑到洞穴裡，拿起更多繃帶跟賈弗根，第十幾次跑回山谷，衝過空地，抬頭看著小徑，上面還有幾個人在走。

我停了一秒，端詳了新人的臉，才跑回布萊德懷特夫人身邊。

柯爾夫人還沒回來。

阿李也是。

「他在戰鬥最激烈的地方，好像在找人。」我幫納達利夫人扶起剛服下麻藥的女人時，她告訴我。

「他的媽媽跟姊姊。」我讓女人的重量靠在我身上。

「我們沒有帶出所有人。有另一棟建築物的炸彈沒有爆炸——」

「席玟！」我們聽到有人在遠處喊道。

我轉過頭，心跳得比預期中要更快更激烈，臉上露出微笑。「他找到她們了！」

但馬上就發現不是如此。

「席玟？」阿李正從森林出來走向小徑，制服的肩膀跟手臂都燒得焦黑，臉上都是炭灰，眼睛四面八方地找，邊走過人群邊看過所有人的臉。「媽？」

「去吧。看他受傷了沒。」納達利夫人對我說。

我讓女人靠在納達利夫人身上，跑向阿李，不管其他夫人叫我名字的聲音。

「阿李！」我喊。

「薇拉？她們在這裡嗎？妳知道她們有沒有在這裡？」他看到我就問。

「你受傷了嗎？」我來到他身邊，抓起焦黑的袖子，看著他的手。「你被燒傷了。」

「發生火災了。」我看著他的眼睛，他正看著我，卻沒看到我，他正看到在監獄裡看到的景象，他看到火焰跟火焰後面的一切，他看到他們找到的犯人，也許他看到必須殺死的守衛。

他沒看到他的姊姊或母親。

「她們在這裡嗎？告訴我她們在這裡。」他懇求我。

「我不知道她們長什麼樣。」我靜靜地說。

阿李呆呆看著我，嘴巴張開，呼吸又重又沙啞，像是吸入了好多煙。「剛才……天啊，薇拉，剛才……」他抬頭看我，看我身後。「我得要找到她們。她們一定要在這裡。」

他走過我身邊，走入空地。「席玟？媽？」

我忍不住在他後面追問：「阿李？你有看到陶德嗎？」

但他只是一直搖搖晃晃地往前走。

「薇拉！」我聽到聲音，一開始我以為只是另一個夫人要我去幫忙。

此時我身旁的一個聲音說：「柯爾夫人！」

我轉頭往上看。柯爾夫人騎著馬在小徑頂端，以她能控制的最快速度衝下山坡。她的背後坐了一個人，綁在她身上免得那人摔倒。我感覺到一陣希望的興奮。也許是席玟。或是阿李的媽媽。

（或是他，也許是他，也許——）

我一開始朝山坡上衝，馬便轉身找更適合落腳的地方，這時我看到了是誰昏迷不醒，嚴重歪倒在馬鞍上。

柯琳。

「不要。」我一直低聲地唸著，自己都沒意識到在說什麼。「不要不要不要不要不要。」我們讓她躺在一塊平坦的石頭上，勞森夫人抱著一大把繃帶跟藥品跑向我們。「不要不要不要不要。」我捧著她的頭，免得她直接躺在硬石頭上，柯爾夫人撕掉柯琳的袖子，準備打針。「不要。」勞森夫人來到我們身邊，看到是誰時倒抽一口冷氣。

「妳找到她了。」勞森夫人說。

柯爾夫人點頭。「我找到她了。」

我的雙手感覺到柯琳的頭顱，感覺到她的皮膚因為發燒而燙得厲害。我看到她的臉頰看起來有多尖，鬆軟死沉的皮膚上是深陷的黑色眼眶。她的鎖骨從破爛骯髒的醫婦披風上方高高凸起。還有脖子上的圓形燙傷。還有手臂上的割傷。還有撕爛的指甲。

「柯琳啊。」我低聲喊著，眼中流出的濕潤滴在她的額頭上。「不要啊。」

「孩子，撐住。」柯爾夫人不知是對我還是對柯琳說。

「媞雅？」勞森夫人頭也沒抬地問。

柯爾夫人搖頭。

「媞雅死了？」我問。

「還有華格納夫人。」柯爾夫人說。我這時注意到她臉上的黑煙，額頭上赤紅的燒傷。「還有其他人。」她的嘴唇緊抿。「但我們也傷了他們一些人。」

「快點，孩子。」勞森夫人對依舊昏迷的柯琳說：「妳向來很固執。我們現在需要妳繼續固執下去。」

「拿著。」柯爾夫人遞給我一袋連著柯琳手臂上針頭的液體。我一手提著，同時讓柯琳的頭繼續躺在我懷裡。

「在這裡。」勞森夫人說，剝開柯琳腰邊一片沾滿血跡的布。一陣可怕的味道同時朝我們撲鼻而來。

情況比味道還糟糕。因為它意味著比味道更嚴重的問題。

「壞死。」柯爾夫人其實沒必要說，因為我們都看得出這已經不只是感染了。這味道意味著組織已經死了。這味道意味著壞死的部分正開始活活地吃掉她。我這時很希望柯琳沒有親自教過我這件事。

「他們甚至沒給她最基本的治療。」勞森夫人悶聲說，站了起來，跑向洞穴去拿我們最強的藥。

「我固執的孩子，妳撐著點。」柯爾夫人撫著柯琳的額頭低聲說。

「妳待在那裡直到找到她，所以才最後回來。」我說。

「這孩子一直沒有屈服。」柯爾夫人的聲音沙啞，不單只是因為被煙薰過。「不管他們對她做了什麼都一樣。」

我們低頭看著柯琳的臉，眼睛依然閉著，嘴巴微開，呼吸變得更淺。

柯爾夫人說得沒錯。柯琳永遠不會屈服，不會說出名字或情報，會替別的女兒，別的母親受懲罰，免得她們同樣受罪。

「這個感染。」我的喉嚨緊縮。「這個味道，意思是——」

可是柯爾夫人只是用力咬著嘴唇，搖搖頭。

「柯琳，不要。」我說。

然後就在那裡，就在我的掌心，就在我的懷裡，她的臉轉向我——

她死了。

＊

發生的一瞬間，只有安靜。並不大聲，沒有掙扎，也沒有半點暴烈。她只是變得安靜，一種你一聽到就知道是無盡的安靜，一種讓周圍一切都靜下來，把世界的音量都關掉的安靜。

事實上，我唯一能聽到的聲音就是自己的呼吸聲，又溼又重，像是我再也不會感覺到輕鬆。在我呼吸的沉默中，我看著山坡，我看著周圍其他受傷的人，他們張著嘴喊痛，他們的眼睛看著獲救之後仍然揮不去的可怕景象。我看到勞森夫人拿著藥跑向我們，太遲了，太遲了。我看到阿李順著小徑走上來，喊著他母親跟姊姊的名字，不願相信在這一團混亂中，她們仍然不在。

我想到鎮長在他的教堂中做出承諾，說著謊言。

（我想到陶德落入鎮長的手中）

我低頭看著懷裡的柯琳。那個從來沒喜歡過我的柯琳，卻仍然為我犧牲自己。

我們就是我們所作出的選擇。

當我抬頭看柯爾夫人時，眼中的潮溼讓一切都帶著銳利的光線，讓眼中的初升太陽變成天上的一抹光暈。

但我看得很清楚。

我咬緊牙關，聲音跟泥巴一樣濃重。

「我準備好了。妳要我做什麼都可以。」我說。

26 答案

［陶德］

「我的天啊。我的天啊。」雷傑市長不斷低聲地說。

「你那麼焦慮幹什麼？」我終於對他開罵。門沒在平常的時候打開。白天來了又走，似乎沒人記得我們在這裡。外面的城市在燃燒，咆哮，但一部分被煩透的我忍不住想他會這樣哀哀叫是因為他們錯過平常送早餐的時間。

「投降應該要帶來和平的。那該死的女人毀了一切。」他說。

我奇怪地看著他。「這裡又不是什麼天堂。有宵禁跟監獄還有——」

可是他在搖頭。「她開始她的小行動之前，總統正在解禁。他正放寬限制。一切原本都會好轉的。」

我站在那裡，看向窗外的西方，煙霧依然升起，火焰依然燃燒，男人的噪音似乎沒有停止的可能。

「人總得實際點。就算面對暴君也一樣。」雷傑市長說。

「所以你就是這樣的人？實際？」我說。

他瞇起眼睛。「小子，我不知道你想說什麼。」

我也不知道我在說什麼，可是我很害怕很餓，世界在我們周圍碎掉，我們卻被困在這什麼鬼塔裡面，只能看著世界壞掉，卻什麼都不能改變，我也不知道薇拉在這一切中參與多少或她在哪裡，我也不知道未來會往哪裡去我也不知道這一切怎麼可能會有好的結果但我知道的是雷傑市長在那邊說他多實際這句話讓我聽了很生氣。

喔對，還有一件事。

「你不要再叫我小子。」

他朝我走近一步。「是男人就會懂得事情不是對或錯那麼簡單。」

「一個只想保住自己的男人的確會這樣想。」我的噪音在說，你試試看啊，來啊，試試看啊。

雷傑市長握緊拳頭。「你不知道，陶德。」他的鼻孔張得很大。「你不知道。」

「我不知道什麼？」我說，但那時候門喀噠一聲，讓我們兩個都嚇了一跳。戴維衝了進來，手裡握著兩把來福槍。

「快點。」他塞了一把給我。「老爸要找我們。」

我沒多說一句便跟著去，留下雷傑市長在後面大喊：「喂！」

＊

戴維又把門鎖了起來。

「死了五十六個士兵。」戴維邊說，我們邊跑下塔裡的樓梯。「我們殺了十幾個，又抓了十幾個，但是他們帶走了將近兩百個囚犯。」

「兩百？」我停頓一秒。「監獄裡有多少人？」

「快點，豬尿。爸在等。」

我快跑跟上。我們穿過教堂的大廳，出了前門。「那些賤人。」戴維搖頭說：「簡直不敢相信她們做得出這種事。她們炸了一間營房。營房！裡面都是睡覺的人啊！」

我們出了教堂，進入混亂的廣場。濃煙繼續從西邊吹來，讓一切變得模糊。士兵有的落單，有的組成小隊，到處跑來跑去，有些把人推在他們面前，用來福槍揍人。其他人正包圍一群群看起來非常害怕的女人，還有的把比較小群的害怕男人分成小組。

「可是我們也給了她們點顏色瞧瞧。」戴維皺眉。

「你在那裡？」

「沒有。」他低頭看著自己的來福槍。「但是下次會有我。」

「大衛！陶德！」我們聽到。鎮長正從廣場另一邊騎馬朝我們走來，跑得又重又快到摩佩斯的馬蹄在磚頭上激起火花。

「修道院出事了。去那裡。快！」他大喊。

＊

整個城都陷入混亂。我們騎馬無論走到哪裡都是士兵，把鎮民趕在前面，強迫他們排隊遞水，幫忙撲滅昨晚前三枚炸彈引起的小火災，那幾個炸彈毀掉了發電廠、儲水廠，還有食品店，全都還在燃燒，因為所有新普倫提司城的消防車都在忙著撲滅監獄的火。

「她們絕對想像不到自己惹上什麼麻煩。」我們邊快速前進，戴維邊說。

「誰？」

「『答案』還有任何幫助他們的男人。」

「不會有人留下來的。」

「會有我們。」戴維看著我。「這是個開始。」

我們遠離城裡以後，道路變得安靜了些，幾乎能讓人相信一切都還正常，直到你轉過頭去，看到空中升起的煙霧。這麼遠的路上不會有人，一切變得安靜到像是世界末日一樣。

我們騎馬經過通訊塔廢墟的山坡，但沒看到士兵走在朝通往塔的路上。我們繞過最後一個拐彎，來到修道院。

然後用力一拉馬韁。

「我靠。」戴維說。

修道院的整面牆被炸掉。牆前沒有守衛，原本是鐵門的地方只剩一個大洞。

「那些賤人。她們把牠們放走了。」戴維說。

我一想到，就覺得肚子裡有一抹奇特的微笑。

（這是她做的嗎？）

「現在我們還得跟她們打。」戴維慘叫。

可是我跳下安荷洛德，胃出奇的輕盈。自由了，牠們自由了，我想。

（她是因為這樣才加入她們嗎？）

我感覺好——

安心。

我走近開口時，加快腳步，手握緊來福槍，但我覺得其實不會用到。

（啊，薇拉，我就知道我能相——）

然後我來到開口，停下腳步。一切都停下了。我的胃掉到腳下。

「都走了？」戴維來到我身邊。然後，他也看到一樣的景象。

「怎麼——？」戴維說。

稀巴人不是都走了。

牠們都在。每個都在。

一千一百五十個都在。

死了。

「我不懂。」戴維看著周圍。

「閉嘴。」我低聲說。所有模板牆都被毀掉，直到又是一片空地，到處都是堆在一起的屍體，一個疊著一個，還有散亂在草地上，像是被人丟掉，有男，有女，有小孩，有嬰兒，像是垃圾一樣被丟棄。

有東西在某處燃燒，白煙在空地上升起，繞著屍體，用煙霧的手指戳著牠們，沒有找到半點活物。

還有安靜。

沒有彈舌聲，沒有腳步聲，沒有呼吸聲。

「我得告訴老爸。」戴維已經開始轉過身。「我得告訴老爸。」

然後他衝出前門，跳上枯木，原路衝回。

我沒跟上。

我的腳只知道前進，穿過一切，來福槍拖在身後。

一堆堆屍體比我的頭還高。我得要抬頭才能看到死去的臉面向天空，眼睛依然大睜，草蠅已經開始在牠們頭上的子彈傷口翻動。看起來牠們都是被開槍打死，打中牠們高高額頭的中間，但也有些屍體看起來像是被割斷，被劃破喉嚨或胸口，同時我開始看到斷裂的四肢，還有整個扭轉的頭，還有——

我的來福槍掉在草地上。我甚至沒注意到。

我繼續走著，眼睛都沒眨一下，嘴巴張開，不敢相信眼前的景象，沒辦法想像這樣的數量——

因為我得跨過張著手臂的屍體，手臂上是我放的鐵環，扭曲的嘴是我餵過的，折斷的背是我——

是我——

天啊。

天啊，不要，我原本是恨牠們的——

我很努力不要，但是我忍不住——

（不，我可以——）

我咒罵牠們的同時一直這樣想著——

我一直想像牠們是羊——

（手中的匕首往下揮——）

可是我不想要這樣——

我從來沒有——

然後我來到最大堆的屍體，就堆在東牆邊——

然後我看到了。

我整個人跪倒在凍結的草地上。

寫在牆上。有一人高——

A。

「答案」的A。用藍色寫成。

我的頭往前彎，直到碰到草地，冰冷深入我的頭顱——

（不）

（不可能是她）

（不可能）

我的呼吸變成蒸氣升起，融化了一小點泥巴。我沒有動。

（她們對妳做了這種事嗎？）

（她們改變了妳嗎？）

（薇拉？）

（薇拉？）

黑暗開始籠罩我，開始像棉被一樣蓋住我，像是比我高的水面，不薇拉不，這不可能是妳，不可能是妳（有可能嗎？）不不不不不可能——

不——

不——

然後我坐起來——

然後我往後倒——

然後我重重打了自己的臉。

我重重揍了自己一拳。

又一拳。

又一拳。

打中時什麼感覺都沒有。

嘴唇被打裂了。

眼睛打腫了。

不——

天哪不——

拜託——

我揮手又要揍自己——

可是我關掉自己——

我感覺自己內心冷掉——

內心深處——

（妳為什麼沒來救我？）

我關掉。

我麻痺。

我看著稀巴人，死了，死得到處都是。

薇拉也不在了——

用我甚至沒辦法說出口的方式不在了——

（是妳做的嗎？）

（妳沒來找我，卻做了這種事？）

我的心死了。

然後一具軀體從那一堆中滾下，撞上我。

我很快往後退，翻過其他屍體，連忙站起，手在長褲上擦了擦，把死人擦掉。

然後又是一具屍體掉下來。

我抬頭看著那一堆。

1017正在往外爬。

牠看到我，整個人僵住，頭跟手臂從剩下的屍體中伸出來，隔著皮膚都能看到骨頭，瘦得跟死人一樣。

牠當然活下來了。當然。如果有人的憎恨強到能找到活下去的辦法，一定就是牠。

我跑向屍堆，開始拉著牠的肩膀要把牠拉出來，要把牠從死人下面拖出來，從所有死人下面拖出來。

牠被拔出來的同時，我們一起往後倒，滾在地上，分開來，然後隔著一段距離看著彼此。

我們的呼吸很沉重，煙霧吐入空中。

牠看起來沒有受傷，手臂上的吊帶已經不見了。

牠只是盯著我。眼睛大概跟我一樣大。

「你活著。你活著。」我傻傻地說。

牠只是盯著我，這次沒有噪音，沒有彈舌，什麼都沒有。只是我們早上的沉默，煙霧像藤蔓一樣鑽過空氣。

「怎麼？是怎麼——？」我說。

可是牠沒有答案，只是一直一直盯著我。

「你有沒有——？」說到這裡我不得不清清喉嚨。「你有沒有看到一個女孩？」

這時我聽到咚躂啦躂啦——

路上傳來馬蹄聲。戴維一定正好碰到他爸而折回來。

我銳利地盯著1017。「快跑。你得離開。」

咚躂啦躂啦。「拜託你。拜託你。我非常抱歉，我非常抱歉，但拜託你，快跑，快跑，快走啊——」

我沒再說下去，因為牠也站了起來。牠還在看我，沒有眨眼，只是臉上幾乎完全沒有表情。

咚躂啦咚——

走了一步，兩步，然後愈來愈快，衝向朝被炸開的門口。

然後牠停下腳步，轉頭看我。

轉頭看著我。

一波清晰的噪音朝我直直傳來。

我一個人。

1017拿著槍。

牠扣扳機。

我死在牠的腳下。

然後牠轉身跑出門口，進入外面的森林。

*

「陶德，我知道這對你來說有多難接受。」鎮長看著被炸開的大門說。我們走了出來。沒人想再看那些屍體。

「可是為什麼？他們為什麼要這麼做？」我努力不讓聲音聽起來很緊繃。

鎮長看著我臉上被自己打出的血，可是什麼都沒說：「我想他們應該是以為我們會把牠們當士兵來用。」

「可是把牠們全殺了？」我抬頭看著坐在馬背上的他。「以前『答案』除了因為意外，否則從來不殺人。」

「五十六個士兵。」戴維說。

「七十五個。」鎮長糾正他。「還有三百名逃走的囚犯。」

「他們以前就想要在這裡炸我們，記得嗎？那些賤人。」戴維補上。

「『答案』加大了行動的幅度。」鎮長說，主要看著我。「我們會同樣回應。」

「靠，當然。」戴維沒理由地把槍上了膛。

「我對薇拉的事情十分遺憾。我跟你一樣很失望她參與了這件事。」

「我們並不確定。」我低聲說。

（她有嗎？）

（妳有嗎？）

「不管如何，你的童年是真真正正結束了。我現在需要領袖。我需要你成為領袖。你準備好成為領袖了嗎，陶德．赫維特？」

「我準備好了。」戴維說，他的噪音顯示他覺得被冷落了。

「兒子，我已經知道我可以依靠你。」

又是那個粉紅色的噪音。

「我需要聽到的是陶德的答案。」他靠得離我近了些。「陶德．赫維特，你不再是我的囚犯，我們的關係已經不再像從前。但我需要知道你是要加入我——」他朝牆上的開口點點頭。「——或是他們。沒有別的選擇。」

我看著修道院裡面，看著那些屍體，那些震驚的死去的臉，那些毫無意義的結束。

「你願意幫我嗎，陶德？」

「怎麼幫？」我對著地面說。

他只是又問一次：「你願意幫我嗎？」

我想著1017，只有牠一個人，獨自在整個世界裡。

牠的朋友，甚至也許是牠的家人，像垃圾一樣被堆了起來，留給蒼蠅。

我沒辦法不看見，就算閉上眼睛也一樣。

我沒辦法不看見那明亮藍色的Ａ。

不要騙我了，我想。

別留下我一個。

（但她已經走了。）

（她走了）

我也死了。

什麼都不剩了。

「我會的。我會幫你。」

「太好了。我就知道你很特別，陶德。我一直都知道。」鎮長很感動地說。

戴維的噪音一聽到這話就尖叫起來，但鎮長不理他。

他調轉摩佩斯的頭去看修道院中的刑場。

「至於你要怎麼幫我，我們見到了『答案』不是？」他轉頭看我們，眼中精光大作。「現在是輪到他們見見『問題』的時候了。」

Part 5

質問所

27 我們現在生活的方式

［陶德］

「不要被這段時間的安靜騙了。」鎮長站在看台上，聲音從每個角落的擴音器裡傳出，特別大聲好壓過咆哮。新普倫提司城的人在冰冷的一大早抬頭看著他，男人聚集在看台前面，周圍被軍隊包圍，女人站在旁邊的小巷。

我們又都聚在這裡。

戴維跟我兩人騎著馬，停在鎮長正後方。

有點像是他的護衛。

穿著我們的新制服。

我想著我是圓圈，圓圈是我。

因為當我這樣想的時候，我就可以別的什麼都不想。

「即便是現在，我們的敵人也在準備對付我。即便是現在，他們也在準備著我們的毀滅。即便是現在我們都有理由相信，即將有攻擊行動要展開。」鎮長的目光掃過眾人。很容易忘記現在還有這麼多人，都在工作，都想要有食物，仍然照舊生活。他們看起來疲累、飢餓，大多數都髒兮兮的，但還是看著他，還是聽著他。

「『答案』隨時、隨地都有可能攻擊任何人。」但其實「答案」並沒有做這種事，將近一個月都沒有行動。劫獄事件是我們最後一次得到的消息，然後便消失在荒野中，原本會被派去追他們的士兵都在自己的營房裡睡覺時被殺了。

但這只代表他們在某處，慶祝自己的勝利，準備下一波行動。

「三百名逃走的囚犯。幾乎兩百名士兵跟平民一起死去。」鎮長說。

「數字又增加了。」戴維低聲自言自語，講的是數字。「他下次再拿這主題演講一次，死的就是整個城裡的人了。」他瞥我一眼，看我有沒有笑。我沒有笑。我甚至沒有看他。「隨便啦。」他回過頭。

「更不要提他們的種族屠殺行為。」鎮長說。

所有人聽到這裡，開始交頭接耳，咆哮變得更大聲一點，更紅一點。

「過去十年來這麼聽話地在你們家裡服侍的稀巴人，憑著在困境中仍然堅忍不拔的精神贏得我們欣賞的稀巴人，被我們視為在新世界中的夥伴的稀巴人。」

他停頓一下。「都死了，都沒了。」

眾人咆哮得更大聲。稀巴人的死真的影響了眾人，甚至超過士兵或在攻擊事件中被意外捲入的鎮民。甚至有更多男人加入軍隊。然後鎮長放了些還在監獄中的女人，有些甚至回到家裡跟家人團聚，而不是被關在寢室。他也增加了所有人的食物配給。

然後他開始舉行這些人民大會。解釋事情。

「『答案』說這是為自由而戰。可是你相信這些人能帶來拯救嗎？那些會殺掉一整個手無寸鐵族群的人？」

我感覺到一陣哽咽，於是趕快讓我的噪音變成一片空地，一片荒地，什麼都不想，什麼都不感覺，只有——

我是圓圈，圓圈是我。

「我知道過去這幾個禮拜不容易。食物跟飲水不足。必要的宵禁。斷電，尤其晚上天氣這麼冷。我欣賞大家的堅毅。我們能熬過去的唯一方法就是團結起來，抵抗那些要毀掉我們的人。」

大家其實都團結起來了，不是嗎？他們聽從宵禁，沒有抱怨地領取他們的配給食物跟水，該在家裡時就在家裡，特定時間後就熄燈，雖然天氣變冷卻還是繼續保持排隊原本的作息。騎馬穿過鎮上，甚至能看到商店打開，有很多人在外面排隊，等著買他們需要的東西。

他們的眼睛看著地面，等著熬過去。

晚上，雷傑市長告訴我，鎮上的人還是在抱怨普倫提司鎮長的事，可是現在反「答案」的聲音愈來愈大，因為他們炸了儲水廠、發電廠、而且尤其是殺掉所有稀巴人這件事。

大家都寧可選擇自己熟悉的魔鬼，雷傑市長說。

不過我不知道為什麼唯一的選擇是必須兩個挑一個。

鎮長繼續對所有人說：「我同時想要對各位持續提供情報的協助表達感謝。只有透過永遠不懈的努力，我們才能邁向光明。讓你的鄰居知道有人在監視他。只有這樣，我們才能夠真正安全。」

「這還要多久啊？」戴維說，一不小心踢了枯木／橡果，枯木／橡果向前邁了一步，還得要把他拉回來。「我干他的快凍死了。」

我屁股下的安荷洛德不斷左右變換重心。走？她的噪音在問，氣息在冷天裡又白又濃。「快了。」我揉揉她的肩膀。

「從今天晚上開始，宵禁時間往後延遲兩個小時，妻子與母親的探視時間延長三十分鐘。」鎮長說。

男人中有些人點頭，女人中有些激動得哭了。

他們很感激，我想。感激鎮長。

這還真特別啊。

「最後，我很開心地宣布，新部會大樓的建築工作已經完成，將能夠保護我們免受『答案』的威脅，在這棟樓裡，沒有任何祕密，任何想要破壞我們生活方式的人都會接受教育改造，重新了解我們的理念，讓我們的未來能更安全，不容他人盜竊破壞。」

鎮長停頓一下，好引起最大的效果：「今天，我們成立了『質問所』（Office of the Ask）。」

戴維與我對望，他點點新制服肩膀上繡的立體銀色A，這個A是鎮長特別挑的，因為有很多含意，對不對？

戴維跟我現在是質問官。

我不像他那樣興奮。但只是因為我對什麼都沒什麼感覺了。

我是圓圈，圓圈是我。

「講得很好，老爸。很久。」戴維說。

「不是說給你聽的，大衛。」鎮長沒看他。

我們三個人正騎在通往修道院的路上。

不過那裡已經沒有修道院了。

「一切都準備好了吧？」鎮長說，幾乎沒轉頭。「我不希望變成說謊的人。」

「如果你這樣一直問，再怎麼弄都不會好的。」戴維嘟囔。

鎮長轉向他，臉上眉頭皺得很深。我趁有人會被噪音甩巴掌前開口。

「已經盡量完成了。」我的聲音不帶任何情緒。「牆壁跟屋頂已經搭起來，但裡面——」

「你沒必要聽起來這麼憂鬱，陶德。」鎮長說：「裡面晚點再加都行。重要的是建築物搭起來了。他們可以看著外面發抖。」

騎在前面的他，轉過頭來看著我們。當他們在發抖時，我可以感覺到他的微笑。

「我們會參與嗎？還是你又要找別的方法讓我們去當保母？」戴維問道，噪音仍然帶著怒氣。

鎮長在路上讓摩佩斯掉頭。「你有聽到陶德這麼愛抱怨嗎？」他問。

「沒有。可是他就是，你知道的，陶德。」戴維口氣不佳地說。

鎮長挑起眉毛。「那又怎麼樣？」

「我是你兒子。」

鎮長讓摩佩斯朝我們走來，讓安荷洛德往後退了幾步。服從，摩佩斯說。領導，安荷洛德回答，低下頭。我用手指梳理她的鬃毛，把糾纏的地方解開，試著讓她冷靜下來。

「大衛，讓我告訴你一件有意思的事。」鎮長直直盯著他。「軍官，軍隊，鎮民，他們看到你們兩個並肩騎馬，穿著新制服，有著新權威，知道其中一個是我兒子。」他幾乎貼在戴維身邊，推著他繼續前進。「他們看著你們騎馬過去，看著你們辦事，你知道嗎？他們經常猜錯。他們經常猜錯你們誰是我的骨肉。」

鎮長轉頭看我。「他們看到陶德全心全意認真工作，眉目謙和，表情認真，外表平靜，成熟地處理他的噪音，他們甚至沒想過他那個吵鬧、邋遢、無禮的朋友其實是我兒子。」

戴維看著地面，咬緊牙關，噪音沸騰。「他長得甚至跟你一點都不像。」

「我知道。」鎮長說，調轉摩佩斯的頭，讓他繼續往前走。「我只是覺得很有意思。居然這麼頻繁。」

我們繼續前進。戴維陷在沉默的紅色噪音風暴裡，落在後頭。我保持安荷洛德在中間的位置，鎮長騎在前面。

「乖女孩。」我低聲對她說。

小馬男孩，她回答，然後她想著**陶德**。

「沒錯，我在這裡。」我朝她耳朵中間說。

我最近開始在每天結束後花點時間跟她在馬廄裡相處，親手幫她取下馬鞍，梳理她的鬃毛，拿蘋果來給她吃。她從我這裡唯一需要的就是向她保證我在這裡，證明我沒有離開馬群。只要這樣，她就會開開心心地叫我陶德，我不需要對她解釋自己，也不向她要求什麼，她也不向我要求什麼。

只要我不離開她。

只要我永遠不離開。

我的噪音開始混濁，我又開始想著，我是圓圈，圓圈是我。

鎮長轉頭看我。然後，他微笑了。

*

雖然我們有制服，但我們不是軍隊的一員，鎮長特別強調這點。我們除了質問所官員之外，沒有頭銜，但光是制服跟上面繡的A就足以讓其他人遠遠避著我們。

我們到現在為止的工作一直是看守還在監牢裡的男人跟女人，不過大多數是女人。在監獄被破壞燒掉之後，留下的囚犯被搬到一棟河邊過去的治癒之屋。

猜猜看是哪間？

過去一個月以來，戴維跟我一直護送囚犯組成的工作隊在治癒之屋跟修道院間來回，好完成稀巴人的工作。男人與女人的工作速度應該是比稀巴人快的。這次鎮長沒有要我們監督建築物的搭建進度，我非常感激這點。

每個人晚上都回到治癒之屋後，戴維跟我就沒什麼事可做，除了騎馬繞著那棟屋子轉，盡量別去聽裡面傳來的尖叫聲。因為有些還在監獄裡的人是「答案」的成員，是鎮長在劫獄那天晚上抓到的。我們從來見不到他們，他們從來不跟工作隊一起出來，只是整天被質問，直到他們給出答案。就我們所知，鎮長唯一問出來的是在礦坑附近有個營地，當士兵到的時候已經沒有人了。其他有用的資訊並不多，問出來的速度也不快。

裡面也有其他人，是因為幫助「答案」或其他別的原因被判有罪，但那些說看到「答案」殺稀巴人跟看到女人在牆上寫A的人都被放出來，送回家裡。就算是那些不太可能真的看到的人。其他的，其他的就一直被質問，直到他們回答。

戴維會用大聲說話來蓋過裡面質問進行時的聲音，努力假裝自己完全不受影響，但任何笨蛋都看得出來。

我則是把自己關在自己裡面，閉上眼睛，等著尖叫停止。

我比戴維好過些。因為我說過，我現在對很多事情都沒什麼感覺了。

我是圓圈，圓圈是我。

可是今天，據說會有改變。今天，新的建築蓋好了，或好得差不多了，戴維跟我要看守的地方變成那裡而不是治癒之屋，同時據說要開始學習質問的事情。

隨便。不重要。

什麼都不重要。

「質問所。」我們繞過最後一個拐彎後，鎮長說。

修道院的前牆重新搭好，可以看到新建築物從後面冒出來，一個巨大的石塊，看起來像是如果你站得太近，就巴不得把你的頭給砸爛。在新造的柵門上，有個大大的，亮晶晶的A，跟我們制服上的一樣。

門兩邊都有穿著軍隊制服的守衛。其中一個是伊凡，仍然只是普通士兵，仍然看什麼都不順眼。我騎馬靠近時，他很努力想引起我的注意，他的噪音充滿一堆他不想讓鎮長聽到的事情，我猜。

我不理他。鎮長也不理他。

「現在我們知道，真正的戰爭什麼時候會開始。」鎮長說。

大門打開，走出負責所有質問的人，負責找出「答案」藏在哪裡、要怎麼追捕的人。

我們剛上任的老闆。

「總統先生。」他說。

「哈馬上尉。」鎮長說。

28　士兵

〔薇拉〕

「安靜。」柯爾夫人的手指在嘴唇前比了噤聲的動作。

風停了下來，現在聽得到我們在樹底下踩斷樹枝的腳步聲。我們停了下來，張大耳朵聽士兵行軍的聲音。

什麼都沒有。

繼續什麼都沒有。

柯爾夫人點頭，繼續朝山坡下移動，穿過樹林。我跟在她後面。只有我們兩個。

我跟她還有捆在我背後的炸彈。

拯救行動救了一百三十二名囚犯。二十九名在路上或回到營地之後死了，柯琳是第三十個。還有其他沒被救出來的人，像是可憐的老福斯太太，我大概永遠不會知道她的命運，可是柯爾夫人估計我們至少殺了二十名士兵。奇蹟的是，在原本安排的突擊小隊裡，只有六名「答案」成員喪生，包括媞雅跟華格納夫人，但有另外五名被抓住，他們一定會被嚴刑逼供「答案」的藏身之地。

所以我們動作得快。

在很多傷患還沒辦法走路時，我們已經在車上堆起補給品跟武器，能放在拖車、馬匹、壯漢身上帶走的通通都被帶走，一群人逃入樹林，跑了一夜一日又一夜，直到我們來到一個岩石懸崖下方的湖。在那裡我們至少可以得到水跟住處。

「夠了。」柯爾夫人說。

我們在湖邊紮營。

然後開始準備作戰。

她的手掌做了個動作。我立刻躲到一些灌木下。我們走到從主要道路分岔出的一小條岔路上，我可以聽到一群士兵正鬧哄哄的噪音，顯示他們在遠處。

我們自己的藥劑存量每天都在減少，所以柯爾夫人安排好分配系統。自從劫了監獄之後，不管有沒有發出噪音，進城都是很危險的事。這代表他們已經不能讓男人把我們放在夾層中運送我們到容易下手的標的物邊。我們得坐車到城外一個特定的地方，剩下的路用走的。

逃走會更困難，所以我們得要更小心。

「好了。」柯爾夫人低聲說。

我站起來。月亮是我們的唯一照明。

我們壓低身體，穿過路面。

我們搬到湖邊，救了那些人，柯琳死了等等以後——

我加入「答案」以後——

開始學會一些事情。

柯爾夫人稱之為：「基本訓練」。由布萊斯懷特夫人帶領，學員不只是我，也包括所有康復到可以加入的病人，總共人數遠超過我原本的想像，因為大多數病人已經好得差不多了。我們學會怎樣幫來福槍上膛、射擊、基本滲透技巧、夜間行動、追蹤、手語、密語。

怎樣製作跟設置炸彈。

「你們怎麼學會這些的？」有天晚上吃晚餐時我問，身體因為整天的奔跑扶低扛東西而又累又瘦。「妳們是醫婦。妳們怎麼會知道要怎樣——」

「才能指揮軍隊？妳忘記稀巴戰爭了？」柯爾夫人說。

「我們自成一個小隊。」在桌子另一頭喝湯的費斯夫人說。

現在夫人們看到我這麼努力接受訓練後，紛紛開始對我說話。

「我們不受歡迎。」她對面的勞森夫人邊笑邊說。

「我們不喜歡有些將軍指揮戰事的方法。我們認為地下行動更有效。」柯爾夫人告訴我。

「因為我們沒有噪音，我們可以溜進一些地方，不是嗎？」桌子另一邊的納達利夫人說。

「不過掌權的那些男人不覺得我們是他們問題的答案。」勞森夫人還在笑。

「所以我們取了這個名字。」柯爾夫人說。

「當新政府成立，城市重建之後，這麼重要的物資不好好保存起來以免未來不時之需就太浪費了。」費斯夫人說。

「礦坑裡的炸彈。那是妳們好幾年前藏的。」我這才明白過來。

「幸好當時這樣決定。妮可拉．柯爾向來是很有遠見的女人。」勞森夫人說。

妮可拉這名字讓我詫異地眨眨眼。我沒想過柯爾夫人也是有名字的。

「嗯。男人天性好戰。所以必須謹慎記住這點。」柯爾夫人說。

跟我們預期的一樣，這次的目標沒有半個人。這個點不大，但很有象徵意義，是一座在城市東邊一大片農地的一口井。井跟上面的器械只能為下方的田地供水，不是什麼大系統或一整片建築物的水源，可是如果城裡的人繼續允許鎮長囚禁、刑求、殺害的行為，那城裡的人就沒飯吃。

這也是讓我遠離城市中心的好方法，讓我沒有半點見到陶德的機會。

我不跟她爭這個。現在不爭。

我們走到被截斷的路口，貼著旁邊的水溝，屏著呼吸走過沉睡中的農莊，樓上還有一盞燈，但時間這麼晚了，那盞燈大概也只是用來守夜。

柯爾夫人又打了個手勢。我走過她身邊，鑽過一排鐵絲網上正在晾乾的衣服，被小孩的腳踏車絆倒，但幸好沒摔在地上。

炸彈據說很安全。據說不會受到任何推擠晃動影響。

可是。

我鬆了口氣，繼續朝水井前進。

我們躲了幾個禮拜，完全沒有接近城市，那幾個禮拜我們很低調，很安靜地躲好，不斷地訓練跟準備，但即使這樣，還是被幾個從城裡逃出來的人找到。

「他們說什麼？」柯爾夫人說。

「說妳們殺了所有稀巴人。」女人將藥包貼在她流血的鼻子上。

「等等。所有稀巴人都死了？」我說。

女人點點頭。

「他們說是我們做的？」柯爾夫人又問了一遍。

「他們為什麼要這樣說？」我問。

柯爾夫人站起來，看著湖面。「要讓城裡的人對我們反感。讓我們看起來像是壞人。」

「他就是這樣說。」女人說道。我是跑步訓練時在森林裡找到她。她從一片岩坡上摔下，居然只摔斷鼻子。「每天都有集會。大家開始聽進去了。」她說。

「我不意外。」柯爾夫人說。

我抬頭看她。「不是妳吧？妳沒殺他們吧？」

她的表情足以把火柴點燃。「妳覺得我們是那種人嗎，孩子？」

我沒有轉開目光。「我不知道，不是嗎？妳們炸了營房。妳們殺了士兵。」

但她只是搖搖頭，我不知道那算不算答案。

「妳確定沒人跟蹤妳？」她問女人。

「我在森林裡亂走了三天，沒有找到妳們。」她指著我。「是她找到我的。」

「沒錯。薇拉是挺有用的。」柯爾夫人打量我。

井的位置有問題。

「離屋子太近了。」我低聲說。

「不會。」柯爾夫人低聲回答，走到我身後，拉開背包。

「妳確定？妳炸掉塔用的炸彈是——」

「炸彈也分很多種。」她調整一下我包包裡的東西，然後將我轉過去，面對她。「妳準備好了嗎？」

我看著屋子。那裡面不知道有誰睡著，可能是女人，無辜的男人，孩子。除非必要，我不會殺人。如果我是為了陶德跟柯琳這麼做，那就動手吧。「妳確定？」我問。

「妳只能相信我，或是不信我。」她偏過頭。「妳選哪一種？」

風又颳了起來，把新普倫提斯城中睡著的噪音順著路吹走了一點。一陣模糊，朦朧，呼聲震天的咆哮，雖然是噪音，卻幾乎可稱之為安靜。

陶德在某處。

（不管她說什麼，他一定還沒死）

「動手吧。」我拿下背包。

救援行動對阿李而言沒有成功。他的姊姊跟母親沒被救出來，甚至不是死掉的囚犯。很有可能她們被關在「答案」還沒突破的監獄。

可是。

有天晚上，我們坐在湖邊，隨手往湖裡丟石頭，因為又一天漫長的訓練而全身痠痛。他說：「就算她們死了，我也想要知道。」

我搖搖頭。「如果你不知道，她們就有可能還活著。」

「知道或不知道都保不住她們的命。」他又坐在我身邊。「我覺得她們死了。她們感覺像是死了。」

「阿李——」

「我要殺了他。」他的聲音透露出男人的承諾，而非威脅。「如果我能靠得夠近，我敢跟妳發誓。」

月亮在我們頭頂升起，在湖面上映出兩個雙胞胎。我又丟了顆石頭，看到石頭在月亮的倒影上彈過。我們身後樹林裡跟湖岸邊的營地傳來低低的喧囂聲。偶爾還是可以聽得到噪音，包括逐漸變得大聲的阿李，因為柯爾夫人不認為以他現在的重要性需要用到藥劑。

「不是你想像的那樣。」我靜靜說。

「殺人？」

我點點頭。「就算是該死的人，一個你不殺他就會殺你的人，還是不像你想的那樣。」

更多沉默。終於他說：「我知道。」

我轉頭看他。「你殺了一個士兵。」

他沒有回答。這本身就是答案。

「阿李？你為什麼沒告訴——」

「因為不是想像中那樣，不是嗎？就算那個人活該。」他說。

他朝湖裡又丟了塊石頭。我們沒用肩膀靠著對方。我們隔著一段空間。

「我還是要殺他。」他說。

我把貼紙撕下，將炸彈貼在井牆邊，用樹脂做成的膠黏好，從包包裡拿出兩條鐵絲，跟從炸彈裡伸出的另外兩條鐵絲扭在一起，一端扭好，另一端懸空。

炸彈現在已經準備好了。

我從包包的前口袋裡拿出一個小小的綠色數字面板，把懸空鐵絲的一端纏在面板上一個尖端，按下面板上的紅按鈕後，再按下灰按鈕。綠色數字亮起。

現在可以設定引爆時間了。

我按下一個銀色按鈕，直到數字變成30:00，又按了紅色按鈕一下，翻開綠色面板，將一片金屬滑蓋蓋上另一片，然後又按了一次灰按鈕。綠色數字立刻變成29:59，29:58，29:57。

炸彈啟動了。

「做得好。走了。」柯爾夫人低聲說。

在森林裡躲了將近一個月，等囚犯恢復，等我們其他人受訓結束，等軍隊能夠真正成形，有天晚上，等待結束了。

「孩子，起來。」柯爾夫人跪在我的床腳邊。

我眨眨眼醒來。一片漆黑。柯爾夫人的聲音很低，免得吵醒長帳棚裡的其他人。

「為什麼？」我低聲回答。

「妳說妳什麼都願意做。」

我站起來，走到冷冷的戶外，跳著腳穿好靴子，同時柯爾夫人幫我準備好背包。

「我們要進城，對不對？」我綁著鞋帶。

「她真是個天才啊。」柯爾夫人對背包喃喃自語。

「為什麼是今天晚上？為什麼是現在？」

她抬頭看我。「因為我們需要提醒他們，我們還在這裡。」

＊

空背包躺在背上。我們穿過前院，貼著屋子前進，停下來聆聽是否有動靜。沒人醒著。

我準備好要離開，但柯爾夫人從屋子外牆邊退開一步，看著面前的雪白。

「這應該可以。」她說。

「做什麼？」我看著四周，因為計時器開始倒數而緊張兮兮。

「妳忘記我們是誰了嗎？」她手探入醫婦長裙的口袋，雖然褲子實際得多，但她還是穿著醫婦裙。她拿出一樣東西，丟給我。我想都沒想就接住。

「這個重責大任，就交給妳吧？」她說。

我看著手上。是支脆弱的藍色炭筆，從我們的火堆裡抽出來，原本的木材是燒來取暖的樹枝。炭筆在我掌中，我的皮膚帶出灰濛濛的藍色。

我又看了它一陣子。

「時間有限。」柯爾夫人說。

我吞口口水，然後舉起炭筆，在屋子的白牆上很快畫了三道。

A，看著我，看著我的手。

我發現自己呼吸沉重。

我轉過身時，柯爾夫人已經順著車道的水溝離開。我連忙跟在她身後，繼續低著頭。

二十八分鐘後，我們剛走到藏在森林深處的馬車邊時，我們聽到轟的一聲。

我們回營地的路上，柯爾夫人說：「恭喜妳，士兵。妳剛剛開了最後一戰的第一槍。」

29 「質問」的工作

［陶德］

女人被綁在鐵架上，手臂向上往後舉起，手腕被綁在鐵架的柱子上，看起來像是要跳進湖裡，只是滿臉都是血水。

「她完蛋了。」戴維說。

可是他的聲音出奇安靜。

「再來一次，這位女性朋友。」哈馬先生走到她後面說：「炸彈是誰放的？」劫獄事件後的第一顆炸彈昨天晚上爆炸，把農場的水井跟打水器毀了。開始了。

「我不知道。」女人邊咳邊嗆。「我一直沒有離開安城，之前是──」

「沒有離開哪裡？」哈馬先生說。他抓住鐵架上的一個把手，把整個器具往前倒，讓女人面朝下浸在水裡，看她掙扎。

我低頭看自己的腳。

「陶德，請抬起頭來。」鎮長站在我們後面說：「否則你怎麼學得會？」

我抬起頭。

我們站在兩面鏡另一邊，一間看向「質問場」的小房間。「質問場」其實只是間有很高水泥牆，每邊都有類似雙向玻璃的房間。戴維跟我並肩坐在一條不大的長凳上。看著。

哈馬先生把架子拉起。女人從水裡被抬起來，掙扎著要呼吸，也想掙脫手臂上的繩子。

「妳住在哪裡？」哈馬先生臉上帶著微笑，那噁心的表情幾乎從來沒有消失過。

「新普倫提司城。新普倫提司城。」女人喘著說。

「正確。」哈馬先生說，然後看著女人用力咳嗽到整個人吐了出來。他從旁邊拿起一條毛巾，輕輕擦了女人的臉，盡量把她臉上的嘔吐物清掉。

女人還在喘氣，但她的眼睛完全沒有離開幫她清潔的哈馬先生。

她看起來更害怕了。

「他為什麼要這樣做？」戴維說。

「做什麼？」

戴維聳聳肩。「就是，很好心的樣子。」

我什麼都沒說。我沒讓噪音顯現鎮長在我身上貼繃帶的畫面。好幾個月前了。

我聽到鎮長動了動，隱瞞我的噪音不讓戴維聽到。「大衛，我們還是有人性的。我們做這種事不是為了取樂。」

我看著哈馬先生，看著他的笑容。

「沒錯，陶德。哈馬上尉的確顯示一種也許並不合宜的愉悅，但你必須承認，他的方法很有成效。」

「妳恢復過來了嗎？」哈馬先生問那女人。我們可以透過麥克風系統聽到他的聲音在房間裡播放。這讓他的聲音似乎跟他的嘴完全分離，好像我們是在看影片而不是正在發生的事情。

「我很抱歉要一直這樣問妳。這整件事妳隨時都可以結束。」哈馬先生說。

「求求你，求求你，我什麼都不知道。」女人低聲說。

然後她開始哭了起來。

「我的媽呀。」戴維低低說。

「敵人會用許多詭計來爭取我們的同情。」鎮長說。

戴維轉向他。「所以這是她的詭計？」

「幾乎可以確定是。」

我一直看著那女人。看起來並不像是詭計。

我是圓圈，圓圈是我，我心想。

「一點沒錯。」鎮長說。

「這一切都是妳可以控制的。」哈馬先生又開始繞著那女人打轉。她的頭轉來轉去想要看到他的動作，但是她被綁住的方法讓她沒辦法有太大的動作。他站在她的視線範圍外。我猜這是要讓她緊張。

因為哈馬先生當然沒有噪音。

不過我跟戴維有。

「只有隱約的聲音，陶德。」鎮長讀懂我的問題。「你看到她頭旁邊從鐵架伸出的鐵棍嗎？」

他指著，戴維跟我看著。

「那裡隨時在她耳朵裡播放嗡嗡聲。壓下任何她可能從觀察室聽到的噪音，讓她將注意力集中在質問官身上。」鎮長說。

「不想讓他們聽到我們知道了什麼。」戴維說。

「對。一點沒錯，大衛。」鎮長說，聽起來有點訝異。

戴維微笑，他的噪音微微發光。

「我們在農舍牆上看到寫著藍色的Ａ，」哈馬先生仍在那女人身後走動，「這炸彈跟你們組織安裝的其他炸彈一樣——」

「那不是我的組織！」那女人說。但哈馬先生仍是充耳不聞的樣子。

「但我們知道，上個月妳在那農場工作。」

「那裡還有其他女人！」她喊道，但聲音愈來愈絕望，「還有蜜拉・普萊斯、卡莎・麥克瑞和瑪莎・蘇朋——」

「所以她們也是為這件事而去的？」

「不！不，她們只是——」

「普萊斯太太和蘇朋太太都已被質問過了。」

那女人停下，臉上表情愈來愈害怕。

戴維在我身旁小聲笑了出來，悄聲說：「這下逮到了。」

但我聽到他的噪音反而奇怪地放鬆下來。

不知鎮長是不是也聽到了。

「她們——」那女人說著突然停住，接著又繼續，「她們說了什麼？」

「她們說，妳曾試過找她們幫忙，」哈馬先生鎮定地說：「說妳想召募她們加入恐怖組織，當她們拒絕後，妳說妳會自己繼續執行計畫。」

那女人臉色慘白，嘴巴張開，雙眼因無法置信而睜得很大。

「那不是真的，對吧？」我語調平板地說。我是圓圈，圓圈是我。「他假裝已經不需要她的自白，藉此套出她的真話。」

「非常好。」鎮長說：「陶德，也許你真有這方面的才華。」

戴維先看向我，再看他爸，又看回我這邊，臉上滿是沒說出口的疑惑。

「我們已經知道妳必須為此負責，」哈馬先生說：「我們已經有能讓妳坐一輩子牢的足夠證據。」他停在她面前，「我現在是以妳的朋友，是以能讓妳不要遭到比坐牢更慘下場的立場說話。」

那女人吞了口口水，看來像是又要吐了。

「可是我什麼都不知道，」她虛弱地說：「真的不知道。」

哈馬先生嘆了口氣，「唉，我得說，我真的非常失望。」

他再次走到她身後，抓住鐵架，將她浸入水中。

他壓著她——

繼續壓著——他抬頭看向鏡子，知道我們正在旁觀——

他對我們微笑——

並繼續壓著她——

她有限的掙扎讓水面不斷翻騰——

我是圓圈，圓圈是我，我邊想邊閉上雙眼——

「睜開眼睛，陶德。」鎮長說——

我睜開眼——

哈馬先生仍把她壓在水中——

掙扎愈來愈激烈——

她用力到手腕被捆住的地方都開始流血——

「老天啊，」戴維屏著氣說——

「他會殺了她的。」我的語調依舊低沉——

這只是影片——

這只是影片——

（不過這並不是——）

（不去感覺——）

（因為我已經死了——）

（我已經死了——）

鎮長靠過來，越過我按下牆上一個按鈕說：「上尉，我想這樣就夠了。」他的聲音傳入質問場。

哈馬先生將鐵架從水中拉起，但動作很慢。

那女人掛在鐵架上，頭垂至胸口，口鼻中流出水來。

「他把她整死了。」戴維說。

「告訴我吧，」哈馬先生說：「這樣就能結束這一切。」

一陣冗長的沉默，以及一段更長的寂靜。

然後那女人發出沙啞的聲音。

「妳說什麼？」哈馬先生說。

「是我做的。」女人嘶啞地說。

「不會吧！」戴維說。

「妳做了什麼？」哈馬先生問道。

「我裝了炸彈。」那女人說，她的頭仍然低垂。

「妳還試圖把一起工作的女性同胞拉進恐怖組織裡。」

「是的。」她虛弱地說：「全都是我。」

「哈！」戴維說，噪音中再次出現他試圖掩飾的放鬆感覺。「她招了！是她幹的！」

「不，她沒做。」我說。我仍舊盯著她，仍舊坐在長凳上動也不動。

「什麼！」戴維轉向我。

「她編出來的，」我依舊盯著鏡子另一邊，「好讓他停止水刑。」我微微轉頭，以示這話是對鎮長說的。「不是嗎？」

鎮長回答前頓了一下。雖然他沒有噪音，但我看得出他注意到這句話。自從開始練習我是圓圈之後，我看事情就變得前所未有的清楚。

也許這就是重點。

「幾乎能夠確定她是編出來的，」他終於說：「但我們現在有了她的自白，就可以用這來對付她。」

戴維的目光在我和他爸之間飛快來回轉動，「你是說，你要……質問她更多事情？」

「所有女人都是『答案』的人，」鎮長說：「或至少是同情者。我們需要知道她在想什麼，我們需要曉得她知道些什麼？」

戴維看向那女人，她仍在鐵架上，還沒緩過氣來。

「我不明白。」他說。

「等到她被送回監牢，」我說：「所有女人就會知道發生在她身上的事。」

「的確。」鎮長說著，同時幾乎滿懷感情地伸出一手短暫搭著我的肩。「她們這下就會知道，如果不回答，將會面對什麼樣的狀況。這樣一來，我們就能從知情者身上得到我們需要知道的事情。昨晚的炸彈重啟攻擊行動，也是更激烈行動的開始。我們必須知道他們的下一步行動會是如何。」

戴維仍然看著那女人，「那她會怎麼樣？」

「當然，她會為了自白的罪行而受懲處。」戴維明顯想要接話，但鎮長繼續往下說：「誰曉得呢？說不定她真的知道某些事。」他抬眼將目光移回鏡子彼端，「只有一種方法能夠查出來。」

「我要感謝妳今天的協助，」哈馬先生說著，伸手抬起女人的下巴，「妳很勇敢，大可為剛才的堅持抗拒感到驕傲。」他露出微笑，但她拒絕與他眼神接觸。「妳比很多我在質問所見過的男人更有勇氣。」

他從她身邊走開，來到旁邊一張小桌，掀開桌面上一塊布，底下是幾件閃閃發亮的金屬物品。

哈馬先生拿起其中一件。

「現在，我們就進行第二階段的談話。」他說著，一面走向那女人。

她開始尖叫。

「這——」戴維說著，不斷來回踱步。我們在質問所外等著，他只能用這種方式表現情緒。

「這——」他轉向我，「這在搞什麼，陶德。」

我不發一語，拿出藏在口袋裡的蘋果，「蘋果。」我靠近安荷洛德頭側，悄聲對她說。蘋果。

她說著翻開嘴唇，用牙齒夾住蘋果。陶德。她津津有味嚼了起來，並問道，陶德？

「不是妳的問題，乖女孩。」我悄聲說著，揉揉她的鼻子。

我們就在大門外伊凡站崗的地方，他仍試著吸引我的目光，我聽到他在噪音裡小聲呼喚我。

我仍視而不見。

「這真干他的，」戴維說著，一面試圖讀取我的噪音，試著看出我對這件事的可能想法。而我依舊盡力讓噪音保持平靜。

不去感覺。

不讓任何感覺進來。

「你這傢伙最近還真冷酷，」戴維的聲音帶著嘲諷，不理會枯木也正向他要蘋果吃，「你連縮都沒縮一下，當他——」

「兩位，」鎮長說著走出大門，一手拿著一個又長又重的布袋。

伊凡全神貫注，像塊木板一樣立正站直。

「爸。」戴維開口招呼。

「她死了嗎？」我看著安荷洛德的眼睛問道。

「陶德，她要是死了，對我們來說就沒用了。」鎮長說。

「她看起來是死了。」戴維說。

「她只是失去意識而已。」鎮長說：「現在，我有新工作要派給你們兩個。」

聽到新工作這三個字時，我們感到一記重擊。

我閉上眼。我是圓圈，圓圈是我。

「你能不能干他的別再唸這玩意兒了？」戴維對我吼道。

但我們聽到他噪音中的恐懼，焦慮正在升高，對他爸的恐懼，對於新工作，害怕自己無法——

「你不會去領導質問所，如果你怕的是這個的話。」鎮長說。

「我才不怕。」戴維說道，聲音有點太大了，「誰說我在怕了？」

鎮長將布袋放在腳邊。

我打量著布袋的形狀。

不去感覺，不讓任何感覺進來

戴維也垂眼看著布袋，連他也大驚失色。

「只用在囚犯身上，」鎮長說：「這樣我們才能對抗滲透到內部的敵人。」

「你要我們——？」戴維抬眼看著他爸，「用在人的身上？」

「不是人，」鎮長說：「是國家的敵人。」

我仍然看著袋子。

我們都知道，袋子裡裝著一套拴鐵環的工具以及許多鐵環。

30 鐵環

〔薇拉〕

我才剛設定好定時裝置，正轉向布萊斯懷特夫人，想告訴她我們可以走了的同時，一個女人從我們身後的樹叢跌跌撞撞地闖了出來。

「幫幫我。」她說，溫和到像是不知道我們在那裡，只是想請這個宇宙想辦法幫幫她。

然後，她倒在地上。

「這是什麼東西？」我從我們藏在板車上的急救包拿出另一捆繃帶，裡面的東西根本不夠用。在板車的一搖一晃中，我試著處理她的傷口。她的上臂中央有個鐵環，緊到周圍的皮膚像是要蓋過去一樣，而且感染發紅到我幾乎感覺到那地方有多燙。

「那是替牲口打標記用的。」布萊斯懷特夫人生氣地朝牛一甩韁繩，速度快得不適合這樣的路面，顛得我們起起伏伏。「那殘忍的混蛋。」

「幫幫我。」女人低聲說。

「我正在幫妳。」她的頭放在我的大腿上，免得被路上的坑洞顛得太厲害。我在鐵環上捆了一圈繃帶，但我已經看到上面的數字。1391。「妳叫什麼名字？」我問。

可是她的眼睛已經半閉，只會說：「幫幫我。」

「我們確定她不是間諜嗎？」柯爾夫人雙手環胸地問。

「我的天哪，妳的心是石頭做的嗎？」我憤怒地說。

她臉色一沉。「我們必須考慮所有可能的詭計——」

「她的感染嚴重到我們救不了她的手臂。如果她是間諜，她根本沒辦法帶消息回去。」布萊斯懷特夫人說。

柯爾夫人嘆口氣。「她在哪裡出現的？」

「離我們聽說的那個新的質問所不遠。」布萊斯懷特夫人的眉頭皺得更緊。

「我們在附近一個小倉庫安了炸藥。沒辦法靠得更近。」我說。

「烙印環，妮可拉。」布萊斯懷特夫人說，怒氣像吐出的蒸氣一樣沸騰。

柯爾夫人揉著額頭。「我知道。」

「不能割斷嗎？讓傷口癒合？」

布萊斯懷特夫人搖搖頭。「裡面有藥物會讓被環住的皮膚永遠不會癒合，這正是設計的功效。除非想流血至死，否則不能拿下。這是永久的，永遠的。」

「我的天啊。」

「我需要跟她談談。」柯爾夫人說。

「納達利在為她治療。她在動手術前可能還是清醒的。」布萊斯懷特夫人說。

「那走吧。」柯爾夫人說完，一起走向治療帳。

我想要跟上，但柯爾夫人用眼神制止我。「孩子，妳不行。」

「為什麼不行？」

可是她們走了，留下我一個人站在冷天裡。

「妳還好嗎，希蒂？」維夫問我。我在牛隻之間走來走去，他正忙著為牠們梳毛，牠們則忙著想要甩掉轡頭。牠們在說，維夫。

似乎也沒別的話要說。

「今天晚上很辛苦。我們救了一個被某種鐵環烙下印記的女人。」

維夫想了想。他指著每頭牛前腳上的鐵環。「像那個？」

我點點頭。

「在人身上？」他訝異地吹聲口哨。

「情況變了，維夫。變得更糟。」

「窩知道。我們很快就有行動，然後不管怎麼樣，就結束了。」

我抬頭看他。「你知道她到底在計劃什麼嗎？」

他搖搖頭，手摸著其中一頭牛身上的鐵環。牛說，維夫。

「薇拉！」我聽到有人從營地另一邊叫我。

維夫跟我同時看到柯爾夫人穿過入夜的營地，朝我走來。「她這下可把所有人叫醒了。」維夫說。

「她有點神智不清。妳們最多只有一分鐘。」納達利夫人說。我在被救回的女人身邊跪下。

「孩子，把妳剛告訴我們的事告訴她。再說一次妳就可以睡了。」柯爾夫人對女人說。

「我的手臂？不痛了。」女人的眼神迷茫。

「寶貝，妳跟她再說一次就好，然後就沒事了。」柯爾夫人說，聲音盡其所能的溫柔。

女人的目光暫時集中在我身上，眼睛微微睜大。「是妳。之前在那裡的女孩。」

「薇拉。」我輕碰她沒有繃帶的手臂。

「潔絲，我們時間不多了。」柯爾夫人的聲音略略嚴厲了些，那應該是那女人的名字。「告訴她。」

「告訴我什麼？」我開始有點煩躁。讓她一直這樣醒著實在太殘忍，我正要這麼說時，柯爾夫人說：「告訴她這是誰做的。」

潔絲的眼神變得害怕。「喔。喔。喔。」

「這一件事就好，然後我們就不問了。」柯爾夫人說。

「柯爾夫人——」我開始生氣了。

「男孩。男孩。甚至不是男人。」女人說。

我吸了一口氣。

「哪些男孩？名字是什麼？」柯爾夫人問。

「戴維。」女人的眼睛甚至已經不是在看帳棚。「年紀比較大的是戴維。」

柯爾夫人看著我的眼睛。「另一個呢？」

「安靜的那個。什麼都不說。只是做事，不說話。」

「他叫什麼？」柯爾夫人追問。

「我要走了。」我站起來，不想聽。

柯爾夫人抓著我的手，牢牢把我拉住。

「他叫什麼名字？」她又問了一遍。

女人的呼吸變得粗重，幾乎是在喘氣。

納達利夫人說：「夠了。我原本就不想——」

「再一秒。」柯爾夫人說。

「妮可拉——」納達利夫人警告。

「陶德。」躺在床上的女人，我救回來的女人，手臂發炎必須被截肢的女人，如今我希望她躺在我從沒見過的大海深處的女人。「另一個叫他陶德。」

「妳走開。」我對跟著我走出帳棚的柯爾夫人說。

「他還活著。可是他是他們的人。」

「閉嘴！」我說，憤怒地走過營地，不在乎聲音有多大。

柯爾夫人衝上前，抓住我的手臂。「孩子，妳失去他了。也許妳從來就沒了解過他。」

我朝她揮去的巴掌又快又猛，她甚至沒有時間抵擋。就像打上樹幹一樣。她的重量讓我往後退了兩步，手臂發痛。

「妳不知道自己在說什麼。」我大聲吼叫。

「妳好大膽子。」她摀著臉說。

「妳還沒看過我開打呢。我炸了一座橋來阻止軍隊。我一刀刺了那個瘋子殺人狂的脖子。我救人命的同時，妳只會在晚上跑來跑去炸東西而已。」

「妳這無知的孩子——」

我朝她走近一步。

她沒有退開。

但也沒再說下去。

我緩緩地說：「我恨妳。妳做的一切讓鎮長以更狠的方式回應。」

「這場戰爭不是我挑起的——」

「可是妳愛死了！」我又朝她走近一步。「妳愛死了戰爭的一切。炸彈，打鬥，拯救行動。」

她的表情氣到我在月光下都看得出來。

可是我不怕她。

我想她看得出來。

「妳只想用善惡兩分的單純方法看這件事，孩子。世界不是這樣子的。從來不是，永遠也不會是，而且妳不要忘了。」她的笑容能讓牛奶酸掉。「妳是跟我一起打仗。」

我貼近她的臉。「他需要被推翻，所以我幫妳。可是結束之後？」我離她近到可以感覺她的呼吸。「接下來我們要推翻妳嗎？」

她什麼都沒說，但也沒退開。

我原地轉身，走人。

「他不在了，薇拉！」柯爾夫人在我身後大喊。

但我只是繼續往前走。

「我需要回城裡。」

「現在？」維夫抬頭看天色。「很快就要天亮了。不安全。」

「從來也沒安全過。可是我沒有選擇。」

他朝我眨巴著眼睛。然後他開始拿起繩子跟皮帶，開始把牛車備好。

「不行。你得教我。我不能讓你冒生命危險。」

「妳是要去找陶德？」

我點頭。

「那窩帶妳去。」

「維夫——」

「還早。」他讓牛退到正確位置。「至少窩口以把妳帶得近點。」

他沒再說話，只是把牛套上他的板車。牠們很訝異地問他維夫？維夫？因為晚上的工作才剛結束，怎麼又要工作了。

我想著珍會怎麼說。我想著讓維夫陷入危險。

可是我只說：「謝謝。」

「我也要去。」我轉身，阿李站在那裡，揉著睡眼，但已經穿好衣服準備出發。

「你起來幹嘛？而且你不准來。」

「我要來。而且吵成這樣，誰還睡得著？」他說。

「太危險了。他們會聽到你的噪音——」我說。

他閉著嘴，然後對我說，那就讓他們聽吧。

「阿李——」

「妳是要去找他，對不對？」

我煩躁地嘆口氣，開始想在讓更多人陷入危險之前，我是不是應該放棄這個計畫。

「妳要去質問所。」阿李壓低聲音說。

然後我懂了。

席玟跟他母親可能也在那裡。

我又點了一下頭，這次他知道我同意了。

沒有人阻止我們，不過營地中至少有一半的人知道我們要去。柯爾夫人一定有她的理由。

我們一路上沒說什麼話，只是聽著阿李的噪音，他想著家人、鎮長，還有如果哪天逮到他，他會怎麼做。

還有我。

「妳最好說些什麼。這麼仔細聽別人的噪音很沒禮貌。」

「我聽說了。」

可是我的嘴很乾，我發現我沒什麼能說的。

還沒到城裡，太陽就升起來了。維夫已經讓牛盡快趕路，但即便如此，回去的一路上還是會很危險，因為城裡的人都醒了，牛車上載著會發出噪音的男人。我們冒了極大的險。

可是維夫還是繼續載著我們前進。

我解釋過我想看什麼，他說他知道要去哪裡。他把牛車停在樹林深處，帶著我們走上一小段山坡。

「頭低點，別被發現了。」

「不會的。可是如果我們一個小時後還沒回來，就不要等了。」我說。

維夫只是看著我。我們都知道他有多不可能拋下我們離開。

阿李跟我爬上小山坡，隨時注意躲在樹蔭下，直到我們爬上山頂，這才明白為什麼維夫選了這裡。這是離被炸毀的塔不遠的山坡，可以清楚看到通往質問所的大路。我們聽說質問所是某種監獄或是使用酷刑的地方。

我甚至不想知道。

我們肩並肩趴在地上，從樹叢下探頭。

「留心聽。」阿李低聲說。

他這話根本是多餘的。

太陽一升起，整個新普倫提斯城就在咆哮聲中活了過來。我開始在想也許阿李甚至不需要這樣努力隱瞞他的噪音。怎麼有可能不被這波噪音淹死？

「因為的確是淹死。如果消失在噪音裡，人是會窒息的。」我問的時候，阿李這樣回答。

「我沒辦法想像在這樣的地方長大會是怎麼樣。」

「的確，妳是沒法想像。」他說。

可是他的語氣並不壞。

太陽變得更亮，我瞇著眼看路上。「真希望我有望遠鏡。」

阿李的手伸進口袋，拿出一副。

我瞪了他一眼。「你就在等我開口要，好擺出一副很了不起的樣子。」

「我聽不懂妳在說什麼。」他微笑著把望遠鏡擺在眼前。

「快點啦。給我。」我用肩膀撞撞他。

他把望遠鏡拿到我搶不到的地方。我開始咯咯笑，他也是。我抓住他，想把他壓住，一邊想搶望遠鏡，但他比我壯，一直把望遠鏡拿走。

「我不怕弄傷你喔。」我說。

「我相信。」他笑著說，拿望遠鏡看著路。

他的噪音猛然揚起，大聲到我擔心會被人聽見。

「你看到什麼了？」這時候我已經笑不出。

他把望遠鏡遞給我，指著前面。「那裡。沿著馬路看過來。」

可是我在望遠鏡裡已經看到他們了。

兩個人騎著馬。兩個穿著嶄新制服的人騎著馬。其中一人在說話，比著手勢。大笑。微笑。另一個人眼睛看著馬，但確是騎馬要去工作。

騎馬去質問所工作。

穿著一件新制服，上面有個明亮亮的A。

陶德。

我的陶德。

跟戴維・普倫提斯並肩騎馬。

跟開槍射傷我的人一起騎馬去工作。

31　數字與字母

［陶德］

日子一天天過去。日子愈來愈糟。

「全部？」戴維的噪音中滿是他幾乎藏不住的震驚。「每一個？」

「這是信任票，大衛。」鎮長跟我們一起站在馬廄門口，等人備馬，開始一天的工作。「你跟陶德為女性囚犯做永久辨別標誌做得這麼好，所以我想擴大範圍的時候，還能找誰負責？」

我什麼都沒說，甚至沒回應戴維朝我投來的目光。他的噪音充滿了因為他老爸稱讚帶來的粉紅色，可是同時也有對於把所有女人——一個都不放過——都套上鐵環標記的想法。因為光是替質問所的女人套鐵環就已經比我們以為的還要糟糕。

「她們一直離開。趁半夜的時候溜出去，加入恐怖分子。」鎮長說。

戴維看著枯木在小馬圈裡被套上馬鞍，噪音夾雜著被套上鐵環的女人，她們發出的痛苦聲音。她們對我們說的話。

「如果她們一直出去，那很顯然她們也在一直進來。」鎮長說。

他指的是炸彈。過去兩個禮拜，幾乎每天晚上都有炸彈，這麼多的數量一定有原因，一定會帶來更大的事件，而到現在為止從來沒有女人被抓到，只有一次是那女人還在設定炸彈時，炸彈就爆炸了。他們沒找到多少部分的她，只有一點衣服跟皮肉。

我想到時，閉上眼睛。

什麼都不感覺，什麼都不去想。

（是她嗎？）

什麼都沒感覺。

「你要我們把所有女人都打上編號。」戴維低聲又說了一次，不去看他老爸。

「我之前說過了。」鎮長嘆口氣。「每個女人都是『答案』的一部分，因為她是女人，所以同情其他女人。」

馬佚把安荷洛德牽到旁邊的馬圈。她的頭探過柵欄，用鼻子碰碰我。陶德，她說。

「她們會反抗。男人也不會高興。」我摸著她的頭說。

「啊，對了。你們錯過昨天晚上的集會，對不對？」鎮長說.

戴維跟我看著彼此。我們昨天整天都在工作，沒聽到集會。

「我跟新普倫提斯城的男人說了。這是男人之間的談話。我向他們解釋『答案』帶給我們的威脅，所以這是謹慎的做法，好確保所有人的安全。」他揉揉安荷洛德的脖子。我努力不讓他看到我的噪音——我看到這景象時有多不滿。「我沒有遭遇任何反抗。」

「集會裡沒有女人，對吧？」我說。

他轉向我。「我可不想鼓勵我們之中的敵人，是吧？」

「可是她們有干他的好幾千人啊！要把她們都上環要干他的不知道多久。」戴維說。

「會有別組一起動手，大衛。」鎮長平靜地說，確保他兒子專心聽他說話。「但我確定你們兩個的效率一定高過別組。」

一聽這話，戴維的噪音又亢奮起來。「老爸，你可以放心。」他說。他看著我。

臉上有著擔心。

我又揉揉安荷洛德的鼻子。馬伕牽出摩佩斯，皮毛刷得光亮，還上了油。服從，他說。

「如果你們擔心，你們就問問自己。」鎮長接過摩佩斯的轠繩，動作流暢地上了馬鞍，像是水做的一樣順暢。

「為什麼會有無辜的女人拒絕被標記？」

*

「你們絕對不會有好下場的。」女人說，聲音幾乎沒有顫抖。

站在我們後面的哈馬先生把來福槍上膛，指著她的頭。

「妳瞎了嗎？我現在混得很不錯呢。」戴維對女人說，聲音有點尖。

哈馬先生笑了。

戴維用力一轉拴緊工具。鐵環嵌入女人上臂中段。她大喊一聲，抓住鐵環，往前撲倒，最後用沒有環的手臂撐住自己。她扶了一分鐘，喘著氣。

她的頭髮被緊緊梳在腦後，金色與褐色混在一起，像是影片播放器後面的鐵絲網，後面有一小塊是灰色的，各種顏色混在一起，一條黃土大地上的河。

我盯著灰色那一塊看，讓眼神微微失焦。

我是圓圈，圓圈是我。

「起來。讓醫婦替妳醫治。」戴維說。他看著排到寢室大廳門口的一排女人，全都盯著我們看，等著輪到自己。

「他說站起來。」哈馬先生晃晃來福槍。

「我們這裡不需要你。」戴維的聲音很緊繃，口氣很不好。「我們不需要保母。」

「我不是保母。我是來保護你們。」哈馬先生微笑。

女人站起來，眼睛直盯著我。

我的表情是死的，疏離的，能不在這裡就不在這裡。

我是圓圈，圓圈是我。

「你的心在哪？你能做這種事情，你的心在哪？」她問。然後，她轉身走向已經被上環的醫婦等著替她們醫治的地方。

我看著她離開。

我不知道她的名字。可是她的編號是1484。

「1485！」戴維喊。

下一個女人走上前。

我們一整天就在一個又一個女人寢室間走動，幾乎處理了三百個環，比我們替稀巴人上環快太多了。太陽開始下山時，我們轉頭回家，新普倫提斯城開始進入宵禁。

我們沒怎麼交談。

一陣子後，戴維說：「今天還真勁爆啊，豬屎？」

我沒回答，但他也沒想聽我回答。

「她們不會有事的。她們有醫婦可以止痛什麼的。」戴維說。

搭啦，搭啦，前進前進。

我聽到他在想什麼。

入夜了。我看不見他的臉。

也許這就是為什麼他沒有繼續隱藏。

「可是她們哭的時候。」他說。

我繼續安靜。

「你沒什麼要說的嗎？你現在就這樣安安靜靜的，像是不想講話，像是不屑跟我說話。」戴維的聲音變得有點凶狠，噪音開始沸騰。

「好像我有別人可以說話似的，豬尿。好像我有什麼選擇似的。又不是不管我做干他的什麼，就能夠換個更好的工作，戰鬥的工作。只有當稀巴人保母的爛活。然後我們轉過頭就對女人做同樣的事。為了什麼？為了什麼？」

他的聲音變低。

「好讓她們可以對我們哭。好讓她們能用覺得我們不是人的眼神看我們。」

「我們的確不是。」我說，很驚訝發現自己居然說出口了。

「是啊，新的你就是這樣，對吧？」他惡狠狠地說：「一副『沒感覺我是圓圈』的硬漢樣。如果老爸叫你動手，你連自己老媽的腦子都能轟掉。」

我什麼都沒說，但我已經咬緊牙關。

戴維也安靜了一分鐘。然後他說：「對不起。」

他說：「陶德，對不起。」他加上我的名字。

然後他說：「我幹嘛說對不起啊？你這不識字的蠢豬尿討我老爸喜歡得不得了。誰管你啊？」

我還是什麼都沒說，只是搭啦，搭啦，繼續前進。

「前進。」安荷洛德對枯木嘶叫，枯木哼哼回答：「前進。」

我在她的噪音裡聽到前進，還有小馬男孩，陶德。

「安荷洛德。」我在她的耳朵之間低語。

「陶德？」戴維說。

「怎麼？」我說。

我聽到他從鼻子吐氣。「沒事。」然後他改變想法。「你怎麼能辦到？」

「什麼怎麼辦到？」

我看到他在暮色中聳聳肩。「能這麼平靜。能這麼，我不知道，沒感情吧。我是說……」他的聲音漸低，然後聲音壓低到我幾乎沒聽見，又說了一次：「她們哭的時候。」

我什麼都沒說，因為我要怎麼幫他？他怎麼會不知道圓圈的事，除非他老爸不想讓他知道？

「我是知道的，可是我用過那個爛方法，根本沒用，他也不──」

他猛然停下，像是覺得自己說了太多。

「啊，管他去死。」他說。

我們繼續前進，讓新普倫提斯城的咆哮裹住我們，進入市中心，馬匹彼此命令，提醒自己是誰。

「豬尿，你是我唯一的朋友。」戴維終於說：「這真是天大的悲劇啊，不是嗎？」

「今天很累？」我走回囚室時，雷傑市長對我說，聲音出奇的輕鬆，眼睛盯著我不放。

「關你什麼事？」我把包包往地上一丟，制服沒脫就倒在床上。

「一整天都要忙著對女人動刑應該很累的。」

我驚訝地眨眼。「我沒對她們動刑。你給我閉嘴。」我低吼。

「你當然沒有對她們動刑啊。我在想什麼啊？你只是在她們身上捆了一條有腐蝕性的金屬條，而且永遠不能移除，否則會流血致死。這怎麼算是動刑呢？」

「喂！我們手腳很快，沒有多餘的動作。有更多方法可以弄得更慘，但我們可沒有。如果真要這樣做，那由我們動手還算好的。」

他雙手環胸，聲音繼續保持輕鬆：「這藉口讓你晚上比較好睡？」

我的噪音咆哮：「是嗎？所以昨天在集會時鎮長剛好就沒聽到你在大吼是吧？沒勇敢挺身而出的人是你嗎？」

他的表情變得陰沉，我聽到他的噪音裡出現一絲灰色的反感。「然後被打死？或被拖去質問？這有什麼幫助？」

「所以你現在就是在幫人？」

他什麼都沒說，只是轉頭看向窗外，看著少數必要區域的燈光，下面是整個城的咆哮，想著不知道什麼時候「答案」會開始他們的大行動，會從哪裡開始，會有多嚴重，會有誰來拯救他們。

我的噪音激動發紅。我閉上眼睛，深深深深吸了口氣。

我是圓圈，圓圈是我。

什麼都不感覺，什麼都不碰觸。

「他們原本又開始習慣他了。」雷傑市長對窗外說：「他們原本已經統一起來要支持他，因為相對於被炸死，宵禁算得了什麼？但這次是個策略上的錯誤。」

我睜開眼睛，因為他用策略這個字似乎有些怪。

「現在所有男人都害怕極了。怕接下來就要對他們動手。」他還在說話，低頭看著自己的前臂，揉揉可能會被上環的位置。「政治上，他犯了錯誤。」

我眯著眼睛看他。「他犯錯關你什麼事？你站在誰那邊？」

他轉過身，像是我說了什麼侮辱他的話。的確，這對他而言是個侮辱。「我站在這個城市這邊。你在誰那邊，陶德．赫維特？」他氣呼呼地說。

敲門聲。

「晚餐鐘的中場休息。」雷傑市長說。

「晚餐鐘不會敲門。」我說，站了起來。喀噠一聲，我用鑰匙開了門。

戴維來了。

他一開始什麼都沒說，只是一臉緊張，眼神飄來飄去。我想應該是寢室出了問題，所以我嘆口氣，回床邊去拿東西。我甚至還沒來得及脫靴子。

「你等我一下就好。」我跟他說：「安荷洛德一定還在吃飯，現在就要她用馬鞍，她一定不喜歡。」

他還是沒說話，所以我轉頭看他。他還在緊張，不看我。「幹嘛？」

他咬著上唇，我在他的噪音裡只看到尷尬跟問號還有生氣雷傑市長在場，還有更多問號，然後是藏在這一切之後，一個奇特的強烈情緒，幾乎是罪惡感，幾乎是清楚的——

然後他很快把那情緒藏起來，只剩下最前面的憤怒跟尷尬。「干他的豬屎。」他自言自語，生氣地扯著肩上的肩帶，我這才看到他有個背包。

「干他的……」他又說了一次，可是沒說完。他打開包包，拿了樣東西出來。

「拿去。」他幾乎用吼的把東西塞給我。

我媽的書。

他把我媽的書還給我。

「你拿著！」

我慢慢伸出手，用手指捏著，像對待一件極為脆弱的東西一樣，把它拿走。封面的皮還是很軟，亞龍刺向我，卻被書擋下時留下的開口還在。我摸著書。

我抬起頭看戴維，但他不肯看我。

「隨便啦。」他說完，再次轉身，用力走下樓梯，進入黑夜。

32 最後的準備

〔薇拉〕

我躲在樹後，心跳如雷，手中有槍。

我仔細聽樹枝斷裂的聲音，接近的腳步聲，任何會讓我知道哪裡有士兵的聲音。我知道他在那裡，因為我聽得到他的噪音，但是他的噪音非常平板且範圍很廣，所以我只能大概猜出他要從哪個方向來追我。

因為他正在追我。我毫不懷疑。

他的噪音變得更大聲。我背靠著樹，我聽到他在我左邊。

我得要挑準時間跳出來。

我握好槍。

我在他的噪音裡看到我周圍的樹木，還有問號，想要知道我躲在哪棵樹後面，最後篩選到剩兩棵，一棵是我靠著的，另一棵在我左邊幾呎。

如果他選那棵，那我就可以逮到他了。

我此時聽到他的腳步聲，踩在潮溼的森林地面沒發出太大聲響。我閉上眼睛，試著專注在他的噪音上，知道他到底躲在哪裡。

他到底選了哪棵樹。他走了一步。

他遲疑了。他又走了一步。

他做出選擇——

我也做出我的選擇——

我用力跳起，彎腰，扭身，出腿橫掃向他，讓他吃了一驚，摔倒在地，想拿來福槍指著我，但我已經跳在他身上，用腿壓住他拿槍的手，用全身重量壓在他胸口，用槍管抵著他的下巴。

我逮到他了。

「做得好。」阿李抬頭對我微笑。

「沒錯，做得好。」布萊斯懷特夫人從黑暗走出說：「現在，是妳選擇的時候，薇拉。對於任憑妳處置的敵人，妳要怎麼辦？」

我低頭看阿李的臉，看到他氣喘吁吁，感覺到他在我身下的溫暖。

「妳該怎麼辦？」布萊斯懷特夫人又問一次。

我低頭看著槍。「我會做必須做的事。」我說。

我會做必須做的事去救他。

我會做必須做的事去救陶德。

「妳確定妳要這樣做？」柯爾夫人第一百次問我。已經是隔天早上，我們從早餐區離開，沒聽珍的堅持，要我們多喝點茶。

「我確定。」我說。

「妳在我們行動之前有一次機會。一次。」

「他曾經來救我。當我被抓住時，他來救我，做了他能做出的最大犧牲來救我。」

她皺起眉頭。「人會變的，薇拉。」

「他應該得到他給過我的同樣機會。」

「嗯。」柯爾夫人沉吟。她還在遲疑，但我沒給她任何機會。

「當他加入我們，想想他能帶來多少情報。」我說。

「對。」她轉過頭，看著「答案」的營地進行準備。準備開戰。「妳是這樣認為。」

雖然我很了解陶德，我也可以了解別人會怎麼看待他騎著馬，看待他穿著制服，看待他跟戴維同進同出，把他視為叛徒。

而在深夜，當我埋在棉被下睡不著的時候，我也會這樣想。

（他在做什麼？）

（他為什麼跟戴維在一起？）

我盡量不去想。

因為我要救他。

她同意我可以。她同意我可以親自冒險，在「答案」最後攻擊前的晚上去教堂，最後一次嘗試救他。

她會答應是因為我說，如果她不答應，我就不幫她，不管是炸彈、最後攻擊、降落的太空船都一樣，現在離降落只有八個禮拜。如果我不能為陶德努力一次，那我就什麼都不做。

我想她同意的唯一原因是為了他到這裡之後能告訴我們的情報。

柯爾夫人喜歡盡量知道所有事情。

「妳想做這種嘗試，很勇敢。很蠢，但很勇敢。」她再次上下打量我，表情高深莫測。

「怎麼了？」我問。

她搖搖頭。「妳這個會氣死人的孩子，真是太像我了。」

「妳覺得我準備好有一支自己的軍隊了嗎？」我幾乎是微笑地說出這句話。

她最後看了我一眼，走回營區，準備下更多命令，做更多準備，最後修飾我們的攻擊計畫。

就在明天。

「柯爾夫人。」我朝她的背影喊。

她轉身。

「謝謝妳。」我說。

她看起來很驚訝，眉頭皺起。可是她點點頭，接受了。

我們看著牛車，總共十一輛，塞得滿滿的補給品、武器、炸藥。幾乎是整個「答案」的所有存量。

「就這些了。」維夫拍掉手上的灰塵。

「弄好了。」我綁好最後的繩結，把鎖卡好。

「弄好了？」阿李從牛車上喊道。

十一輛牛車對於上千人的軍隊似乎不算太多，但我們也只有這些。

「以前成功過。」維夫引述柯爾夫人的話，但他說話向來平淡，分不出他是不是在開玩笑。「這只是策略問題。」然後他露出跟柯爾夫人一模一樣的神祕笑容。

他的表情既好笑又好讓人意外，所以我大笑出聲。

阿李沒笑。「對啊，她的極機密計畫。」他扯扯牛車上的繩子，測試是否牢靠。

「我想跟他有關。想辦法抓住他，沒有他以後——」

「他的軍隊就會崩潰，城裡的人會起義反抗，我們可以拯救世界。」阿李的語氣聽起來並不太相信。他看看維夫。「你覺得呢？」

「她說會結束。窩想要結束。」維夫聳聳肩。

柯爾夫人的確一直這樣說，說這可以結束整個紛爭，只要趁現在，在對的地方展開攻擊，我們就可以一切順利，就算只有城裡的女人加入我們，也能在冬天來臨前推翻他，在船艦降落前推翻他，在他找到我們之前推翻他。

然後阿李說：「我知道一件不該知道的事情。」

維夫跟我都看著他。

「她跟布萊斯懷特夫人走過廚房窗戶。她們在談明天的攻擊要從哪裡開始。」

「阿李──」我說。

「不要說。」維夫說。

「是從城南的山丘。」他繼續說下去，打開他的噪音，讓我們不能不聽到。「山上有個小缺口的那座山，有條小路直接通往市中心。」

維夫的眼睛睜大。「你不該說的。萬一希蒂被抓到──」

可是阿李只看著我。「如果妳碰到危險，妳就直接朝那山丘跑。妳快跑去，就會有人幫忙。」

然後他的噪音說，*妳在那裡可以找到我*。

「以沉重的心情，我們送妳回歸大地。」

我們一個個在空棺材上灑了一把土。棺材裡沒有半點費斯夫人的身體，因為她在穀倉安置炸彈時，炸彈過早引爆。

我們結束時，太陽正在下山，暮色冷冷地照在湖面，湖的周圍結了層冰，一整天的陽光都晒不化。人們開始散開去進行晚上的工作，在最後一刻整理行裝，聽取命令，所有即將成為士兵的男女，帶著武器行軍，準備進行最後的攻擊。

他們現在看起來就像普通人。

天一完全變黑，我就出發。

不管我發生什麼事，明天晚上日落後他們就出發。

「時間到了。」柯爾夫人來到我身邊。

她不是在告訴我該走了。

有另一件事必須先發生。

「妳準備好了嗎？」

「好不好都是這樣了。」我跟上她身邊。

「孩子，我們冒了極大的險。真是極大的險。萬一妳被抓到——」

「不會。」

「可是萬一。」她停下我們的腳步。「萬一妳被抓到，妳知道營地在哪裡，妳知道我們什麼時候要攻擊，而且現在我要告訴妳，我們會從東邊的路，在質問所旁邊的路開始攻擊。我們要直擊中心，嗆死他。」她握住我的雙手，直直看著我的眼睛。「妳明白我在跟妳說什麼嗎？」

我明白。她刻意給我錯誤的消息。她在告訴我，所以如果我被抓到，我可以誠實地說出錯誤的消息，就像海那次一樣。

如果我是她，我也會這麼做。

「我明白。」

她攏緊外套，抵擋吹起的寒風。我們沉默地走了幾步，走向醫療帳。

「妳救了誰？」我問。

「什麼？」她看著我，真的完全不了解。

我們又停下來。我一點都不介意。「很多年前那次。柯琳說妳為了要救某人一命，所以被議會踢出去。妳救的是誰？」

她帶著深思的表情看著我，揉揉額頭。

「我可能回不來。妳可能永遠不會再見到我。我希望知道一件關於妳的好事，不要在我死的時候還覺得妳簡直混蛋到極點。」

她幾乎露出笑容，但瞬間消失，眼神再次顯得擔憂。「我救了誰？」她自言自語。然後，她深吸一口氣：「我救了一個全民公敵。」

「妳什麼？」

「因為『答案』從來沒有獲得正式授權。」她帶我們走向不同的地方，走向凍結的湖邊。「參加稀巴人戰爭的男人並不贊同我們的方法，雖然非常有效。」她看著我。「而且是真的有效。有效到組織安城的時候，『答案』的諸位領袖加入了統治議會。」

「所以妳現在才覺得會成功，即使對方人數比較多。」

她點點頭，又揉揉額頭。我很意外額頭沒被她揉出繭來。「安城重建起來，利用被抓的稀巴人重新建設等等，但有些人對新政府不滿意。有些人得到的權力沒有他們認為應得的多。」她在斗篷下的身體微微發抖。「有些『答案』裡的人也一樣。」

她讓我想清楚這是怎麼回事。「炸彈。」我說。

「沒錯。有些人太熱中於戰爭，最後變成為戰而戰。」

她別過頭，也許是為了不讓我看到她的臉，或是為了不用看我的臉，看到我臉上的評價。

「她名叫索拉斯夫人。」她現在對著湖說話，跟冰冷的夜空說話。「聰明、堅強、備受尊敬，但喜歡當掌權。這就是為什麼沒人願意讓她參與議會，包括『答案』的人，還有為什麼她對於不被納入議會這件事反應這麼強烈。」

她轉頭看我。「她有自己的支持者。她也有她的爆破行動。跟我們現在對付鎮長的方法差不多，唯一的差別是，那時候應該是和平時期。」她抬頭看著月亮。「她的專長我們後來稱之為索拉斯的炸彈。她會把炸彈放在士兵聚集的地方，看起來像是普通包裹，要等感覺到被人手拿起傳來的脈搏才會啟動。妳的脈搏會讓這炸藥變成危險物品，而在那時，妳知道那是炸彈，也只有放手時才會爆炸。所以如果妳把炸彈弄掉了，或是無法解除。」她聳聳肩。「轟。」

我們看著雲在兩顆升起的月亮間穿梭。「據說這代表厄運。」柯爾夫人喃喃說。

她與我勾著手臂，走回醫療帳。「所以後來發生的並不能算是戰爭，頂多只是動亂，而且最後讓每個人都很高興的是，索拉斯夫人受到致命重傷。」

一片沉默，只聽到我們的腳步聲，還有男人的噪音，清晰地在空氣中傳遞。

「但其實不是致命傷。」我說。

她搖搖頭。「我是很優秀的醫婦。」我們來到醫療帳門口。「我們在舊世界上還是小孩時我就認得她了。從我的角度來說，我沒有選擇。」她搓搓手。「他們為此把我從議會驅逐出去，還是處決她了。」

我看著她，想要了解她，想要完整了解她善的這一面，還有所有難搞糾結以及一切讓她之所以為她的全部。

我們就是我們所作的選擇。還有必須作的選擇。如此而已。

「妳準備好了嗎？」她又一次，最後一次這麼說。

「我準備好了。」

我們走入帳棚。

我的袋子在那裡，是柯爾夫人親手裝的，我會帶去維夫的牛車上，我會帶進城裡。裡面裝滿食物，完全不會讓人起疑的食物，如果一切順利，可以帶著我進城，經過士兵，進入教堂。

如果一切順利。

如果不順利，下面的密袋裡有把手槍。

勞森跟布萊斯懷特夫人也在帳棚裡，準備好醫療物品。

阿李也在，我要求的。

我在他對面的椅子上坐下。他握著我的手，捏了一下，我感覺到他掌心有紙條。他看著我，噪音充滿即將發生的事情。

我打開紙條，不讓三位夫人看到裡面的內容，她們一定認為那是情書之類的蠢東西。

不要做出任何反應。我決定要跟妳一起去。我在樹林裡跟妳的牛車會合。妳想找到妳的家人，我想找到我的，我們都不該自己去。

我沒反應。我把紙條疊好，抬頭看他，用最微小的幅度對他點頭。

「祝妳好運，薇拉。」柯爾夫人說。所有人很快重複同樣的話，最後是阿李。

我特別希望由他動手。我沒辦法接受柯爾夫人，而我知道阿李會是最細心的。

因為我只有一個方法才能在新普倫提斯城裡行走卻不被抓到。根據我們蒐集的情報，只有一個方法。我要找到陶德，只有這個方法。

「妳準備好了嗎？」阿李問。從他口中問出，感覺特別不一樣，不一樣到我不介意再被問一次。

「準備好了。」我說。

我伸出手臂，捲起袖子。

「你快點就好。」我看著阿李的眼睛。「拜託你了。」

「我會的。」他說。

他朝腳邊的袋子伸手，拿出標著1391的鐵條。

33 父與子

［陶德］

「他有跟你說為什麼嗎？」戴維問。

「我什麼時候跟他說話你不在場的？」我問。

「去你的，豬尿。你們住在同一棟樓裡。」

我們正騎馬去質問所，太陽西下。又有兩百個女人被打上標記。因為有哈馬先生拿著槍監督，速度快很多。摩根先生跟歐哈爾先生帶領其他小組在城裡別的地方行動，消息是我們幾乎把每個人都打上標記了，不過女人身上的鐵環癒合速度似乎沒有在羊或稀巴人身上好得快。

我們在路上前進，我抬頭看著深色天空，突然想到一件事。

「你住哪裡？」

「他現在倒想起來要問了。」戴維在枯木／橡果身上一甩韁繩，讓牠快跑了大概兩步之後，又放慢小跑。「我們幾乎在一起工作五個月了。」

「我現在問了啊。」

戴維的噪音有點嗡嗡響。我知道他不想回答。

「你不用──」

「在馬廄上面。小房間。地上有個床墊。聞起來像馬糞。」他說。

我們繼續前進。「前進。」安荷洛德嘶叫。「前進。」枯木嘶叫回答。陶德，安荷洛德想。「安荷洛德。」我說。

戴維四個晚上前把我媽的書拿回來給我之後，我們就再也沒講過這件事。一次都沒有。就算噪音裡出現跡象，也沒有人提。

可是我們開始更常交談。

我開始在想，如果鎮長是我父親，我會變成什麼樣的人。我開始在想如果鎮長是我父親，而我不是他想要的那種兒子，我會變成什麼樣的人。我在想我是不是也會睡在馬廄上方的房間。

「我很努力。可是他的誰知道他想要什麼？」戴維低聲說。

我不知道，所以我什麼都沒說。

我們把馬綁在前門。我們進去時，伊凡用眼神對我示意，但我不理他。

我們經過時他更努力，說了聲：「陶德。」

「士兵，你得喊赫維特先生。」戴維對他啐了一口。

我繼續前進。

我們走上從門口通往質問所大門的短路。那裡也有士兵守門，但我們繼續經過他們，進入玄關，走過冰冷的水泥地板，還是光禿禿的一片，還是沒有加熱，然後走進去同一個觀察室。

「啊，孩子們，歡迎。」鎮長從鏡子前轉頭跟我們打招呼。

在他身後，在質問場裡，是哈馬先生，穿件橡膠圍裙。他前面坐著一個正在尖叫的全裸男人。

鎮長按了個按鈕，讓他叫到一半的聲音消失。

「聽說標識計畫已經完成了？」他開朗輕快地說。

「就我們所知，是的。」我說。

「他是誰？」戴維指著那男人問。

「被炸掉的恐怖分子的兒子。他媽跑走時他沒跑，蠢蛋。現在我們看看他知道些什麼。」鎮長說。

戴維抿著嘴唇。「可是如果她跑了，他卻沒跑——」

「你們兩個幫我做了一件很重要的工作。」鎮長雙手背在身後說：「我很滿意。」

戴維微笑，粉紅色立刻瀰漫在他的噪音裡。

「可是威脅終於要來了。在監獄攻擊事件中被抓到的其中一名原始恐怖分子終於提供了有用的情報。」他轉頭看鏡子。哈馬先生擋住大部分景象，但是哈馬先生在他身上做的事讓那男人的光腳整個緊緊縮成一團。「在她很不幸去世之前，她告訴我們，根據最近攻擊事件的頻率，我們幾乎可以確定這幾天之內，『答案』就會有大動作，也許甚至是明天。」

戴維瞥了我一眼。我一直看著鎮長身後白牆的中心。

「我們當然會打敗他們。輕而易舉。他們的軍隊比我們少太多，我不認為會持續超過一分鐘。」

「讓我們上戰場，老爸，你知道我們準備好了。」戴維興奮地說。

鎮長微笑，朝他自己的兒子微笑，戴維的噪音變得粉紅到幾乎讓人不敢看。

「你升職了，大衛。擔任軍隊職務。你會是普倫提斯中士。」

戴維的笑容幾乎隨著滿意的噪音轟的一聲炸掉。

「你會跟哈馬上尉一起，在第一波的時候出擊。你會得到你想要的戰鬥機會。」

戴維幾乎要發光了。「哇，多謝了，老爸！」

鎮長轉向我。「你會成為赫維特中尉。」

戴維的噪音猛然一變。「中尉？」

「戰鬥開始的瞬間，你會是我的貼身侍衛。」鎮長繼續說：「你會待在我身邊，在我督戰的時候站在我身邊，避免我遭遇任何可能的危險。」

我什麼都沒說，只是盯著白牆壁。

「為什麼他能當中尉？」戴維問，噪音嘈雜。

我是圓圈，圓圈是我。

「圓圈就是這樣轉的，陶德。」鎮長說。

「中尉不是戰鬥軍銜。中士才是。如果你不是中士，你就不能上戰場。」鎮長溫和地說。

「喔。」戴維說，來回看著我們兩人，想知道他是不是被耍了。我什麼都沒想。

「中尉，不用謝我。」鎮長開玩笑地說。
「謝謝你。」我的眼睛依然看著牆。
「這能讓你避免做你不想做的事。這能讓你不用殺人。」他說。
「除非有人要殺你。」我說。
「除非有人要殺我，沒錯。這對你來說會是問題嗎，陶德？」
「不會。不會，長官。」
「很好。」鎮長說。
我轉頭看鏡子。裸體男人的頭毫無生氣地垂在胸前，開開的嘴巴流著口水。哈馬先生正生氣地拿下手套，用力甩在桌上。
鎮長很感動地說：「我真的很幸運。我實現了讓這個星球步上正軌的理想。幾天以後，甚至是幾個小時以後，我就能殲滅恐怖分子。當新移民來的時候，會是我伸出驕傲和平的手來迎接他們。」
他舉起雙手，像是等不及要伸出去。「誰會在我身邊呢？」他朝我們兩個伸出手。「是你們兩個。」
戴維整個人都散發著粉紅色，握住他老爸的手。「我來這個鎮上時只有一個兒子。」然後他繼續伸出手。「但是這裡給了我另一個兒子。」
他伸著手，等著我握住。
等著他第二個兒子與他握手。
「恭喜你，豬屎中尉。」戴維跳上枯木的馬鞍。

「陶德？」伊凡說，看到我爬上安荷洛德的背，立刻離開他的崗位。「我能跟你談談嗎？」

「他現在比你位階高了。你如果不想在前線挖坑的話，你得叫他中尉。」戴維告訴他。

伊凡深吸一口氣，好像要讓自己冷靜下來。「好的，中尉。我能跟你談談嗎？」

我從安荷洛德的背上低頭看他。伊凡的噪音充滿暴力還有朝他腿上開的一槍還有陰謀還有憤怒還有報復鎮長的方法，非常公開，似乎想讓我留下深刻印象。

「你應該要小聲點。不知道有誰在聽。」

我一拍安荷洛德的韁繩，走回路上。伊凡的噪音跟著我離開。我不理他。

什麼都不要感覺，什麼都不要碰觸。

＊

「他叫你兒子。」戴維看著前面，太陽消失在瀑布後方。「所以我們應該算是兄弟了。」

我什麼都沒說。

「我們應該做點什麼來慶祝。」戴維說。

「哪裡？做什麼？」我說。

「我們現在是軍官了不是嗎？據我所知，軍官有特權。」他瞥了我一眼，噪音跟訊號彈一樣明亮，充滿我以前在舊普倫提斯鎮上常看到的畫面。

沒有衣服的女人。我皺眉，送回一個沒有衣服的女人，手臂上套著鐵環的畫面。

「那又怎麼樣？」戴維說。

「你這變態。」

「不對，兄弟，你現在是在跟普倫提斯中士說話。我也許終於轉運了。」他笑了又笑。

他心情好到居然影響到我的噪音，不管我願不願意，都讓我的噪音開朗了一點。

「好啦，豬尿中尉，你該不會還在想那個小妞吧？她好幾個月前就離開你了。我們得幫你找個新的。」

「閉嘴，戴維中士。」他又笑了。「好啦，好啦，那你待在家裡，讀你的書——」

「閉嘴，戴維。」

他突然打住。「該死的，對不起，我不是那意思。我是真忘了。」

奇怪的是，他似乎是認真的。

他沉默了一段時間，噪音又充滿他想要藏起來的強烈情緒——

他想要埋住的東西讓他覺得——

然後他說：「這個……」我可以看出他想提議什麼，我覺得我完全不行，我覺得如果他說出來，我一定會在下一分鐘就死掉。「如果你要我讀——」

「不用，戴維。不用，謝謝，不用。」我連忙說。

「你確定？」

「確定。」

「嗯，你隨時改變主意都行。」他的噪音又變得明亮、綻放開來，想著他的新頭銜，想著女人，想著我跟他成為兄弟。

於是他回去的一路上都開心地吹著口哨。

我躺在床上，背對雷傑市長，他跟平常一樣大口吃著晚餐。我也在吃晚餐，但我把我媽的書拿出來，只是看著它，躺在棉被上。

「大家都在想大的攻擊什麼時候會發生。」雷傑市長說。

我沒回答。我按照每天晚上的習慣，摸過封面，摸著皮革的感覺，用指尖碰觸刀尖刺入的地方。

「大家都在說快了。」

「你說是就是吧。」我打開書面。班疊起來的地圖還在裡面，還在我放的地方。看起來戴維似乎拿到書的整段期間連翻都懶得翻。知道書去過哪裡之後，我覺得書聞起來有點馬廄的味道，但還是那本書。還是她的書。

我媽。我媽的話。

看看妳兒子變成什麼樣。

雷傑市長大聲嘆氣。「他們會攻擊這裡的。如果發生的話，你得把我放出去。」

「你不能安靜五秒鐘嗎？」我翻開第一頁，我出生那天我媽寫的第一篇。一篇滿滿都是我曾聽到有人讀給我聽的字。

（讀給我聽的人是——）

「沒有槍，沒有武器。」雷傑市長站了起來，又在看窗外。「我根本沒有反抗能力。」

「我會照顧你。現在給我閉嘴。」

我還是沒有看他。我在看我媽剛寫下的字，她親手寫的字。我知道她寫了什麼，但我還是想看著這一頁，讀出來。

ㄨ——我。是我。我深吸一口氣。ㄑ。ㄑㄧ。ㄑㄧㄣ ㄞ。應該是親愛沒錯。最後一個字是兒子。我今天聽到很多次。

我想著他伸出的手。

我想著我握住的瞬間。

我親愛的兒子。

「我提議過要讀給你聽。」雷傑市長說，沒有隱藏他聽到我想讀字的噪音時的痛苦感覺。

我轉身看他，一臉凶狠。「我說了，閉嘴！」

他舉起雙手。「好吧，好吧，隨便你。」

他坐了下來，低聲嘲諷地補上一句：「中尉。」

我坐了起來。然後坐得更挺。「你剛說什麼？」

「沒什麼。」他不肯看我。

「我沒告訴過你。一個字也沒說。」

「你的噪音裡有。」

「絕對沒有。」我站了起來。因為我說得對。我進來吃晚餐時，除了我媽的書以外，什麼都沒想。「你怎麼知道的？」

他抬頭看我，但半個字都說不出來，他的噪音慌慌張張地想找些什麼來說，卻失敗了。

我朝他走近一步。

門喀噠一聲，柯林斯先生自己走了進來。

「有人找你。」他對我說，然後注意到我的噪音。「怎麼了？」

「我沒在等人。」我繼續瞪著雷傑市長。

「是個女孩。她說戴維派她來的。」柯林斯先生說。

「該死的。我跟他說過了。」我說。

「隨便。她只願意跟你說話。」他笑了。「長得也挺漂亮的。」

他的語氣讓我轉過身。「不管她是誰，你不要動她。那是不對的。」

「那你可別在這裡待太久了。」他邊笑邊關上門。

我回頭盯著雷傑市長，噪音依然激動。「我跟你的事還沒完。」

「是因為你噪音裡有。」他說，但我已經出了門，在身後鎖上。喀噠。

我重重踏步下樓，想要怎樣把那女孩弄走，又不讓柯林斯先生騷擾她，讓她不會因為任何理由被騷擾。我的噪音充滿關於雷傑市長的懷疑跟猜想，走到樓梯底時，我想得愈來愈清楚。

柯林斯先生在等我，雙腿交叉靠在大廳牆邊，整個人放鬆微笑。他用拇指一比。

我轉過頭看。

她就在那裡。

34 最後的機會

〔薇拉〕

「你出去。」陶德對放我進來的男人說，沒有轉頭看他。

「就跟你說了，她很正吧。」男人奸笑著消失在旁邊的辦公室裡。

陶德站在那裡盯著我看。「是妳。」他說。

可是他沒朝我走來。

「陶德。」我走上前一步。

他退後一步。

我停下來。

「這是誰？」他看著在我身後很努力想裝成真正士兵的阿李說。

「這是阿李。他是個朋友。他跟我來的——」

「妳來這裡做什麼？」

「我來接你。我是來救你的。」我說。

我看到他吞嚥。我看到他喉嚨在動。「薇拉。」他終於說。我的名字布滿了他的噪音。薇拉薇拉薇拉。

他的雙手扶住頭，抓緊頭髮，他的頭髮比我上次看到時更長更亂了。

他看起來也更高了。

「薇拉。」他又說了一次。

「是我。」我說，又向前一步。他沒有退後，所以我一直往前走，穿過大廳，沒有跑，只是離他愈來愈近。

可是當我到他面前時，他又退後。

「陶德？」我問。

「妳在這裡做什麼？」

「我為你來的。」我感覺到胃往下一沉。「我說我會的。」

「妳說妳不會沒有我就走的。」他說，而我從他的噪音聽到他有多討厭自己現在的口氣。他清清喉嚨。「妳拋下我了。」

「她們硬是把我帶走。我沒有選擇。」我說。

他的噪音變得更大聲，我雖然能感覺到高興但是——

我的天啊，陶德，他還有憤怒。

「我做了什麼？我們得走了。『答案』要——」

「所以妳現在是『答案』的一分子了？」他憤怒地質問，突然一陣恨意升起。「是那些殺人狂的一分子。」

「所以你現在是士兵之一？」我驚訝地回問，聲音也變得更激動，指著他袖子上的A。「別跟我提什麼殺人狂。」

「『答案』殺了稀巴人。」他的聲音又低又憤怒。

還有他噪音中的稀巴人屍體

堆得高高的，一個疊著一個，像垃圾一樣被丟在那裡。

寫在牆上的是「答案」的A。

陶德站在中間。

「他們乾脆把我跟他們一起殺了。」他說。

他閉上眼睛。

他閉上眼睛。

我是圓圈，圓圈是我，我聽到。

「薇拉？」阿李在我身後說。我轉身，他走過半個大廳。

「去外面等。」我說。

「薇拉——」

「外面。」

他看起來好擔心，隨時準備為我動手，讓我心跳了一下。他一路上都在大聲廣播我是他要帶到這裡的囚犯，大聲到其他士兵都以為他在遮掩想強暴我的打算，所以我們經過時，紛紛吹口哨祝他好運。然後我們躲在教堂邊，看到戴維．普倫提斯騎馬離開，想著我不想再看到的事情，想著他跟陶德應該要好好慶祝一番。

所以我們假裝是用來慶祝的人。

成功了。

說實在的，這麼簡單就成功反而讓人覺得更糟。

阿李不斷左右變換重心。「妳需要我就喊一聲。」

「我會的。」我說。他又等了一秒，才走出前門，開著門看我們。

陶德的眼睛還是閉著，他重複說我是圓圈，圓圈是我，我得說這聽起來很像鎮長會弄出來的東西。

「我們沒有殺死稀巴人。」我說。

「我們？」他睜開眼睛。

「我不知道是誰做的，但不是我們。」

「妳們把塔炸掉那天，送了炸彈來殺他們。」他幾乎用啐的說：「然後妳們在劫獄那天又回來，下手殺人。」

「炸彈？什麼炸彈——？」

可是我想起來了。

讓士兵跑離通訊塔的第一次爆炸。

不會吧。

她不會的。

不，就算是她也不會。妳覺得我們是什麼樣的人？她說——

可是她從來沒有回答我的問題。

不會，不會，不是真的，而且——

「是誰告訴你的？戴維・普倫提斯？」我說。

他眨眼。「什麼？」

「什麼什麼？」我的聲音變得更硬。「你的新知心好友。那個開槍打我的人，陶德，那個每天跟你一起笑著騎馬去工作的人。」

他雙手握拳。

「妳一直在偷窺我？我三個月沒看到妳，三個月完全沒有妳的消息，結果妳卻在偷窺我？所以妳不是忙著炸人，有空的時候就是在做這種事？」

「對啊！」我大吼，跟他一樣提高音量。「三個月裡對著只想把你看成敵人的人一直替你辯護，陶德。三個月裡都在想你為什麼這麼努力為鎮長工作，還有我們談話之後的隔天他怎麼就知道要去海邊。」他臉色一變，但我沒有停下，伸出手臂，拉起袖子。「三個月裡都在想你為什麼在女人身上加這個！」

他的臉立刻變了。他居然喊出聲，像是自己身上感覺到痛。他摀著嘴好壓下聲音，但是他的噪音突然充滿黑暗。他另一隻手的指尖伸向我的鐵環，浮在我的皮膚上方，浮在除非我砍斷手臂，否則永遠無法移除的鐵環上。雖然有三位夫人的醫治，但皮膚還是紅的，1391號環還是隱隱作痛。

「不。不。」他說。

旁邊的門打開，放我進來的人探出身子。「一切都好嗎，中尉？」

「中尉？」我說。

「我們很好。」陶德有點哽咽。「我們很好。」

男人等了一下，又回房間。

「中尉？」我壓低聲音又問一次。

陶德彎下腰，手扶著膝蓋，盯著地板。「不是我吧？」他問，聲音也壓得很低。「我沒有——」他沒抬頭，只朝鐵環揮揮手。「我沒在知道是妳的情況下還動手吧？」

「沒有。」我讀著他的噪音，讀著他的麻木，讀著埋在最深處，卻被他努力視而不見的驚駭。

「是『答案』做的。」

他很快抬頭，滿是問號。

「這是我唯一能夠安全進來找你的方法。我要通過城裡到處都是的士兵關卡，唯一的方法就是讓他們以為我已經被打上標記。」

他終於明白的瞬間，表情再次大變。「喔，薇拉。」

我重重吐出一口氣。「陶德。請你跟我走。」

他的眼睛是溼的，但我現在可以看到他了，我終於能看到他，我在他的臉，他的噪音，他放棄地垂在身側的手臂中看到了他。

「太遲了。」他說。他的聲音難過到我自己的眼睛也開始溼了。「我死了，薇拉。我死了。」

「還沒有。」我向他靠近一點。「這段時間你是不得已啊。」

他低下頭，眼神沒有焦點。

他的噪音在說，什麼都不感覺，什麼都不碰觸。

我是圓圈，圓圈是我。

「陶德？」我說。我近得可以碰到他。「陶德，看我。」

他抬起頭，噪音中的失落大到我感覺自己站在深淵邊緣，像是我要跌進他裡面，跌進一片無比空虛寂寞，永遠沒有出口的黑暗中。

「陶德。」我再次喊他，聲音哽咽。「在瀑布下，在石台上，你記得跟我說了什麼嗎？你記得你說了什麼把我救回來嗎？」

他慢慢搖頭。「薇拉，我做了很可怕的事。很可怕的事——」

「你說，每個人都有跌倒的時候。」我緊抓著他。「我們都會跌倒，但這不是重點。重要的是要能再站起來。」

可是他甩掉我。

「不。」他轉過身。「不。妳不在的時候比較容易。妳不能看到的時候比較容易——」

「陶德，我來救你了——」

「不。我再也不想去思考了——」

「現在還沒太遲。」

「已經太遲了。」他搖著頭。「太遲了！」

然後他要走了。

離開我身邊。

我要失去他了——

然後我想到一個主意。

一個很危險，很危險的主意。

「明天日落時就會展開攻擊。」我說。

他驚訝地眨眼。「什麼？」

「就是那個時候。」我吞口口水，向前一步，試著維持聲音平穩。「我其實只該知道假計畫，但是我發現了真計畫。『答案』要從這裡南邊有小缺口的山坡過來，就在這個教堂的南邊，陶德。他們要來這裡，我確定他們要直接朝鎮長來。」

他緊張地看著小門，但我壓低聲音。「他們只有兩百人，陶德，但他們有槍跟炸藥跟計畫，還有很厲害的領袖，除非她推翻他，否則他們絕對不會停止。」

「薇拉——」

「她們要來了。」我又走得更近。「現在你知道她們什麼時候，還有從哪裡來，如果這消息傳到鎮長那裡——」

「妳不該跟我說的。」他不肯看我。「我試著瞞過他，但他都會猜出來。妳不該跟我說的！」

我一直往前走。「那你就只能跟我來了，不是嗎？你必須來，否則他就贏了，而且會是他統治這個星球，他來迎接新移民——」

「伸出手。」陶德說，聲音突然變得柔和。

「什麼？」

但他只是對著空氣伸出手，盯著手。「跟他的兒子一起迎接他們。」

「我們也不希望這件事發生。」我緊張地看著前門。阿李正探頭進來，努力不要看起來太格格不入，但門口有士兵經過。「我們時間不多了。」

陶德的手還是伸著。

「我也做了很糟的事。我希望不是這樣，但沒有辦法。我們只有現在，只有這裡，你必須跟我來，我們才有機會讓整件事可能有好結果。」

他什麼都沒說，但還是伸著手，而他正看著手，所以我上前一步，握住他的手。

「我們可以拯救世界。」我努力想要微笑。「你跟我。」

他看著我的眼睛，尋找著，想要了解我，想要知道我是不是真的在這裡，是不是真的，我說的是不是真的，他找了又找——

但他沒有找到我。

喔，陶德——

「要去哪裡啊？」房間另一邊一個聲音說道。

一個拿著槍的男人。

*

不是放我們進來的男人，一個我沒見過的男人。

我只在陶德的噪音裡看過一次。

「你怎麼出來的？」陶德整個人泛著驚訝。

「你不會沒拿這個就離開吧？」他沒拿槍的手拿著陶德母親的日記。

「你把那個給我！」陶德說。

男人不理他，朝阿李揮揮槍。「你給我進來，否則我會很樂意打死我們親愛的朋友陶德。」

我轉過頭。阿李的噪音只想著逃，但他看到槍指著陶德，看到我的表情，於是他走上前，噪音大聲地說他不會拋下我離開，大聲到我幾乎忘記有槍這回事。

「放下。」男人說，指的是阿李的來福槍。阿李把槍拋在地上。

「你這個騙子。你這個膽小鬼。」陶德對男人說。

「陶德，這都是為了這個城好。」男人說。

「你一天到晚抱怨。」陶德的聲音跟噪音同樣火爆。「一天到晚罵人，抱怨說他怎樣破壞一切，結果你也只是個間諜。」

「一開始不是。」男人朝我們走來。「一開始我只是你看到的那樣，丟盡臉面的前任市長，雖然活了下來卻受盡限制。」男人經過陶德，來到我身邊，手臂下夾著陶德的書。「把妳的包包給我。」

「什麼？」我說。

「給我。」他手往後揮，把槍指著陶德的頭。我把包包從肩上拿下，交給他。他甚至不是用正常的方式打開，只是摸著底部，直接去摸密袋，那裡只要摸的角度對，就能摸到我的槍。

男人微笑。「就在那裡。『答案』從來不會變嘛。」他說。

「你敢碰她一根頭髮，我絕對會殺了你。」陶德說。

「我也會。」阿李說。

男人繼續微笑。「我覺得你有競爭對手了，陶德。」

「你到底是誰？」我說，被他們過度保護我的舉動惹得有點惱火，膽子反而大起來。

「康·雷傑，安城市長在此為妳服務，薇拉。」他微微鞠躬。「因為一定是妳嘛？」他繞回陶德身邊。「小子，總統對你夢裡的噪音非常有興趣。對你睡著時在想什麼，關於你有多想你的薇拉，會為了找到她不惜一切非常有興趣。」

我看到陶德的臉開始變紅。

「然後突然他變得對我和善太多，要我傳遞些消息給你，看看我們能不能讓你照他的希望去做。」雷傑市長看起來很可笑，一個人拿著一堆東西，一手握著槍，另一手拿著包，一邊腋下還夾著書，這樣還想看起來具有威脅性。「我得說，效果好極了。」他對我眨眨眼。「現在我知道『答案』什麼時候要從哪裡攻擊了。」

阿李的噪音升起，他憤怒地向前一步。

雷傑市長把槍上膛。阿李停下腳步。

「喜歡嗎？總統把鑰匙給我時一起附贈的。」市長說。

他微笑，然後看到我們都用什麼表情看他。「算了吧。如果總統打敗『答案』，這一切都會結束。所有的爆炸，限制，宵禁。」他的笑容變得軟弱。「你們必須學會怎樣從內部帶來改變。當我是他的副手時，我會非常努力讓每個人的生活都變得更好。」他對我點頭。「包括女人。」

「你最好對我開槍。因為如果你敢把槍放下，你這條命就保不住了。」陶德說，噪音像火焰一樣從身上散發。

雷傑市長嘆口氣。「我不會對任何人開槍，陶德，除非──」

旁邊的門突然打開，放我進來的男人走了出來，臉上跟噪音同時出現驚訝。「你們在──」

雷傑市長拿槍指他，扣了三次扳機。男人倒回門邊，然後摔在地上，直到只有腿伸在外面。

我們都站在那裡，震驚無比，槍聲依然在大理石地板上迴盪。

雷傑市長的噪音裡有一幅很清晰的畫面，是他一邊眼睛黑青，嘴唇裂開，而且是被地上那個男人打的。

他轉頭看我們，看到我們盯著他看。「幹嘛？」

「普倫提斯鎮長不會高興的。他還在舊普倫提斯鎮就認得柯林斯先生了。」陶德說。

「我很確定，薇拉和『答案』的攻擊這兩樣戰利品可以彌補任何其他誤會。」雷傑市長正在看著周圍，想要找地方空出手。他終於直接把書丟給陶德，彷彿不想要了。陶德忙亂一陣，但終於還是接住。

「你媽不是什麼好作家，陶德。」雷傑市長說，彎下腰用空手打開包包。「幾乎是個文盲。」

「你會付出代價。」陶德轉頭看我，我這才發現說出這句話的人是我。

雷傑市長在我包包裡翻了一陣。「食物！」他說著，整張臉亮了起來。他拿出一個上面的冠松果，立刻塞進嘴裡，又在裡面繼續翻找，找到更多麵包跟食物，幾乎把每樣東西都咬了一口。

「妳原來打算待多久啊？」他嘴巴滿滿地說。

我看到陶德慢慢貼近。

「我又不是聽不到你。」雷傑市長說道，再次揮揮手上的槍，一面又往包包最底層掏。他手埋進最深的地方時，突然停住，抬起頭。

「這是什麼？」他又掏了一下，之後從包包裡拿出一個較大的東西。一開始我以為是槍，但是他把它從包裡拿出來了。

他站起來。

好奇地看著手中的索拉斯炸彈。

有那麼一刻我不相信是真的。有那麼一刻我的眼睛一定是看錯了，不相信我現在所看到的炸彈模樣。有一瞬間，他拿著炸彈的畫面對我來說毫無意義，完全毫無意義。

可是我身邊的阿李這時驚喘一下，一切都合理了。一切都是我所能想像最嚴重的情況。

「不會吧。」我說。

陶德立刻轉身。「怎麼了？那是什麼？」

時間慢到沒有意義。雷傑市長翻動手中的炸彈，突然響起一陣嗶嗶聲。一陣急促的嗶嗶聲，一陣顯然被設定只要有人翻我包包，拿起它時就會發出的嗶嗶聲，只等著被他手中的脈搏引爆，一個你知道只要放手就會炸死你的炸彈。

「這不會是——」雷傑市長抬起頭說——

可是阿李已經伸手來抓我手臂——

想抓到才能帶著我往外跑——

「快跑！」他在大喊——

但我卻往前，而不是往後跳——

我在把陶德往旁邊推——

往後退到那個死人倒在地上的小房間——

雷傑市長沒有要對我們開槍——

他什麼都沒做——

他只是站在那裡，終於明白——

我們倒入門口的時候——

滾過死人的時候——

縮在一起尋求保護的時候——

雷傑市長想把炸彈往外丟——

鬆開手——

然後——

轟

——炸彈把他炸成上千碎片，炸掉他身後的牆，還有我們跌入房間的大部分，爆炸的熱力燒焦我們的衣服跟頭髮到處都是落下的碎石我們強迫自己縮到一張桌子下但有東西重重打了陶德的後腦杓而一根長木梁壓在我的腳踝上我感覺到兩隻腳踝都折斷了我痛到極點大喊出聲時唯一能想到的是她背叛我她背叛我她背叛我而這不是拯救陶德的任務，是殺死他的任務，如果她運氣好還能順便殺死鎮長——

她背叛我——

又背叛我——

然後是黑暗。

一段時間以後，有聲音，在灰塵跟碎屑間的聲音，飄入我因為疼痛而暈眩的腦袋——

一個聲音。

他的聲音。

「看看，看看是誰來了。」鎮長說。

Part 6

質問與答案

35 薇拉被質問

「放了她！」我用力搥玻璃，但不論我多用力，玻璃都沒有破掉的跡象。

「放了她！」

我的聲音因為喊得太用力而快要啞掉，但我會一直喊一直喊，直到沒有聲音為止。

「你碰她一下，我就殺了你！」

薇拉被綁在質問室的鐵架上，手臂往後往上綁起，鐵環周圍的皮膚又燙又紅，頭被卡在不讓她聽到噪音，不斷嗡嗡響的小鐵棍之間。

那桶水在她下方，一桌銳利的工具在她旁邊。

哈馬先生站在那裡等著，雙手環抱，戴維也在，緊張地從房間對面的門口往裡看。

鎮長也在，平靜地圍著她繞圈。

*

我只記得轟，還有雷傑市長消失在一陣火跟煙中。

我醒來時就在這裡，整個頭發痛，身上都是泥巴碎木頭還有乾的血，髒得不得了。

我站了起來。

看到她在那裡。

在玻璃後面。被質問。

我又按下房間擴音器的按鈕。「**放了她！**」

可是沒有人有任何反應。

「薇拉，我很不願意這麼做。」鎮長依舊緩緩繞著她走。他的聲音我聽得很清楚。「我以為妳跟我可以是朋友。我以為我們有共識。」他停在她面前。「可是妳把我家炸了。」

「我不知道有炸彈。」她說。我可以看到她臉上閃過的痛。她全身上下也都是乾掉的血，以及爆炸留下的割傷跟刮傷。

可是看起來最嚴重的是她的腳。她的鞋子脫了，腳踝又腫又拐又黑，我知道鎮長沒有給她止痛的東西。

我從她臉上看得出來。

看得出她有多痛。

我想把身後的長凳拖來砸窗戶，但凳子被鎖在水泥地上。

「我相信妳，薇拉。」鎮長重新開始繞著她走。他看著鏡子並笑了一下，他知道我就在那後面。「我相信柯爾夫人的背叛一定也讓妳很痛心。不過妳應該也不意外。」

薇拉什麼都沒說，只是垂著頭。

「請不要傷害她。拜託，拜託，拜託。」我低聲說。

「這樣講希望會有幫助。我也許不會把這件事視為針對我個人的行為。柯爾夫人找到方法在我的教堂中心設炸彈，摧毀它，也許過程中還要摧毀我。」

他抬頭看著鏡子後的我。我用拳頭再次敲打玻璃。他們不可能聽不到，但是他不理我。

可是戴維轉過頭，表情是我從來沒看過的認真。

就連從這裡，我都聽得到他噪音中的擔心。

「妳給了她一個不能忽視的機會。」鎮長繼續說：「妳對陶德的極端忠誠也許可能帶妳溜進其他炸彈客進不去的地方。她可能不想殺妳，但如果有機會可以毀掉我，跟妳相比，說到底，妳是可以被犧牲的。」

我看著她的臉。

她的臉難過地垮著，好難過，好沮喪。

我又感覺到她的沉默，感覺到我上輩子在沼澤裡第一次感覺到的渴望跟失落。我感覺強烈到眼睛變得濕潤，肚子一緊。

「薇拉。拜託，薇拉。」

可是她甚至沒有抬起頭。

「如果妳對她而言的意義就只是這樣，薇拉。」鎮長在她面前彎下腰，看著她的臉。「那也許妳終於知道妳真正的敵人是誰。」他頓了頓。「還有妳真正的朋友是誰。」

薇拉很小聲地說了一句話。

「妳說什麼？」鎮長問。

她清清喉嚨，又說一次。「我只是為了陶德來的。」

「我知道。」鎮長再次站起來，又開始走。「我也開始喜歡起陶德。他變得像是我的第二個兒子。」他轉頭去看滿臉通紅的戴維。「忠心，勤奮，真正為這個城鎮的未來做出貢獻。」

我又開始用拳頭搥玻璃。「**你給我閉嘴！你給我閉嘴！**」

「薇拉，如果他是我們這邊的，妳的夫人又敵視妳，那妳下一步該怎麼走一定很清楚了。」

但她已經在搖頭。「我不會告訴你。」她說：「我什麼都不會告訴你。」

「可是她背叛妳了。」鎮長又繞到她面前。「她想要殺妳。」

聽到這句話，薇拉抬起頭，直直看著他的眼睛，然後說：「不，她想要殺的是你。」

說得真好。

我的噪音驕傲地升起。

這才是我的女孩。

鎮長對哈馬先生做個手勢。

他握住鐵架一拉，將她壓入水中。

＊

「不要！」我尖叫，又開始敲窗。「**不要，該死的！**」我走到小房間的門前，開始用盡全力猛踢。「**薇拉！薇拉！**」

我聽到一聲喘息，跑回鏡子邊——

她從水裡被拉起來，把水吐出，用力咳個不停。「我們時間不夠了。」鎮長說著，拾起外套上的一點棉屑。「也許我們應該直接講重點。」

他說話時，我還一面敲窗大喊。他轉頭看我。他從那邊看不到我，但他的眼睛與我筆直對視。

「**薇拉！**」我再次尖叫，用力敲窗。

他微微皺眉——

「**薇拉！**」

然後他用他的噪音攻擊我，遠比以前強大太多。

像是上百萬人同時對我腦子裡大吼，深到我沒辦法保護自己，他們都在狂吼**你什麼都不是你什麼都不是**感覺像是我的血在燒眼睛要掉出來，我甚至站不起來，從鏡子前退開，重重坐倒在長凳上，他朝我揮來的一巴掌不斷迴盪迴盪迴盪，像是永遠不會停下——

當我又能睜開眼睛時，我看到鎮長阻止戴維離開質問室，看到戴維轉頭看鏡子。

他的噪音充滿擔心。

擔心我。

「告訴我『答案』什麼時候要攻擊。」鎮長對薇拉說，聲音變得更冷漠，更冷酷。「還有從哪裡攻擊。」

她搖頭，讓水滴飛得到處都是。「我不說。」

「妳會說。我真心認為妳恐怕會說。」

「不會。永遠不會。」她還在搖頭。

鎮長抬頭看鏡子，雖然看不到我，但居然又與我對視。「很不幸的是，我們沒有時間聽妳拒絕。」

他對哈馬先生點點頭。他又把她埋入水中。

「**住手！**」我大吼大敲。「**住手！**」

他把她壓在水裡——

然後繼續壓著——

我敲得手都腫了——

「讓她起來！讓她起來！」

她還在水裡掙扎——

但他還是把她壓在水裡——

她仍在水底下——

「薇拉！」

她的手用力在繩索中掙扎——

她不斷掙扎，水花灑得到處都是——

老天啊老天啊老天啊老天啊薇拉薇拉薇拉薇拉——

我不行——

我不行——

「不！」原諒我——

求妳原諒我——

「是今天晚上！」我大吼。**「日落！從教堂南邊有缺口的小山！今天晚上！」**我邊吼邊按著按鈕，一遍又一遍——

「今天晚上！」

她在水下掙扎——

可是似乎沒人聽到我說話。

他把聲音關掉了——

他把千他的聲音關掉了——

我回到窗邊，繼續用力敲——

可是沒人有動作——

她還在水下——

不管我多用力搥玻璃——

為什麼不破——

為什麼見鬼的還不破——

鎮長打個手勢，哈馬先生把鐵架拉起。薇拉大口大口用力吸氣，她的頭髮（比我記得的更長了）黏在臉上，纏在耳朵上，水大股大股從她身上流下。

「薇拉，這一切都是妳的決定。只要告訴我『答案』什麼時候要攻擊，這一切就會停止。」

「**今天晚上！**」我尖叫，大聲到我的聲音像乾泥巴一樣裂開。「**從南邊！**」

可是她在搖頭。

沒有人能聽見我。

「可是她背叛妳了，薇拉。」鎮長裝出驚訝的聲音。「為什麼要救她？為什麼——？」

他停下來，彷彿突然想到什麼。「在『答案』中有妳非常在乎的人。」

她停止搖頭。她沒有抬頭，但也停止搖頭。

鎮長跪在她面前。「那妳更有告訴我的理由。更有理由告訴我要到哪裡能找到妳的夫人。」他伸出手，撥開薇拉臉上的幾縷頭髮。「如果妳幫我，我保證他們不會受傷。我只想要柯爾夫人。其他夫人可以待在監獄裡，剩下的人一定都只是被煽動言詞蠱惑的無辜普通人，有機會跟他們談過之後，就會放人。」

他對哈馬先生示意給他一條毛巾，用來擦薇拉的臉。她還是不看他。

「如果妳告訴我們，妳就是救人性命。」他說，溫和地擦掉水珠。「我向妳保證。」

她終於抬起頭。

「你保證。」她說，看著哈馬先生，表情生氣到連他看起來都很驚訝。

「啊，對。」鎮長站起來說。他把毛巾遞還哈馬先生。「薇拉，妳應該把哈馬上尉看成是我慈悲的體現。我饒了他一命。」他又開始走，可是經過她後面時，他轉頭看我。「就像我會饒過妳朋友跟所愛之人的性命一樣。」

「是今天晚上。」我說，聲音極為沙啞。

他怎麼會聽不到我的聲音？

他又說：「不過呢，如果妳不知道，也許妳的好朋友阿李會告訴我們。」

她的頭立刻抬起，眼睛睜大，呼吸沉重。

我不知道他怎麼會沒被炸死——

「他什麼都不知道。他不知道什麼時候，也不知道是哪裡。」她連忙說。

「就算我相信，我也確定我們必須要嚴格地長時間質問他才能確定。」

「不要動他！」薇拉說，想要轉頭看他。

鎮長在鏡子前面停下，背向薇拉，面向我。「也許我們該問陶德。」

我朝著他的臉用力搥玻璃。他甚至沒往後縮。

然後她說：「陶德永遠不會告訴你的。永遠。」

鎮長只是看著我。

然後微笑。

我的胃直直下沉，心臟停止，頭感覺輕到覺得自己就要倒在地上。喔，薇拉——

薇拉，拜託——

原諒我。

「哈馬上尉。」鎮長說完，薇拉又被埋入水裡，下去時甚至沒來得及怕得尖叫。

「**不要！**」我大吼，整個人貼在鏡子前。

可是鎮長甚至沒有看她。他在看我，像是我就算站在磚牆後面也能看到我一樣。

「**住手！**」我大吼，看著她又在掙扎——

掙扎——

掙扎——

「**薇拉！**」

我又在敲玻璃，雖然我覺得我的手快要斷了——

哈馬先生咧嘴笑著，壓著她——

「**薇拉！**」

她的手腕因為掙扎得太厲害，開始流血——

「**我要殺了你！**」我正朝鎮長的臉大吼——

用盡噪音——

「我會殺了你！」——

還在繼續壓著她——

「薇拉！薇拉！」——

可是是戴維——

居然是戴維——

是戴維阻止了他們。

「把她拉起來！」他突然大吼，從角落大步走上前。「老天，你們會弄死她！」然後他抓住鐵架，把鐵架從水裡拉起，鎮長對哈馬先生打個手勢，示意讓他動手，戴維把薇拉重新拉起，她的喉嚨因為吸氣跟嗆水不斷發出吼聲。

有一分鐘，誰都沒說話，鎮長盯著他的兒子，彷彿他是種沒看過的魚。

「如果她死了，又能幫到我們什麼？」戴維的聲音顫抖，眼神不與任何人對看。「我只是這樣覺得。」

鎮長沒說話。戴維退開鐵架旁，站回他在門口的位置。

薇拉邊嗆邊掛在鐵架上，我貼在窗戶上，近到像要爬過窗戶去救她。

「好吧。」鎮長說，雙手握在背後，看著戴維。「我想也許我們已經知道該知道的事了。」

他走到牆上的一個按鈕前，按下。「陶德，能不能請你重複你剛剛說的話？」

薇拉一聽到我的名字便抬起頭。

鎮長走到鐵架邊，把她臉旁模糊噪音的小棍子移開，她突然聽到我的噪音，開始轉頭到處找。

「陶德？你在嗎？」她說。

「我在這裡！」我大吼，聲音響徹房間，讓每個人都聽得到我。

「陶德，請告訴我們你幾分鐘前說的事。」鎮長又在看我。「跟今天晚上日落時有關？」

薇拉順著鎮長的視線抬起頭看，臉上滿是驚訝，驚訝與震驚。

「不。」她低聲說，聲音跟吼叫一樣響亮。

「薇拉也應該聽到你說，陶德。」鎮長說。

他知道。他一直能聽到我的噪音，當然他可以，就算她不行，他也可以聽到我的喊叫。

「薇拉？」我說，聲音聽起來像在乞求。

她看著鏡子，尋找我所在的位置。「不要告訴他！拜託你，陶德，不要——」

「我再問一遍，陶德。」鎮長說，手扶著鐵架。「否則她會回到水裡。」

「陶德，不要！」薇拉大吼。

「你這個混蛋！」我大叫。「我會殺了你。我發誓，**我會殺了你！**」

「你不會的。我們都知道。」他說。

「陶德，拜託你，不要——」

「說吧，陶德。什麼時候，什麼地方？」

然後他開始把鐵架往下壓。

薇拉很努力要裝出勇敢的樣子，但她的身體開始扭轉掙扎，不想讓任何一部分碰到水。「不要！**不要！**」她在大喊。

拜託拜託拜託——

「**不要！**」

薇拉——

「今晚日落。」我說，聲音經過擴音器的放大壓過她的喊叫，壓過戴維的噪音，壓過我自己的噪音，只有我的聲音充斥一切。「在教堂南邊的缺口。」

「不要！」薇拉尖叫——

她臉上的表情——

她臉上因為我而出現的表情——

我的胸口被撕成兩半。

*

鎮長把鐵架拉起，將她從水面移開，把她放下。

「不要。」她低聲說。

這時候，她才真正開始哭了出來。

「謝謝你，陶德。」鎮長說。他轉向哈馬先生。「你知道地點跟時間，上尉。向摩根、塔特、歐哈爾上尉傳令。」

哈馬先生立正。「是的，長官。」他聽起來像是剛贏了什麼大獎。「我會把所有人都帶去，長官。他們怎麼死的都不知道。」

「把我兒子帶去。讓他盡情見識戰場。」鎮長朝戴維點點頭。

戴維看起來很緊張，卻也驕傲又興奮，沒注意到哈馬先生的笑容突然詭異地扭曲了一下。

「去。一個不留。」鎮長說。

「是的，長官。」哈馬先生說。薇拉聽到後，小小聲地啜泣。

戴維對他父親行禮，想讓自己的噪音顯得勇敢些。他朝鏡子後的我投來一個眼神，一個同情的眼神，噪音充滿害怕跟興奮跟更多害怕。

然後他跟著哈馬先生出了門。

現在只剩下我，薇拉跟鎮長。

我只能看她，掛在鐵架上，頭垂得低低的，還在哭，整個人被綁著，全身濕透，身上散發出的難過深重到我的皮膚都能感覺到。

「去照顧你的朋友吧。」鎮長站在玻璃另一邊對我說，臉離得很近。「我要回到我被燒焦的家去準備新的黎明。」他甚至沒有眨眼，甚至沒表現出剛才發生了什麼不尋常的事。

他沒有半點人性。

「我就是人性得過分了，陶德。守衛會把你們送回教堂。」他挑起眉毛。「我們需要好好討論一下你們的未來。」

36 挫敗

〔薇拉〕

我聽到陶德走進房間，聽到他的噪音先進來，但我沒辦法抬頭看他。

「薇拉？」他說。

我還是沒有抬頭。

結束了。

我們輸了。

我感覺到他的手摸上我手腕的繩索，拉扯著，終於解開了一邊，但是我的手臂被往後綁得久到已經整個僵硬，鬆開來時比綁著時還要痛。

普倫提司鎮長贏了。柯爾夫人想要犧牲我。如果他們沒騙我，如果阿李沒死，那他就是被他們抓住了。瑪蒂死得毫無意義。柯琳死得毫無意義。

至於陶德——

他走到我面前來把第二條繩索解開，鬆掉之後我整個人從鐵架上摔下來，他接住我，輕輕地跪在地上。

「薇拉？」他把我緊抱在他懷裡，頭靠著他的胸口，我身上的水浸透他髒兮兮的制服，我的手臂大大張開，什麼都抓不住，鐵環隱隱作痛。

然後我抬起頭，看到他肩膀上銀亮亮的A。

「放開我。」我說。可是他還是抱著我。「放開我。」我更大聲地說。

「不。」他說。

我想把他推開，但是我的手臂好痠軟又好累而且一切都結束了。一切都結束了。

他還是抱著我。

然後我又開始哭感覺到他把我抱得更緊然後我哭得更用力直到我的手臂能稍稍動的時候我摟住

他然後哭得更用力因為摸到他的感覺聞到他的氣味聽到他的噪音還有他抱著我的方式還有他的擔心他的焦慮他的關懷他的溫柔——

直到那時候我才發現原來我自己都不知道我有這麼想他。

可是他告訴鎮長——

他告訴鎮長——

所以我必須努力又要把他推開，雖然我幾乎狠不下心來。

「你跟他說了。」我硬逼著自己說。

「對不起。」他的眼睛又大又害怕。「他要把妳淹死了，我沒辦法，我真的沒辦法——」

我看著他，我在他的噪音裡，掉到水裡，而他則用力敲著鏡子另一面，更糟糕的是我可以看到他的感覺，他無助的憤怒，看到他沒辦法救我——

而他的臉是這麼擔心。

「薇拉，拜託妳。拜託妳。」他在求我。

「他會殺了他們。每個人。維夫在那裡，陶德。維夫。」

「維夫？」他一臉驚恐。

「還有珍。還有好多人，陶德，他們都在那裡。他會把他們全部殺光，一切就結束了。那會是一切的結束。」

他的噪音變得黑暗空虛，幾乎是整個人軟倒在我身邊，水花從我們身邊積起的小水窪裡濺起。

「不要，啊，不要啊。」

我不想說，但是我還是聽到我的聲音在說：「你做出他想要你做的事情。他很清楚要怎麼從你那裡套出話來。」

他看著我。「我有什麼選擇？」

「你應該讓他殺了我！」

他看著我，我可以看到他的噪音想要找到我，找到在這團混亂與痛苦中深藏著的真正薇拉。我可以看到他在找——

有那麼一段時間，我不想讓他找到我。

「你應該讓他殺了我。」我又靜靜說了一次。

可是不可能的，不是嗎？

他不能這麼做了之後，還仍然是他自己。

他不能這麼做了之後，還仍然是陶德．赫維特。

不能殺人的男孩。

不能殺人的男人。

我們就是我們所作的選擇。

*

「我必須警告他們。」我說，覺得非常羞愧，不敢看他的眼睛。「如果有辦法的話。」我抓住桶子邊緣，努力想要站起來。一陣劇痛從腳踝往腿上竄。我大喊一聲，又往前摔倒。

他又接住了我。

「我的腳。」我說。

我們看著我的光腳，腫得非常嚴重，變成很醜的黑與藍色。

「先帶妳去看醫婦。」他抱住我，準備把我抬起來。

「不行。」我阻止他。「我們得先去警告『答案』。那是最重要的事。」

「薇拉——」

「他們的性命比我的——」

「她想要殺妳，薇拉。她想要把妳炸死。」

我重重的呼吸，努力不去感覺腿上傳來的痛。

「妳什麼都不欠她。」他說。

可是我感覺到他的手臂搭在我身上，發現似乎一切不再顯得那麼不可能。我感覺到陶德正在碰著我，我肚子裡燒著一把怒火，但不是針對他，所以我悶哼一聲，又硬撐起自己，靠著他站好。

「我欠她。我欠她一個看到我活著時的表情。」我說。

我想要小步小步地走，但實在太痛了。我又喊出聲。

「我有馬。我可以把妳放在她背上。」他說。

「他不會讓我們離開的。他說守衛會把我們送回去他那邊。」我說。

「是嗎。我倒想看看。」他又把我摟得更緊，彎腰用手臂從我膝下穿過，然後把我舉到空中。

腳踝突然感覺到的重力讓我又叫出聲，可是他把我抱了起來，就像那時在山坡上一樣，把我抱入安城。

抱起我。

他也想起來了。我從他的噪音裡看得出來。

我摟著他的脖子。他努力想要微笑。

他的笑容還是一如往常的歪。

「我們可以一直救對方。會不會有扯平的一天？」他說。

「我希望不要。」我說。

他又開始皺起眉頭，我看到烏雲滾入他的噪音中。「我很抱歉。」他低聲說。

我抓著他的襯衫前襟，拉得更緊。「我也是。」

「所以我們原諒對方？」歪歪的笑容再次揚起。「再來一次？」

我直視他的眼睛，盡力望入他的內心深處，因為我想要他能聽到我，我想要他能聽到我想表達，感覺到，想要說出口的全部。「永遠。每次都是。」

他把我抱到一張椅子邊，然後走到門旁，用力敲門。「放我們出去！」他大喊。

「這次的事情其實很有意義，陶德。」我說，盡量小力地吸氣，因為我的腳一陣一陣地在痛。「一件我們需要記得的事情。」

「什麼事？」他又敲起門來，手痛得他偶爾低低叫出聲來。

「鎮長知道我是你的弱點。他只要威脅我，你就會照他說的去做。」我說。

「對。」陶德沒有回頭。「對，我知道。」

「他會一直這樣做。」

他轉頭看我，雙手握緊拳頭，垂在身邊。「他不會再看到妳。永遠不會。」

「不行。」我搖頭，痛得皺眉。「不能這樣，陶德。必須要阻止他。」

「那為什麼是我們要阻止他？」

「總得有人去做。」我拱著背，好避免腳踝承受任何重量。「不能讓他贏。」

陶德開始踢門。「讓妳那個夫人動手。我們會想辦法找到她那裡，如果有可能警告他們，然後我們就走。」

「走去哪裡？」

「我不知道。」他開始在四周找能撞開門的東西。「我們去廢棄的聚落。我們躲到妳的船來為止。」

「他會打敗柯爾夫人，然後接下來就是對付船。」我轉頭去看他的動作時，痛得小聲驚喘。「陶德，他們降落時，只會有一小部分人醒著。他可以制伏他們，然後讓剩下的人繼續睡。如果他不願讓他們醒來，他可以讓那些人一直睡下去。」

他停下動作。「真的嗎？」

我點頭。「一旦他摧毀『答案』，還有什麼能阻止他？」

他握緊又放開拳頭。「我們得想辦法。」

「我們先找到『答案』。」我說，想要站起來。「我們警告他們——」

「告訴他們，他們的領導人是什麼樣的人。」

我嘆口氣。「我們得要阻止他們兩個，對不對？」

「這很簡單，不是嗎？我們告訴『答案』妳那夫人做的事，然後讓新的人來領導他們。」他看著我。「也許是妳。」

「也許是**你**。」我花了一段時間來喘過氣。愈來愈難了。「不管怎麼樣，我們都得離開這裡。」

這時，門突然打開。

一名士兵拿著來福槍站在那裡。

「我的命令是帶你們去教堂。」他說。

我覺得我認得他。

「伊凡。」陶德說。

「中尉。」伊凡點頭。「我接到命令。」

「你是遠支鎮來的。」我說。

可是他只盯著陶德，沒有眨眼。我可以聽到他的噪音有些什麼，有——

「中尉。」他又說了一次，似乎在打什麼暗號。

我看著陶德。「他在做什麼？」

「你接到命令。」陶德專注在伊凡身上。我可以聽到他們的噪音之間正有什麼又快又模糊的東西在飛竄。「法洛士兵。」

「是的，長官。」伊凡立正。「上級的命令。」

陶德看著我。我可以看到他在想。

「發生什麼事了？」我說。

我看到陶德的噪音裡出現阿李。他轉身面對伊凡。「有另外一個囚犯嗎？一個男孩？長長的金髮？」

「有，長官。」伊凡說。

「如果我命令你帶我去找他，你會服從嗎？」

「你是我的上級長官，中尉。」伊凡更用力地看著陶德。「我必須服從任何你給我的命令。」

「陶德？」我說，可是我開始懂了。

「我很努力想要告訴你這件事一陣子了，中尉。」伊凡說，聽起來有點不耐煩。

「這裡有比我更高階的軍官嗎？」陶德問。

「沒有，長官，只有我跟守衛。其他人都去參戰了。」

「多少名守衛？」

「總共十六個人，長官。」

陶德舔舔嘴唇，思考著。「士兵，他們也會把我視為上級長官嗎？」

伊凡第一次別過頭，朝後面很快瞥了一眼才又以更低的聲音說：「長官，他們對我們目前的領導者有些質疑。他們可以被說服。」

陶德站得更挺，扯直制服下襬。我再次注意到他長得多高，比我上次見到他時高了很多，他的臉部線條已經不再帶著男孩氣，他的聲音變得更飽滿而深沉。

我看著他，我開始看到一個男人。他清清喉嚨，在伊凡面前立正。「那我命令你帶我去找名叫阿李的囚犯，士兵。」

「雖然我被指示只要將你直接帶到總統面前，但我覺得不能違背你的直接命令，長官。」伊凡以格外正式的聲音說。

他退到門外去等我們。陶德來到我的椅子邊，跪在我面前。

「你在計畫什麼？」我問，想要讀懂他的噪音，但是他的噪音繞得快到我幾乎跟不上。

「妳說要阻止他的人必須是我們，因為沒有別人。」他說，歪歪的笑容挑得更高。「也許，是有辦法的。」

37 中尉

【陶德】

我感覺到薇拉看著我離開，跟著伊凡到了走廊。她在想我們能不能信任他。

我也在想。

因為答案是不行，不是嗎？伊凡自願加入軍隊，在遠支鎮靠這個保住自己的一條命，而我記得好幾個月前，在這一切發生之前，他告訴我他是站在普倫提司鎮那邊，當軍隊進入城裡時，他大概迫不及待想要加入，後來他帶著軍隊到了這裡，甚至成為下士。

直到普倫提司鎮長射穿他的腿。

他曾經對我說，*人要朝權力中心走。這才是保命的方法*。

所以也許他覺得他找到新的權力中心了。

「我正是這樣想的，長官。」伊凡停在一扇門外面。「他在這裡。」

「他能走路嗎？」伊凡打開門鎖時我問——

可是阿李已經大吼著**啊啊啊啊啊啊啊**！！！！往外撲，把伊凡撞倒，然後不斷地揍伊凡的臉，我得要抓住他的肩膀，把他往後拖，他一轉身正準備朝我揮拳頭時，他才看到是誰。

「陶德！」他驚訝地說。

「我們得——」我剛開口。

「她在哪裡？」他大吼，已經開始到處轉頭在找，我得上前一步，阻止伊凡用來福槍砸他的後腦杓。

「她受傷了。她需要繃帶跟夾板。」我轉向伊凡。「你有嗎？」

「我們有急救箱。」伊凡說。

「這就夠了。把急救箱交給阿李，他會照顧薇拉。然後告訴其他人，我要在前面對他們講話。」

伊凡瞪著阿李，噪音挑釁。

「這是命令，士兵。」我說。

「是的，長官。」伊凡臉色難看地說，然後消失在走廊中。

阿李睜大了眼睛看著我。「是的，長官？」

「薇拉會解釋。」我推他去跟著伊凡。「你去幫她上繃帶！她很痛！」

這句話讓他開始動了起來。我轉身走向大廳。兩名守衛看著我走過。

「發生什麼事了？」其中一人問。

「長官，發生什麼事了？」我頭都沒轉，直接喝斥。我走出質問所的前門，轉向出了大門的小路。

一切幾乎可說是寧靜。

安荷洛德就在那裡，一定是戴維把她牽來了。

「乖女孩。」我慢慢地走到她面前，揉揉她的鼻子。

小馬男孩？陶德？她的噪音問。

「沒事的，乖女孩。沒事的。」我低聲說。

痛。她說，聞著我臉上的乾血，然後伸出大大溼溼的舌頭，用最溼答答的方法舔了我的嘴巴跟臉頰。

我小聲笑了，又揉揉她的鼻子。「我沒事，乖，沒事。」

她的噪音一直說著我的名字，陶德陶德。我走到馬鞍邊，我的包包還綁在上面，我的來福槍也還在那裡。

我媽的書也還在那裡。

我打賭一定是戴維拿來的。

我把安荷洛德的韁繩從柱子上解開，然後帶她走了一小段路，直到她的頭指上寫上大大銀色A字的大門。「我得作個演講。」我說，把馬鞍收緊。「最好在妳背上說。」

小馬男孩，陶德。她說。

「安荷洛德。」我說。

我踩上馬蹬，往上一跳，抬起腿，直到我坐在馬鞍上，抬頭看著天空。天色還沒暗，但是太陽正在朝瀑布落下。下午正一點一滴過去。

時間不多了。

「祝我好運。」我說。

「前進。前進。」安荷洛德嘶叫。

*

守衛們抬頭看我，然後看著想要他們安靜下來的伊凡，但他們的噪音像被火燒的綿羊一樣悽慘。

「是中尉。」伊凡正在對他們說。

「他只是個小孩。」另一個有著金紅色頭髮的守衛說。

「他是總統的小孩。」伊凡回答。

「沒錯，士兵。你應該要帶他回城裡去。」另一個有大肚子跟下士肩條的人說：「不要告訴我你會違抗直接命令。」

「中尉給我不同的命令。」伊凡說。

「而且他的意見現在比總統的還重要了是嗎？」紅頭髮說。

「拜託！你們有多少人得到這個任務是因為被處罰？」伊凡大吼。

這句話讓他們安靜下來。

「如果你認為我要跟著這小孩去對付總統，那你一定是白痴。」大肚子下士說。

「普倫提司知道事情。知道他不應該知道的事情。」紅頭髮說。

「他會讓人開槍打死我們。」另一個膚色蒼白的高個子說。

「誰？軍隊都在打仗，總統坐在他被炸掉的教堂裡，等我帶著陶德出現。」伊凡說。

「他在那裡幹什麼？他為什麼沒跟軍隊在一起？」紅頭髮說。

「那不是他的風格。」我說。他們全部又一起抬頭看我。「鎮長不打仗。他統治，他領導，但是他不會扣扳機，不會弄髒自己的手。」我說。安荷洛德感覺到我的緊張，左右來回踏步。「他會叫別人替他動手。」

我同時很努力想要在噪音裡藏住的想法是，況且，他想跟我說話。

這從某個角度來看，比打仗還糟糕。

「你要推翻他？就憑你？」下士抱胸說。

「他只是個人。是人就能被打敗。」我說。

「他不只是一般人。別人說他能把噪音當武器使用。」紅頭髮說。

「而且離他太近，他就能控制你的意志。」白皮膚說。

伊凡嗤笑。「那只是老掉牙的故事而已。他才不知道──」

「他可以。」我說。所有人的目光又集中在我身上。「他可以用噪音攻擊你，痛得要死。他可以看著你的思想，強迫你說跟做他想要的事情。這些他都可以做到。」

他們現在都呆呆地看著我，在想我要什麼時候才會說到有用的部分。

「可是我想他需要跟你四目對望才行──」

「你想？」紅頭髮說。

「而且我想他是用眼神控制的──」

「你以為？」紅頭髮說。

「而且被噪音打不會致命，一次也只能對付一個人。如果我們全部同時攻擊他，他沒辦法把我們所有人都打敗。」

可是我也在噪音裡藏著他剛剛在質問場裡攻擊我的時候，他變得有多強，攻擊變得有多猛烈。

他一直在努力，磨利他的武器。

「不重要。他會有自己的侍衛。我們只是去送死。」白皮膚說。

「他會期待你們押送我。我們可以直接走過士兵，去到他在等的地方。」我說。

「我們為什麼要跟隨你，中尉？」下士問，嘲諷地喊著我的頭銜。「這對我們有什麼好處？」

「免受暴政的壓迫！」伊凡說。

下士翻翻白眼。而且不止他而已。

伊凡又換個方法：「因為他不在以後，就由我們接管。」

這次比較少人翻白眼，但是白皮膚說：「任何人想要被伊凡．法洛總統管嗎？」他說這話是想要逗人笑，但沒有人笑。

「赫維特總統呢？」伊凡說，抬頭看我，眼中閃著怪異的精光。

大肚子下士嗤笑，說：「他只是個孩子。」

「我不是。已經不是了。」我說。

「他是唯一願意去對付總統的人。這不是一般人能做到的。」伊凡說。

守衛看著彼此。我可以聽到他們的噪音裡有各式各樣的問題，各式各樣的懷疑在互問，所有的恐懼彼此證實，在他們的噪音裡我聽到被打敗的可能性。

但在他們的噪音裡我也聽到要怎麼樣說服他們。

「如果你們幫我，我可以給你們藥劑。」

全部都閉嘴了。

「你真的可以？」紅頭髮問。

「算了，他只是在吹牛。」下士說。

「全部都堆在教堂的地下室裡。我親眼看到鎮長把藥劑存在那裡。」我說。

「你為什麼一直叫他鎮長？」白皮膚問。

「你們跟我來。你們幫我抓住他，藥劑隨你們扛。」

他們現在通通都很專心地聽我說話。

「現在見鬼的該讓安城重新變回安城了。」

「他收了整個軍隊的藥劑。我們把總統拉倒，藥劑給他們，你們覺得他們會開始聽誰的？」伊凡說。

「不會是你，伊凡。」

「沒錯。可是有可能是他。」伊凡又用那種奇特的眼神看我。

男人抬頭看著我坐在安荷洛德的背上，握著我的來福槍，髒兮兮的制服，我的理想跟承諾，他們的噪音一陣騷動，每個人都問自己，他有沒有走投無路到要賭這一把？

我想到薇拉，坐在質問室裡，坐在那裡，代表我想拯救的一切，我會不惜代價付出的一切。

我想到她，就想到該如何說服他們。

「所有女人都被上環了。你們覺得接下來會是輪到誰？」

阿李正在把最後的繃帶綁上薇拉的腳時，我回到房間，她的臉看起來已經遠沒有之前那麼痛了。

「妳站得起來嗎？」我問。

「只能站一點點。」

「沒關係。安荷洛德在外面。她會帶你跟阿李去找『答案』。」我說。

「你呢？」薇拉坐起來。

「我要去面對他。我要打倒他。」我說。

她一聽立刻坐得很挺。

「我跟你去。」阿李立刻說。

「你不行。你去叫『答案』停止攻擊，你告訴他們柯爾夫人是怎麼樣的人。」

阿李的嘴抿得很緊，但我可以看到他的噪音因為炸彈這件事而極為憤怒。他原本也會被炸死。

「薇拉說你沒辦法殺人。」

我惡狠狠地瞪了她一眼。她不好意思地轉過頭。

「我會殺他。我會因為他對我母親跟姊姊做的事情殺了他。」阿李說。

「如果你們不警告『答案』，他就必須為更多人命負責。」

「柯爾夫人就給他算了。」阿李說，可是我已經看到他的噪音裡有更多人。維夫跟珍還有其他男人跟女人，還有薇拉薇拉薇拉薇拉。

「你要怎麼做，陶德？你不能一個人去面對他。」

「不會是我一個人。我說服了一些守衛跟我一起去。」

她睜大眼睛。「你說什麼？」

我微笑。「我安排了一點叛變。」

「幾個人？」阿李的表情依然嚴肅。

我遲疑了。「七個。我沒辦法說服他們所有人。」

薇拉表情一垮。「你要帶著七個人去跟鎮長打？」

「這是個機會。大多數軍隊的人都去參加這場最後的戰鬥。鎮長在等我。現在是他最沒有防備的時候。」

她看了我一秒，然後一手按著阿李的肩膀，一手按著我的，然後撐起身體，站起來。我可以看到她痛得全身一抖，但是阿李的繃帶纏得很緊很平，就算不是能讓骨頭重接的那種，也夠讓她站一、兩秒了。

「我跟你去。」她說。

「不可以。」我說的同時，阿李也大吼：「不可能！」

她牙關一咬。「你們兩個憑什麼決定？」

「妳不能走路。」我說。

「你有馬。」她說。

「這是讓你們安全逃出去的方法。」我說。

「他在等我們兩個，陶德。你走進去卻沒有我，那不用說話，你的計畫就已經失敗了。」

我雙手插腰。「妳自己說，如果有機會，鎮長會用妳來對付我。妳自己都這樣說。」

她咬著牙，測試腳踝的耐重能力。「那你的計畫最好要成功，不是嗎？」

「薇拉——」阿李開口，但是她一個眼神就讓他打住。

「找到『答案』，阿李。警告他們。你時間不多了。」

「可是——」

「快去。」她更堅定地說。

我們兩個都看到她在他的噪音裡升起，感覺到他有多麼不想離開她，強烈到我必須轉過頭去，不忍看他。

可是也讓我想要揍他。

「我不會離開陶德。我找到他了，就不會離開她。對不起，阿李，但就是這樣。」她說。

阿李退了一步，藏不住噪音裡受傷的感覺。薇拉放柔聲音：「對不起。」她又說了一次。

「薇拉——」阿李說。

但她在搖頭。「鎮長覺得他無所不知。他覺得他知道會發生什麼事。他只是坐在那裡等著我跟陶德出現去阻止他。」

阿李想要插話，但她不准。

「可是他忘了一件事。他忘記我跟陶德一起逃過半個星球，完全靠我們自己。我們打敗他最瘋狂的傳教士。我們逃過他的整個軍隊，沒有被槍打死被人揍死被人追死，我們該死的活了下來，沒有被炸死或被酷刑折磨死，或死在戰場上等等。」

她拿開扶著阿李的手，完全只靠我站著。

「我跟陶德？一起對抗鎮長？」她微笑。「他根本沒有機會。」

38 朝教堂前進

〔薇拉〕

「妳在裡面說的是真的嗎？」陶德扯著馬鞍上的皮帶，聲音很低，眼睛看著馬。「說他打不過我們？」

我聳聳肩。「挺有用的，不是嗎？」

他微笑。「我得跟其他人談談。」他對阿李點頭，阿李站在離我們一段距離的地方，雙手插在口袋裡，看著我們聊天。「妳讓他好過些，好嗎？」

他朝阿李一揮手，朝準備押送我們的七個士兵走去。他們都站在大石頭柵門邊。阿李走了過來。

「妳確定要這樣嗎？」他說。

「我不確定。但我相信陶德。」

他從鼻子噴出一口氣，低頭看著地，努力不讓噪音波動。「妳愛他。」不是問題，只是陳述。

「對。」我說。也是陳述。

「是那樣的嗎？」

我們都轉頭去看陶德。他正在揮著手，告訴其他人我們的計畫，他們該怎麼做。

他看起來像個領袖。

「薇拉？」阿李問。

我轉頭去看他。「阿李，如果有辦法，你要在軍隊之前找到『答案』。」

他皺眉。

「他們也許不會相信我所說關於柯爾夫人的事。很多人需要她是對的。」

我溫和地握起馬的韁繩。

小馬男孩？她想，也在看陶德。「你這樣想好了。如果你能找到他們，我們能處理鎮長，今天就能結束一切了。」

阿李瞇眼看著太陽。「如果你們不能處理他呢？」

我想要微笑。「那你就只能來救我們了，不是嗎？」

他努力回以微笑。

「我們準備好了。」陶德說，走了回來。

「開始了。」我說。

陶德對阿李伸手。「祝你好運。」

阿李握住他的手。「也祝你好運。」他說。可是他看的是我。

阿李朝樹林出發，跑向山坡，想趕在軍隊之前攔住「答案」。我們其他人則沿著大路前進。陶德牽著安荷洛德，她一直在對他說小馬男孩，噪音說了一遍又一遍，對於有不同的人在她背上感覺很緊張。陶德對她不斷低聲說話好讓她平靜下來，揉著她的鼻子，拍著她的背。

「妳覺得如何？」我們走到第一區的寢室時，他問我。

「我的腳在痛。我的頭也在痛。」我的手揉過藏著鐵環的袖子。「手也在痛。」

「除了這些以外呢？」他微笑。

我看著周圍的守衛，排列整齊地行軍，像是他們真的押送我們去見鎮長：伊凡跟另一人在前面，後面兩個，我的右邊兩個，我的左邊一個。

「你真的相信我們能打敗他嗎？」我問陶德。

「這個嘛。」他笑了。「我們一定會，不是嗎？」

一定會。

走進新普倫提司城。

「我們加快速度。」陶德大聲一點說。所有人加快速度，經過更多建築物。

我們經過一區又一區的建築物。「這裡沒有人。」紅頭髮的守衛低聲說。

建築物之間，沒有任何人。

「不是沒有人。」大肚子凸出來的守衛說：「只是躲起來了。」

「沒有軍隊，這裡好詭異。居然沒有軍隊在路上行軍。」紅頭髮的說。

「我們在行軍，士兵。我們也是軍隊。」伊凡說。

我們經過百葉窗關得緊緊的屋子，店面全被鎖起，路上沒有拖車也沒有核融車，連行人都沒有。可以聽到門後面的咆哮，但也只是平常一半的音量。

而且非常害怕。

「他們知道要發生了。他們知道這就是他們在等的戰爭。」陶德說。

我從安荷洛德背上看著周圍。沒有屋子點燈，沒有臉從窗戶後面往外看，甚至沒有人好奇這群士兵為什麼會包圍一名腳上纏著繃帶，坐在馬背上的女孩。

然後路拐彎，教堂就在眼前。

「我的老天。」我們停下來時，紅頭髮的守衛說。

「你居然沒死？」大肚子對陶德說，欣賞地吹聲口哨。「也許你真的有點運氣。」

鐘塔還在，但是現在搖搖欲墜，撐在一排磚頭砌成的階梯上。主要還剩下兩面牆，包括有彩色玻璃那一面。

可是剩下的。

剩下的只是一堆石頭跟灰塵。

光從後面都看得出來，大多數屋頂已經塌下，兩面牆大多數被炸到馬路上跟前面的廣場，拱門很危險地歪倒，門歪歪斜斜地掛在鉸鏈上，建築物內部大多曝露在所有人面前，接收落日的最後一絲陽光。

沒有半個守衛。

「沒有人保護他？」紅頭髮的說。

「聽起來像是他會做的事。」陶德說，盯著教堂看，像是能透過牆，看到鎮長在那裡。

「如果他在。」伊凡說。

「他在。相信我。」陶德說。

紅頭髮士兵開始往後退。「不可能的。你們，這簡直是送死。不可能的。」

他最後一次害怕地回頭看了一眼，朝著來的地方跑走。

陶德嘆口氣。「還有誰想走嗎？」其他人面面相覷，噪音在想著為什麼一開始要來。

「他會在你們身上套環。」伊凡說。他朝我點頭。我拉起袖子給他們看。皮膚依然發紅發燙。我想已經感染了。急救藥膏並沒有發揮作用。

「然後他會奴役你們。」伊凡繼續說：「我不知道你是怎麼想的，但我知道我加入軍隊不是為了這個原因。」

「那你為什麼要加入？」另一個人問，但很顯然他並不想知道答案。

「我們打倒他，我們就是英雄。」伊凡說。

「有藥劑的英雄。」大肚子點頭說：「控制藥劑的人——」

「夠了。」陶德說。我聽到他的噪音裡充滿對眼前情況的不安。「我們到底要不要動手？」

其他人又看著彼此。

陶德揚起聲音，讓聲音變成命令，甚至連我都轉頭看他。

「我說，準備好了嗎？」

「是的，長官。」所有人說，似乎很驚訝自己會這樣回答。

「那走吧。」陶德說。

其他人又開始行軍，左右左右左右，踏過地上的碎石，走下小山坡，穿過鎮，朝向教堂。我們愈靠愈近，教堂愈來愈大，愈來愈大。

我們經過一些樹，我往左邊看，看向南邊的山丘。

「上帝啊。」大肚子說。

從這裡都可以看到在遠處行軍的軍隊，一隻黑色的手臂順著過窄的小徑蜿蜒前進，走上有缺口的山丘頂，走上會碰上「答案」的地方。

我看著落下的太陽。

「大概還有一個小時。可能不到。」陶德看到我的動作後說。

「阿李趕不及的。」我說。

「還是有可能。一定有捷徑。」

軍隊的長蛇順著山坡往上。人數多到如果真正開戰，「答案」一定打不過他們。

「我們不能失敗。」我說。

「我們不會失敗。」陶德說。

然後，我們來到教堂前。

我們從教堂旁邊前進。大多數損害都在這裡，整面北牆都倒在路上。

「記得。」我們爬過碎石塊時，陶德對所有人低聲囑咐。「你們是在聽從命令帶著兩名囚犯去見總統。所有人只想著這件事。」

我們走上大路。石頭堆得高到根本看不到教堂裡面。鎮長可能在任何地方。我們繞過拐角，來到原本是前門的地方，現在只是一個巨大的洞，通向寬敞的大廳跟祈禱室，上面還是有鐘塔跟一圈彩色玻璃往下俯瞰。我們身後的太陽直直照著彩繪玻璃。上層的牆後，空曠的房間大敞著，地板碎裂。六隻紅鳥在撿拾石頭中的食物跟更恐怖的東西吃著。建築物其他部分靠著沒倒的部分站著，像是突然累了，隨時都會倒下休息。

在裡頭——

「沒有人。」伊凡說。

「所以沒有守衛。他跟軍隊在一起。」大肚子說。

「沒有。」陶德皺眉看著周圍。

「陶德？」我說，感覺到什麼——

「他親自叫我把陶德帶來。」伊凡說。

「那他人呢？」大肚子問。

「我在這裡啊。」鎮長從不應該能藏住他的影子中走出，幾乎像是從磚塊中出現，從沒人能看到他的幻象後走出。

「什麼惡魔巫術——」大肚子往後退了一步。

「不是惡魔。」鎮長說，從台階上往下走，雙手在身側攤開。守衛對他同時舉起來福槍。他甚至看起來沒有武器。

可是他還是在繼續走。「沒錯，不是惡魔。」他微笑。「比惡魔糟糕多了。」

「停住。這些人很樂意開槍殺你。」陶德說。

「我知道。」鎮長停在教堂門口最後一級台階上，一腳踩在倒地的大石上。「舉例來說，法洛士兵還在因為自己的無能被懲罰這件事而生氣。」他對伊凡點點頭。

「你閉嘴。」伊凡看著來福槍管。

「不要看他的眼睛。」陶德連忙說：「誰都不准看他的眼睛。」

鎮長緩緩把手舉到空中。「所以我要成為你的囚犯？」他悠悠看了一眼周圍拿槍指著他的士兵。「原來是這樣，我明白了。你有個計畫。把藥劑還給人民，利用他們的反感讓自己上位。非常聰明。」

「不會是這樣。你要命令軍隊撤退。你要讓所有人恢復自由。」陶德說。

鎮長扶著下巴，像是在思考。「陶德，重點是，其實他們並不想要自由，不管他們怎麼哀叫。我認為會發生的事情是，軍隊會殲滅『答案』，陪你的士兵會因為叛變而被處死，你跟薇拉還有我會照我之前說的，對於你們的未來有一番小小的談話。」

伊凡的槍上膛的聲音很響亮。「你是這樣覺得的嗎？」

「你是我們的士兵，就是這樣。」陶德說，從安荷洛德的馬鞍拿出一條繩子。「我們看看軍隊會怎麼反應。」

「很好。」鎮長聽起來幾乎可說十分愉快。「可是我建議你派人去地窖拿藥劑。我可以很清楚地讀透你們的計畫，你們可不想要這樣。」

大肚男轉頭看他。陶德對他點頭，大肚男小跑經過鎮長身邊，進入教堂。「後面下去。很好找。」鎮長一指。

陶德拿著繩子走向鎮長，走過指著他的槍。我握著韁繩的手不斷冒汗。

不可能這麼簡單。

不可能——

鎮長伸出手腕。陶德遲疑了，並不想靠近他。

「他只要有任何不對勁，就開槍。」陶德頭也不回地說。

「非常樂意。」伊凡說。

陶德伸手，開始在鎮長的手腕上纏起繩索。

我們聽到教堂裡有腳步聲。大肚男跑回來了，上氣不接下氣。他的噪音裡有一陣旋風。

大肚子說：「中尉，你說在地窖裡。」

「是的。我看到的。」陶德說。

大肚子搖頭。「空的。完全空的。」

陶德轉頭看鎮長。「所以你把它搬走了。在哪裡？」

「否則怎麼樣？開槍打我？」鎮長說。

「我寧可這樣。」伊凡說。

「你搬去哪裡了？」陶德又說，聲音強勁、憤怒。

鎮長看了所有人，最後看著馬背上的我。

「我最擔心的人就是妳。可是妳幾乎連路都不能走，對不對？」他說。

「不准你看她。你的髒眼不准看她。」陶德啐了一口，走上前去。

鎮長再次微笑，雙手仍然伸在前面，繩索鬆鬆地捆著。「好吧，我告訴你。」

他又看著所有人，依然微笑。

「我燒了。在稀巴人很遺憾地離開我們之後，就不需要用到了，所以我把每顆藥都燒了，每株製藥的植物也燒了，最後把實驗室給炸掉，推在『答案』頭上。」鎮長說。

一陣震驚的沉默。我們可以聽到遠處軍隊的咆哮，爬上山坡，繼續往前走。

「你說謊。」伊凡最後說，舉著槍上前一步。「而且是個很蠢的謊。」

「我們聽不到你的噪音。你不可能全燒了。」陶德說。

「可是陶德啊，我的孩子。我從來沒用過藥劑。」鎮長搖頭說。

又一陣沉默。我聽到其他人噪音裡的懷疑。我甚至看到幾個人往後退，想到鎮長的力量，想到他的能力。也許他可以控制自己的噪音。如果真是這樣——

「他在說謊。他是滿口謊話的總統。」我想起柯爾夫人的話。

「至少妳終於喊我總統了。」鎮長說。

陶德一推鎮長。「告訴我們在哪裡。」

鎮長往後跌了一步，然後恢復平衡。他又看了我們一眼。我聽到所有人的噪音都在攀升，陶德的尤其明顯，又紅又大聲。

「我沒有說謊，各位。如果你們有足夠的自制，噪音是可以控制的，是可以靜音的。」鎮長說完，又看了我們每個人，笑容重新出現。「是可以利用的。」

我聽到**我是圓圈圓圈是我**。

可是我分不出來是他的噪音——

還是陶德的。

「我受夠了！」伊凡大喊。

「你知道嗎，法洛士兵。我也是。」鎮長說。

然後，他開始攻擊。

39 最難纏的敵人

［陶德］

我感覺到第一波噪音的攻擊從我身邊飛過，呼的一聲，凝聚聲音跟語言跟畫面從我肩上飛過，直直飛向拿著來福槍的人。我往後一縮，撲向地面——

因為他們開槍了——

我擋在前面——

「陶德！」我聽到薇拉大喊，但是子彈正在飛，人在尖叫，我在碎石間打滾，撞痛手肘，翻過身看到大肚男下士跪倒在安荷洛德面前，背對著鎮長，兩手壓著頭，放聲對地面尖叫。薇拉看著他，不知道發生什麼事。又一個守衛倒在地上，手摳著眼睛，像是要把眼睛挖出來，另一個趴在地上，昏迷過去。另外兩個已經跑回城裡了。

噪音從鎮長身上飛出，比我見過的幾次更強更大聲。
遠比在質問所時大聲太多。
大聲到可以一次打倒五個人。
只有伊凡還站著，一手摀住耳朵，一手想拿來福槍瞄準鎮長，但同時正危險地揮著槍——
轟
一顆子彈射中我面前的地上，讓泥巴跟灰土濺入我的眼睛——
轟
一顆子彈從教堂深處的石頭反彈出來——
「伊凡！」我大吼。
轟
「不要開槍了！你會打死我們！」
轟
子彈從安荷洛德頭邊飛過。她人立起來，我看到薇拉驚訝地抓住韁繩，死命抓住——
然後我看到鎮長往前往前往前走——
眼睛看著他在攻擊的人——
走過我——
我甚至沒多想——
我從地上跳起來阻止他——
然後他轉身，讓噪音撲向我——

世界變得明亮，可怕疼痛的明亮，像是每個人都可以看到你有多痛，每個人都在看都在笑沒有地方可以躲你什麼都不是你什麼都不是纏成一團像子彈一樣射穿你，說出所有你不對的地方，你這一生所有做錯的事，說你這個人真是廢物，你是爛泥，你什麼都不是，你的人生沒有意義沒有理由沒有目標你應該把自己的牆給拆了，把代表自己的一切給毀了，要不然就死掉要不然就把自己當成禮物奉獻出來，當成禮物奉獻給那個可以救你的人，當成禮物奉獻給那個可以控制你的人，讓這一切消失的人，讓一切都沒事沒事沒事沒事的人——

可是就算是噪音也沒辦法阻擋在移動的身體。

我可以感覺到所有的一切，但我仍然飛撲向他，我仍然撞倒他，我仍然把他撲倒在教堂的台階上。

他肺裡的空氣被我撞空，悶哼一聲，噪音攻擊因此暫停一秒。大肚男下士大喊一聲，倒在地上，伊凡喘氣，薇拉在喊「陶德！」然後一隻手抓住我的脖子，把我的頭推起來，是鎮長在看我的眼睛——

這次我感受到全部的威力。

「把來福槍給我！」鎮長在大吼，蹲在他面前地上的伊凡大吼，伊凡手摀著耳朵，但來福槍還是指著鎮長。「把槍給我！」

我眨眼，灰塵跟泥巴都跑進眼裡，一瞬間不知道自己在哪——

你什麼都不是什麼都不是什麼都不是

「士兵，把槍給我！」

鎮長朝伊凡尖叫，一遍又一遍用噪音攻擊他，伊凡倒在地上——

但他的來福槍還是指著——

「陶德！」

我看到馬腿出現在我頭邊。薇拉還在安荷洛德背上。「陶德，醒來！」她在大喊。我抬頭看她。「謝天謝地！」她大喊，表情充滿焦慮。「我的笨腿！我根本不能下馬！」

「我沒事。」說是這樣說，但我其實不知道，可我還是站了起來，腦子暈眩。

你什麼都不是什麼都不是什麼都不是

「陶德，發生什麼事？」薇拉邊說，我邊抓住韁繩，讓自己站好。「我聽到噪音，可是——」

「來福槍！」鎮長大吼，靠近伊凡。「快點！」

「我們得幫他。」我說——

可是最強的一波攻擊讓我整個人縮成一團——

一波噪音白到幾乎可以看到空氣在鎮長跟伊凡之間摺疊起來——

伊凡猛然一哼，咬著舌頭——

血從他嘴裡流出——

然後他像孩子一樣尖叫，往後倒——

拋下槍——

掉在鎮長的手中。

他舉起槍，上膛瞄準我們，動作流暢。伊凡在地上抽搐。

「發生了什麼事？」薇拉氣到似乎已經不管有槍這件事了。

我手舉在空中，依然握著韁繩。

「他可以使用噪音，像武器那樣。」我的眼睛不敢移開他身上。

「一點沒錯。」鎮長又在微笑。

「我只聽到大叫聲。」她看著躺在地上的男人，還在呼吸，但都暈了過去。「你說武器是什麼意思？」

「是實話，薇拉。實話是最好的武器。你跟一個人說關於他的事實，然後……」他用腳尖推推伊凡。「他們很難接受。不過沒辦法用噪音殺人。」他皺眉。抬頭看我們。「至少還不行。」

「可是……」她不信。「怎麼會？你怎麼能——？」

「親愛的，我有兩個信念。」鎮長緩緩朝我們走來。「第一，能控制自己，就能控制別人。第二，能控制資訊，就能控制別人。」他笑了，眼神閃爍。「這個哲理對我而言挺合適的。」

我想到哈馬先生、柯林斯先生，以前我在鎮上從鎮長家聽到的唸誦聲。

「你教了其他人。普倫提司鎮的人。你教會他們怎麼控制噪音。」我說。

「成效不一。可是沒錯，我的軍官都沒用過藥劑。何必呢？依靠藥劑是個弱點。」

他幾乎來到我們面前。「我是圓圈，圓圈是我。」我說。

「沒錯。你一開始的確做得很好，是吧，陶德？控制住自己的同時，還能對那些女人做出最令人髮指的事。」

我的噪音變紅。「你給我閉嘴。我只是照你說的去做。」

「我只是聽從命令。」鎮長輕蔑地說：「混蛋最古老的避難所。」他停在離我們兩公尺遠，來福槍定定地指著我的胸口。「陶德，請扶她下馬。」

「什麼？」我說。

「我相信她的腳踝有問題。你得扶著她走。」

我還握著韁繩。我有個得埋藏的想法。

小馬男孩？安荷洛德問。

「薇拉，我向妳保證。如果妳想騎著這美麗的動物逃跑，我一定會在陶德身上射進不只一顆子彈。」他回頭看我。「不論我會因此而多痛苦。」

「你放開她。你要怎麼對我都可以。」

「我在哪裡聽過這句話啊？扶她下馬。」他說。

我遲疑了，不知是不是該朝安荷洛德的肚子甩一巴掌，不知我是不是該讓薇拉騎馬逃跑，不知我能不能讓她逃到安全的地方——

「不。」薇拉說，已經開始想從馬鞍上爬下。「不可能。我不會離開你。」

我扶著她的手臂，幫她下馬。她得靠著我才能站，但我撐住她。

「太好了。現在我們進去聊聊。」鎮長說。

*

「我們從我知道的事情開始。」

他把我們帶入原本有圓形彩色玻璃窗的房間，但現在兩面都朝路邊大開，窗戶還在牆上往下開，但下面只剩廢墟。

望著一小塊空地，有張破桌子跟兩把椅子。

我跟薇拉坐在椅子上。

「例如，我知道陶德你沒殺亞龍，你從來沒有在成為男人的路上踏出最後一步。其實是薇拉動手的。」

薇拉握住我的手臂，用力抓緊，讓我明白他知道也沒關係。

「我知道當我讓你逃走去跟薇拉說話時，她告訴你『答案』藏在海邊。」

我的噪音生氣又尷尬地升起。薇拉更用力地捏我的手臂。

「我知道你派了那個叫阿李的男孩去警告『答案』。」他靠著破桌子。「當然，我也知道你們攻擊的確切時間地點。」

「你是個怪物。」我說。

「不對。只是領袖。只是一個可以讀到你所有心思的領袖，所有關於你，關於薇拉，關於我，關於這個城的事情，關於你認為自己守住的祕密。陶德，我什麼都可以讀到。你沒在聽我說話。」他還是握著來福槍，看著我們坐在他面前。「今天早上你還沒開口，我就完全知道『答案』的攻擊計畫了。」

我坐直。「你什麼？」

「我們還沒質問薇拉前，我就叫軍隊集結了。」

我開始站起來。「你對她動刑卻沒有目的？」

「坐下。」鎮長說。他一點噪音就讓我的膝蓋軟到我只能立刻坐下。「陶德，不是沒有目的。你現在對我的了解應該足以讓你明白，我從來不做沒有意義的事情。」

他從破桌邊站了起來，又讓我們看到他喜歡邊走邊說：「陶德，你對我來說是完全透明的。從我們在這個房間裡第一次的會面，直到你今天坐在我面前。我一直什麼都知道。向來都是。」

他看著薇拉。「不像你這邊這位好朋友。她比我想的更難搞。」

薇拉皺眉。我相信如果她有噪音，她早就甩他好幾巴掌了。

我突然有個靈感——

「不用試了。你還沒進展到那一步。就連哈馬上尉都不行。你只會嚴重傷到自己。」他又看著我。「可是陶德，你可以學。你可以進展得很快，遠比那些跟我從普倫提司鎮出來的白痴快。可憐的柯林斯先生頂多只能當男僕用，哈馬上尉只是個普通的虐待狂，但是你，陶德，你。」他的眼神一閃。「你可以領軍。」

「我不想領軍。」我說。

他微笑。「你恐怕沒有選擇。」

我身邊的薇拉說：「選擇永遠都在。」

「喔，大家都喜歡這樣說。這讓他們心裡覺得比較過得去。」鎮長走到我身邊，看著我的眼睛。「可是我一直在觀察你，陶德。不能殺人的男孩。願意犧牲自己性命好拯救心愛薇拉的男孩。對於自己做出的可怕事情感覺到極大的罪惡感，乃至於想要關閉所有情緒的男孩。在每個被他上環的女人臉上，看到的每絲疼痛，每次抽痛都仍然感同身受的男孩。」

他彎腰靠近我的臉。「拒絕失去自己靈魂的男孩。」

我感覺到他。他現在在我的噪音裡，到處翻找，翻翻撿撿，弄亂我腦子裡的房間。「我做過很糟的事情。」我說，我甚至不是刻意要說。

「可是你會因此而受苦，陶德。」他的聲音變柔，幾乎是真的溫柔。「你是你自己最難纏的敵人，懲罰自己的程度遠超過我能做的。有噪音的男人學會適應噪音的方法是讓自己死去一點，但是你，就算你想要，你都不行。遠勝過我碰過的任何男人，陶德，你是最有感情的。」

「閉嘴。」我想要轉過頭，卻辦不到。

「可是這能讓你很強大，陶德．赫維特。在這個麻木不仁、資訊過剩的時代，孩子，能夠有感情，的確是個罕見的天賦。」

我摀住耳朵，但我仍能在腦海中聽到他的聲音。

「你是我沒辦法折服的，陶德。那個不肯倒下的。那個無論手上沾了多少鮮血，都仍然保持純真的。那個在噪音裡仍然叫我鎮長的。」

「我不純真！」我大喊，仍然堵著耳朵。

「你可以跟我一起統治。你可以是我的副手。當你學會控制噪音之後，你甚至能擁有超越我的力量。」

他的話像雷聲一樣震撼我全身。

我是圓圈，圓圈是我。

「住口！」我聽到薇拉大喊，但是她的聲音好遠。

鎮長按著我的肩膀。「陶德．赫維特，你可以是我的兒子。我真真正正的繼承人。我一直想要一個不是——」

「老爸？」我們都聽到一個聲音，像子彈切過白霧一樣穿了進來。

我腦中的噪音停止，鎮長猛然後退。我覺得又能呼吸了。

戴維站在我們後面，一手握著來福槍。他牽著枯木走上台階，看著我們三人在廢墟裡。「發生什麼事了？那些人為什麼在地上？」

「你在這裡做什麼？」鎮長皺眉喝斥。「贏了嗎？」

「沒有，老爸。我們中計了。」戴維爬過碎石塊，站到我的椅子旁邊。「嗨，陶德。」他點頭跟我打招呼。他瞥了薇拉一眼，但她不肯看他。

「什麼中計？」鎮長質問，但已經一臉憤怒。

「『答案』沒有從山上過來。我們一直深入森林，但哪裡都沒有他們的蹤跡。」

我聽到薇拉小聲驚喘，開心的意外感從她身上透出，隱藏不住。

鎮長看向她的方向，眼神凶狠，表情是深思又深思。

然後，他朝她舉起來福槍。

「妳有什麼想跟我們說的嗎，薇拉？」

40 什麼都沒變，什麼都變了

〔薇拉〕

陶德已經從椅子站了起來，擋在我跟鎮長中間，噪音響亮憤怒到鎮長得往後退一步。

「孩子，你發現你的力量了嗎？這就是為什麼我要你看她被質問。你受的苦讓你變得更強大。我會教你怎樣駕馭這股力量，我們結合起來將——」

陶德清楚緩慢地說：「你要是傷到她，我會把你的手腳從身上扯下來。」

鎮長微笑。「我相信你。」他舉起來福槍。「但是。」

「陶德。」我說。

他轉頭看我。

「他就是這樣贏的，利用我們威脅對方。就像你說的那樣。但是現在我不會再允許這種情況繼續下去——」

「陶德——」我想站起來，但是我的蠢腳踝撐不住我的重量，讓我整個人歪倒。

陶德朝我伸手——

卻是戴維——

戴維拉住我的手臂，擋住我的墜勢，扶著我重新坐回椅子上。他不肯看我。也不肯看陶德。也不肯看他父親。他的噪音充斥著尷尬的黃色，放開我之後往後退開。

「真是謝謝你，大衛。」鎮長難掩驚訝地說：「好了。」他回身面對我。「現在請妳告訴我『答案』真正的攻擊計畫。」

「什麼都別告訴他。」陶德說。

「我什麼都不知道。阿李一定找到——」

「妳知道就時間來說是不可能的。很顯然發生了什麼事，不是嗎，薇拉？妳的夫人又誤導妳了。如果炸彈按照今天的計畫爆炸了，那妳手上資訊錯誤這件事當然無所謂，因為妳，更重要的是她希望我已經死了。可是如果妳被抓到，那也沒關係。最擅長說謊的是相信她的謊是真話的人。」

我什麼都沒說，因為如果這只是阿李偷聽到的話，她怎麼可能誤導我——

但我又想到——

她想要讓他偷聽到。

她知道他沒辦法不告訴我。

「她的計畫很完美，對不對，薇拉？」落日的影子照在鎮長臉上，將他整個人籠在黑影中。「一次又一次轉折，謊言堆疊著謊言。她隨心所欲地玩弄妳，不是嗎？」

我瞪著他。「她會打敗你的。她跟你一樣無情。」

他開心地笑了。「我該說比我還要無情。」

「老爸？」戴維問。

鎮長眨眼，像是忘了他兒子在場。「什麼事，大衛？」

「呃，軍隊怎麼辦？」戴維的嗓音充滿迷惘跟氣急敗壞，想要了解他父親到底在做什麼卻弄不懂。「我們現在該怎麼辦？我們該去哪裡？哈馬上尉在等你的命令。」

我們周圍都是從新普倫提司城的屋子裡滲出來的低沉害怕咆哮，但窗前還是沒有半張臉。從山丘另一邊飄來軍隊更黑暗、扭曲的嗡嗡聲。從這裡還是可以看到他們在山坡上像一串黑色甲蟲攀著對方的殼往上爬卻又一直滑下來。

我們卻坐在這裡，跟鎮長還有他兒子獨處，坐在被炸毀的教堂裡，像是我們是星球上僅剩的人。

鎮長回頭看我。「對啊，薇拉。告訴我們，我們現在該怎麼辦？」

「你應該要下台。」我說，回看著他，眼眨都不眨。「你註定要輸。」

他朝我微笑。「他們要從哪裡來，薇拉？妳是個聰明的女孩。妳一定聽到些什麼，看到她真正計畫的線索。」

「她不會告訴你。」陶德說。

「我不能告訴你，因為我不知道。」我說。

我在想，我真的不知道——

除非她跟我說質問所東側那條路的事——

「我還在等，薇拉。」鎮長將來福槍瞄準陶德的頭。「他的命就看妳了。」

「老爸？」戴維說，噪音滿是震驚。「你在做什麼？」

「你別管，大衛。回你的馬背上去。我等一下就有訊息讓你帶回去給哈馬上尉。」

「老爸，你的槍指的是陶德。」

陶德轉頭看他。我也看他。鎮長也看他。「你不會對他開槍。不可以。」戴維的臉頰泛紅，顏色深到就算在夕陽照耀下仍然清楚。「你說他是你第二個兒子。」戴維試圖隱藏他的噪音，引來一陣尷尬的沉默。

「你懂我說你的力量是什麼了嗎，陶德？你看你是怎麼影響了我兒子。你已經有追隨者了。」鎮長說。

戴維看著我的眼睛。「告訴他，他們在哪裡。」他的噪音滿滿都是擔心，對眼前情況的焦慮。

我回頭看陶德。

「快點，跟他說啊。」

他在看戴維的來福槍。

「對啊，薇拉，告訴我好不好？妳最接近的猜測。他們要從西邊來嗎？」他抬頭看瀑布，天邊最高的一點，太陽正消失在順著山坡往下的之字形小路，這山坡我只走過一次，而且從來都不是往上爬。鎮長轉身。「也許是北邊？可是這樣他們就得過河？還是東邊的山丘？嗯，甚至有可能翻過原本有鐵塔的山丘。不就是妳家夫人炸掉塔，讓妳根本沒辦法跟妳的人聯絡的地方？」

我又咬緊牙關。

「都發生了這些事，妳還對她保持忠誠？」

我什麼都沒說。

「我們可以派出軍隊到不同的地方，老爸。他們一定會從某個地方來的。」戴維說。

鎮長等了一分鐘，瞪著我們。最後他轉向戴維：「告訴哈馬上尉，叫他——」

遠處的**轟聲**打斷了他。

「那是從東邊來的。」戴維說，我們全部同時抬頭，雖然東邊被教堂的牆擋住。

是東邊。

正是她告訴我會展開攻擊的方向。

她讓我以為真的是假的，假的是真的。

如果我們能活下來，我跟她要好好談談。

「質問所。」鎮長說：「當然，他們還能從哪裡——」

他又停了下來，偏過頭，聽著外面的聲音。幾秒後，我們也聽到了。有人正從後面全速跑向教堂的噪音，他順著我們來時的路往前跑，繞過教堂旁邊，跑到前面，撲向我們，喘著氣。

是那個紅髮守衛，逃跑的那個。他衝入廢墟的同時顯然沒有細想他面前的人是誰。「他們來了！『答案』來了！」他大吼。

鎮長發出一陣噪音，紅髮士兵往後一退，勉強站直。「冷靜下來，士兵。說清楚。」鎮長的聲音像蛇一樣光滑。

守衛喘著氣，似乎永遠喘不過來。「他們占據了質問所。」他抬頭看著鎮長，被他的眼神鎮住。「他們殺死了所有守衛。」

「當然。」鎮長依舊與紅髮士兵對看。「有多少人？」

「兩百個。」紅髮士兵現在連眼睛都不眨了。「可是他們正在釋放囚犯。」

「武器？」鎮長問。

「來福槍，追蹤彈，發射器，板車上還有槍。」鎮長仍盯著他。

「戰況如何？」

「他們很凶猛。」

鎮長依然盯著他，挑起一邊眉毛。

「他們很凶猛，長官。」守衛依舊眼睛不眨地回答，像是他就算想也沒辦法把眼睛從鎮長身上移開。遠方又有一聲**轟**，除了鎮長跟士兵以外，每個人都抖了一下。「他們要來對我們開戰了，長官。」士兵說。

鎮長繼續盯著他。「那你應該想辦法阻止他們，對不對？」

「長官？」

「你應該拿著你的來福槍，阻止『答案』摧毀你的城鎮。」

士兵看起來很迷惘，但還是沒有眨眼。「我應該……」

「你應該站在前線，士兵。現在是我們最危急的時刻。」

「現在是我們最危急的時刻。」士兵口齒不清地說，像是聽不到自己的聲音。

「老爸？」戴維說，但鎮長不理他。

「士兵，你在等什麼？該是打仗的時候了。」鎮長說。

「該是打仗的時候了。」守衛說。

「去！」鎮長突然大吼，紅髮守衛立刻衝走，朝來的路跑，衝向「答案」，舉著來福槍，口齒不清地大叫，用逃離「答案」時一樣快的速度衝回去。我們看著他離開，驚訝地說不出話來。鎮長看到陶德張大嘴看他。

「沒錯，孩子，你也會更擅長那樣做。」

「你這樣簡直是害死他。不管你做什麼——」我說。

「我做的事是讓他明白自己的職責。如此而已。好了，雖然這個討論非常令人著迷，但這件事我們得晚點處理。現在我恐怕要叫戴維把你們兩個都綁起來。」

「老爸？」戴維再次驚訝地說。

鎮長看著他。「然後你要騎馬去找哈馬上尉，告訴他用全力盡速帶軍隊回來。」鎮長看著遠處山丘上等待中的軍隊。「我們該把這件事了結了。」

「老爸，我不能綁他。那是陶德啊！」

鎮長沒看他。「夠了，大衛。當我直接命令時——」

轟！

他停止說話，我們全部抬起頭來。

因為這次不一樣，這次聲音不一樣。

我們聽到低沉的呼一聲後，空氣開始出現低沉的隆隆聲，隨著每秒過去，愈來愈大聲。

陶德不解地看著我。

我只是聳肩。「我沒聽過。」

隆隆聲愈來愈大，籠罩整個漸暗的天空。

「聽起來不像炸彈。」戴維說。

鎮長看著我。「薇拉，有沒有——」

他停止說話，然後轉頭。

這時我們都發現了——

不是從東邊傳來的。

「在那裡。」戴維手指著瀑布，指著因為日落而一片鮮豔粉紅的天空。

鎮長又看我。「這麼大聲，不像一般的追蹤彈。」他表情一緊。「他們有飛彈了嗎？」他朝我走來的腳步之大，幾乎要壓住我。「他們做出飛彈了嗎？」

「你給我退開！」陶德大吼，又想擋在我們之間。

「我要知道那是什麼，薇拉！妳給我說！」鎮長說。

「我不知道那是什麼！」我說。

陶德大叫並威脅：「你敢對她動一根指頭——」

「變大聲了！」戴維大喊，摀住耳朵。我們都轉頭看西邊的天空，看著一個小點往上爬，消失在最後一絲陽光中，然後重新出現，愈來愈大。

筆直朝城市而來。

「薇拉！」鎮長從緊咬的牙關間大吼，朝我送來一些噪音，但我沒有男人被這樣攻擊時的感覺。

「我不知道！」我大吼。

然後一直沒有移開目光的戴維說：「是艘船。」

41 屬於戴維．普倫提司的一刻

〔陶德〕

是艘船。

是艘見鬼的船。

「妳那邊的人。」我對薇拉說。

可是她在搖頭，但不是否認，只是盯著從瀑布上升起的船看。

「這麼小，不會是移民太空船。」戴維說。

「而且太早了。」鎮長說，用來福槍瞄準太空船，像是可以從這麼遠就把船從天上打下來。「他們至少還要兩個月才會到。」

可是薇拉看起來還是不像聽到我們說話的樣子，她臉上升起的希望看了讓我的心發痛。「是探勘船。」她低聲說，小聲到只有我聽得見。「又是一艘探勘船。來找我的。」

我轉頭去看船。

船越過瀑布頂端，順著河飛行。

探勘船，就像載著她然後墜毀在沼澤裡那艘一樣，讓她的父母因此喪命，她也被困在這裡，那是好幾個月、好幾輩子前的事情了。它看起來跟一棟房子一樣大，短短的翅膀看起來不像能飛在空中，火焰從尾端射出，飛啊飛啊飛啊地順著河往前飛，將它當成數百公尺下的路面。

我們看著它飛來。

「大衛。把我的馬拉來。」鎮長說，眼睛依舊盯著船。

可是戴維的臉望著天空，噪音充滿神奇與讚嘆。

我完全明白他的感覺。

新世界中，只有鳥會飛。我們有在路上跑的機器，有核融車，核融摩托車，但大多數仍是馬跟牛還有拖車跟人腿。

我們沒有翅膀。

船順著河往前飛，靠近教堂，幾乎直接飛過我們，沒有停下來，近到可以看到船腹上的燈，還有排氣孔上方的空氣因熱力而波動。它飛過我們，順著河前進。

往東邊的「答案」飛去。

「大衛！」鎮長猛然大喊。

「幫我站起來。我得去找他們。我一定要去。」薇拉低聲說。

她的眼神狂熱，呼吸沉重，盯著我的目光用力到像我能感覺到的物品。

「他當然會幫你站起來。」鎮長用槍指著我們說：「因為妳要跟我一起來。」

「什麼？」薇拉說。

「他們是妳的人，薇拉。他們一定會猜想妳到哪裡去了。我可以直接帶妳去找他們。」他看著我。「或是我可以很遺憾地告訴他們，妳在墜機過程中身亡了。妳想要哪一種？」

「我才不跟你去。你是個騙子，殺人狂——」

他打斷她。「大衛，我帶薇拉去船上，你在這裡守著陶德。」他轉頭看她。「我想你已經親身體驗過，如果妳不合作，我兒子會有多樂意用槍。」

薇拉憤怒地看著戴維。我也看著站在那裡的戴維手握著來福槍，來回看著我跟他老爸，噪音翻騰。

他的噪音說得很清楚，他絕對不可能對我開槍。

「老爸。」他說。

「夠了，大衛。」鎮長皺眉，想和戴維對望——

成功了。

「你要照我說的去做。」他對他兒子說：「你要用陶德特別帶來的繩子把他綁起來，看著他，等我帶著我們的新客人回來時，一切都會寧靜快樂。新世界即將開始。」

「新世界。」戴維口齒不清地說，眼神開始迷糊，就像那個紅髮士兵，問題跟懷疑從他噪音中被推出去。

當他想要控制住另一個人的意志時，我有個念頭。

原諒我，戴維。

「戴維，你要讓他這樣對你說話嗎？」

他眨眼：「什麼？」

他不再看他老爸。

「你要讓他拿槍指著我跟薇拉嗎？」

「陶德。」鎮長警告。

「你說你聽到所有噪音。」我對鎮長說，但我還是看著戴維，與他四目對望。「你說你什麼都知道，可是你不太了解自己的兒子吧？」

「大衛。」鎮長說，但現在戴維看的是我。

「你又要讓他得逞嗎？」我對他說：「你要讓他隨便指揮你，卻沒有獎賞嗎？」

戴維緊張地看著我，想要清掉他老爸塞進他腦子裡亂七八糟的東西。

「戴維，那艘船可以改變一切。一群新的人。一整個城的人，要讓這個地方從現在的爛泥洞變成更好的地方。」我說。

「大衛。」鎮長說。一陣噪音襲來，戴維整個人一縮。

「你不要這樣，老爸。」他說。

「戴維，你想要誰先趕到那艘船那裡？我跟薇拉去找人來幫忙？或是你老爸，好讓他也能統治他們？」

「安靜！你忘記槍握在誰手上了嗎？」鎮長說。

「戴維也有一把。」我說。

＊

一小段沉默，我們看著戴維想起他也握著來福槍。

鎮長又有一波噪音飛向戴維，他又縮了一下。「拜託，老爸，你干他的能不能不要再來了！」可是他說這話時是看著他爸說的，所以鎮長又抓住他的眼神。

「把陶德綁起來，把我的馬牽來，大衛。」鎮長說，眼睛直直盯著他。

「老爸？」戴維的聲音變得安靜。

「我的馬。在後面。」鎮長說。

「站到他們中間。」薇拉低聲對我說：「打斷他們的視線！」

我想動，但鎮長立刻用槍指著她，眼睛還是盯著戴維：「你敢動就試試看。」

我停下腳步。

「把馬牽來，兒子，我們一起去迎接新移民。」他朝他的兒子微笑。「你會是我的王子。」

「他以前也那樣說過。可是不是對你。」我對戴維說。

「他在控制你。」薇拉大喊。「他在用他的噪音——」

「請叫薇拉安靜下來。」鎮長說。

「安靜，薇拉。」戴維聲音柔和地說，眼睛眨也沒眨。

「戴維！」我大吼。

「他只是想控制你，大衛。」鎮長的聲音漸漸大聲。「他從一開始就是這樣。」

「什麼？」我說。

「從一開始。」戴維嘟囔。

「你認為是誰讓你沒辦法升遷，兒子？」鎮長這麼說，對著戴維的腦子說：「你認為是誰把你做錯的事情告訴我？」

「陶德？」戴維虛弱地說。

「他在說謊。看著我！」我說。

可戴維已經撐不住了。他只是僵硬地盯著他老爸，動也不動。

鎮長沉重地嘆口氣。「看起來我得靠自己。」

他走上前，用來福槍示意我們退後。他抓住薇拉，把她拖起來。腳踝的痛讓她叫出聲。我立刻想站起來扶她，但他推著她前進，所以她變成擋在他面前，他的來福槍在她背後。

我開口要大吼，要威脅，要詛咒他——

可是先說話的是戴維：「它要降落了。」他靜靜地說。

我們都轉向東方。船正緩緩轉個圈，飛過城東的一個小山丘——

也許是曾經有過通訊塔的山丘——

它又繞了一次，浮在樹頂上——

之後慢慢降落，消失在我們的視線中——

我轉向戴維，看到他的眼神迷糊困惑——

但他不是看他老爸——

他在看著船，轉頭看我——

「陶德？」他像是剛醒過來——

他的來福槍鬆鬆地握在手中——

於是再一次——

原諒我——

我撲上前，搶走他手上的來福槍。他甚至沒有反抗，只是放手，讓它落入我的手中，我立刻舉起槍，瞄準鎮長。

他在微笑，槍依然抵著薇拉的背。

「所以現在是僵持不下的情況嗎？」他滿臉笑意地說。

「放開她。」我說。

「大衛，請把你的槍從陶德那裡拿回去。」鎮長說，但他必須一直分神看著我，看著我拿槍指著他。

「戴維，你可別這麼做。」

「你們都住手！」戴維說，他的聲音模糊，噪音升起。我感覺到他用雙手扶住頭。「你們能不能干他的停下來？」

可是鎮長還在看我，我還在看鎮長。

船艦降落的聲音尖銳地迴盪在整個城市，壓過軍隊下山的噪音，壓過遠處「答案」順著路前進的轟隆聲，壓過周圍新普倫提司城害怕隱藏的咆哮，不知道他們所有的未來將由這件事決定，此時，此刻，我跟鎮長手上的來福槍。

「放開她。」我說。

「我不同意，陶德。」我聽到他傳來的噪音。

「我的手扣在扳機上。你敢用噪音攻擊我，你就死定了。」

鎮長微笑。「很好。可是我親愛的朋友陶德，你必須問問自己，當你決定扣下扳機的瞬間，你的速度能不能快到讓我來不及扣扳機？殺了我會不會也殺了你寶貝的薇拉？」他低下頭。「你能承受得了嗎？」

「你會死。」我說。

「她也會。」

「陶德，動手。不要讓他贏。」薇拉說。

「我不會這麼做。」我說。

「大衛，你要讓他拿槍指著你父親嗎？」鎮長問。

可是他還在看我。

「時代變了，戴維。」我依然盯著鎮長。「現在是我們決定未來的時候。我們也包括你。」

「為什麼一定要這樣？我們可以一起去。我們可以一起上馬——」戴維問。

「不可能的，大衛。這種事絕對不能發生。」

「把槍放下來。把槍放下來，這一切就結束。」我說。

鎮長眼神一閃，我知道他想做什麼——

「你給我住手。」我快速眨眼，看向她肩膀後面。

「你贏不了的。」鎮長說，我在腦子裡聽到他的聲音一倍，兩倍，三倍，無數倍。「你沒辦法對我開槍又保證她的性命安全，陶德。我們都知道你不敢冒這個險。」

他上前一步，把薇拉推在前面。她腳踝痛得大叫出聲。

可是我發現自己往後退了一步。

「不要看他的眼睛。」她說。

「我很努力。」我說，可是就連他的聲音都在往我裡面鑽。

「這不是損失，陶德。」鎮長說著，他在我頭裡的聲音大到讓我覺得整個腦子都在顫動。「我不想要你死，就像我不希望自己死一樣。我之前說的都是真的。我想要你站在我身邊。我想要你參與我們跟船裡走出的人一同創造的未來。」

「閉嘴。」我說。

可是他還在前進。

我還在後退。

直到我退到戴維後面。

「我也不希望傷害薇拉。我一直承諾你們兩個會擁有未來。我的承諾依然成立。」鎮長說。

即使我不看他，他的聲音還是在我腦袋裡嗡嗡作響，讓我的頭愈來愈重，直到我似乎覺得比較輕鬆的做法是——

「不要聽他的！他在說謊！」薇拉大喊。

「陶德，我把你當成自己的兒子。真的。」鎮長說。

戴維轉向我，噪音期待地升起，他說：「陶德，你聽到了嗎？」

他的噪音同時一起伸向我，期待跟擔憂像手指跟雙手一樣伸向我，要求我，懇求我放下槍，把槍放下，讓一切變得正常，讓一切停止——

然後他說：「我們可以是兄弟——」

我看著戴維的眼睛——

我在他的眼睛裡看到自己，在他的噪音裡看到自己，看到鎮長是我父親，戴維是我兄弟，薇拉是我們的妹妹——

看到期待的微笑在戴維的嘴角浮現——

我將來福槍指著戴維。

原諒我。

第三次，我必須說——

「放開她。」我對鎮長說，沒辦法看戴維的臉。

「陶德？」戴維問道，眉頭皺起。

「快點！」我怒喊。

「否則你會怎麼辦，陶德？」鎮長笑著問。「你要對他開槍？」

戴維的噪音充滿更多問號，滿是驚訝跟震驚——

還有開始浮現的背叛感——

「回答我，陶德。否則你要怎麼樣？」鎮長說。

「陶德？」戴維又說了一次，聲音變得低沉。

我快速與他對望一下，然後又移開眼神。

「否則我會對戴維開槍。我會對你的兒子開槍。」

戴維的噪音充滿失望，滿到像泥巴一樣從身上滴下。我在他的噪音裡甚至沒看到憤怒，這反而讓人更難受。他甚至沒想要撲向我，或是把槍搶走。

他噪音裡唯一的畫面是我握著槍指著他。

他唯一的朋友拿槍指著他。

「對不起。」我低聲說。

可是他看起來不像聽到的樣子。

「我把你的書給你了。我把你的書還你了。」他說。

「你放了薇拉！」我大喊，不看戴維，也生氣自己叫得這麼大聲。「否則我向上帝發誓——」

「那你動手啊。對他開槍啊。」鎮長說。

戴維看著鎮長。「老爸？」

「他反正是個沒用的兒子。」鎮長說，繼續用來福槍把薇拉往前推。「你覺得我為什麼要把他派往前線？我原本希望他至少能死得像個英雄。」

薇拉的表情帶著痛，但不全是因為腳踝。

「他從來沒學會控制噪音。」鎮長繼續說，看著戴維。戴維的噪音——

我沒辦法形容他的噪音。

「每次命令都沒辦法徹底執行。連你都抓不到。也沒法處理薇拉。只有因為受陶德你影響才有點進步。」

「爸——」戴維開口，可是他爸不理他。

「你才是我想要的兒子，陶德。一直是你。從來都不是這廢物。」

戴維的噪音——

神啊，戴維的噪音——

「**放開她！**」我大吼，不讓自己再聽下去。「我會對他開槍，我真的會！」

「你不會的。」鎮長再次微笑說道。「大家都知道你不會殺人，陶德。」

他又把薇拉往前推——

薇拉痛得喊出聲——

薇拉，我想著——

薇拉——

我一咬牙，舉起來福槍——

上膛——

然後我說了真話——

「為了她，我可以殺人。」我說。

鎮長停下腳步。他來回看著我跟戴維。

「爸？」戴維說道，整張臉扭曲糾結。

鎮長看著我，讀著我的噪音。「你真的會。」他的聲音幾乎低到聽不見。「你會殺了他。為了她。」

戴維看著我，眼睛潮溼，卻也有憤怒。

「不要，陶德，不要。」

「放開她。現在。」我又說了一次。

鎮長還在看我跟戴維，看到我是認真的，看到我真的會動手。

「把槍放下。」我低聲咆哮，不看戴維的眼睛，不看他的噪音。「結束了。」

鎮長深吸一口氣，吐出。「好吧，陶德。如你所願。」他說。

他離開薇拉身邊。

我的肩膀放鬆垮下。

他，開槍了。

42 結束

〔薇拉〕

「陶德！」我大喊，來福槍的聲音從我耳邊劃過，除掉了一切，只剩下他，整個世界只剩下不知道他有沒有出事，有沒有被打中，有沒有——

但不是他——

他還握著槍——

沒有開過——

站在戴維旁邊——

戴維跪倒在地——

落在碎石間時激起兩朵塵雲——

「爸？」他問道，懇求的聲音，像是小貓的聲音——

然後咳嗽，血從唇間流下——

「戴維？」陶德說，噪音升起，像被射中的人是他——

這時我才看到——

戴維胸口有個洞，出現在他制服的布料上，在喉嚨下——

陶德跑到他身邊，在他身邊跪下——

「戴維？」他大喊——

可是戴維的噪音盯著他父親——

到處都是問號——

表情震驚——

手伸向傷口——

又開始咳嗽——

嗆到——

陶德也在看鎮長——

噪音翻騰——

「你做了什麼？」他大吼——

［陶德］

「你做了什麼?!」我大吼。

「我把他排除在剛才的局面之外了。」鎮長平靜地說。

「爸？」戴維又問一次，朝他伸出滿是鮮血的手——

可是他爸只看著我。

「你向來才是我真正的兒子，陶德。有潛力，有力量，我會很驕傲有他站在我身邊的兒子。」

鎮長說。

爸？戴維的噪音說——

他全部聽得到——

「你干他的惡魔。我要殺了你——」我說

「你要加入我。你知道你會的。只是時間早晚而已。大衛是個軟弱，丟臉的——」

「**閉嘴！**」我大吼。

陶德？我聽到——

我低下頭——

戴維抬頭看我——

他的噪音轉個不停——

問題困惑害怕——

還有陶德？——

陶德？——

對不起——

對不起——

我開始想說——

「戴維，不要——」

可是他的噪音還在轉——

然後我看到——

我看到——

我看到真相——

終於在這裡看到——

他正在給我看真相——

他一直瞞著我的事——

關於班——

全部亂七八糟地跑出來——

班從路邊衝向戴維——

戴維的馬仰起——

戴維從馬背上掉下來時開槍——

子彈射中班的胸口——

班跌跌撞撞倒入樹叢——

戴維太害怕，不敢去追——

戴維太害怕，不敢對我說真話，因為——

因為我成了他唯一的朋友——

我不是故意的，他的噪音說——

「戴維——」我說——

對不起，他想——

這是完全的真相——

他是真的覺得很抱歉——

關於一切——

關於普倫提司鎮——

關於薇拉——

關於班——

關於只有一個人能原諒他——

關於讓他爸失望——

而他抬頭看我——

而他在求我——

他在求我——

彷彿我是唯一能原諒他的人——

彷彿只有我可以——

陶德？——

陶德？——

拜託你——

而我只能擠出：「戴維——」

他噪音裡的害怕跟恐懼多得讓人受不了——

受不了——

然後，停了。戴維倒在地上，眼睛仍然睜著，眼睛仍然看著我，眼睛仍然在求（我發誓）我原諒他。

他躺在那裡，動也不動。

戴維・普倫提司死了。

〔薇拉〕

「你瘋了。」我對站在身後的鎮長說。

「沒有。你們說得一直都沒錯。絕對不要愛一樣東西愛到能因此被人控制。」他說。

太陽已經落下，但天空仍是粉紅色，鎮上的噪音依然咆哮，遠方又有一聲轟，是「答案」逐漸逼近，船一定也降落了。門一定正在打開，有個人，可能是席夢・瓦金或布萊德利・坦奇，我認得，認得我的人，一定正探出頭來，在想他們降落到什麼樣的地方。

而陶德正跪在戴維・普倫提司旁邊。

然後陶德抬起頭——

他的噪音正在燃燒沸騰，我可以聽到裡面的悲傷羞愧憤怒——

他站了起來──
舉起來福槍──
我在他的噪音裡看到自己，也看到鎮長站在我後面，來福槍指著我，眼中閃著勝利。
我知道陶德要做什麼。
「動手。」我說，胃沉了下去，但這是對的，對的，對的──
然後來福槍舉到他眼前──
「動手！」
這時鎮長用力一推我，讓疼痛像閃電一樣竄上我的腿，我忍不住尖叫出聲，往前摔倒，往陶德那邊摔倒，往地面摔倒──
鎮長又成功了──
用我來控制陶德──
因為陶德也沒辦法控制自己的反應──
他奔上前來接我──
接住摔倒的我──
這時鎮長攻擊了。

［陶德］

我的腦子爆炸，因為他的攻擊而燃燒沸騰，跟之前被甩巴掌的感覺完全不一樣，像是燒紅的鐵棍刺進代表我的一切的正中央。我跳上前去接住薇拉時，他的攻擊用力到我整個頭往後仰，接著是又一波攻擊，有鎮長的聲音卻也有我的聲音，甚至還有她跟其他人的聲音，全部都在說**你什麼都不是你什麼都不是你什麼都不是你什麼都不是**——

我們的身體還在動，我可以感覺我們撞在一起，她的頭頂撞上我的牙齒，一陣尖鳴撕掉了我的頭蓋骨**你什麼都不是你什麼都不是你什麼都不是**我感覺到來福槍從我手上掉下彈走感覺到她的重量壓著我聽到她像是站在月亮的另一邊大喊他在叫我的名字還有**你什麼都不是**她在說「陶德」**你什麼都不是**她說「**陶德！**」然後我像是從水面抬頭看她看到她想用手把自己撐起來保護我可是鎮長站在她面前握著來福槍的槍管用力揮打中了她的後腦杓她整個人往旁邊倒——

我的腦子被煮滾了——

我的腦子被煮滾了——

我的腦子被煮滾了——

你什麼都不是你什麼都不是你什麼都不是你什麼都不是——

我看到她的眼睛正在閉起——

感覺到她靠著我——

我想著薇拉——

我想著**薇拉**！

我想著**薇拉！**！！！

鎮長像被螫到一樣往後退。

「呼。」他邊說邊搖著頭，我也正眨眼想要清掉還在腦子裡亂竄的嗡嗡聲，視線終於重新集中，腦子也完全回到我的掌控。「就跟你說你力量不小，孩子。」

他的眼睛睜得又大又亮又興奮。

然後他又用噪音攻擊我。

我的手遮住耳朵（沒有握槍，沒有握槍），彷彿這樣做就有用但其實根本不是從耳朵鑽進來噪音不是用耳朵聽的所以他已經進去了，在我的頭裡面，在我自己裡面，像是我沒有任何自己一樣入侵**你什麼都不是你什麼都不是你什麼都不是**我自己的噪音被捲起來撲向我，像是我在用自己的拳頭打自己**你什麼都不是你什麼都不是你什麼都不是**——

薇拉，我想著，但我已經在消失，我已經沉進去了，我變得虛弱腦子震動——

薇拉——

〔薇拉〕

我聽到薇拉，像是從谷底傳來的聲音。我的頭被鎮長打得很痛在流血，我的臉埋在地上，眼睛半睜開但什麼都看不見——

我又聽到一聲薇拉。

我大大睜開眼睛。

陶德退往石頭的方向，手摀著耳朵，眼睛緊閉——

鎮長站在他面前我可以聽到之前一樣的吼叫聲，同樣響亮，像雷射光一樣明亮的噪音朝他攻擊——

薇拉，我在所有的雜音裡聽到我的名字——

然後我開口——

我大吼——

［陶德］

「陶德！」

我從某處聽到尖叫聲——

是她——

是她——

是她——

她還活著——

她的聲音來找我了——

薇拉——

薇拉——

薇拉——

我聽到一聲悶哼，腦子裡的噪音突然又停下來，我睜開眼睛看到鎮長正跌跌撞撞往後退，一手按住耳朵，正是每個人的直覺反射——

每個人聽到噪音攻擊時的反射。

薇拉，我又想著，筆直朝向他，但他低下頭，對我舉起來福槍。我又想了一次——

薇拉

然後又一次——

薇拉

然後他往後退，被戴維的身體絆倒，重重朝後一摔，跌入碎石中——

我撐起自己——

跑向她——

〔薇拉〕

他跑向我，展開後手伸向我，抓住我的肩膀把我推成坐姿，一邊說：「妳受傷了嗎，妳受傷了嗎，妳受傷了嗎——」

我則說：「槍還在他手上——」

陶德轉身——

〔陶德〕

我轉身，看到鎮長正站起來，他正看著我，噪音又來了，我一打滾避開，聽到它跟在我後面，我急忙翻過石頭，爬回我拋掉來福槍的地方——

一聲槍響——

灰塵在我的手前面揚起——

我原本要抓起來福槍的手——

我停下來——

抬起頭——

他正盯著我——

我又聽到她在叫我的名字——

我知道她明白——

明白我需要聽到她叫我的名字——

我能用她作為武器——

「你試都別想試，陶德。」鎮長從槍管那頭瞄準我——

然後我在腦子裡聽到他的聲音——

不是攻擊——

是彎彎繞繞，像蛇一樣，纏來纏去的聲音——

那個他用來控制我的選擇的聲音——

那個讓他能把其他人變成他的人的聲音——

「你不會再反抗了。」他正在說——

他朝我走近一步——

「你不會再反抗，一切都結束了——」

我別過頭不去看他——

可是我不能不又轉回去——

必須看著他的眼睛——

「聽我說，陶德——」

他的聲音在我的耳間低低的——

最簡單的事就是——
就是——
往後倒照他說的去做——
就是往後倒——
「不！」我大喊——
但我的牙齒被鎖在一起——
他還在裡面——
還想要我——
我會——
我會——
你什麼都不是——
我什麼都不是——
「沒錯，陶德。」鎮長說，上前一步，來福槍對準我。「你什麼都不是。」
我什麼都不是——
「可是。」他說——
他的聲音是一絲刮過我最深處的低語——
「可是。」他說——
「我會讓你變成有意義的人。」我抬頭看著他的眼睛——
他的眼睛是我感覺自己墜入的深淵——

往上進入黑暗——

從我的眼角——

〔**薇拉**〕

我用盡力氣把石頭丟出去，祈禱石頭離開我手中時，準頭能跟阿李一樣好——

祈禱，求求您上帝——

如果您在——

求求您——

咚！打中鎮長的太陽穴——

〔**陶德**〕

有種可怕的撕裂感，像是我的噪音被撕掉一條——

然後深淵不見了——

轉走了——

鎮長往旁邊倒下，扶著太陽穴，血已經開始滴下——

「**陶德！**」薇拉大喊——

我看著她——

看到她丟出石頭後還伸著的手臂——

然後我看到她——

我的薇拉。
我站了起來——

〔薇拉〕
他站了起來。
他站了起來。站得高高的——
我又喊了一次他的名字——
「陶德！」
因為因為鎮長錯了——
他永遠永遠都說錯了——
並不是永遠不該愛一樣東西多到別人能用它來控制你。
而是你需要愛一樣東西多到永遠不會被控制。那不是弱點——
那是你最大的力量泉源——
「陶德！」我又大喊一次——
然後他看著我——
我在他的噪音裡聽到我的名字——
當時我就知道——
我打從心裡知道——
現在——

陶德・赫維特——
沒有什麼是我們不能一同完成的——
我們會贏——

［陶德］

鎮長抬頭看著我，半蹲在地上，血從扶著頭側的指間滲出——
他轉頭看我，狠狠皺著眉頭——
此時他的噪音來了——
然後——

薇拉

我打退了它——
他往後縮——
可是他又試一次——

薇拉

「你沒辦法打敗我們的。」我說——
「我可以。」他咬著牙說：「我會的。」

薇拉

他又往後縮了一下——
他想舉起來福槍——

我特別用力揍了他一下——

薇拉

他拋下來福槍，往後退——

我可以聽到他的噪音在朝我嗡嗡叫，想要鑽進去——

可是他的頭在痛——

因為我的攻擊——

因為一顆丟得很準的石頭——

「你覺得這能證明什麼？」他啐了一口。「你有力量，但你不知該怎麼用。」

薇拉

「看樣子我用得挺好的。」我說。

他微笑，仍然緊緊咬著牙。「是嗎？」

我發現我的手在抖——

我發現我的噪音在飛，像是發光的東西在燃燒——

我感覺不到我的腳——

「你需要練習。否則你會把腦子炸掉。」他站得更挺一點，又想要與我對望。「我可以教你。」

就在這時，薇拉大喊「**陶德！**」

然後我用盡力氣攻擊他——

她的一切在背後支持著我——

所有的憤怒焦躁空虛——

我看不到她的每一刻——
我擔心的每一刻——
一切——
我知道關於她的每一件小事——
我直直朝他中心一丟——

薇拉

然後他倒下——
往後往後往後——
翻著白眼——
頭往後扭——
雙腿軟倒——
倒下倒下倒下——
直倒在地——

動也不動。

〔薇拉〕

「陶德？」我說。

他全身都在發抖，幾乎站不起來，我聽到他的噪音有非常不健康的嗚咽聲。他走了一步，整個人歪歪倒倒。

「陶德？」我想要站起來，但是我的腳踝——

「天啊。」他說，軟倒在我身邊。「這還真是費力氣啊。」

他的呼吸變得沉重，眼神失焦。

「你還好嗎？」我問道，一手按著他的手臂。

他點點頭。「我想還好。」

我們轉頭去看鎮長。

「你成功了。」我說。

「我們成功了。」他說，他的噪音變得比較清楚，他坐得更挺，不過手還在抖。

「可憐的戴維。」他說。

我抓緊他的手臂。「船。」我低聲說：「她會先趕到那裡。」

「得看我同不同意。」他說。他站起來，一陣暈眩，但我聽到他用噪音叫橡果。

小馬男孩，我很清楚地聽到。戴維的馬扯鬆綁著牠的繩子，踏過碎石堆，小馬男孩，小馬男孩，小馬男孩。

我聽到更遠的地方傳來陶德，一陣馬蹄聲後，安荷洛德跟著橡果一起走來，站在他旁邊。

「前進。」她嘶鳴。

「前進。」橡果嘶鳴。

「絕對前進。」陶德對他們說。

他摟著我的肩膀，要把我抬起來。橡果看到他的噪音，跪了下來好讓他比較容易能把我放上去。我在馬鞍裡坐好以後，陶德輕拍牠的肚子，牠站起來。

安荷洛德來到陶德旁邊，也開始要跪下，可是，「乖，不用。」他拍拍她的鼻子。

「什麼？」我震驚地問。「你怎麼辦？」

他朝鎮長點頭。「我得處理他的事情。」他說道，不肯看我。

「你說處理他是什麼意思？」

他看著我身後。我轉過頭。甲蟲軍隊已經掉頭，走到了山腳下。

等一下就要走到這裡了。

「快去。去船那裡。」他說。

「陶德，你不能殺他。」

他看著我，噪音一團亂，他還在努力要保持直立。「他活該。」

「是沒錯，可是——」

但陶德已經在點頭。「我們就是我們所作的選擇。」

我點頭回答。我們了解彼此。「那樣你就不再是陶德．赫維特了。窩不要再失去你。」

［陶德］

她說窩的時候，我笑了。

「我必須跟他待在一起。妳必須盡快趕到船那邊。我要等軍隊來。」我說。

她點頭，但同時一陣難過。「那時候你要怎麼辦？」

我轉頭去看鎮長，他還躺在石頭地上，昏迷不醒，輕輕呻吟。

我覺得好重。

可是我還是說：「我想他們看到他被打敗，應該會不太高興。我想他們也許會想要新的領袖。」

她微笑。「那個人會是你嗎？」

「如果妳見到『答案』呢？」我對她微笑。「妳要怎麼辦？」

她撥開眼前的頭髮。「我想他們也是需要新領袖的。」

我上前一步，手摸上橡果的肚子，放在她的手旁邊。她沒有看我的臉，只是挪著手，直到我們指尖碰觸。

「只因為妳要去那裡，我待在這裡，不代表我們就是分開。」我說。

「對。」她說。我知道她懂。「的確不是。」

「我再也不會跟妳分開。」我依然看著我們的指尖。「就算只在我腦子裡也不會。」

她的手往前推，直到手指跟我的手交纏起來，我們看著握在一起的手指。

「我得走了，陶德。」她說。

「我知道。」我深深看進橡果的噪音，告訴牠路在哪裡，船降落在哪裡，還有牠必須跑多快快快。

「前進。」牠大聲清楚地嘶鳴。

「前進。」我說。

我抬頭看薇拉。

「我準備好了。」她說。

「我也是。」我說。

「我們會贏的。我想我們會的。」她說。

最後一眼。

最後一次看進我們了解彼此的地方。

深深看進我們的靈魂。然後我用力一拍橡果的肚子，他們便衝了出去，跳過碎石，奔向大路奔跑，用力跑向（我希望我希望我希望）能夠幫助我們的人。

我低頭看著還躺在地上的鎮長。

我聽到朝山坡下前進的軍隊，我猜最多大概還有三公里。

我在找繩子。我看到繩子，但在我撿起繩子以前，我用很短的時間把戴維的眼睛闔上。

〔薇拉〕

我們飛奔在馬路上，我用盡全力才沒從馬背上掉下去摔斷脖子。

「小心士兵！」我朝橡果塌扁的耳朵間喊。

我不知道「答案」有多深入城裡，不知道他們把我從路上炸飛之前會不會花點時間先看看我是誰。不知道如果她看到我會有什麼反應——

不是如果，而是等一下她看到我——

當我告訴她跟其他人我要說的事情時——

「你盡量快跑！」我大吼，像是引擎突然點燃，橡果跑得更快。

她正朝著船跑。這是一定的。她之前看到船降落的地方，正直直朝著船跑。如果她先跑到，那她會跟他們說她有多遺憾我在很悽慘的情況下過世，我多殘忍地落在「答案」想要推翻的暴君手中，如果偵察艦有任何能從空中使用的武器——

是有的。

我在馬鞍上更努力趴下，咬牙硬扛著腳踝的痛，想讓我們跑得更快。

我們跑離教堂很遠，跑過一排排窗戶緊閉的店鋪跟反鎖的屋子。太陽已經完全落下，一切都是映著黑暗天空的影子。

我在想「答案」發現鎮長倒台時，會怎麼反應——

還有當他們發現是陶德動手的時候會是什麼反應——

然後我想著他——

我想著他——

我想著他——

陶德，橡果心想。

當我們順著大路往前跑——

轟的一聲響起時，我突然差點摔下馬背，因為橡果猛然煞車，轉過身。

這時我看到馬路遠處燃燒的火焰。

我看到燒起來的房子。還有店鋪。還有穀倉。

我看到人在煙中亂竄，不是士兵，只有人，在黑暗中跑過我們，速度快到甚至沒多看我們一眼。他們在逃離「答案」。

「她在做什麼？」我大聲問。

火，橡果想，緊張地敲著馬蹄。

「她什麼都燒。她全部都要燒掉。」我說。

為什麼？

為什麼？

「橡果——」我開始要說。

一聲號角吹出又深又長的呼喚，響徹整個山谷。

橡果嘶叫，沒有任何語言，只有一閃害怕，恐懼，清楚到我感覺心臟一跳，混合跑過我身邊的人不敢相信地倒抽冷氣，他們有許多人都在大叫跟停下腳步，看著我後面，看著城市跟後面更遠的地方。

我轉身，天色太黑了什麼都看不見。

遠處有燈火，正沿著之字形道路下來——

那不是軍隊會走的路線。

「怎麼了？」我沒想要任何人回答我。「那是什麼燈？那是什麼聲音？」

然後一個男人停在我身邊，噪音明亮，充滿驚訝，不敢相信，跟刀一樣清楚的恐懼，低聲說：

「不可能。不可能，不可能的。」

「怎麼了？發生什麼事了？」

而又深又長的號角再次響徹山谷。

聽起來像是世界末日。

開始

我還沒來得及綁好他的手，鎮長就醒了。

他呻吟一聲，真正、純粹的噪音從他身上響起，這是我第一次聽到他的噪音從他腦子往外散，因為他完全失去防備。

因為他被打敗了。

「沒有被打敗。」他喃喃自語。「只是暫時被阻止而已。」

「閉嘴。」我說，把繩子綁緊。

我來到他面前。

他的眼神依然因為我的攻擊而模糊，他卻擠出一絲微笑。

我用來福槍的槍托打他的臉。

「我聽到你傳出的一絲噪音。」我用槍管指著威脅他。

「我知道。」鎮長說，滿是鮮血的嘴上卻有笑容。「你是真的會開槍，對不對？」

我什麼都沒說。

那就是我的答案。

鎮長嘆口氣，把頭往後靠，像是想要伸展脖子。他抬頭看著彩色的玻璃窗。那扇窗戶簡直不可思議地還在原地，被一塊牆壁包圍。月亮在牆後升起，讓世界多了一點點玻璃投射出的顏色。

「我們又回到這裡，陶德。正是我們第一次見面的房間。」他看著周圍，看著現在是他被綁在椅子上，我站在旁邊。「世事變化，卻從無變化。」

「我們在等的時候，不需要聽你說話。」

「等什麼？」他愈來愈清醒了，噪音漸漸消失。「你也想要這樣，對不對？你也希望有那麼一次沒人能知道你在想什麼。」

「我說了，閉嘴。」

「現在，你在想軍隊的事。」

「閉嘴。」

「你在想他們會不會真的聽你的。你在想薇拉的人是不是真的能幫你——」

「我會拿來福槍再揍你一次。」

「你在想你是不是真的贏了。」

「我真的贏了。你也知道。」我說。

我們聽到遠處一聲轟，然後又一聲。

「她正在摧毀一切。」鎮長看向聲音的來源。「很有意思。」

「誰？」我問。

「你沒見過柯爾夫人，對吧？」他伸展被綁住的一邊肩膀，然後另一邊。「很出色的女人，很出色的對手。她也許能打敗我。她也許真能辦到。」他又露出大大的笑容。「可是你先辦到了，不是嗎？」

「你說她在摧毀一切是什麼意思？」

「一如往常，我說的正是我的意思。」

「她為什麼要那樣做？她為什麼要一直炸？」

「有雙層意義。首先，她創造出混亂局面，這樣就很難把她當成規矩的敵人對付。第二，她消滅了那些不打仗的人的安全感，創造出她不能被打敗的印象，所以等到她勝利之後，她要統治就更容易了。」他聳聳肩。「對於她那樣的人，一切都是戰爭。」

「你這樣的人。」我說。

「陶德，你只是把一個暴君換成另一個。很遺憾居然是我告訴你這件事。」

「我什麼都不會換。而且我叫你閉嘴。」

我用來福槍瞄準他，走到安荷洛德身邊，她從廢墟間一個狹窄的地方看著我們。陶德，渴了，她想。

「前面還有馬槽嗎？還是也被炸了？」我問鎮長。

「被炸了。可是我的馬被綁在後面，那裡還有一個。她可以去那裡。」

摩佩斯，我對安荷洛德想，那是鎮長的馬，她的情緒升起。

摩佩斯，服從。她心想。

「乖。」我揉揉她的鼻子。「沒錯，他會服從妳。」

她鬧著玩地推了我一、兩次，然後離開廢墟，繞到後面去。

又是轟的一聲傳來。我對薇拉閃過小小的擔心。不知道她走多遠了。她一定靠近「答案」所在的地方了，她一定——

我聽到鎮長那裡發出一點噪音。

我把槍上膛。

「我說了，別給我耍花樣。」

「陶德，你知道嗎？」他說話的方式就像我們正在愉快地午餐。「攻擊噪音很簡單。你只要把自己綳緊，然後用盡全力攻擊對方。當然，你必須集中注意力，極端集中，但一旦學會，你隨時都可以使用。」他吐掉積在嘴唇上的一點血。「就像你跟你的薇拉那樣。」

「你不准說她的名字。」

「可是另一樣，控制對方的噪音，我必須說，那麻煩很多，困難很多，像是同時要舉起放下上千個不同開關，當然在某些人，某些單純的人身上比較容易，對群眾使用也出奇簡單，我試了很多年，讓這個方法變成有用的工具，但只有最近才有點成效。」

我想了想。「雷傑市長。」

「不對不對。」他高興地說：「雷傑市長想幫忙。絕對不可相信政客，陶德。他們沒有中心思想，所以永遠不能相信他們。因為啊，是他來找我的，帶著你的夢跟你說的話來。那根本不需要控制，只是單純的軟弱而已。」

我嘆口氣。「你能不能閉嘴？」

「陶德，我的重點是，我只有今天才能差點強迫你做我想要你做的事。」他看著我，想知道我有沒有聽懂。「只有今天。」

遠處又傳來轟的一聲，「答案」又毫無理由地毀了另一樣東西。天色暗到看不見軍隊，但是他們一定已經回城了，正在直直通往這裡的路上。

入夜了。

「我知道你在說什麼。我知道我做了什麼。」

「都是你，陶德。」他看著我。「稀巴人。女人。都是你自己的行為。不需要控制。」

「我知道我做了什麼。」我又說一次，聲音很低，噪音多了一絲警告意味。

「我的提議還是有效。」鎮長聲音也很低。「我很認真。你有力量。我能教你怎麼用。你可以站在我身邊，跟我一起統治這片大地。」

我是圓圈，圓圈是我，我聽到他說。

「這就是來源。控制你的噪音，就能控制自己。控制自己。」他放低下巴。「你就能控制世界。」

「你殺了戴維。」我站到他面前，槍依然指著他。「你才是沒有中心思想的人。現在你真的給我閉嘴。」

然後一陣低沉強大的聲音穿過天空，像是某個巨大低沉的號角。

是神要你注意祂的時候會發出的聲音。

我聽到後面的馬在嘶叫。我聽到新普倫提司城中還藏著的人們間穿過一陣震驚。我聽到穩定行軍的軍隊腳步聲崩潰成突然混亂的吵鬧。

我聽到鎮長的噪音猛然揚起，之後又恢復。

「那該死的是什麼啊？」我說，看著周圍。

「不會吧。」鎮長吐出一口氣說道，語氣中帶著開心。

「什麼？」我拿來福槍指著他。「發生什麼事了？」

但他只是微笑，轉過頭，看著瀑布旁的小山丘，旁邊是通往鎮上的之字形道路。

我也看向那裡。

上面都是光點。

光點正開始沿著之字形道路下來。

「喔，陶德。」鎮長說，聲音有著驚訝跟——沒錯，真的是喜悅。「喔，陶德，孩子，你做了什麼啊？」

「怎麼了？」我說，瞇著眼睛看著黑夜，好像這樣就能幫我看得更清楚。「那是什麼東西在——」

第二聲號角傳來，大聲到像天空要折成兩半。

我可以聽到城裡的咆哮變得大聲，問號多得像是要淹死人。

「告訴我，陶德。」鎮長的聲音依然開朗。「軍隊到了以後，你打算怎麼辦？」

「什麼？」我的額頭皺起，眼睛還想要看清楚從之字形路走下的東西，但太遠也太黑。只看得到光，有一點一點的光，順著山坡往下。

「你要把我拿出去換贖金嗎？」他的語氣聽起來仍然很開心。

「那爆炸聲是什麼？」我抓住他的襯衫。「那是移民降落了嗎？他們在攻擊了嗎？」

他只是看著我的眼睛，自己的眼睛閃閃發光。「你真的以為他們會選你當領袖，你光靠一個人就能迎入新的和平嗎？」

「我會帶領他們。你等著瞧好了。」我朝著他的臉憤怒地說。

我放開他，爬到比較高的碎石堆上，看到很多人都從屋子裡探出頭來，互相喊著對方，看到很多人跑來跑去。

我不知道到底是怎麼回事，但新普倫提司城的人因此而跑了出來。

我感覺到後腦杓有一陣噪音的嗡嗡聲，我立刻轉過身，又拿槍指著他，爬下碎石堆說：「我告訴過你，別耍花樣！」

「我只是想繼續跟你對談而已，陶德。」他裝得一臉無辜。「既然你打算成為軍隊的領袖跟星球總統，我很好奇想知道你的統治計畫是什麼。」

我想要把他臉上的笑容給揍掉。

「發生什麼事了？什麼東西從山上下來了？」我朝他大吼。

第三次的號角聲，比先前都響亮，大聲到全身都能感覺到它的震動。

城裡的人開始認真地尖叫。

「陶德，你來掏我襯衫的前口袋。我想你會找到一樣原本屬於你的東西。」鎮長說。

我盯著他看，在他臉上尋找騙局的跡象，但只看到他愚蠢的笑容，像是他又要贏了。

我用來福槍指著他，空出的手往他口袋掏，手指碰到一樣金屬製的小東西。我把那東西拿出來。

薇拉的望遠鏡。

「很神奇的小東西。我很期待其他移民的到來，想要看看他們帶給我們什麼新的驚喜。」鎮長說。

我沒回他話，只是爬回碎石堆，空出的手握著望遠鏡舉在臉前，笨拙地想要開啟夜視功能。我已經很久沒有——

我選對按鈕了。

山谷突然出現，不同的綠與白映著黑色，讓我看到城的位置。

我順著馬路，順著河，順著山丘的之字形小路，看到小路上的光點——

然後——

然後——

然後我的天啊，我聽到鎮長在我後面大笑，仍然綁在椅子上。「沒錯，陶德。那不是你的想像。」

我有一瞬間說不出話來。
我想不出能說什麼。
怎麼會？
怎麼可能？
一支稀巴人軍隊正朝城裡前進。
在前面的有些人騎在又大又壯的動物背上，那些動物身上似乎披著盔甲，鼻子末端有支尖角。後面跟著軍隊，因為這可不是什麼友善的行軍，絕對不是，有更多軍隊順著之字形道路前進，還有軍隊正翻過瀑布上緣的山丘。
來打仗的軍隊。
有好幾千人。
「可是……」我發出驚喘，幾乎說不出話來。「可是牠們都被殺光了。牠們在稀巴戰爭時都被殺光了！」
「殺光了，陶德？我們只住在這星球上的一小塊地，但整個星球上的所有稀巴人都被殺光了？你覺得合理嗎？」鎮長問。
我看到的光點是騎在動物背上的稀巴人握著的火把，點著火把在領軍，點著火把照亮了軍隊握著的矛、弓、箭、棒。
牠們每個人都握著武器。
「喔，我們當然打敗牠們了。殺了幾千人，這附近一帶的絕對都被殺光了。雖然牠們人數比我們多太多，我們的武器卻比牠們好，也有更強的動機。我們把牠們趕出這塊地方，共識是牠們永遠不可以回來，永遠不要再來擋我們的路。當然，我們留了些下來當奴隸好在戰後重建我們的城市。這也算公平嘛。」

整個城市真的開始咆哮。軍隊的腳步已經停下，我可以聽到人們到處亂跑，朝對方尖叫，都是些胡說八道，拒絕相信，害怕的話。

我從碎石堆跑回他旁邊，用力拿槍戳著他的肋骨。「牠們為什麼回來?為什麼現在回來?」

他還在笑。「我猜牠們有了足夠時間想出辦法怎樣把我們一勞永逸地除掉，你說是不?畢竟這麼多年了。我想牠們只是在找藉口而已。」

「什麼藉口?!」我朝他大吼。「為什麼——?」

我沒再說下去。

滅族。

所有奴隸的死。

牠們的屍體像垃圾一樣堆在一起。

「一點沒錯，陶德。」他點點頭，好像我們只是在聊天氣。「我想一定是這個原因，你說是不?」

我低頭看著他，跟以前一樣，明白得太晚。「是你。當然是你。你殺了每個稀巴人，每一個，而且還做得像是『答案』下的手。」我用來福槍戳著他的胸口。「你希望牠們會回來。」

他聳聳肩。「我的確希望有機會能把牠們徹底斬草除根。」他抿起嘴唇。「可是讓這個計畫加速發生，還得要感謝你。」

「我?」我說。

「沒錯，絕對要感謝你，陶德。我安排好舞台，可是信差是你送去的。」

「信——」

不會吧。

不會吧。

我轉身又跑上碎石堆，舉起望遠鏡，看了又看，看了又看。

人數太多，距離太遠，但他一定在，不是嗎？

在那群人之中某處。

1017。

糟糕了。

「你說糟糕了，一點沒錯，陶德。」鎮長抬頭朝我喊。「我特別留牠一命讓你能找到牠，但就算你們之間有特殊關係，牠還是不怎麼喜歡你，不是嗎？不管你多想幫牠忙都一樣。你代表對牠施以酷刑的人，牠帶回去讓牠兄弟姊妹看的那張臉。」我聽到一陣低沉的笑聲。「陶德‧赫維特，我現在真的很慶幸自己不是你。」

我轉過身，看著四面八方。我往右轉了一圈。南邊有軍隊，東邊有軍隊，現在西邊也有軍隊。

「而我們坐在這裡，坐在正中心。」鎮長聽起來仍然非常平靜。他用肩膀揉揉鼻子。「不知道偵察艦上的那些可憐人在想什麼。」

不。

不。

我又轉了一圈，好像這麼做就能看到牠們同時撲上來。朝我撲來。

我的腦子轉得飛快。

我該怎麼辦？

我該怎麼辦？

鎮長開始吹起口哨，好像在這世上有著無限的時間。

薇拉不知人在哪裡——

天啊，不知道薇拉人在哪裡——

「軍隊。軍隊得跟牠們打。」我說。

「等牠們有空的時候？」鎮長挑起眉毛。「當牠們跟『答案』打完一場，閒下來幾分鐘的時候？」

「『答案』必須加入我們。」

「我們？」鎮長說。

「他們必須跟軍隊一起。他們必須這麼做。」

「你真覺得柯爾夫人會允許這種事？」他在微笑，但我看到他的腿開始上下彈跳，整個人亢奮得不得了。「她會覺得她跟他們有共同的敵人，不是嗎？記住我的話。她會想跟他們談合作。」他又成功與我對望。「到時候，陶德，你該怎麼辦？」

我的呼吸變得沉重。我沒有答案。

「而且薇拉不知道在哪裡。只有她一個人。」他提醒我。

沒錯。

我不知道她在哪裡。

她甚至不能走路。

薇拉啊，我做了什麼蠢事？

「在這種情況下，親愛的孩子，你真覺得軍隊會想要你來當他們的領袖嗎？」他像是聽到最笨的想法一樣大笑。「你真覺得他們會相信你能帶他們上戰場嗎？」

我握著望遠鏡又繞了一圈。新普倫提司城一片混亂。東邊的建築物在燃燒。很多人在街上亂跑，想要逃開「答案」，逃開鎮長的軍隊，現在還想要逃開稀巴人的軍隊，到處亂跑卻無處可走。

號角又響起來，有些玻璃被震出窗框。

我從望遠鏡往外看。

一支又大又長的喇叭，比四個稀巴人加起來還要長，背在兩個長角的動物背上，吹號角的是我看過最壯的稀巴人。

牠們來到山腳下。

「我覺得該是你把我解開的時候了，陶德。」鎮長說，低沉的聲音在空氣中嗡嗡作響。

我轉身看他，重新拿槍指著他。

「你不要再想要控制我。永遠不可能了。」我說。

「我沒這樣想，可是我們都知道這麼做比較好，不是嗎？」

我遲疑了，呼吸沉重。

「你想，我之前打敗過稀巴人。城裡的人知道。軍隊知道。他們現在知道我們的敵人是誰之後，我不覺得他們會很樂於把我拋在一旁，轉而擁戴你。」

我還是沒說話。

他筆直看著我。「雖然你又背叛我了，陶德，但我還是想要你站在我身邊。我還是想要你跟我並肩作戰。」他直看著我，停頓片刻。「我們可以攜手合作，共同贏得勝利。」

「我不想跟你攜手合作。」我順著槍管瞄準他。「我打敗你了。」

他點頭似乎表示同意，可是又說一次：「世事變化，卻從無變化。」

我聽到行軍的腳步聲逼近教堂。一支軍隊終於勉強組織起來，進入城裡。我可以聽到他們從旁邊的一條小路走向廣場。

時間不多了。

「我甚至不介意你把我綁起來，陶德。可是你得放開我。我是唯一可以打敗牠們的人。」鎮長說。

薇拉——

薇拉，我該怎麼辦？

「沒錯，還是薇拉。」他的聲音溫暖而絲滑。「薇拉自己一個，四周都是敵人。」他等到我直視他的眼睛。「牠們會殺了她，陶德。牠們真的會動手。你知道我是唯一能救她的人。」

號角再次響起。東邊又傳來一聲轟。鎮長手下士兵的腳步聲逼近。

我看著他。

「我打敗你了。你記住這點。我打敗過你一次，就可以再打敗你一次。」

「我毫不懷疑。」他說。可是他在微笑。

我對他想著薇拉，他立刻縮了一下。

「救了她，你也能活。她死，你也死。」

他點頭。「同意。」

「你想控制我，我就開槍。你想攻擊我，我就開槍。懂了嗎？」

「我懂。」他說。

我又等了一秒，但其實已經沒剩幾秒了。

我們已經沒有時間決定任何事，只有整個世界都在前進，此時此地撞在一起。她在我不知道的地方。

我再也不會跟她分開，就算我們不在一起也不能分開。

原諒我，我心想，然後走到鎮長身後，幫他解開繩子。

他慢慢站起來，揉著手腕，又一聲號角響起，令他抬起頭。

「終於來了。不用再鬼鬼祟祟，神祕兮兮地對抗。不用再捕風捉影，耍什麼陰謀詭計。」他轉向我，直視我的雙眼，我在他的笑容後面看到真正的瘋狂在閃爍。「這才是真真正正的唯一，是男人之所以為男人，是我們存在的意義，陶德。」他搓著雙手，眼神閃爍，說：「戰爭。」

小說精選

噪反 II：問與答

2012年11月初版　　定價：新臺幣420元

著　　者　Patrick Ness
譯　　者　段宗忱
發 行 人　林載爵

出　版　者　聯經出版事業股份有限公司
地　　　址　台北市基隆路一段180號4樓
編輯部地址　台北市基隆路一段180號4樓
叢書主編電話　(02)87876242轉227
台北聯經書房：台北市新生南路三段94號
電　　　話：(02)23620308
台中分公司：台中市北區健行路321號1樓
暨門市電話：(04)22371234ext.5
郵政劃撥帳戶第0100559-3號
郵撥電話：(02)23620308
印　刷　者　文聯彩色製版印刷有限公司
總　經　銷　聯合發行股份有限公司
發　行　所：台北縣新店市寶橋路235巷6弄6號2樓
電　　　話：(02)29178022

叢書編輯　程道民
封面設計　顏伯駿

行政院新聞局出版事業登記證局版臺業字第0130號

本書如有缺頁，破損，倒裝請寄回台北聯經書房更換。　ISBN 978-957-08-4090-2 (平裝)
聯經網址：www.linkingbooks.com.tw
電子信箱：linking@udngroup.com

國家圖書館出版品預行編目資料

噪反 II：問與答/ Patrick Ness著．段宗忱譯．
初版．臺北市．聯經．2012年11月（民101年）．
496面．14.8×21公分（小說精選）
譯自：Chaos Walking. Book 2, The Ask and the Answer

ISBN 978-957-08-4090-2（平裝）

874.59 101021090